Le IVe siècle grec
jusqu'à la mort d'Alexandre

Du même auteur

La Royauté en Grèce avant Alexandre
AECR, 1984

Démosthène
Fayard, 1990

Le IVe siècle avant Jésus-Christ
Approches historiographiques
Actes du Colloque de Nancy
des 28-30 septembre 1994
De Boccard, 1996

Homère
Fayard, 1999

Pierre Carlier

Nouvelle histoire
de l'Antiquité

3

Le IVe siècle grec

jusqu'à la mort d'Alexandre

Éditions du Seuil

ISBN 2-02-013129-3

Avant-propos

« Grandeur et décadence » : ce schéma historique, brillamment illustré par Montesquieu à propos de Rome, a été souvent utilisé dans l'histoire des cités grecques. Pour beaucoup d'historiens, le siècle de Périclès marque l'apogée non seulement de la démocratie athénienne, mais de la cité grecque en général, et de la civilisation hellénique sous tous ses aspects. Après quoi, au IVe siècle, le monde des cités grecques connaîtrait une grave « crise » économique, sociale, politique, religieuse et culturelle ; la défaite de Chéronée en 338 serait la conséquence logique de cette décadence multiforme. Les conquêtes de Philippe et d'Alexandre permettraient le remplacement de la petite *polis* – forme d'organisation historiquement dépassée – par l'État monarchique hellénistique. Ce dernier à son tour préparerait la voie à l'empire romain et au christianisme.

Cette interprétation, qui s'intègre fort bien dans une vision dialectique de l'Histoire d'inspiration hégélienne, a été souvent défendue par les historiens du XIXe et du XXe siècle.

Plusieurs objections très fortes peuvent être formulées contre cette théorie. La première concerne la notion même de crise : se référant à la définition médicale de la « crise » par Littré, Éd. Will note qu'une crise qui dure un siècle n'est plus une crise mais une « longue maladie ». En second lieu, des épigraphistes comme Louis Robert et Philippe Gauthier ont montré que la plupart des cités grecques avaient une vie politique très active au IIIe siècle, et que la « démocratie » y était le régime le plus répandu (sous une forme souvent assez différente de la démocratie athénienne de l'époque classique) ; il est donc tout à fait excessif de parler de l'« agonie de la cité » ou de la « fin de la démocratie » au IVe siècle. Enfin et surtout, une insistance exclusive sur la « crise » conduit à simplifier abusivement l'histoire du IVe siècle et à négliger les différences de temps et de lieu, en d'autres termes les circonstances précises et les diversités régionales.

La présentation du IVe siècle prend souvent la forme d'un tableau : crise économique, politique, religieuse, etc. Les nombreux événements d'un siècle fertile en rebondissements sont rapidement survolés : beaucoup d'historiens n'y voient que des épisodes insignifiants sur lesquels il est inutile de s'appesantir, le fait majeur du déclin méritant seul une analyse approfondie. Toujours et partout, le IVe siècle se caractériserait par un phénomène unique dont l'importance écraserait tout le reste.

Le choix d'une telle démarche s'explique en partie par les sources relatives au IVe siècle. Grâce aux orateurs et aux inscriptions, nous disposons d'une documentation beaucoup plus riche qu'au Ve siècle sur l'économie, la société, le droit et la vie politique (notamment à Athènes) ; en revanche, nous manquons pour l'histoire du IVe siècle d'un fil directeur semblable à celui de *La Guerre du Péloponnèse* de Thucydide, qui nous présente à la fois un récit précis des événements diplomatiques et militaires et une interprétation cohérente des conflits et de leurs enjeux.

Nous avons nous aussi cherché à tirer profit de la richesse relative des sources sur le IVe siècle pour dresser un tableau aussi nuancé que possible des sociétés et des systèmes politiques. Cette analyse ne révèle qu'assez rarement une détérioration assurée par rapport au Ve siècle ; on a beaucoup plus fréquemment l'impression d'une permanence ; plus souvent encore, on ne peut rien dire d'une éventuelle évolution, faute de données analogues sur le Ve siècle.

Nous avons tenu aussi à présenter une analyse relativement précise de l'« histoire événementielle » du IVe siècle. Les indications dont nous disposons – grâce aux inscriptions, aux orateurs, à Xénophon ou à Diodore – sont éparses, quelquefois confuses et souvent suspectes, mais relativement abondantes. Il appartient à l'historien moderne de les rassembler, de les analyser et de les interpréter. D'excellents historiens – l'Anglais Grote au milieu du XIXe siècle, l'Allemand Beloch au début du XXe siècle – ont déjà présenté des récits critiques très détaillés des événements du IVe siècle. Il nous a semblé que l'accroissement de la documentation (grâce à l'épigraphie et à l'archéologie notamment) invitait à reprendre l'analyse, et nous avons du même coup cherché à combler une lacune : le lecteur français ne dispose pas d'une histoire politique récente du IVe siècle. L'histoire grecque du IVe siècle est d'un intérêt tout particulier pour l'analyse des relations internationales. Quelques exemples suffiront. La puissance apparemment sans partage et sans limites de Sparte au lendemain de son triomphe sur Athènes est très vite ébranlée ; les cités grecques tentent, de manière répétée, en dépit des échecs, d'établir une paix générale et durable ; les Athéniens essayent de rester une grande puissance tout en mesurant au plus juste leurs efforts militaires et financiers.

Le découpage de l'histoire ancienne en « siècles avant Jésus-Christ » est tout à fait arbitraire. Il se trouve que la fin du Ve siècle correspond à la défaite d'Athènes (405), à sa capitulation et à la révolution oligarchique des Trente (404) puis à la restauration de la démocratie (403). Nous commençons donc notre récit de l'histoire de la Grèce égéenne en 405, mais, comme beaucoup de changements fondamentaux datent de la guerre du Péloponnèse, nous serons conduit à de fréquents retours en arrière. La date de 405 n'a pas la même signification dans l'histoire de l'Occident grec : nous reprenons l'étude de la Sicile et de la Grande-Grèce en 413, au lendemain de la victoire de Syracuse sur Athènes.

Le choix d'une date limite entre le « IVe siècle » et l'« époque hellénistique » est plus délicat. Certains estiment que l'histoire de la Grèce classique se termine lors de l'avènement de Philippe en 360, au moment où il commence à s'imposer comme arbitre des affaires grecques (en 350 ou en 346) ou lors de la bataille de Chéronée en 338. Nous avons choisi de poursuivre notre récit jusqu'en 323 pour souligner que, selon nous, la bataille de Chéronée ne marque pas la fin de l'histoire des cités grecques. Il est possible d'autre part que la prise du titre royal par les diadoques (306) ou la bataille d'Ipsos (301) aient été des tournants historiques aussi importants que la mort d'Alexandre. La disparition du conquérant n'en est pas moins, de toute évidence, une date cruciale. Le choix d'arrêter le récit à la mort d'Alexandre en juin 323 ne nous empêchera pas d'évoquer à plusieurs reprises des événements légèrement postérieurs : pour les cités de la péninsule grecque, et notamment pour Athènes, c'est la fin de la guerre Lamiaque, à l'automne 322, qui entraîne les changements décisifs.

1

L'hégémonie de Sparte, de la victoire à la paix d'Antalcidas

1- *La victoire de Sparte*

En 432, selon Thucydide [I, 141-143], Périclès avait exhorté les Athéniens à envisager sans crainte la guerre que les Lacédémoniens et leurs alliés s'apprêtaient à engager contre eux. Les forces terrestres des Péloponnésiens, avait-il souligné, ne sauraient ébranler les trois fondements de la puissance athénienne, le tribut qui permet d'entretenir la flotte, la flotte qui permet de maintenir l'empire et l'empire qui verse le tribut ; réfugiés derrière leurs remparts et assurés d'un ravitaillement régulier, les Athéniens pourraient tenir indéfiniment ; en d'autres termes, Athènes ne saurait perdre la guerre, sauf si elle commettait l'imprudence de compromettre sa flotte dans des opérations lointaines. Cette restriction est peut-être, de la part de Thucydide, un avertissement *post eventum* : l'expédition de Sicile de 415-413 se termine par un désastre, qui met fin à la suprématie maritime d'Athènes. Les alliés commencent à faire défection. Sparte équipe une flotte grâce à l'or perse : en contrepartie de l'aide qu'elle reçoit, elle doit reconnaître l'autorité du souverain achéménide sur toute l'Asie, y compris sur les cités grecques d'Ionie.

Après 413, la guerre dure encore plus de huit ans, parce que la plupart des Péloponnésiens manquent d'expérience sur mer, parce que les subsides perses sont insuffisants et irréguliers, mais aussi parce que les Athéniens s'efforcent avec une grande énergie de reconstituer leur flotte et de restaurer leur puissance. Les Athéniens remportent encore quelques belles victoires sur mer – Cyzique en 410, les Arginuses en 406 –, mais les moyens financiers font de plus en plus défaut. Au contraire, Cyrus le Jeune, fils cadet du Grand

Roi Darius II, qui s'installe à Sardes en 407 [1], avec une autorité supérieure à celle de tous les satrapes d'Anatolie – Tissapherne en Lydie et Pharnabaze en Phrygie hellespontique notamment –, se montre décidé à assurer la victoire de Sparte, ou plus exactement celle de son ami spartiate Lysandre (avec l'intention d'utiliser plus tard à son profit personnel l'instrument militaire forgé par Lysandre). Lorsque Lysandre est navarque [2], en 407, les sommes abondantes versées par Cyrus permettent de recruter de nombreux rameurs et d'étendre la zone d'influence de la flotte lacédémonienne. Le successeur de Lysandre, Callicratidas, qui n'a pas l'heur de plaire à Cyrus, manque au contraire d'argent et connaît des revers ; les amis de Lysandre déjà installés au pouvoir dans certaines cités d'Ionie obtiennent des autorités de Sparte le retour de Lysandre à la tête de la flotte ; comme l'itération de la navarchie est interdite, Lysandre ne porte que le titre d'*epistoleus* (« secrétaire » ?), mais c'est lui qui exerce le commandement suprême de la flotte péloponnésienne pendant les deux années 405 et 404. La coopération entre Lysandre et Cyrus reprend de plus belle, au point que Cyrus confie à Lysandre la charge de son trésor lorsqu'il doit se rendre au chevet de son père (début de l'été 405). Lysandre gagne l'Hellespont, afin de gêner le ravitaillement en blé d'Athènes ; il évite cependant tout combat naval en pleine mer et c'est par ruse qu'il surprend à terre, sur le rivage d'Aigos-Potamos, les 170 vaisseaux de la dernière flotte dont disposait Athènes, et qu'il les anéantit (septembre 405).

Toutes les cités restées auparavant fidèles à Athènes font alors défection (à l'exception de Samos) et se soumettent, de plus ou moins bon gré, à Lysandre. Dépouillés de leur flotte et de leur empire, sans ressources, assiégés sur terre et sur mer, menacés de famine, les Athéniens envoient rapidement des ambassadeurs à Sparte, pour faire savoir qu'ils sont prêts à devenir les « alliés » des Lacédémoniens, à condition de garder l'ensemble de leurs remparts. Ces conditions sont refusées, et, quatre mois plus tard, affaiblis par la faim, les Athéniens doivent accepter la destruction des Longs Murs et

1. Son titre est celui de *karanos*, terme que l'on traduit généralement par « vice-roi ».
2. Commandant en titre de la flotte spartiate.

des fortifications du Pirée. Les clauses de la paix sont très humiliantes pour Athènes, qui devient un satellite de Sparte : les Athéniens doivent « avoir mêmes amis et ennemis que les Lacédémoniens et suivre ceux-ci sur terre et sur mer là où ils les conduiraient » [Xénophon, *Helléniques* II, 2, 20]. Reste que les Athéniens ont d'une certaine manière évité le pire : lors des négociations de paix, certains alliés de Sparte, les Corinthiens et les Thébains notamment, avaient demandé la destruction totale d'Athènes. Les Spartiates s'y étaient opposés, en invoquant bien sûr le souvenir des guerres Médiques : il est probable qu'ils commençaicnt à se méfier des Thébains, et qu'ils voyaient dans une Athènes affaiblie un utile contrepoids à l'ambition de ces derniers. Le butin fait en Attique donnait lieu à d'autres récriminations entre vainqueurs : les Spartiates reprochaient aux Thébains d'avoir profité de leur proximité pour s'approprier une part excessive des richesses de l'Attique, tandis que les Péloponnésiens reprochaient aux Spartiates de n'avoir pas procédé aux partages habituels.

Malgré ces tiraillements annonciateurs de conflits futurs, le fait dominant en 405-404 est le triomphe de Sparte et l'étendue de son pouvoir. La victoire de Sparte crée une situation tout à fait nouvelle dans le monde grec. Au Vᵉ siècle, la Grèce avait connu la rivalité, puis l'affrontement de deux hégémonies, l'hégémonie sur terre de Sparte dans le Péloponnèse, l'hégémonie maritime d'Athènes dans l'Égée. Après Aigos-Potamos, il n'y a plus qu'une seule grande puissance en Grèce, qui domine sur terre et sur mer et à laquelle toutes les cités grecques se trouvent d'une manière ou d'une autre subordonnées.

Pendant toute la durée de la guerre, la propagande spartiate avait affirmé que Sparte voulait « libérer les Grecs » de la tutelle athénienne et rendre à toutes les cités leur « autonomie ». A partir de 412, les cités que Sparte était parvenue à détacher de l'alliance athénienne avaient souvent reçu la « protection » de garnisons péloponnésiennes, elles avaient souvent été sollicitées pour participer militairement et financièrement à l'effort de guerre lacédémonien ; des oligarchies laconisantes avaient fréquemment été installées au pouvoir. Toutes ces contraintes et ces interventions ne correspondaient guère aux beaux slogans de « liberté » et d'« autonomie », mais les Spartiates et leurs amis pouvaient à la rigueur les présenter comme des mesures de circonstance imposées par la lutte contre Athènes. Dans la période qui sépare Aigos-Potamos de la capitulation d'Athènes, alors que la victoire est assurée mais que la paix n'est pas encore conclue, Lysandre, dont la flotte contrôle désormais la mer Égée, poursuit systématiquement la politique de mise sous tutelle des cités détachées d'Athènes.

La disparition de la menace athénienne ne conduit pas les Spartiates à atténuer leur pression sur les cités maritimes de l'ancienne Confédération de Délos. Bien au contraire, si l'on en croit Diodore de Sicile [XIV, 10, 1], « les Lacédémoniens », « constatant qu'ils disposaient d'une hégémonie unanimement reconnue », auraient confié à Lysandre une triple mission : installer dans les cités des gouverneurs lacédémoniens (les harmostes), remplacer les démocraties par des oligarchies, lever un tribut annuel de mille talents. La formulation du texte est vague, mais il est probable que ces orientations fondamentales de politique extérieure ont été décidées par l'Assemblée du peuple, sous la présidence des éphores, et après délibération du Conseil des Anciens (la *Gérousia*). Les Spartiates approuvent la politique impérialiste dont Lysandre a pris l'initiative et chargent le commandant de la flotte d'en poursuivre l'exécution. Le thème de la liberté des Grecs est bien oublié. Les cités tributaires d'Athènes deviennent tributaires de Sparte, et la domination spartiate est d'emblée très dure : les harmostes sont chargés de veiller à la docilité des nouveaux sujets de Sparte.

Lysandre

Au printemps 404, il semble que l'impérialisme brutal de Lysandre ait bénéficié d'un large soutien à Sparte. Reste que tous les Spartiates n'ont pas la même idée que Lysandre des régimes oligarchiques qu'il convient d'établir dans les cités. Tous les partisans de l'oligarchie sont d'accord pour priver les citoyens les plus pauvres de leurs droits politiques. Mais lorsqu'il s'agit de fixer le niveau du cens, de dresser la liste des citoyens participant à l'oligarchie, de répartir le pouvoir entre l'Assemblée, le Conseil et les magistrats, et surtout de décider si le groupe au pouvoir sera soumis ou non à des lois, les opinions et les attitudes divergent. Beaucoup de Spartiates souhaitaient, semble-t-il, le remplacement des démocraties proathéniennes par des oligarchies modérées associant au pouvoir l'ensemble des possédants dans le respect de l'ordre et des traditions. L'instauration de tels régimes n'était guère conciliable avec la levée durable d'un lourd tribut, car les possédants, sur lesquels pesait principalement le poids du tribut, en étaient évidemment les adversaires les plus résolus ; ils ne consentaient à payer que s'ils y étaient contraints par le *dèmos* ou par des tyrans. En installant dans les cités les *décarchies* – petits groupes d'une dizaine d'oligarques extrémistes gouvernant arbitrairement à la manière de tyrans –, Lysandre fait un choix logique, en parfait accord avec la politique impérialiste décidée par Sparte : ces cliques d'ambitieux sans scrupule, qui massacrent, qui exilent et qui confisquent pour satisfaire leur appétit de pouvoir et de richesse, acceptent volontiers de verser une partie de leur butin aux Spartiates, dont dépend le maintien de leur autorité.

Les crimes commis par les décarchies, qui deviennent vite célèbres, ne tarderont pas à jeter une ombre sur la réputation de Lysandre, et sur celle de Sparte, au point que l'impérialisme athénien apparaîtra rétrospectivement comme très modéré : Isocrate, en 380, n'hésite pas à écrire que les oligarques installés par Lysandre « mirent à mort sans jugement plus de gens en trois mois que notre cité n'en a jugés pendant toute la durée de sa domination » [*Panégyrique* § 113]. Dans l'immédiat, cependant, Lysandre, auréolé du prestige de la victoire, reçoit des honneurs exceptionnels – souvent de la part des « amis » qu'il a installés au pouvoir –, des couronnes d'or notamment et des statues. Bien plus, si l'on en croit Douris de Samos cité par Plutarque [*Lysandre* 18, 5], « il fut le premier Grec à qui les cités dressèrent des autels et offrirent des sacrifices comme à un dieu, le premier aussi en l'honneur de qui on chanta des péans ». Les oligarques samiens, particulièrement reconnaissants à Lysandre d'avoir expulsé leurs adversaires démocrates au terme d'un long siège, décident de donner le nom de *Lysandreia* aux *Heraia* qu'ils célébraient traditionnellement en l'honneur de la déesse Héra ; sur ce point, le témoignage de Plutarque est confirmé par une inscription.

En 404, Lysandre exerce dans l'ensemble du monde grec une influence personnelle sans précédent. A Athènes, en avril-mai 404, son rôle est déterminant dans l'avènement des Trente Tyrans : à l'appel de ses « amis », il se rend au Pirée avec cent vaisseaux et menace de considérer la paix comme rompue si l'Assemblée ne confie pas le pouvoir à une commission de trente oligarques [Diodore XIV, 3, 4-7] [3]. Lysandre profite de sa fonction de commandant de la flotte pour installer au pouvoir ses créatures. Il se constitue de la sorte un réseau de clientèle fondé sur des relations personnelles, qui échappe dans une large mesure aux autorités lacédémoniennes. Il est probable que certains Spartiates ont perçu très tôt le danger : grâce à ses amis qu'il a rendus maîtres de nombreuses cités, Lysandre pourrait rassembler des fonds et des troupes sans l'accord de Sparte, voire contre elle. Dès la fin de 404, les adversaires de Lysandre vont s'attacher à le dépouiller de ses moyens d'action, très progressivement pour ne pas l'inciter à un coup de force. Les plaintes du satrape Pharnabaze, qui reproche à Lysandre de laisser piller son territoire, servent de prétexte aux éphores pour rappeler Lysandre à Sparte [Plutarque, *Lysandre* 19, 7]. On s'attaque aussi à son entourage : son lieutenant Thorax est accusé de corruption et condamné à mort.

En 403, le frère de Lysandre, Libys, est élu navarque, mais Lysandre lui-même n'exerce plus aucun commandement officiel sur l'ensemble de la flotte. Les protégés athéniens de Lysandre, les Trente, discrédités par leurs nombreux crimes, se heurtent à une opposition de plus en plus forte : les exilés démocrates – accueillis par les Thébains en dépit des ordres de Sparte – s'emparent du fort de Phylè puis du Pirée sous la conduite de Thrasybule. Les Athéniens restés dans la ville chassent les Trente sans se réconcilier avec les démocrates. Il y a alors trois partis rivaux qui prétendent à l'autorité sur Athènes – les Trente réfugiés à Éleusis, les « gens de la ville » (oligarques plus modérés) et les démocrates du Pirée. Au printemps 403, Lysandre parvient encore à se faire nommer harmoste [4] à Athènes : son intention est d'assiéger

3. Pour une analyse détaillée de la tyrannie des Trente, on se reportera au volume précédent de cette collection, Ed. Lévy, *La Grèce au Ve Siècle*.

4. Gouverneur militaire dans le vocabulaire administratif de Sparte.

et d'affamer les démocrates. Quelques semaines plus tard, cependant, le roi Pausanias obtient de la majorité des éphores (trois sur cinq) d'être envoyé à Athènes pour contrecarrer l'action de Lysandre et l'empêcher de « faire d'Athènes sa chose » [Xénophon, *Hell.* II, 4, 28-29] ; simple harmoste, Lysandre doit s'incliner devant un roi en campagne. Pausanias prend le contre-pied de la politique de Lysandre et favorise la réconciliation entre Athéniens et la restauration de la démocratie (août-septembre 403). L'attitude de Pausanias permet de faire accepter l'hégémonie spartiate par les démocrates athéniens eux-mêmes. Selon ce roi, dont l'audace intellectuelle égale celle de Lysandre, l'intérêt bien compris de Sparte n'est pas de s'appuyer sur des régimes fragiles et impopulaires, mais de profiter de sa situation d'unique grande puissance pour devenir l'arbitre respecté des luttes civiles à l'intérieur des cités. A son retour à Sparte, le roi fut accusé de trahison mais parvint, de justesse, à obtenir son acquittement.

Probablement dès 403, les éphores cessent de soutenir les décarchies établies par Lysandre ; ils ne maintiennent plus systématiquement des harmostes dans toutes les cités ; nous n'avons aucune indication relative au tribut, mais il est probable que Sparte renonça à une perception régulière et que ses exigences financières à l'égard des cités dépendirent des circonstances. Ce relâchement relatif de l'impérialisme spartiate a des effets très variables. A Samos, les amis de Lysandre gardent quelque temps encore le pouvoir. Ailleurs, l'écroulement des décarchies ne signifie pas nécessairement la fin des violences. A Byzance, par exemple, les luttes civiles reprennent, au point que les Byzantins demandent aux Spartiates un stratège qui impose son arbitrage ; Sparte envoie Cléarque, qui se conduit en tyran, et les Spartiates doivent charger un autre Lacédémonien de chasser Cléarque *manu militari* [Diodore XIV, 12].

Alors que les autorités de Sparte prennent de plus en plus le contre-pied de sa politique, Lysandre entreprend une tournée des grands sanctuaires oraculaires – Delphes, Dodone, l'oracle de Zeus Ammon à Siwa. Ses adversaires prétendent qu'il cherche à obtenir à prix d'argent des prédictions favorables à des projets révolutionnaires. Un prêtre d'Ammon l'accuse d'avoir cherché à le corrompre, et un procès lui est intenté à Sparte. La manœuvre échoue : Lysandre est acquitté [Diodore XIV, 13, 6-8]. Ses ennemis sont parvenus à l'affaiblir, non à l'abattre.

Privé de pouvoir, écarté des fonctions officielles (de 403 à l'avènement d'Agésilas, il n'est mentionné qu'une fois, comme ambassadeur auprès de Denys de Syracuse), Lysandre reste par sa seule présence un facteur de tension. Le chef le plus brillant de Sparte a été victime de la « jalousie » des rois et des notables. Le déshonneur infligé à un homme de mérite exceptionnel est particulièrement scandaleux dans un régime aristocratique qui exalte l'émulation. Une telle injustice, comme l'a souligné Aristote [*Pol.* V, 7, 1306 b 33], peut être une cause de révolution.

Les affaires d'Asie

Dans les années qui suivent leur victoire sur Athènes, les Lacédémoniens profitent de leur écrasante supériorité militaire pour ramener à l'obéissance leurs « alliés » éléens qui avaient manifesté un peu trop d'indépendance. Ils envoient un ultimatum aux Éléens leur ordonnant d'accorder l'« autonomie » à leurs cités périèques ; la démarche, et le prétexte invoqué, seront souvent repris jusqu'en 371. Devant le refus éléen, le roi Agis conduit deux campagnes en 400 et en 399, qui contraignent les Éléens à se soumettre.

Ce sont cependant les affaires d'Asie qui occupent le plus les autorités de Sparte de 403 à 397. En vertu des traités conclus avec le Roi en 412, les Spartiates auraient dû, après la victoire, rembourser les sommes qu'ils avaient reçues ; cette clause resta à jamais lettre morte. En outre et surtout, les Spartiates avaient reconnu la suzeraineté du Grand Roi sur toutes les cités grecques d'Asie : à partir de 405, les satrapes perses peuvent donc légitimement exiger de prélever le tribut et, s'ils le souhaitent, d'installer des garnisons dans les cités asiatiques « libérées » de la domination athénienne. Les renseignements dont nous disposons sur la politique asiatique de Sparte de 405 à 401 sont assez rares, mais il semble que l'attitude lacédémonienne ait varié selon les cités : tantôt, comme à Chalcédoine, les Spartiates maintiennent un contrôle étroit qui empêche toute intervention perse ;

tantôt, comme à Milet, ils retirent leurs garnisons et leurs harmostes, permettant ainsi aux pressions perses de s'exercer sans contrepoids.

La situation assez confuse des parties occidentales de l'empire perse dans les dernières années du ve siècle élargit la marge de manœuvre dont dispose Sparte. Lorsque le fils aîné de Darius II succède à son père sous le nom d'Artaxerxès II Mnèmon (au début de 404), Tissapherne accuse Cyrus de comploter contre son frère : le jeune prince est emprisonné, mais sa mère Parysatis obtient sa grâce et le fait rétablir dans son commandement à Sardes. Là, il se trouve à nouveau en rivalité avec le satrape Tissapherne. Les Grecs d'Asie ont alors la possibilité de faire acte d'allégeance à Cyrus (c'est plutôt le choix des oligarques, et notamment des anciens amis de Lysandre), à Tissapherne (c'est quelquefois le choix des démocrates)… ou d'attendre.

Tout en affichant un loyalisme sans faille, et en versant scrupuleusement à son frère le tribut qu'il perçoit, Cyrus charge ses « hôtes » grecs de recruter pour lui des troupes de mercenaires : la tâche n'est pas difficile parce que beaucoup d'hoplites se trouvent démobilisés à la fin de la guerre du Péloponnèse. Cyrus obtient aussi le soutien officiel des autorités de Sparte : un corps de 800 hoplites laconiens, conduits par Cheirisophos, vient se joindre à l'expédition, et le navarque Samios fournit à l'armée de Cyrus un appui maritime jusqu'en Cilicie. Les Spartiates justifient leur attitude par la reconnaissance envers un homme qui avait beaucoup contribué à leur victoire sur Athènes, mais les véritables raisons de leur engagement ne sont pas claires : peut-être Cyrus avait-il promis de reconnaître l'« autonomie » des cités grecques d'Asie – c'est-à-dire l'autorité spartiate sur la région.

L'expédition dite des Dix-Mille est particulièrement célèbre à cause du récit qu'en a présenté Xénophon dans *L'Anabase*. Cyrus cache d'abord à ses troupes le but de l'expédition et prétend qu'il veut seulement soumettre les Ciliciens. Une fois arrivé sur l'Euphrate, Cyrus ne peut plus dissimuler qu'il mène son armée contre son frère Artaxerxès : les soldats protestent énergiquement, puis se laissent convaincre par la promesse de belles récompenses. La bataille décisive a lieu à Counaxa, non loin de Babylone, en mars 401 : les mercenaires grecs, si l'on en croit Xénophon, mettent en fuite aisément les troupes qui leur sont opposées [I, 8, 17-20], mais Cyrus est tué au cours du combat. Les Grecs se retrouvent isolés au sein d'un immense empire contrôlé par Artaxerxès. Bien que Tissapherne ait fait traîtreusement assassiner leurs chefs, ils refusent de se laisser désarmer, désignent de nouveaux stratèges et choisissent la seule route qui ne soit pas bloquée, celle qui passe par les montagnes du Kurdistan et de l'Arménie, au milieu de peuples qui échappent partiellement à l'autorité du Grand Roi.

Dès le IVe siècle, on a vu souvent dans la retraite des Dix-Mille la preuve de la désorganisation de l'empire perse, la preuve aussi de la supériorité des hoplites grecs sur les Barbares. Le récit de Xénophon fait cependant apparaître que l'armée grecque se heurta à beaucoup d'obstacles et que sa longue marche fut pénible et meurtrière ; les deux préoccupations constantes des soldats étaient la survie et le butin.

Les Grecs se sentent dans un monde moins hostile dès qu'ils aperçoivent la mer. Un grand cri s'élève alors de l'armée : « *Thalatta ! Thalatta !* » [*Anabase* IV, 7, 21-25]. Ils ne sont pas pour autant tirés d'affaire. Les cités grecques de la côte pontique, loin de les accueillir, les tiennent à distance comme des pillards. En outre, la plupart des soldats ne peuvent pas, ou ne veulent pas, rentrer chez eux les mains vides. A la fin de leur « retraite », dès lors qu'ils refusent de fonder une colonie comme le leur suggère Xénophon, il ne leur reste qu'une possibilité : s'engager comme mercenaires, en espérant cette fois une bonne solde, ou beaucoup de butin.

Débarrassé de Cyrus, Tissapherne reprend le contrôle de sa satrapie peu après Counaxa. Il exige la soumission des cités ioniennes et met le siège devant Kymè. Les Grecs d'Asie font appel à Sparte qui, en 400, envoie à leur secours l'harmoste Thibron à la tête de 1 000 néodamodes et de 4 000 Péloponnésiens. Cette décision, qui permet aux Spartiates de se vanter de protéger la liberté des Grecs, signifie aussi que Sparte accepte d'entrer en conflit avec le souverain achéménide. Malgré le renfort de 5 000 survivants de la retraite des Dix-Mille, commandés par Xénophon, Thibron n'obtient pas de résultats militaires jugés satisfaisants ; on lui reproche en outre de laisser son armée piller le territoire des cités ioniennes. Son successeur, l'habile Dercylidas, surnommé « Sisyphe » à cause de ses ruses, sait profiter des dissensions entre Tissapherne et Pharnabaze : il conclut une trêve avec Tissapherne pour pouvoir piller le territoire de Pharnabaze, puis une trêve avec Pharnabaze pour pouvoir guerroyer en Thrace. Quand les armées des deux satrapes sont enfin réunies (peut-être au printemps 397), Spartiates et Perses conviennent d'une trêve ; ils se font connaître les conditions auxquelles ils seraient disposés à faire la paix, l'« autonomie » des cités grecques dans le cas de Dercylidas, le retrait de l'armée grecque et des harmostes lacédémoniens dans le cas des satrapes perses [*Hell.* III, 2, 19-20] ; ces propositions doivent être transmises à Sparte et au Grand Roi.

Sans remporter de grande victoire, les troupes de Dercylidas, par leur présence et leurs opérations de pillage, embarrassent et inquiètent les satrapes perses d'Anatolie occidentale. Il est vraisemblable que les négociations engagées au début de 397 visent à gagner du temps : Pharnabaze va encourager le Grand Roi à une grande contre-offensive sur mer et lui conseillera de confier les opérations maritimes à l'Athénien Conon, alors réfugié à Chypre auprès du roi Évagoras de Salamine [Diodore XIV, 39].

L'avènement d'Agésilas et la conspiration de Cinadon

Après la mort du roi eurypontide Agis II (probablement en 398), sa succession [5] est revendiquée à la fois par son frère Agésilas et par « celui qui se disait son fils », Léotychidas. Agésilas rappelle que l'épouse d'Agis avait eu une liaison avec Alcibiade pendant son séjour à Sparte et qu'un tremblement de terre avait obligé Alcibiade à sortir de la chambre de la reine, au vu et au su de tous, neuf mois avant la naissance de Léotychidas [*Hell.* III, 3, 2]. Selon certaines rumeurs, Alcibiade aurait même poussé la goujaterie jusqu'à déclarer que, s'il faisait l'amour avec la reine, ce n'était pas pour le plaisir, mais pour que ses descendants règnent sur Sparte [Plutarque, *Alcibiade* 23, 8]. Contre Agésilas, qui était boiteux, le devin

5. La royauté spartiate est une double royauté. Deux dynasties royales, les Agiades et les Eurypontides, qui prétendent descendre de jumeaux eux-mêmes issus d'Héraclès, règnent conjointement à Sparte. Dans chacune des dynasties, la succession est héréditaire.

Diopeithès invoque « un oracle d'Apollon qui recommandait de se garder d'une royauté boiteuse ». Lysandre intervient alors en faveur d'Agésilas et déclare qu'une royauté boiteuse, ce n'est pas le règne d'un homme qui claudique à la suite d'un accident, mais le règne d'un homme qui n'est pas de la race royale des Héraclides. « La cité » – peut-être l'Assemblée du peuple – désigne Agésilas comme roi [*Hell.* III, 3, 1-4]. On ne saurait dire si la conviction que Léotychidas était illégitime emporta la décision chez les Spartiates, ou si des considérations plus politiques ont joué un rôle déterminant. Il est sûr, en tout cas, que Lysandre espère exercer à nouveau une grande influence par l'intermédiaire d'Agésilas, qui a été son éromène et qui reste un ami très proche.

Moins d'un an après l'avènement d'Agésilas (probablement au début de 397), alors que le roi offrait un sacrifice, un devin lui dit que les dieux lui révélaient une conspiration des plus terribles. Quelques jours plus tard, un dénonciateur vient informer les éphores qu'une conspiration se préparait sous la direction d'un certain Cinadon, un jeune homme énergique qui n'appartenait pas à la classe des Égaux. Selon l'informateur, les meneurs au courant des préparatifs étaient peu nombreux, mais Cinadon comptait sur l'appui de la masse des hilotes, des néodamodes, des inférieurs et des périèques, qui détestaient tant la petite minorité privilégiée des Spartiates « qu'ils ne pouvaient dissimuler qu'ils auraient plaisir à les manger tout crus ». Beaucoup de ces insurgés potentiels, qui servaient dans l'armée lacédémonienne, avaient des armes; les autres combattraient avec des haches, des faucilles et d'autres outils. Les éphores éloignent Cinadon avant de l'arrêter, en lui confiant une mission dans une bourgade de Laconie : nous apprenons ainsi que Cinadon était un auxiliaire de la police secrète de Sparte. Lors de son interrogatoire, Cinadon justifie ses projets révolutionnaires par la volonté de « n'être, à Lacédémone, l'inférieur de personne » [*Hell.* III, 4, 11]. Comme l'a souligné R. Vattuone, la formule sonne comme un écho aux propos prêtés à Lysandre : dans les deux cas, des individus énergiques s'insurgent contre un système qui leur refuse un rang correspondant à leur mérite.

Il est possible que la gravité du complot de Cinadon ait été exagérée par les informateurs spartiates de Xénophon, c'est-à-dire par Agésilas et ses amis. Même si c'est le cas, l'épisode révèle l'inquiétude des couches dominantes de Sparte et leur crainte d'une coalition de toutes les classes dominées dans un soulèvement commun. Quelques précisions sur la structure sociale de Sparte et son évolution sont ici indispensables.

La société lacédémonienne comporte traditionnellement trois classes socio-juridiques.

Les *Homoioi* (« Égaux » ou plutôt « Semblables ») sont les seuls à jouir de la citoyenneté spartiate. Ils n'exercent aucune activité économique et vivent des redevances que leur versent les hilotes qui cultivent leurs lots de terre. Citoyens à plein temps, ils se consacrent exclusivement – en principe – à l'entraînement militaire et à la politique. Ils reçoivent une éducation collective et doivent participer chaque jour à des repas en commun, les *syssities*.

Les périèques sont les hommes libres qui habitent les bourgades à la périphérie du territoire lacédémonien ; ils exercent des activités variées (agricoles et artisanales notamment) et il y a parmi eux de grandes différences de richesse. Ils n'ont pas de droit politique, mais doivent participer aux expéditions militaires décidées par les Spartiates.

Les hilotes sont des paysans asservis qui doivent travailler les lots de terre possédés par les *Homoioi* dans les deux grandes plaines de Laconie et de Messénie. Ils sont soumis à de nombreuses humiliations. Leur statut de dépendance est héréditaire, et ils forment des communautés villageoises homogènes. Les hilotes de Messénie entretiennent avec nostalgie le souvenir de leur liberté d'avant la conquête spartiate du VIIe siècle. Ils se sont révoltés après le tremblement de terre de 464, et l'une des grandes préoccupations des Spartiates est d'éviter un nouveau soulèvement.

Le développement de classes intermédiaires entre les Spartiates et les hilotes est un phénomène plus récent de l'histoire de Sparte. Il semble que, comme le fait Xénophon à propos de la conspiration de Cinadon, on puisse distinguer les *hypomeiones*, Spartiates déchus, et les *néodamodes*, hilotes affranchis.

Pour garder son statut de citoyen, un Spartiate doit pouvoir payer son écot aux repas en commun. Quand un lot de terre doit être partagé entre deux fils, il est fréquent que l'un et l'autre perdent les moyens de tenir leur rang. Lorsque les rois avaient un droit de regard sur le mariage des *patrouchoi* – filles héritières des biens paternels, en l'absence de fils – et sur les adoptions [Hérodote VI, 57], ils s'efforçaient peut-être de limiter à la fois le morcellement et la concentration des domaines fonciers. Ce contrôle royal paraît s'être estompé progressivement ; il a en tout cas disparu au IVe siècle [Aristote, *Pol.* II, 9, 1270 a 25-28]. Dès le milieu du Ve siècle au moins, il semble que les Spartiates aient compté de moins en moins sur des mécanismes régulateurs en train de tomber en désuétude, et qu'ils se soient efforcés de n'avoir qu'un fils. Ce comportement explique en partie le déclin démographique très net du corps civique dès le Ve siècle : les Spartiates en âge de combattre, qui étaient 8 000 en 479, lors de la bataille de Platées, sont moins de 3 000 en 418, lors de la bataille de Mantinée. Pendant la guerre du Péloponnèse, les Spartiates prennent conscience du handicap que représente leur petit nombre. C'est peut-être au début de cette guerre qu'ont été prises les diverses mesures évoquées par Xénophon au chapitre 1 de *La République des Lacédémoniens* (brimades aux célibataires, pressions sur les vieux maris pour qu'ils prêtent leurs épouses à des jeunes gens vigoureux). Il est probable qu'il y a eu alors parmi les Spartiates un relatif sursaut nataliste, mais le phénomène n'enraya pas la diminution du nombre des citoyens : au contraire, son principal effet paraît être d'avoir multiplié le nombre des inférieurs d'origine spartiate.

L'apparition au premier plan de cette catégorie en 397, lors de la conspiration de Cinadon, s'explique principalement par des pratiques successorales relativement anciennes et par l'évolution démographique de la seconde moitié du Ve siècle. La victoire de Sparte sur Athènes n'a pas entraîné tout d'un coup la corruption d'un système social auparavant tout à fait stable. Reste qu'au début du IVe siècle, selon Plutarque [*Agis* 5, 3-5], une nouvelle disposition aurait permis l'aliénation du *klèros*, le lot de terre hérité des ancêtres : l'éphore Épitadeus aurait rédigé et fait voter une loi permettant de donner ou de léguer ce *klèros*. Alors que se développe à Sparte la circulation des métaux précieux, malgré une loi qui en interdit la détention [Xénophon, *République des Lacédémoniens* 14], il est vraisemblable que la plupart des « dons » et des « legs » sont des ventes camouflées. Des Spartiates enrichis versent (clandestinement) de l'argent à des concitoyens appauvris pour les aider à tenir leur rang ou simplement à survivre, et accaparent (tout à fait officiellement) leurs terres. A côté d'inférieurs incapables de payer leur écot aux syssities parce que leur domaine est trop petit, en apparaissent d'autres qui sont totalement dépouillés des terres de leurs ancêtres.

Les hilotes affranchis constituent une seconde catégorie intermédiaire. L'utilisation des hilotes dans l'armée de Sparte, comme valets d'armes ou comme auxiliaires légèrement armés, est tout à fait traditionnelle. A partir de 424, les Spartiates ont aussi recruté à plusieurs reprises des hilotes pour combattre comme hoplites. La plupart d'entre eux ont reçu le nom de *néodamodes*, littéralement « nouveaux citoyens ». A court terme, cet enrôlement ne présentait que des avantages : il accroissait la puissance militaire de la cité, et il éloignait les hilotes les plus entreprenants, limitant ainsi le risque d'agitation révolutionnaire. Plus tard, lors de la démobilisation qui suit la victoire sur Athènes, ces « nouveaux citoyens » qui ne sont pas « citoyens », qui n'ont pas de terres et qui forment une masse au statut ambigu et sans moyen d'existence, posent à leur tour un grave problème social.

Il faut aussi mentionner parmi les « inférieurs » les *nothoi*, bâtards de citoyens spartiates et de femmes hilotes, ainsi que les *mothakes* : ce terme obscur paraît désigner notamment les fils d'hilotes et les fils d'inférieurs qui ont reçu l'*agôgè*, la fameuse éducation spartiate.

Il y avait trois points communs entre toutes ces catégories intermédiaires :

– contrairement aux périèques et aux hilotes, la plupart des « inférieurs » au sens large ne travaillent pas (même si quelques-uns, peut-être, exercent des activités artisanales) ;

– comme les *Homoioi*, la plupart des membres de ces catégories intermédiaires se consacrent à l'activité militaire ;

– contrairement aux Égaux, en revanche, ces « inférieurs » ne possèdent en général aucun domaine foncier et n'ont par voie de conséquence aucun revenu propre.

Les catégories intermédiaires se trouvent dans une situation tout à fait anormale par rapport aux règles de division des tâches qui justifiaient idéologiquement le système spartiate : ils avaient la même spécialisation militaire que les Égaux, sans bénéficier des droits économiques et politiques des Égaux. Un tel décalage pouvait créer chez certains d'entre eux ce sentiment profond d'injustice dans lequel Aristote, au livre V de *La Politique*, voyait la cause profonde de toute révolution.

Les classes dirigeantes de Sparte considéraient les catégories intermédiaires comme des classes d'autant plus dangereuses qu'elles étaient armées et entraînées. Elles craignaient par-dessus tout une coopération de ces groupes avec les hilotes dans un soulèvement commun. C'est pour atténuer ces dangers que les Spartiates, à deux reprises, autorisèrent Denys de Syracuse à recruter des mercenaires sur le territoire lacédémonien : le tyran établit la plupart d'entre eux à Léontinoi [Diodore XIV, 78]. Le moyen le plus simple d'éloigner ces soldats indésirables à Sparte était cependant de les enrôler dans les expéditions que la cité organisait au loin. En outre, les Spartiates n'imaginaient pas d'entretenir dans l'inactivité un grand nombre d'inférieurs, ni à titre privé ni aux frais de la cité : seule la guerre pouvait nourrir ces guerriers sans moyens d'existence.

Le développement des diverses catégories d'inférieurs à partir de la guerre du Péloponnèse est probablement l'une des clefs de l'impérialisme spartiate et de la propension de la cité à intervenir au loin, qui contrastent avec la timidité de la politique lacédémonienne d'avant 432. A cet égard, la grande expédition d'Agésilas en Asie, à partir de 396, est en partie une réponse à la conspiration de Cinadon.

L'expédition d'Agésilas en Asie

Au début de 396, grâce à l'appui de Lysandre, Agésilas obtient le commandement des opérations en Asie et part à la tête d'un contingent de 2000 néodamodes et 6000 alliés destinés à renforcer les troupes déjà engagées contre le Grand Roi. Agésilas donne d'emblée à son expédition l'allure d'une croisade panhellénique. Comme un nouvel Agamemnon s'apprêtant à partir pour une nouvelle guerre de Troie, Agésilas veut célébrer à Aulis un sacrifice en l'honneur d'Artémis (au contraire du père d'Iphigénie, cependant, il offre d'emblée une biche à la déesse). Les magistrats fédéraux de Béotie, les béotarques, l'empêchent de célébrer ce rite [*Hell.* III, 4, 3-4] : il est clair que tous les Grecs ne reconnaissent pas l'hégémonie du roi de Sparte partant en guerre contre « le Barbare ».

Arrivé en Asie, Agésilas s'empresse de se débarrasser de Lysandre, dont le prestige et les relations lui font ombrage. Sa méthode est simple : il refuse systématiquement de donner suite aux requêtes qui lui sont transmises de la part de Lysandre, jusqu'à ce que ce dernier, humilié, lui demande de quitter l'état-major de l'armée.

Si l'on en croit l'*Agésilas* de Xénophon, éloge posthume du roi de Sparte [1, 7], l'intention initiale d'Agésilas aurait été de conclure la paix – une paix de *statu quo* reconnaissant l'indépendance des cités grecques – ou, si les Perses voulaient la guerre, « de les empêcher de marcher contre les Grecs », c'est-à-dire d'entraver les préparatifs maritimes du Grand Roi par une expédition préventive sur terre et sur mer. Tissapherne obtient une trêve de trois mois, mais il apparaît vite que le satrape continue ses préparatifs militaires. Agésilas dénonce bruyamment les parjures et la perfidie de son adversaire, et développe diverses campagnes de propagande, à l'égard tant des Grecs que des Perses. Pour développer chez ses soldats le mépris de l'ennemi, il fait vendre nus les prisonniers : les Grecs, qui leur voyaient la peau blanche (parce qu'ils étaient toujours habillés) et le corps mou et flasque (parce qu'ils se déplaçaient toujours en char), en concluaient que la guerre contre ces barbares serait comme « une guerre contre des femmes » [*Hell.* III, 4, 19]. Dans le même temps, il fait miroiter son soutien à divers satrapes et dignitaires s'ils se conduisent en hommes libres, c'est-à-dire s'ils se révoltent contre le Grand Roi [*Hell.* IV, 1, 34-35 notamment]. Aucun de ces thèmes n'est tout à fait nouveau. Leur emploi systématique au cours de la première expédition grecque de grande envergure sur le sol asiatique n'en est pas moins remarquable.

Sur terre, Agésilas remporte une nette victoire sur les troupes de Tissapherne près de Sardes, soumet au pillage le territoire royal en Anatolie occidentale et amasse un butin considérable. Les revers perses sont jugés assez graves pour qu'Artaxerxès destitue Tissapherne et le fasse décapiter. Il semble qu'Agésilas, fort de ces premiers succès et disposant d'un puissant arsenal à Éphèse, puisse désormais pousser son armée plus à l'est, vers la Cappadoce et au-delà : Xénophon lui prête même l'intention de détruire complètement la puissance perse [*Hell.* III, 5, 1 ; *Agésilas* I, 36].

En 395, Agésilas reçoit aussi le commandement de la flotte [*Hell.* III, 4, 27]. Cette exceptionnelle concentration de pouvoirs est la conséquence des revers subis par le précédent navarque, Pharax : les Rhodiens se sont révoltés contre Sparte et ont accueilli la flotte de Conon et Pharnabaze [Diodore XIV, 79, 6-8]. Agésilas équipe de nouvelles trières et délègue son pouvoir sur la flotte à son beau-frère Peisandros, qui se révélera très vite un incapable. Alors qu'Agésilas semble se préparer à poursuivre l'invasion de l'Anatolie, la contre-offensive perse menace les positions spartiates en mer Égée.

Le Grand Roi dispose d'autres armes, plus efficaces encore, pour obliger Agésilas à lâcher prise en Asie : l'or et l'argent. Sur l'ordre du nouveau satrape Tithraustès, le Rhodien Timocratès parcourt les cités grecques pour distribuer des fonds destinés à financer une guerre contre Sparte en Grèce même.

La guerre de Corinthe

La propagande lacédémonienne ne s'est pas privée d'accuser les adversaires de Sparte de s'être laissé corrompre par l'or perse pour saboter la campagne panhellénique d'Agésilas. Contre cette explication partisane simpliste, l'auteur des *Helléniques* d'Oxyrhynchos tient à souligner que l'hostilité à Sparte avait commencé à se manifester dans de nombreuses cités bien avant la mission de Timocratès [10, 2 éd. Chambers]. L'historien anonyme nous donne à ce propos quelques aperçus précieux sur les luttes politiques à l'intérieur des cités.

A Thèbes (et dans l'ensemble de la Confédération béotienne alors dominée par Thèbes) s'affrontent deux grandes factions, celle de Léontiadès, qui est favorable à Sparte, et celle d'Isménias, dont l'orientation est nettement antilaconienne. Depuis 404, la faction d'Isménias exerce une influence prépondérante à Thèbes, mais craint une intervention lacédémonienne qui établirait une oligarchie étroite au profit de Léontiadès et de ses amis : pour éviter ce risque, Isménias et son « parti » guettent le moment favorable qui permettrait de renverser l'hégémonie lacédémonienne.

A Corinthe, les démocrates sont traditionnellement hostiles à Sparte ; ils ont reçu le renfort de Timolaos, un ancien laconisant qui s'estime mal récompensé de ses services pendant la guerre du Péloponnèse.

A Athènes enfin, les « gens bien nés », les « notables », les propriétaires sont satisfaits de la situation présente – c'est-à-dire de la paix sous hégémonie spartiate. Au contraire, la masse du peuple, nostalgique de l'empire du ve siècle, de sa gloire et de ses profits (soldes et clérouquies notamment), est favorable à une attitude antilacédémonienne. Parmi les hommes politiques, Céphalos, Épicratès et leurs amis encouragent ces sentiments antispartiates et soutiennent des initiatives destinées à affaiblir la cité hégémonique – notamment l'envoi d'armes et de rameurs à Conon. Au contraire, jusqu'en 396 tout au moins, les amis d'Anytos, d'Aisimos et de Thrasybule conseillent la prudence. Thrasybule, l'ancien chef des démocrates exilés en 404, le restaurateur de la démocratie en 403, n'a rien d'un laconisant ; il n'est pas non plus le porte-parole des riches. Simplement, il estime qu'il est suicidaire pour les Athéniens de provoquer Sparte tant qu'Athènes est pauvre et isolée et que l'ancienne puissance victorieuse jouit d'une supériorité militaire écrasante. A la fin de l'été 396, un certain Démainétos part rejoindre Conon à la tête d'une des douze trières de la cité, après avoir obtenu, semble-t-il, l'accord « secret » du Conseil des Cinq-Cents. Les amis de Thrasybule protestent à l'Assemblée, soulignent la gravité du risque encouru, et obtiennent que la cité se désolidarise de Démainétos et le fasse savoir à l'harmoste lacédémonien établi dans l'île d'Égine afin qu'il punisse « le coupable » s'il le désire [*Hell. Ox.* 9, 3] ; Démainétos échappe cependant aux tentatives d'interception de sa trière.

Quelques mois plus tard, Thrasybule estime que la prudence n'est plus de mise. Au début de 395, la faction thébaine d'Isménias, probablement encouragée par les subsides perses, s'est arrangée pour envenimer les habituelles querelles frontalières entre Locriens et Phocidiens. Les Locriens font appel aux Thébains, qui envahissent la Phocide. Les Phocidiens font alors appel à leurs alliés spartiates. Pour affronter les Spartiates en Grèce centrale, les Thébains demandent l'alliance d'Athènes. L'Assemblée décide à l'unanimité de porter secours aux Thébains. Thrasybule lui-même, qui est chargé de transmettre aux Thébains la décision de la cité, a pris parti pour la demande d'alliance thébaine, parce qu'elle permet de rompre l'isolement diplomatique et militaire d'Athènes.

Les Lacédémoniens, confiants dans leur supériorité et rendus optimistes par les succès asiatiques d'Agésilas, saisissent « avec joie » l'occasion d'une campagne contre Thèbes, dont l'attitude les irritait depuis longtemps [*Hell.* III, 5, 5]. Les éphores prévoient une double invasion de la Béotie : Lysandre viendrait du nord-ouest, avec les troupes qu'il aurait recrutées parmi les Phocidiens et les autres alliés septentrionaux de Sparte, tandis que le roi Pausanias s'avancerait du sud avec les Lacédémoniens et les autres Péloponnésiens. Les deux armées devaient faire leur jonction sous les murs d'Haliarte. Soit que Lysandre ait tenté de remporter seul une victoire, sans attendre son vieil adversaire, soit que Pausanias, délibérément ou non, ait pris un peu de retard, les troupes de Lysandre affrontent seules les Thébains ; leur chef est tué et les pertes sont assez importantes. Pausanias, arrivé après la bataille, conclut une trêve pour retirer les morts et accepte de rentrer dans le Péloponnèse. A son retour, il est accusé de trahison, destitué et condamné à mort par contumace.

Les alliés de la coalition antispartiate – Athéniens, Thébains, Corinthiens et Argiens – établissent un conseil commun qui siège à Corinthe. Ils obtiennent rapidement de nombreux ralliements – Eubéens, Leucadiens, Acarnaniens, cités de Chalcidique [Diodore XIV, 82]. Les Spartiates jugent la situation très grave : une invasion du Péloponnèse provoquerait des défections parmi les alliés de Sparte, et une dissolution de la Confédération péloponnésienne encouragerait des révoltes d'hilotes (notamment en Messénie). Au début de 394, les éphores rappellent d'Asie Agésilas, qui rentre en Grèce avec une grande partie de ses troupes, après avoir fait des adieux touchants à ses amis ioniens [*Hell.* IV, 2, 3-4]. Du fait de l'impopularité spartiate en Grèce, l'or perse a obtenu, en un an, le résultat recherché.

Avant même l'arrivée d'Agésilas, au début de l'été, les Spartiates remportent une victoire très nette sur les coalisés, à Némée, près de l'isthme de Corinthe. Arrivé en Béotie (par la Thrace, la Macédoine et la Thessalie), Agésilas inflige aux adversaires de Sparte une seconde défaite à Coronée. La situation de Sparte n'est pas pour autant rétablie car, le même été 394, la flotte lacédémonienne de Peisandros est écrasée près de Cnide par Conon et Pharnabaze. De nombreuses cités, dans les îles comme sur la côte asiatique, chassent alors les garnisons spartiates et « se libèrent » avec l'appui de Conon et de Pharnabaze. Comme leurs adversaires oligarques l'avaient fait pour Lysandre, les démocrates de Samos et d'Éphèse érigent des statues à Conon.

Au printemps suivant, Conon et Pharnabaze exploitent leur supériorité sur mer dans la partie occidentale de l'Égée. Ils s'emparent de Cythère, ce qui constitue une menace directe pour la sécurité de Sparte. Leurs vaisseaux viennent aussi mouiller dans le golfe Saronique. Une grande flotte commandée par un Athénien réapparaît au Pirée, pour la première fois depuis Aigos-Potamos. Grâce à l'argent perse, Conon finance la reconstruction des Longs Murs, ce qui met de nouveau la ville d'Athènes à l'abri d'une attaque de Sparte. Célébré comme un second Thémistocle, Conon reçoit dans sa propre cité l'honneur exceptionnel d'une statue.

La paix d'Antalcidas

Sparte a perdu son influence dans les cités grecques d'Asie ; elle a perdu sa maîtrise de la mer Égée ; son hégémonie en Grèce continentale est elle-même menacée. L'un des négociateurs les plus intelligents de Sparte, Antalcidas, entreprend alors de tirer parti du redressement athénien pour inquiéter les Perses : Conon, dit-il, utilise l'argent du Roi pour reconstruire l'empire athénien, ce qui va à l'encontre des intérêts perses. Antalcidas fait valoir que sa patrie est prête à reconnaître la suzeraineté du Roi sur les cités grecques d'Asie (ce qui marque un retour aux traités de 412-411) et suggère que les cités grecques des îles et du continent européen soient « autonomes » : de la sorte, toute coalition contre le Roi deviendrait impossible [*Hell.* IV, 8, 14]. Le satrape Tiribaze est favorable à ces propositions. Il fait arrêter Conon quand celui-ci se présente à Sardes à la tête d'une ambassade athénienne ; libéré un peu plus tard, Conon meurt de maladie à Chypre.

Des négociations s'engagent à Sparte pour préciser les clauses de la paix. Les ambassadeurs athéniens obtiennent quelques concessions, en particulier la reconnaissance de l'autorité d'Athènes sur les trois îles de Scyros, d'Imbros et de Lemnos, points stratégiques sur la route du blé partiellement occupés par des clérouquies athéniennes. Parmi ces négociateurs figure Épicratès, l'un des va-t-en-guerre de 396 : cet homme politique n'est pas nécessairement un opportuniste qui aurait fait volte-face, il est possible qu'il soit satisfait des résultats de quatre années de guerre, et qu'il juge impossible d'obtenir plus pour le moment. C'est en tout cas l'argumentation que développe à l'Assemblée un autre des ambassadeurs, l'orateur Andocide, dans le discours *Sur la paix* que la tradition nous a conservé. Andocide insiste à plusieurs reprises sur la reconstruction des remparts et sur la flotte qu'Athènes est en train de reconstituer. En critiquant ceux qui répliquent que « ce ne sont pas les murs qui donnent de quoi manger » [§ 36], il nous donne un aperçu précieux sur l'état d'esprit des Athéniens les plus pauvres, et sur les raisons de l'impérialisme athénien renaissant. Certes, reconnaît Andocide, la paix n'assure aux Athéniens ni la Chersonèse – visiblement le prochain objectif de l'expansion athénienne – ni leurs « anciennes possessions » [§ 15] ; mais, pour rétablir son empire, Athènes devrait affronter à la fois les Spartiates et les Perses, et son équipement militaire ne lui permet pas d'espérer une double victoire, d'autant que les Béotiens s'apprêtent, eux, à conclure la paix.

Andocide ne dit rien de la souveraineté perse sur les cités grecques d'Asie : c'est cet abandon des Ioniens au Grand Roi qui, selon l'historien Philochore [*Fr. Gr. Hist.*, n° 328, F 149], suscita les plus vives protestations à l'Assemblée et qui contribua le plus au rejet athénien de la paix.

Le projet de paix négocié entre Antalcidas et Tiribaze n'obtint pas non plus l'agrément d'Artaxerxès, qui continuait à se méfier des Spartiates, et qui remplaça Tiribaze par un satrape proathénien, Strouthas.

La guerre dura encore six ans. En Grèce, les combats se déroulèrent surtout en Corinthie. Pour se protéger de leurs concitoyens de tendance oligarchique – et des Spartiates –, les démocrates corinthiens conclurent un accord de *sympoliteia* avec Argos ; Argiens et Corinthiens formaient désormais une seule cité, au régime démocratique ; les oligarques péloponnésiens parlèrent bien sûr d'une annexion de Corinthe par Argos. Sparte connut un grave revers en 390 près de Léchaion, quand un bataillon de son armée tomba dans une embuscade tendue par le stratège athénien Iphicrate et que 270 soldats lacédémoniens succombèrent sous les coups de peltastes (fantassins armés légèrement) : c'est la plus grande humiliation qu'aient eu à subir les hoplites de Sparte depuis la capitulation de Sphactérie en 425.

En mer Égée, le navarque lacédémonien Téleutias tente de reprendre Rhodes (peut-être à partir de l'été 391). Élu stratège au printemps 390, Thrasybule est envoyé contre lui à la tête de quarante vaisseaux. Il soumet en chemin les cités de Lesbos ainsi que l'île de Chios, puis, voyant que Rhodes ne risque pas de tomber rapidement, entreprend une grande croisière dans le nord de l'Égée ainsi que dans la région des Détroits : non seulement il obtient le ralliement de nombreuses cités – Thasos, Byzance, Chalcédoine en particulier –, mais il rétablit diverses taxes au profit des Athéniens (en particulier des droits de 5 % sur toute marchandise franchissant le Bosphore) et lève sur les alliés des sommes considérables. Il semble que Thrasybule, persuadé que le rapprochement entre Sparte et les Perses était inévitable à terme, ait cherché à recréer sans attendre les bases de l'empire athénien du ve siècle : si Athènes, grâce aux taxes et aux tributs, parvient à reconstituer une flotte importante qui lui assure la domination des mers, tous devront de gré ou de force reconnaître sa puissance restaurée. Pour cet ancien ami d'Alcibiade, il n'est probablement pas très grave que les méthodes utilisées soient un peu brutales et que certains reprochent à nouveau aux Athéniens leur impérialisme.

Thrasybule ne peut mener à bien son grand dessein car les gens d'Aspendos, en Pamphylie, pour se venger de pillages athéniens, l'assassinent dans sa tente, probablement à l'automne 389 [*Hell.* IV, 3, 30]. La mort évita à Thrasybule de se voir intenter une *eisangélie*, comme ceux de ses amis qu'il avait associés à son expédition : Lysias, dans le *Contre Ergoclès* qu'il rédigea pour un accusateur inconnu, reproche à l'entourage de Thrasybule des exactions contre des cités grecques (ce grief est fondé) mais aussi des détournements de fonds, des projets de trahison et même un complot contre la démocratie [§ 11]. Ergoclès et ses « complices » sont condamnés à mort : le verdict s'explique par les manœuvres de leurs adversaires politiques, par le mécontentement des riches lassés de devoir payer des *eisphorai* (contributions exceptionnelles de temps de guerre), mais aussi par la colère de certains Athéniens pauvres qu'une guerre prolongée a plongés dans la misère.

Les années qui suivent la mort de Thrasybule se caractérisent, semble-t-il, par une diminution de l'effort financier et militaire d'Athènes. Dans le même temps, cependant, le Grand Roi est de plus en plus irrité par l'appui que les Athéniens continuent à fournir au roi de Chypre Évagoras, bien qu'il se soit révolté contre lui. Ce mécontentement le conduit à rétablir le prospartiate Tiribaze dans son commandement à Sardes. Aidée par le satrape et par son allié Denys de Syracuse, Sparte peut envoyer dans la zone des Détroits quatre-vingts navires placés sous le commandement d'Antalcidas, alors qu'Iphicrate dispose seulement d'une vingtaine de trières dans la région. Comme en 405, le ravitaillement athénien est menacé : Athènes doit se résigner à accepter les clauses de la paix négociée entre Spartiates et Perses (les mêmes qu'en 392). Aux délégués venus à Sardes de toutes les cités grecques, Tiribaze donne lecture du rescrit royal, dont Xénophon prétend donner une citation littérale :

> Le Roi Artaxerxès estime juste que les villes d'Asie lui appartiennent, et aussi, parmi les îles, Clazomène et Chypre, et que, par contre, on laisse aux autres villes grecques, grandes et petites, leur autonomie, excepté Lemnos, Imbros, et Scyros, qui, comme par le passé, appartiendront aux Athéniens. Ceux qui ne consentiront pas à ces conditions de paix, je leur ferai personnellement la guerre avec l'aide de ceux qui les accepteront, sur terre, sur mer, avec ma flotte et avec mes richesses [*Hell.* V, 1, 31].

Ce texte n'est pas une convention entre des partenaires égaux. C'est un ordre royal assorti d'un ultimatum. Le Roi – dispensateur de justice dans la tradition achéménide – énonce ses décisions et menace les récalcitrants.

L'affirmation de la souveraineté perse est claire et nette, qu'il s'agisse des cités grecques d'Asie, de Clazomène, petite île proche de la côte ionienne qu'une inscription de

387-386 nous montre très étroitement associée à Athènes [Tod n° 114], ou de Chypre, alors révoltée à l'instigation d'Évagoras. En faisant reconnaître par tous les Grecs des droits qui lui étaient contestés depuis 479, le Grand Roi obtient un grand succès diplomatique. L'or et l'argent versés aux Spartiates pendant la guerre du Péloponnèse, aux Athéniens pendant la guerre de Corinthe, et derechef aux Lacédémoniens en 388 et 387, n'ont pas été dépensés en vain. Isocrate, dans le *Panégyrique,* n'a certes pas tort de dénoncer l'abandon des Grecs d'Asie et de le reprocher principalement aux Spartiates. Il ne faudrait pas cependant exagérer la gravité de cet « abandon » pour les intéressés : certaines cités préféraient l'autorité d'un satrape à l'impérialisme d'Athènes ou de Sparte.

La clause de l'« autonomie » des autres cités n'est pas tout à fait générale. Les Athéniens ont obtenu trois exceptions en leur faveur : Lemnos, Imbros et Scyros leur appartiennent. L'un des axes de la diplomatie athénienne sera d'obtenir la reconnaissance solennelle d'autres exceptions (Amphipolis, la Chersonèse, Samos).

L'autonomie de toutes les cités, grandes et petites, est un beau slogan, mais la notion d'« autonomie » peut faire l'objet d'interprétations fort diverses. Pour la plupart des Grecs, l'autonomie implique l'absence de garnison, l'absence de tribut, le libre choix du régime politique et la souveraineté judiciaire. Les Spartiates ont cependant montré, dès 400, dans leur guerre contre les Éléens, qu'ils étaient prompts à invoquer l'« autonomie » pour briser des regroupements qui les gênaient. Or ce sont les Spartiates qui, jusqu'en 371, vont être les « patrons » (*prostatai*) de la paix du Roi en Grèce. Ce rôle officieux, que les Spartiates doivent au soutien de la cour achéménide et à leur supériorité militaire sur tous les autres Grecs pris isolément, va leur permettre de faire prévaloir leur conception de l'autonomie, au mieux de leurs intérêts à court terme.

2

La fin de l'hégémonie spartiate, de la paix d'Antalcidas à la bataille de Leuctres

L'instauration de l'ordre spartiate en Grèce

Les délégués des cités se réunissent à Sparte pour jurer de respecter la paix du Roi, ce qui manifeste clairement la prééminence de Sparte. Les délégués thébains demandent de prêter serment au nom de tous les Béotiens. Agésilas refuse en faisant valoir que toutes les cités de Béotie doivent être « autonomes » [*Hell.* V, 1, 32]. Pour faire pression sur les Thébains, il rassemble des troupes. Les Thébains – cette fois – s'inclinent et reconnaissent l'« autonomie » des autres cités béotiennes : la Confédération béotienne, dont les *Helléniques* d'Oxyrhynchos [19 éd. Chambers] nous font connaître l'ingénieuse organisation en onze districts fournissant chacun mille hoplites et élisant chacun un béotarque, se trouve ainsi dissoute sur ordre de Sparte. Les adversaires traditionnels de Thèbes en Béotie – Orchomène, Thespies et Platées qui se reconstruit – se réjouissent de retrouver leur indépendance. La majorité des Béotiens – et notamment la faction antilaconienne d'Isménias à Thèbes – aspirent à la restauration de la puissance béotienne et guettent le moment favorable.

Agésilas invoque le même principe d'autonomie – et utilise la même menace d'intervention militaire – pour obliger les Argiens et les Corinthiens à renoncer à l'union des deux cités. Dans Corinthe « autonome », les exilés de tendance oligarchique et laconisante font leur rentrée [*Hell.* V, 1, 34].

Le principe d'« autonomie » n'intervient pas dans les rapports de Sparte avec les petites cités du Péloponnèse. En 385, les Spartiates décident de « châtier » les Mantinéens, qui ont manifesté quelques réticences à les suivre dans les guerres précédentes : quand les Mantinéens assiégés sont obligés de capituler, ils doivent accepter la destruction de leur ville et leur dispersion en quatre bourgades. C'est le fameux *diœcisme* de Mantinée. Dans chacune des quatre bourgades, des aristocrates laconisants retrouvent une influence prépondérante.

Les oligarques exilés de Phlionte (cité d'Argolide) font valoir que les services qu'ils ont rendus à Sparte méritent d'être récompensés. Les éphores demandent aux démocrates phliasiens de décider « librement » d'accueillir ces bannis. Les Phliasiens « pris de peur » acceptent [*Hell.* V, 2, 8-10]. Même lorsqu'ils affectent de respecter l'autonomie d'un allié, les Spartiates ne sont pas crus.

La guerre contre Olynthe

Dans les années 384 et 383, les Lacédémoniens envoient des troupes en Épire, pour aider le roi Alcétas à repousser une invasion illyrienne [Diodore XV, 13, 2-3]. Ils interviennent aussi en Asie, en violation de la paix d'Antalcidas, pour appuyer des satrapes révoltés contre le Grand Roi [Diodore XV, 18-19]. La démobilisation consécutive à la paix de 386 pose de graves problèmes à Sparte – celui de l'entretien des inférieurs notamment – que la cité cherche à régler, ou à éluder, par de nouvelles expéditions lointaines.

En 382, une nouvelle occasion se présente. Des envoyés de deux cités chalcidiennes, Acanthe et Apollonie, viennent se plaindre à Sparte des Olynthiens, qui veulent les forcer à entrer dans la Confédération chalcidienne qu'ils dirigent : les ambassadeurs font valoir qu'ils veulent vivre en cités « autonomes » [*Hell.* V, 2, 14], fournissant ainsi aux Spartiates le prétexte habituel de leurs interventions. Ils soulignent aussi la puissance redoutable des Olynthiens, constituée notamment aux dépens de la Macédoine (selon Diodore XV, 20, 3, c'est une demande d'aide du roi de Macédoine Amyntas qui entraîne la décision spartiate), et les négociations en cours entre Olynthe, Thèbes et Athènes [*Hell.* V, 2, 15]. Les Spartiates savent que les Athéniens n'ont accepté qu'à contrecœur la paix de 386 et que les Thébains ne leur pardonnent pas la dissolution de la Confédération béotienne : ils tiennent à éviter la reconstitution d'une coalition semblable à celle qu'ils durent affronter pendant la guerre de Corinthe. L'expédition que les Spartiates décident de mener en Chalcidique est à cet égard une mesure préventive.

Quand le Congrès de la Confédération péloponnésienne se réunit, la majorité des alliés se prononcent pour la guerre contre Olynthe – surtout, note Xénophon, « ceux qui voulaient plaire aux Spartiates » [*Hell.* V, 2, 20]. Par cette remarque incidente, Xénophon indique que les alliés sont de plus en plus dépendants de Sparte : l'historien est bien placé pour savoir que la plupart des hommes au pouvoir dans les cités péloponnésiennes sont alors des « amis » d'Agésilas. Quoique très complaisants, les alliés péloponnésiens ne sont pas tous enthousiastes pour partir en campagne dans la lointaine Chalcidique : on décida aussi que « les cités qui le demanderaient pussent envoyer de l'argent au lieu d'hommes » [*Hell.* V, 2, 21]. Sparte accepte cet arrangement parce qu'elle dispose alors de troupes largement suffisantes sans le concours de tous les alliés : l'argent des cités dont les hoplites préfèrent rester chez eux va lui permettre de recruter des mercenaires, et surtout de verser une solde à ses néodamodes.

La prise de la Cadmée

Dans le courant de l'été 382, Sparte envoie plusieurs contingents en Chalcidique. L'un d'entre eux, sous la direction de Phoibidas, se détourne de sa route et s'empare de la citadelle de Thèbes, la Cadmée, en accord avec le chef de la faction prolaconienne, Léontiadès. Une garnison lacédémonienne s'installe sur la Cadmée et une oligarchie étroite, dominée par Léontiadès et ses « amis », s'empare du pouvoir dans la cité. Tandis qu'Isménias est incarcéré, trois cents de ses partisans s'enfuient à Athènes.

Le coup de force de Phoibidas, contre une cité avec laquelle Sparte était en paix, est une violation flagrante du principe d'autonomie. C'est aussi une violation des serments qu'ont prêtés les Spartiates. De Xénophon à Plutarque, de nombreux auteurs verront dans cette impiété l'origine des malheurs ultérieurs de Sparte : selon une vision religieuse traditionnelle chez les Grecs, c'est l'acte de démesure (*hubris*) qui déchaîne la vengeance divine, la *Némésis*.

Dans un premier temps, le coup de force contre la Cadmée mécontente les éphores et la majorité des Spartiates, parce que Phoibidas n'a reçu aucun ordre officiel. Agésilas, cependant, fait valoir que, « si Phoibidas a créé une situation nuisible à Sparte, il mérite d'être puni, mais que, si elle est favorable, c'est une vieille coutume que de laisser les gens prendre de telles initiatives » [*Hell.* V, 2, 32] : il est probable que Phoibidas a obéi à des instructions officieuses d'Agésilas. Les Spartiates décident de maintenir leur garnison sur la Cadmée et de soutenir Léontiadès, approuvant ainsi *a posteriori* l'action de Phoibidas. Ce dernier n'est condamné qu'à une amende, et retrouve bientôt un commandement militaire. Au contraire, Isménias est traduit devant un tribunal péloponnésien créé *ad hoc*, il est accusé de médisme (par les *prostatai* de la paix du Roi !), condamné à mort et exécuté. Il est clair désormais que Sparte, en invoquant des prétextes divers selon les circonstances, exerce une domination tyrannique sur la Grèce continentale : l'impérialisme d'Agésilas n'est pas moins brutal que celui de Lysandre, il est seulement plus hypocrite.

Après avoir rencontré beaucoup de résistances et subi quelques revers, les Spartiates, lors de leur quatrième campagne, en 379, obtiennent la reddition d'Olynthe : les Olynthiens doivent devenir les alliés des Lacédémoniens, et les suivre dans les expéditions qu'ils décideront [*Hell.* V, 4, 26], autrement dit accepter leur hégémonie.

Sparte est dans toute la Grèce le « patron » de la paix commune, veillant à sa manière au respect de l'« autonomie » des cités. Elle est aussi parvenue, en 379, à constituer un vaste réseau d'alliances inégales, qui déborde largement le Péloponnèse. Sa domination (*archè*) est apparemment complète et solide [*Hell.* V, 4, 27].

Athènes est cependant moins isolée que ne le dit Xénophon. Dès 384-383, Athènes conclut une alliance défensive avec Chios [Tod n° 118], en précisant bien que cette alliance est conforme à la paix que « le Roi, les Athéniens, les Lacédémoniens et les autres Grecs ont juré d'observer ». Dans le *Panégyrique* qu'il publie en 380, destiné en théorie à être prononcé devant la réunion de tous les Grecs lors des jeux Olympiques (*panègyris*), en fait à être lu dans diverses réunions publiques et privées, Isocrate appelle à la réconciliation d'Athènes et de Sparte et à l'union de tous les Grecs contre le Barbare. Il s'indigne de l'asservissement auquel sont soumises les cités d'Asie et incite les Grecs à entreprendre la conquête d'un empire perse affaibli, mais il s'attache aussi à démontrer qu'Athènes est plus digne de l'hégémonie que Sparte, à cause de ses exploits mythiques, à cause de son rôle pendant les guerres Médiques, mais aussi parce que la Grèce a été beaucoup plus heureuse sous l'autorité d'Athènes au ve siècle que sous la domination de Sparte qui lui a succédé [§ 100-109] : Isocrate ne se prive pas de dénoncer les harmostes, les décarchies et autres oligarchies tyranniques, et surtout la paix d'Antalcidas [§ 110-132]. Isocrate reprend sans aucun doute des thèmes panhelléniques traditionnels développés avant lui (notamment par Gorgias et Lysias), mais il se fait aussi l'écho de reproches adressés aux Spartiates par ses contemporains, et fournit un certain nombre d'arguments à la propagande athénienne, en particulier à son disciple et ami Timothée, le fils de Conon. Du fait des exactions commises par les Spartiates depuis un quart de siècle, les Athéniens bénéficient d'un regain de popularité : un rétablissement de leur influence grâce à la confiance d'autres cités paraît désormais possible.

La libération de Thèbes

Le premier grand défi à l'ordre spartiate, cependant, ne vient pas d'Athènes, mais de la cité même qui avait le plus souffert de la brutalité de Sparte, c'est-à-dire de Thèbes. Xénophon nous a laissé un récit très pittoresque du soulèvement de Thèbes. L'un des secrétaires des polémarques – les principaux magistrats de Thèbes – était aussi un adversaire du régime. Il fait rentrer en grand secret sept exilés réfugiés à Athènes, puis propose aux polémarques un banquet en compagnie de belles et nobles Thébaines. Les conjurés se déguisent en femmes et exigent, par « pudeur », que tous les serviteurs sortent; sitôt qu'ils se sont couchés aux côtés des magistrats sur les lits de banquet, ils rejettent leurs voiles et tirent leurs poignards [*Hell.* V, 4, 2-4]. Après quoi, ils vont tuer Léontiadès alors qu'il somnolait tranquillement chez lui après dîner, puis libèrent les adversaires du régime qui se trouvaient en prison. Le lendemain matin, tous les hoplites et les cavaliers se rallient au mouvement. L'harmoste de la Cadmée demande alors l'aide des garnisons lacédémoniennes des autres villes béotiennes. Il semble que les Platéens se précipitent aussi à son secours : l'asservissement de Thèbes leur paraît une condition nécessaire de leur propre liberté. L'arrivée de ces troupes est bloquée par la cavalerie thébaine, tandis que les contingents athéniens établis à la frontière attico-béotienne, sous les ordres de deux stratèges, viennent appuyer la révolution thébaine. La garnison de la Cadmée, impressionnée par le nombre des assiégeants, accepte d'abandonner la place à condition d'avoir la vie sauve.

De retour à Sparte, l'harmoste qui a renoncé à défendre la Cadmée est condamné à mort. Les Lacédémoniens, malgré l'hiver, décident la mobilisation contre les Thébains, comme s'il était possible de contraindre la grande cité béotienne à l'obéissance par une campagne immédiate. Agésilas, lui, prend pleinement conscience de la gravité de la situation et constate que sa politique brutale de soutien aux « tyrans » thébains a eu des résultats désastreux pour Sparte. Il n'attend aucun résultat rapide des interventions militaires en Béotie. Aussi préfère-t-il, pour éviter la critique, laisser le commandement de l'expédition à l'autre roi, l'Agiade Cléombrote : il invoque son grand âge pour se dérober [*Hell.* V, 4, 13-14]. Cléombrote reste fort peu de temps en Béotie : sa principale décision est d'installer son ami Sphodrias comme harmoste à Thespies avec des troupes et de l'argent.

Libérée de la clique laconisante de Léontiadès, Thèbes adopte des institutions démocratiques assez proches, semble-t-il, de celles d'Athènes. En donnant à leurs stratèges le nom de *béotarques* porté jusqu'en 386 par les magistrats de la Confédération béotienne, les Thébains manifestent clairement leur intention de représenter à nouveau toute la Béotie.

Cette restauration de l'unité béotienne sous direction thébaine implique un effort militaire important. En Béotie comme presque partout en Grèce, les hoplites de l'armée civique sont pour la plupart des paysans mobilisés de façon intermittente ; les invasions répétées de la Béotie et la qualité de leurs chefs – Épaminondas et Pélopidas en particulier – vont leur donner un entraînement exceptionnel. En outre, les Thébains placent à la tête de leur armée un bataillon de trois cents soldats d'élite, qui sont des guerriers permanents. Selon Plutarque, ce « bataillon sacré » aurait été composé entièrement de couples d'amants : on ne se bat jamais avec autant d'ardeur que pour sauver la vie de l'être aimé… ou pour briller à ses yeux [*Pélopidas*, 18].

Sphodrias

Nous ignorons les débats que les événements de Thèbes suscitèrent à Athènes. Il semble que les décisions athéniennes de l'hiver 379-378 que nous connaissons reflètent deux politiques différentes (mais non inconciliables). Les Athéniens tirent argument de la libération de Thèbes pour envoyer des ambassadeurs dans de nombreuses cités et leur demander de « soutenir la cause de la liberté commune » [Diodore XV, 28, 2], c'est-à-dire de s'allier à Athènes. Cette campagne diplomatique sera très fructueuse, elle permettra aux Athéniens de conclure de nombreuses alliances bilatérales et, un peu plus tard, de constituer une nouvelle confédération. Dans le même temps, cependant, Athènes s'efforce d'éviter les représailles spartiates ; les deux stratèges placés aux frontières qui ont soutenu l'insurrection thébaine sont mis en accusation et condamnés ; de la sorte, la cité tente de se décharger de toute responsabilité. On peut aussi penser que beaucoup d'Athéniens étaient hostiles à la restauration de l'autorité thébaine sur toute la Béotie : dès 378, l'énergie et les ambitions d'un Pélopidas ont dû susciter la méfiance. Athènes, semble-t-il, cherchait à restaurer son influence en Grèce sans affronter directement les Spartiates et sans trop renforcer la puissance thébaine. La tentative de Sphodrias contre le Pirée va l'obliger à entrer en guerre contre Sparte aux côtés des Thébains.

Une nuit (probablement au début du printemps 378), Sphodrias part de Thespies à la tête de ses troupes pour tenter de s'emparer du Pirée (dont les portes ne sont pas encore complètement fortifiées) ; le jour le surprend à Thria (à dix kilomètres environ de son but). Les Athéniens protestent énergiquement auprès des autorités de Sparte. On leur assure que Sphodrias a agi de sa propre initiative, et qu'il va être condamné. Il est de fait mis en accusation, mais, bien qu'il ait préféré prendre la fuite, il est acquitté [*Hell.* V, 4, 20-24]. L'Assemblée athénienne constate alors par un vote que les Lacédémoniens ont rompu la paix [Diodore XV, 29, 7].

Tels sont les faits assurés. Au premier abord, la tentative de Sphodrias ressemble beaucoup à la prise de la Cadmée par Phoibidas. Dans les deux cas, un chef militaire s'attaque par surprise à une cité en paix soupçonnée d'intentions hostiles. La différence, c'est que la tentative de Sphodrias a échoué totalement, au point qu'on peut se demander s'il avait vraiment l'intention de s'emparer du Pirée : ce chef militaire ne sait pas calculer le temps nécessaire à la marche d'une armée, et il espère obtenir un effet de surprise après avoir fait traverser une campagne peuplée à des milliers de soldats... Il est tentant de supposer que Sphodrias voulait seulement intimider ou provoquer les Athéniens. Selon Xénophon et Plutarque, Sphodrias aurait reçu de l'argent des Thébains, qui voulaient rompre leur isolement diplomatique et provoquer une guerre entre Athéniens et Spartiates [*Hell.* V, 4, 20 ; *Pélopidas* 14]. *Is fecit cui prodest...* Les inspirateurs du coup seraient ceux qui en ont bénéficié. Il est clair cependant que le tribunal de Sparte, en 378, n'a pas retenu cette hypothèse : il n'aurait pas manqué de châtier sévèrement un acte de trahison aussi grave. Xénophon explique l'acquittement de Sphodrias par une belle histoire d'amour : Cléonymos, fils de Sphodrias, était le bien-aimé d'Archidamos, fils d'Agésilas, et Agésilas se laisse attendrir par les supplications de son fils [*Hell.* V, 4, 25-33]. Les amis de Cléombrote étaient favorables à Sphodrias, qui était de leur faction ; Agésilas déclare que Sphodrias a eu tort, certes, mais que « Sparte a besoin de soldats comme lui ». Comme les deux hétairies royales coalisées disposent de la majorité au Conseil des Anciens – composé des deux rois et de vingt-huit vieillards – qui juge les causes capitales, Sphodrias est acquitté.

Il n'est pas totalement exclu qu'Agésilas ait cyniquement décidé de couvrir même les bavures les plus énormes afin d'élargir sa clientèle parmi les Spartiates influents. On peut cependant se demander s'il s'agit vraiment d'une bavure. Selon Diodore [XV, 29, 5], Sphodrias aurait agi sur les instructions du roi Cléombrote (mais sans que les éphores soient consultés). Les deux rois savent qu'une guerre longue et ingrate les attend en Béotie ; ils constatent d'autre part qu'Athènes mène une campagne de propagande contre Sparte « pour la libération des Grecs » et qu'elle reconstitue un réseau d'alliances. Il leur paraît préférable d'affronter les Athéniens avant qu'ils n'aient restauré leur puissance. Cependant le peuple spartiate et les éphores (magistrats annuels élus) ne seraient pas d'accord pour entreprendre une guerre offensive contre Athènes ; le Grand Roi pourrait y trouver matière à remontrances. Cléombrote et Agésilas tournent la difficulté en contraignant les Athéniens à prendre l'initiative de la guerre. La tentative de Sphodrias est probablement un coup tordu qui a obtenu le résultat recherché.

Ce que les inspirateurs de la manœuvre n'avaient pas prévu, c'est l'énergie qu'allait manifester Athènes et la rapidité de son redressement.

La seconde Confédération athénienne

Dès le printemps 378, les Athéniens aménagent les portes de l'enceinte du Pirée et mettent en chantier de nouveaux navires. Pour conduire la guerre, ils élisent parmi leurs dix stratèges deux de leurs chefs militaires les plus expérimentés, Timothée fils de Conon et Chabrias, et l'un de leurs hommes politiques les plus avisés, Callistratos [Diodore XV, 29, 7]. Afin de réunir les ressources nécessaires à la guerre, Callistratos réorganise les finances athéniennes. Les Athéniens les plus riches sont regroupés en cent *symmories* correspondant chacune à un centième du capital imposable. L'*eisphora*, contribution exceptionnelle de temps de guerre, est un impôt proportionnel sur le capital ; son taux varie selon les besoins financiers de la cité mais correspond souvent à 1 % du capital imposable. Pour accélérer si besoin est le prélèvement de l'*eisphora*, le peuple soumet les trois membres les plus riches de chaque symmorie à une obligation supplémentaire, la *proeisphora* : en cas d'urgence, ils doivent avancer à la cité le montant de l'impôt dû par toute la symmorie (à charge pour eux de se rembourser auprès des autres membres du groupe).

Surtout, les Athéniens étendent le réseau d'alliances qu'ils ont commencé à tisser dès 384, et rassemblent leurs alliés dans une *symmachia* dont ils ont la direction militaire (l'*hégémonie* au sens étymologique du terme). Sous sa première forme, la nouvelle confédération ne comprend qu'un petit nombre de cités égéennes (souvent importantes) – Byzance, Chios, Rhodes, Mytilène notamment ; Thèbes y est ensuite admise [Diodore XV, 29, 7] ; enfin, l'alliance est ouverte à tous ceux qui voudront y adhérer. La stèle portant le décret constitutif de cette confédération ouverte, en voie d'élargissement rapide, a été retrouvée sur l'Agora d'Athènes [*IG* II 2, 43 ; Tod n° 123]. La date du décret peut être fixée assez précisément : archontat de Nausinikos, septième prytanie, c'est-à-dire février-mars 377. Le décret a été proposé par Aristotélès de Marathon, dont Diogène Laërce [V, 35] nous dit qu'il était aussi l'auteur de plaidoyers judiciaires agréables. Le but de l'alliance est clairement énoncé :

> afin que Sparte laisse les Grecs vivre en paix dans la liberté et l'indépendance, et posséder en toute sécurité l'intégrité de leur propre territoire, et afin que soit et reste effective pour toujours la paix générale que les Grecs et le Roi ont jurée conformément aux conventions [*IG* II 2, 43 ; Tod n° 123 ; J. Pouilloux, *Choix d'inscriptions grecques* n° 28 ; Bertrand, n° 40 ; lignes 9-15 trad. Pouilloux].

La seconde Confédération athénienne vise à obliger les Lacédémoniens à respecter les clauses de la paix du Roi.

Athènes offre son alliance, et celle de ses premiers alliés, « à tous les Grecs et barbares, continentaux ou insulaires qui le souhaitent, sauf à ceux qui appartiennent au Roi ». Cette dernière précision est destinée à rassurer le souverain achéménide : la *symmachia* athénienne n'est dirigée que contre Sparte, la suzeraineté du Roi sur les cités grecques d'Asie n'est pas contestée.

Tout allié d'Athènes sera « libre » et « autonome » ; il se gouvernera selon le régime de son choix ; il ne se verra imposer ni garnison ni gouverneur ; il ne paiera pas de tribut. Ces précisions veulent souligner le contraste entre la nouvelle Confédération et les pratiques spartiates (décarchies et harmostes), mais elles cherchent aussi à rassurer ceux qui n'auraient pas tout à fait oublié les méthodes de la domination athénienne du Ve siècle.

Ce souci est plus net encore dans l'engagement très détaillé qui occupe les vingt lignes suivantes :

à ceux qui auront conclu l'alliance avec Athènes et ses alliés, le peuple restituera toutes les propriétés foncières possédées par des Athéniens, qu'elles appartiennent à des particuliers ou à l'État, situées dans le territoire de ceux qui adhèrent à l'alliance, et il leur donnera des garanties ; s'il se trouve que, pour une cité faisant alliance avec les Athéniens, il y a à Athènes des stèles inadaptées, le conseil qui sera en fonction les détruira ; à partir de l'archontat de Nausinikos il ne sera plus permis aux Athéniens, ni à titre privé, ni à titre public, d'acquérir aucune propriété sur le territoire des alliés, ni maison, ni terre, ni par achat, ni comme gage d'hypothèque, ni d'aucune autre façon ; si une propriété est achetée ou acquise ou prise en hypothèque, quelle que soit la manière, n'importe qui des alliés pourra déposer une plainte auprès du conseil des alliés ; que le conseil la vende et donne la moitié de la somme au plaignant, et que l'autre moitié aille au fonds commun des alliés [lignes 25-46, trad. J. Pouilloux modifiée].

Par ces dispositions, les Athéniens s'interdisent de créer de nouvelles clérouquies, c'est-à-dire d'installer des groupes de citoyens athéniens (généralement pauvres) sur des terres confisquées à des cités alliées. Cette pratique particulièrement détestée n'est cependant pas le seul abus que le décret entend prévenir, car des Athéniens influents pouvaient acheter des domaines à l'étranger, ou obtenir des hypothèques foncières en contrepartie de prêts. Le droit de posséder la terre (*gès enktèsis*) était un privilège souvent accordé à des « bienfaiteurs » : le décret d'Aristotélès annule toutes les concessions de ce droit à des Athéniens sur le territoire des alliés. Suit la formule traditionnelle des alliances défensives :

si une agression est commise contre les membres de l'alliance sur terre ou sur mer, Athènes et les alliés leur porteront assistance sur terre et sur mer avec toutes leurs forces, dans la mesure du possible [lignes 46-50].

Quiconque, magistrat ou simple citoyen, présentera ou mettra aux voix une proposition tendant à supprimer l'une des dispositions du présent décret sera traduit devant un tribunal composé d'Athéniens et d'alliés, et sera frappé de mort ou d'exil. S'il est condamné à mort, il ne pourra être enterré ni à Athènes ni en territoire allié.

Après les dispositions habituelles sur la gravure du texte et les crédits nécessaires, un additif prévoit l'envoi immédiat de trois ambassadeurs à Thèbes, « pour qu'ils persuadent les Thébains de prendre les mesures les meilleures possibles » [lignes 74-75]. On ne saurait dire si cette ambassade doit assurer les Thébains, directement menacés par Sparte, du soutien de toute la Confédération, ou si elle doit tenter de réduire certaines divergences.

Les noms des premiers alliés sont gravés par le même lapicide que le décret ; d'autres mains ajoutent d'autres groupes d'alliés au fur et à mesure de leur intégration – à la suite du décret, puis sur la tranche gauche de la stèle. La partie inférieure de la stèle est très mutilée : on sait seulement qu'elle notait un deuxième décret d'Aristotélès.

La « charte » de la seconde Confédération – nom traditionnellement donné à ce document – mentionne à plusieurs reprises, mais de façon incidente, un *synédrion* : il est clair que la composition de ce conseil commun a fait l'objet d'un accord antérieur. Nous savons par Diodore [XV, 28, 3] que toutes les cités alliées y avaient des représentants et que toutes, petites ou grandes, disposaient d'une voix. Les décisions engageant la Confédération doivent en principe être votées par le *synédrion* (à la majorité), avant d'être soumises à l'*Ecclèsia* athénienne, qui reste libre de les confirmer, de les rejeter ou de les amender.

La « charte » ne mentionne que très brièvement, à propos des confiscations, un « fonds commun des alliés ». Les Athéniens, certes, s'engagent solennellement à ne pas exiger de tribut. Les alliés cependant promettent de combattre « de toutes leurs forces », « sur terre et sur mer » pour se défendre mutuellement ; or certaines cités n'ont pas de vaisseaux pour participer à des opérations maritimes et la guerre coûte cher. Callistratos, si l'on en croit Théopompe [*Fr. Gr. Hist.* 115, F 98], a résolu la difficulté par une innovation sémantique : les cités ne paieront pas de tribut (*phoros*) mais elles apporteront des contributions (*syntaxeis*). Le système se met en place très vite ; dès 375, les Athéniens peuvent reprocher aux Thébains de ne pas verser leur dû au fonds maritime, le *nautikon* [*Hell.* VI, 2, 1]. Il est probable que Callistratos, comme Aristide un siècle plus tôt, a fixé la quote-part de chacun. L'assimilation des *syntaxeis* aux *phoroi* du Ve siècle ne doit pas cependant être poussée trop loin. Le principe d'une contribution (dans les périodes de guerre) et sa répartition sont, semble-t-il, votés par le Conseil fédéral. De plus, contrairement au tribut qui servit à financer la construction des monuments de l'Acropole, les contributions sont utilisées exclusivement à des dépenses militaires.

Sparte, Athènes et Thèbes de 377 à 371

A partir de 379, mais surtout à partir de 377, Sparte voit son hégémonie contestée à la fois par Athènes et par Thèbes. D'Aigos-Potamos à la guerre de Corinthe, Sparte avait exercé une domination sans contrepoids sur l'ensemble du monde grec égéen. En 386, après avoir renoncé à toute prétention sur les cités grecques d'Asie, Sparte avait cherché à contrôler sans partage la Grèce d'Europe en faisant semblant de protéger l'autonomie des cités. La libération de la Cadmée et la fondation de la seconde Confédération athénienne créent une situation tout à fait différente, de compétition entre trois grandes cités.

Le souhait des Spartiates est bien entendu de briser à la fois la Confédération béotienne que Thèbes reconstitue sous son autorité et la *symmachia* formée autour d'Athènes. Reste à définir l'ordre des priorités : faut-il affaiblir d'abord Thèbes ou Athènes ? Ceux qu'inquiète surtout le redressement d'Athènes sont facilement accusés par leurs adversaires de « béotiser » en ménageant Thèbes.

L'agression de Sphodrias contraint les Athéniens à s'allier aux Thébains. Reste que cette alliance ne suscite pas un enthousiasme général. Certains Athéniens considèrent que les ambitions thébaines sur la Béotie et la Grèce centrale constituent à terme la principale menace, et souhaitent conclure la paix le plus rapidement possible avec Sparte : telle est, semble-t-il, l'analyse de Callistratos. D'autres au contraire, comme Timothée, souhaitent étendre le plus possible la zone d'influence athénienne, même s'il faut pour cela défier durablement une Sparte affaiblie.

Les Thébains doivent eux aussi jouer un jeu serré : plus ils rétablissent leur autorité en Béotie, en incitant ou en contraignant les cités béotiennes à rejoindre la confédération qu'ils dirigent, plus ils s'aliènent la sympathie de leurs alliés athéniens, et plus ils poussent au rapprochement d'Athènes et de Sparte.

Jusqu'en 375, les Spartiates subissent à la fois des revers sur terre en Béotie et sur mer face aux Athéniens. Lors des invasions spartiates qui se succèdent de 379 à 377, les Thébains évitent toute bataille rangée mais répliquent au pillage de leurs campagnes par des embuscades et des coups de main (ils reçoivent quelquefois l'appui de contingents athéniens, notamment sous la direction de Chabrias) ; en 376, les Thébains interdisent aux Lacédémoniens l'accès de la Béotie en bloquant les passes du Cithéron. En 375, deux bataillons lacédémoniens sont vaincus à Tégyres, près d'Orchomène, par un contingent thébain deux fois moins nombreux [Diodore XV, 37, 2]. Ce succès remporté sur la phalange lacédémonienne fait apparaître aux yeux de tous la valeur de l'armée thébaine telle que l'ont réorganisée Pélopidas et Épaminondas.

En 376, lassés d'opérations sans résultat en Béotie, les Spartiates décident de « réduire Athènes par la famine » [*Hell.* V, 4, 60]. Ils envoient le navarque Pollis à la tête de soixante-dix vaisseaux pour bloquer les convois de blé athéniens au niveau du cap Geraistos, au sud de l'Eubée. Les Lacédémoniens paraissent d'abord en mesure d'affamer Athènes, comme en 405 et en 386, mais le blocus est brisé par l'intervention de Chabrias qui remporte une brillante victoire navale près de Naxos. La plupart des Cyclades entrent alors dans la Confédération athénienne. L'année suivante, Athéniens et Lacédémoniens s'affrontent dans la mer Ionienne, et la flotte athénienne remporte un nouveau succès à Alyzeia, sous la direction de Timothée : cette victoire entraîne le ralliement à la seconde Confédération des Céphalléniens, des Acarnaniens et du roi des Molosses Alcétas [Diodore XV, 36, 5].

La fin de l'année 375 voit une suspension provisoire des hostilités. Le Grand Roi, qui a besoin de mercenaires grecs pour tenter de soumettre l'Égypte révoltée, envoie des ambassadeurs pour demander aux cités grecques de renouveler la paix commune de 386. Ces propositions, selon Diodore [XV, 38, 2], auraient été acceptées par tous les Grecs, lassés de la guerre, sauf par les Thébains : ces derniers auraient demandé à jurer au nom de tous les Béotiens, ce qui aurait donné lieu à une joute oratoire entre Callistratos et Épaminondas. Beaucoup d'historiens pensent que Diodore a transposé en 375 des événements que ses sources plaçaient en 371. Bien que la chronologie de la *Bibliothèque historique* comporte de nombreuses erreurs, on voit mal comment expliquer une confusion aussi énorme. Les documents épigraphiques relatifs à la flotte athénienne [*IG* II², 1607, 49] prouvent que Thèbes faisait partie de la Confédération athénienne en 373/372 : il faut donc admettre que, comme les autres alliés d'Athènes, Thèbes s'est finalement résignée à jurer la paix commune en 375/374. On peut reprocher à Diodore (ou à ses sources) d'omettre cette concession provisoire des Thébains, mais on peut tenir pour vraisemblable que Thèbes ait dès 375 prétendu parler au nom de tous les Béotiens et que cette prétention ait suscité des protestations de la part des Athéniens.

Tous les Athéniens ne sont pas prêts à admettre que la paix doit limiter leur expansion maritime : Timothée, rappelé à Athènes en vertu de la paix, s'arrête en chemin à Zante et y débarque des bannis proathéniens [*Hell.* VI, 2, 2-3]. Les nombreux Spartiates qui n'ont reconnu qu'à contrecœur la nouvelle Confédération athénienne souhaitent profiter de l'interruption des combats en Béotie pour porter un grand coup à la puissance d'Athènes : ils tirent prétexte de l'attitude de Timothée pour soutenir les oligarques de Corcyre et pour envoyer une escadre importante reprendre le contrôle de la mer Ionienne (dans cette région fondamentale pour les relations avec l'Occident méditerranéen, les Spartiates bénéficient aussi du soutien de Denys de Syracuse).

Timothée est envoyé au secours des Corcyréens, mais avec des « trières vides » (pour reprendre l'expression de Démosthène) ; il doit faire une croisière en mer Égée pour se procurer les fonds et les équipages dont il a besoin. Ses adversaires tirent argument du retard de l'expédition dont il est chargé pour le faire destituer et lui intenter une accusation de haute trahison. Ce procès fameux, au cours duquel le tyran de Phères Jason et le roi des Molosses Alcétas viennent témoigner en faveur du grand stratège, se termine par son acquittement [Pseudo-Démosthène, *Contre Timothée* 8-10], mais il préfère quitter Athènes pour quelque temps et s'engager au service du Grand Roi [*Contre Timothée* 25].

Le navarque spartiate Mnasippos connaît également des difficultés financières. Ses mercenaires, mal payés, combattent si mollement que les démocrates corcyréens assiégés parviennent, lors d'une sortie, à tuer Mnasippos et à faire lever le siège de leur ville. Quand Iphicrate, le successeur de Timothée à la tête de la flotte athénienne, arrive à Corcyre, toutes les cités de la région se rallient à la Confédération athénienne.

Au début de 371, les Athéniens reprennent l'initiative de négociations avec Sparte, en position de force : les Spartiates n'ont plus les moyens de contester leur hégémonie sur mer. Ce qui les pousse à rechercher activement la paix, c'est bien entendu l'épuisement de leurs moyens financiers, mais c'est surtout le développement de la puissance thébaine voisine de l'Attique. Profitant peut-être du retrait des garnisons lacédémoniennes du fait de la paix de 375, profitant à coup sûr de la guerre qui opposait les Athéniens et les Spartiates, les Thébains ont soumis à leur autorité l'ensemble des Béotiens, sans hésiter à utiliser les méthodes les plus brutales : ils ont abattu les remparts de Thespies, ils ont rasé Platées et expulsé les Platéens. Cette violence à l'égard d'une cité traditionnellement amie des Athéniens a suscité l'indignation à Athènes. En 372, Isocrate publie *Le Plataïque,* discours fictif d'un orateur platéen qui dénonce vigoureusement l'hypocrisie des Thébains : ils parlent d'autonomie et asservissent leurs voisins, ils « violent les serments et les traités tout en faisant semblant de combattre les Lacédémoniens pour le même motif » [§ 44]. Les Platéens implorent les Athéniens de leur rendre leur territoire et leur cité, et ils invoquent le souvenir des combats menés en commun contre les Perses et les Thébains lors des guerres Médiques : que ceux qui ont accepté d'être les esclaves des Barbares ne deviennent pas les maîtres des Grecs [§ 56-62]. Le discours signale aussi en passant que les Thébains convoitent le territoire d'Orôpos, que se disputent depuis longtemps les Athéniens et les Béotiens [§ 20].

Arrêter l'expansion thébaine, et si possible briser l'unité béotienne reconstituée *de facto* par Thèbes, est devenu la priorité de la politique athénienne. Un tel coup d'arrêt ne peut être imposé à Thèbes qu'avec l'appui de Sparte, qui est elle aussi de plus en plus déterminée à contrer la grande cité béotienne : à une date discutée, mais antérieure à l'été 371, les Phocidiens demandent aux Spartiates leur protection contre les Thébains, et la cité envoie le roi Cléombrote en Phocide.

L'ambassade athénienne envoyée à Sparte pour préparer une nouvelle paix commune en accord avec les envoyés du Grand Roi comprend des hommes politiques de tendances variées ; en composant une ambassade de manière éclectique, le peuple peut espérer que les ambassadeurs se surveilleront mutuellement, mais aussi que les accords négociés tiendront compte des aspirations du plus grand nombre de citoyens. Les discours que les *Helléniques* prêtent au proxène[1] de Lacédémone Callias, à l'antilaconien Moiroclès et au grand orateur Callistratos sont évidemment des compositions de Xénophon lui-même, mais il est fort probable qu'ils reprennent des arguments présentés en 371. Callistratos souligne que si les Athéniens désirent la paix, ce n'est pas parce qu'ils craignent qu'Antalcidas obtienne des subsides du Grand Roi, ce n'est pas parce qu'ils ont subi des revers militaires, mais c'est que « certains de leurs alliés agissent d'une manière qui leur déplaît » [*Hell.* VI, 3, 13]. Plus explicitement, Callias déclare : « Vous êtes aussi indignés que nous de la destruction de Thespies et de Platées [...], les gens de même avis ne doivent-ils pas être amis plutôt qu'ennemis ? » [*Hell.* VI, 3, 5]. Encore officiellement alliés aux Thébains contre les Spartiates, les Athéniens veulent se réconcilier avec Sparte contre Thèbes : c'est un choix qui annonce un renversement d'alliances.

Lors du congrès de Sparte en juin 371, Athènes reconnaît officiellement l'hégémonie de Sparte sur terre et Sparte reconnaît *de facto* l'hégémonie athénienne sur mer, chacune des deux cités affirmant bien sûr défendre l'« autonomie » de tous les Grecs. La paix du Roi a désormais deux « patrons », même si Sparte garde encore une certaine prééminence. L'idéal cher à Cimon au début du Ve siècle paraît sur le point de se réaliser : un partage équilibré de l'hégémonie entre les deux grandes cités semble pouvoir assurer la stabilité de toute la Grèce.

Les clauses de la paix commune de 371 reprennent, en les

1. Le *proxène* de Sparte à Athènes est l'Athénien choisi par les Spartiates pour accueillir les Spartiates de passage et défendre les intérêts spartiates à Athènes.

précisant, les dispositions de la paix d'Antalcidas : retrait des harmostes, licenciement des troupes en campagne sur terre et sur mer, autonomie des cités, possibilité (mais non obligation) de porter secours aux cités maltraitées [*Hell.* VI, 3, 18]. Tous les Grecs peuvent sans difficulté approuver cette paix. Reste à préciser qui prête serment au nom de qui. Les Lacédémoniens – privilège exceptionnel – jurent au nom de tous leurs alliés. Athènes et ses alliés, au contraire, prêtent serment cité par cité. Les Thébains jurent d'abord, parmi les alliés d'Athènes, au nom de leur cité. Le lendemain, ils se ravisent et demandent que l'on inscrive le nom des Béotiens à la place de celui des Thébains [*Hell.* VI, 3, 19]. Une telle rectification permettrait de faire reconnaître par tous les Grecs la réunification de la Béotie sous la direction de Thèbes. Agésilas s'oppose vigoureusement à cette demande, et exige des envoyés thébains qu'ils reconnaissent l'indépendance de la Béotie. Épaminondas réplique en demandant à Agésilas de reconnaître l'autonomie de la Laconie [Plutarque, *Agésilas* 28]. Le roi efface alors le nom des Thébains sur la liste des participants à la paix commune.

Leuctres

Les Thébains s'étant ainsi exclus eux-mêmes de la paix, l'Assemblée de Sparte ordonne à Cléombrote (qui se trouvait alors en Phocide) d'envahir immédiatement la Béotie. Thèbes est totalement isolée diplomatiquement, et Cléombrote dispose d'effectifs supérieurs. La situation des Thébains paraît extrêmement critique : s'ils livrent bataille, ils risquent d'être écrasés ; s'ils se réfugient derrière leurs remparts, les autres cités béotiennes feront défection et eux-mêmes seront affamés. Comme toujours dans de tels moments, les oracles alarmistes se multiplient ; Épaminondas se voit obligé de reprendre à son compte la proclamation d'Hector : « Défendre sa patrie est le seul bon présage » [*Iliade* XII, 243]. Le philosophe, homme d'État et stratège parvient finalement à convaincre les autres béotarques de livrer bataille dans la plaine de Leuctres, là où Cléombrote a installé son armée.

La bataille commence par un combat de cavalerie : les cavaliers béotiens, mieux entraînés, repoussent la cavalerie lacédémonienne, ce qui sème un certain désordre dans l'armée de Cléombrote. La principale fonction de ce premier engagement, cependant, est de dissimuler à l'adversaire la disposition tout à fait nouvelle adoptée par la phalange thébaine. Épaminondas range à l'aile gauche ses meilleures troupes (et non à l'aile droite selon l'usage) et il leur donne une profondeur de 80 hommes (alors que les lignes lacédémoniennes ont une profondeur uniforme de 12 hommes). Cette phalange compacte, dont il se sert comme de la proue d'un navire, lui permet d'enfoncer les lignes ennemies, précisément là où sont placées les meilleures troupes. C'est Cléombrote et les Lacédémoniens qui subissent le choc principal et les pertes les plus lourdes : le choix stratégique d'Épaminondas est aussi un choix politique. Les alliés de Sparte placés à l'aile gauche ne peuvent évidemment tenir quand l'aile droite a été enfoncée. Sur l'ensemble des Lacédémoniens, il y eut près de 1 000 tués ; sur les 700 Spartiates qui ont participé à la bataille, 400 ont péri, soit le tiers des citoyens en âge de combattre[2]. Le roi Cléombrote compte parmi les morts.

Vingt jours seulement après le congrès de Sparte, la cité mise au ban de la paix commune triomphe sur le champ de bataille.

2. Le calcul est aisé. Xénophon [*Hell.* VI, 4, 17] nous apprend que Cléombrote était accompagné de 35 classes (sur 40) de 4 mores sur 6. L'effectif total des Spartiates mobilisables en 371 était donc de $700 \times 6/4 \times 40/35$, soit 1 200 hommes.

3

L'hégémonie de Thèbes

Les autorités de Sparte, si l'on en croit Xénophon [*Hell.* VI, 4, 16-17], firent preuve d'un certain sang-froid. La célébration de la fête des Gymnopédies, qui était en cours lorsque parvint la nouvelle de la défaite, se poursuivit jusqu'à son terme. Les éphores décrétèrent la mobilisation des deux bataillons qui étaient restés à Sparte, ainsi que des classes les plus âgées, et chargèrent Archidamos, fils d'Agésilas, de conduire cette armée en Béotie ; Xénophon ajoute que de nombreuses cités péloponnésiennes participèrent « de bon gré » à l'expédition [*Hell.* VI, 4, 18]. Il n'est pas sûr que les éphores se soient imaginé que Sparte pouvait prendre une revanche immédiate sur Thèbes. L'expédition avait surtout une fonction de propagande : faire voir que les alliés péloponnésiens de Sparte lui restaient fidèles, faire croire que la capacité d'intervention de Sparte restait intacte.

De leur côté, les Thébains sont prêts à écraser à nouveau les survivants des troupes de Cléombrote, ainsi que toute armée envoyée en renfort. Leur désir de « punir » les Lacédémoniens et d'anéantir la puissance de Sparte n'est cependant pas partagé.

Quand un messager thébain se rend à Athènes pour annoncer la victoire de Leuctres et pour demander l'aide militaire athénienne, afin de tirer vengeance des Lacédémoniens, l'accueil du Conseil est glacial : l'envoyé de Thèbes n'est même pas invité au banquet public comme c'était l'usage [*Hell.* VI, 4, 19-20]. Leuctres est pour Athènes une surprise, et une mauvaise surprise. L'affaiblissement de Sparte permet cependant aux Athéniens de devenir les principaux garants de la paix du Roi. A la fin de l'été, les Athéniens convoquent à Athènes des envoyés de toutes les cités qui veulent prendre part à la paix. Les termes du serment proposé soulignent le rôle central que jouent désormais Athènes et sa Confédération : « Je m'engage à respecter les clauses du traité mandé par le Roi, et les votes des Athéniens et de leurs alliés. » L'aide aux victimes d'une agression, facultative dans le serment prêté lors du congrès de Sparte, devient obligatoire : « Si quelqu'un marche contre une des villes qui ont prêté ce serment, je viendrai à son secours avec toutes mes forces » [*Hell.* VI, 5, 2]. Tous les alliés de Sparte – sauf les Éléens – prêtent serment cité par cité comme les Lacédémoniens eux-mêmes : c'est une autre innovation, qui illustre l'évolution des rapports de forces. Thèbes n'a pas participé aux négociations, et la nouvelle paix commune est en grande partie dirigée contre elle.

Jason

Les Thébains ne peuvent pas exploiter leur victoire autant qu'ils le voudraient à cause de leur « allié » Jason, tyran de Phères et chef militaire élu de toute la Thessalie (*tagos*). A l'appel des Thébains, Jason arrive en Béotie après Leuctres avec des cavaliers et des mercenaires. Loin d'aider les Thébains à écraser les Lacédémoniens, Jason propose (et impose) un arbitrage qui permet aux survivants de l'armée de Cléombrote de quitter la Béotie (ces troupes croiseront en Mégaride l'armée d'Archidamos et tous reprendront ensemble la direction de Sparte). Jason de son côté rentre en Thessalie, mais il réduit en chemin quelques ennemis phocidiens et rase les remparts d'Héraclée Trachinienne (colonie lacédémonienne), afin que cette forteresse, qui commande le défilé des Thermopyles, ne lui fasse pas obstacle lorsqu'il décidera d'intervenir de nouveau en Grèce.

Beau-fils du tyran Lycophron, auquel il a succédé en 380, Jason a utilisé ses revenus abondants (qui viennent en partie de droits portuaires) au recrutement de nombreux mercenaires ; grâce à d'habiles pressions, il a obtenu le ralliement des principaux nobles thessaliens et s'est fait désigner comme chef fédéral de toute la Thessalie (la fonction de *tagos* est une royauté élective à vie) ; il a dès lors à sa disposition 10 000 hoplites, 8 000 cavaliers (de très loin la plus importante cavalerie du monde grec), et il peut disposer du tribut versé par les peuples périèques soumis aux Thessaliens. Le roi d'Épire Alcétas est devenu le protégé de Jason. On prête au tyran de Phères les plus vastes ambitions : établir son hégémonie sur toute la Grèce, sur terre et sur mer, puis entreprendre une expédition contre le Roi (c'est du moins ce qu'affirme Polydamas de Pharsale à Sparte en 374 [*Hell.* VI, 1, 2-16]). Les projets attribués à Jason reflètent en partie la propagande du tyran, et plus encore celle de ses adversaires. Il est cependant évident que le personnage a des visées impérialistes et que ses moyens sont considérables. Pour la première fois, les cités grecques sont menacées par un prince de la Grèce du Nord : c'est un signe de la croissance démographique, économique et militaire des régions septentrionales de la Grèce.

Thèbes, dont le territoire est proche de cet encombrant « allié », a de bonnes raisons d'être particulièrement inquiète, mais la suite des événements est rassurante. Alors que Jason s'apprête à présider à Delphes les jeux Pythiques de l'été 370, et que certains se demandent s'il ne va pas s'emparer des trésors sacrés, il est assassiné au cours d'une revue de la cavalerie thessalienne. Les meurtriers sont accueillis avec honneur dans les cités, ce qui montre bien, note Xénophon, combien les Grecs craignaient que Jason n'établît sa tyrannie sur eux [*Hell.* VI, 4, 32].

Tant que vivait Jason, les Thébains ont dû se contenter d'achever la restauration de la Confédération béotienne. Après le succès d'une expédition contre Orchomène – la grande rivale de Thèbes en Béotie occidentale –, certains veulent réduire les Orchoméniens en esclavage, mais Épaminondas fait prévaloir une solution plus généreuse : les Orchoméniens reçoivent la citoyenneté fédérale béotienne, à égalité avec les autres Béotiens [Diodore XV, 57, 1]. Une cité qui aspire à l'hégémonie comme Thèbes, fait valoir Épaminondas, doit se donner une réputation d'humanité, non de cruauté. Quelques années plus tard, cependant, les Thébains raseront complètement Orchomène [Diodore XV, 79, 3-6].

La mort de Jason permet aux Thébains de faire entrer dans leur sphère d'influence, comme alliés très subordonnés, la plupart des peuples de Grèce centrale : les Phocidiens, les Locriens, les Maliens ainsi que les Acarnaniens et les Eubéens qui ont quitté la Confédération athénienne. Dès la fin de 370, tous ces « alliés » accompagnent Thèbes dans son expédition militaire dans le Péloponnèse.

L'intervention de Thèbes dans le Péloponnèse

La défaite de Sparte à Leuctres, en modifiant le rapport de forces en Grèce, a aussi modifié le rapport de forces à l'intérieur des cités péloponnésiennes. D'une manière générale, les oligarques laconisants ont été affaiblis et les démocrates se sont sentis renforcés, mais, si l'on examine de près l'histoire des cités péloponnésiennes dans ces années, on s'aperçoit que les mouvements révolutionnaires ont pris des formes variées et qu'ils ont connu quelquefois des rebondissements nombreux. Des régimes démocratiques peuvent se trouver menacés si leurs adversaires oligarques, sentant que le temps joue contre eux, tentent un coup d'État avant qu'il ne soit trop tard. Une tentative de ce genre eut lieu à Argos. Certains oligarques préparèrent un *putsch* avec l'aide de mercenaires : le projet fut habilement déjoué [Énée, *Poliorcétique* XI, 7-10], mais la colère du *dèmos* argien fut terrible. Plus de 1 200 riches, au terme d'un procès sommaire, furent condamnés à mort et exécutés à coups de bâton (c'est l'épisode fameux qualifié de *scytalisme* – Diodore XV, 57-58).

Les Mantinéens, que les Spartiates en 385 avaient obligé à se disperser en bourgades, reconstruisirent leur ville et adoptèrent un régime plus démocratique. Agésilas protesta, mais renonça à diriger contre Mantinée une expédition qui aurait été une violation de la paix jurée à Athènes [*Hell.* VI, 5, 4-5]. A Tégée, une guerre civile éclata entre les oligarques laconisants jusqu'alors au pouvoir et les démocrates – qui étaient également partisans du rassemblement des Arcadiens en une fédération. Les démocrates l'emportèrent grâce à l'aide des Mantinéens. Les Spartiates proclamèrent que la clause d'autonomie avait été violée par les Mantinéens et décidèrent d'intervenir à leur tour : Agésilas est envoyé en Arcadie. Les Arcadiens rassemblés sous l'autorité d'un stratège intelligent et énergique, Lycomédès de Mantinée, organisent leur défense et cherchent des alliés. Parmi les Péloponnésiens, les Argiens et les Éléens (qui viennent eux aussi de se détacher de Sparte) leur expédient des secours. L'ambassade arcadienne envoyée à Athènes n'obtient pas de réponse : il semble que les Athéniens aient été surtout inquiets de la puissance thébaine et qu'ils aient pensé que les Lacédémoniens constituaient encore le meilleur contrepoids à Thèbes ; malgré les vieilles rancunes, il n'était pas question pour eux de participer à des opérations antispartiates dans le Péloponnèse. Ce choix raisonnable avait un grave inconvénient : comme le souligne Démosthène dans une parenthèse historique du discours *Sur les Mégalopolitains* prononcé en 353, il ne laissait aux Arcadiens « d'autre parti à prendre que de s'accorder avec les Thébains » [§ 12].

Les Béotiens, sollicités à leur tour, envoient immédiatement en Arcadie leurs deux béotarques les plus prestigieux, Pélopidas et Épaminondas. Cette décision manifeste que les Thébains ne se satisfont pas d'une expansion régionale, mais qu'ils aspirent à leur tour à l'hégémonie sur tous les Grecs. Reste que certains Thébains pouvaient considérer cette expédition, décidée à la veille de l'hiver, comme un geste d'amitié à l'égard des Arcadiens et un geste d'intimidation à l'égard des Spartiates plutôt que comme un engagement militaire très contraignant : les combats étaient généralement suspendus pendant la saison hivernale, et les béotarques devaient abandonner leurs fonctions au solstice d'hiver.

Quand les Thébains apprennent qu'Agésilas a quitté l'Arcadie et démobilisé son armée, leur première réaction est de vouloir rentrer en Béotie [*Hell.* VI, 5]. Cependant comme l'armée rassemblée est exceptionnellement nombreuse (plus de 50 000 hommes selon Diodore XV, 62, 5), les Arcadiens persuadent les béotarques qu'il convient de saisir cette occasion de marcher sur Sparte. Ils y parviennent d'autant mieux que des envoyés de la cité périèque de Karyai viennent promettre de nombreuses défections en Laconie. Malgré l'hiver, et bien que leurs fonctions officielles soient sur le point de prendre fin, Épaminondas et Pélopidas entreprennent l'invasion de la Laconie.

Pour la première fois de leur histoire, les Spartiates voient les feux de l'ennemi sur leur territoire ; les femmes, dit-on, manquèrent alors de sang-froid et causèrent beaucoup de trouble [Aristote, *Pol.* II, 9, 1269 b 37]. La tâche d'Agésilas est délicate : il lui faut défendre avec peu d'hommes une ville non fortifiée. Sa stratégie très simple – refuser toute bataille rangée et tendre des embuscades aux troupes qui s'approchent trop du centre urbain – se révèle d'autant plus efficace que la crue de l'Eurotas entrave les mouvements de l'armée ennemie. Épaminondas pille méthodiquement la Laconie, mais renonce à s'emparer de Sparte.

Comme toute ville assiégée dans la Grèce du IVe siècle, Sparte connaît des troubles internes. Si l'on en croit Plutarque, Agésilas aurait lors de l'invasion thébaine déjoué deux complots, l'un de la part d'inférieurs, l'autre de la part de Spartiates [*Agésilas* 32] ; dans le second cas, le roi, avec l'accord des éphores, aurait pris la décision exceptionnelle de mettre à mort des Égaux sans jugement. Même dans ce moment de crise, le système répressif de Sparte fonctionne bien.

Pour renforcer les maigres effectifs des défenseurs de la cité, les autorités de Sparte ont promis la liberté à tous les hilotes qui feraient la guerre à leurs côtés. D'après Xénophon, 6 000 hilotes, « dit-on », « se seraient fait inscrire » comme volontaires, et la première réaction des Spartiates aurait été d'être effrayés par leur nombre, mais ils se seraient rassurés en constatant que les autres combattants restés fidèles (alliés et mercenaires notamment) étaient assez nombreux pour leur faire contrepoids [*Hell.* VI, 5, 28]. Même si Xénophon lui-même paraît considérer le chiffre de 6 000 comme exagéré, et même si Plutarque [*Agésilas* 32, 12] mentionne beaucoup de désertions parmi les hilotes enrôlés, il semble que les hilotes de Laconie aient été en partie au moins solidaires de leurs maîtres spartiates face aux envahisseurs : une telle attitude, assez naturelle de la part de paysans (même asservis) qui voient ravager leurs terres, suggère aussi que beaucoup d'hilotes laconiens souhaitaient une promotion au sein du système lacédémonien plutôt qu'une destruction de ce système. A l'inverse, certaines communautés périèques, notamment à la frontière arcadienne, font défection parce qu'elles voient dans l'invasion thébaine l'occasion de conquérir leur indépendance.

Lorsque, après quelques semaines, l'armée thébaine se retire de Laconie, les Spartiates peuvent avoir l'impression que, compte tenu du danger, les dégâts ont été somme toute limités. Le pire est cependant à venir. Épaminondas et ses troupes pénètrent en Messénie, où ils sont accueillis comme des libérateurs. Les anciens hilotes de Messénie – et les Messéniens dispersés qu'Épaminondas encourage à rentrer dans leur patrie – deviennent les citoyens de la nouvelle cité de Messène. Sur l'Ithome, le haut lieu des luttes messéniennes contre les Spartiates, Épaminondas fait construire une ville, entourée de puissantes fortifications : le Thébain sera honoré comme l'*œciste* de Messène. Sparte perd d'un coup – et de manière définitive – plus de la moitié de son territoire ; les Égaux se trouvent privés des lots de terre qu'ils détenaient dans la riche plaine du Sténybklaros. Considérablement appauvrie, Sparte est en outre entourée d'ennemis : les Messéniens, les Arcadiens qui fonderont bientôt la nouvelle cité de Mégalopolis près de la frontière arcado-laconienne, et bien sûr les Argiens.

Dès le début de l'invasion de leur territoire, les Lacédémoniens avaient envoyé des ambassadeurs pour demander l'aide athénienne contre les Thébains. Les envoyés de Sparte et des alliés péloponnésiens qui lui restaient fidèles (Corinthe et Phlionte notamment) invoquèrent évidemment les combats menés en commun lors des guerres Médiques, ainsi que les clauses de la paix commune de 371. Certaines de leurs protestations d'amitié suscitèrent l'ironie des Athéniens, qui murmuraient que les Lacédémoniens tenaient un autre langage au temps de leur puissance. Les ambassadeurs développèrent aussi, cependant, un argument qui emporta la décision athénienne : « Si les Thébains, qui ne vous aiment pas et qui habitent à votre frontière, devenaient maîtres de la Grèce, votre situation deviendrait très difficile » [*Hell.* VI, 5, 39]. Callistratos fit valoir avec succès que l'équilibre de la Grèce – et l'intérêt d'Athènes – imposait de défendre une Sparte affaiblie contre une Thèbes menaçante. Selon Xénophon, les Athéniens auraient décidé d'envoyer immédiatement tous leurs hoplites au secours de Sparte, mais les atermoiements du stratège Iphicrate auraient empêché les Athéniens d'agir efficacement [VI, 5, 49-52] : il semble en fait que la campagne d'Épaminondas, qui s'est déroulée très vite, était déjà achevée quand l'armée athénienne est arrivée dans le Péloponnèse. Iphicrate s'est sagement abstenu d'affronter les Thébains alors qu'ils rentraient en Béotie. Au printemps 369, Athéniens et Lacédémoniens concluent une alliance en bonne et due forme, en convenant de partager la direction des opérations militaires – l'*hégémonie* au sens propre du terme.

La politique très active d'Épaminondas

A leur retour à Thèbes, Épaminondas et Pélopidas eurent à subir un procès pour avoir mené campagne au-delà du terme de leurs fonctions [Plutarque, *Pélopidas* 25]. Épaminondas aurait alors déclaré qu'il acceptait d'être condamné à mort à condition que le jugement mentionne la liste de ses crimes : la victoire de Leuctres, la libération des Grecs, l'humiliation de Sparte, le relèvement de Messène [Cornelius Népos, *Épaminondas* 15]. Le procès tourna au triomphe des accusés. A partir du printemps 369, il est clair que Thèbes, sous l'impulsion d'Épaminondas, s'est engagée dans une politique très active qui vise l'hégémonie sur toute la Grèce ; comme Sparte lors de la guerre du Péloponnèse, comme Athènes dans le décret constitutif de la seconde Confédération, la cité béotienne proclame bien sûr qu'elle veut « libérer » les Grecs.

Selon la tradition antique, Épaminondas aurait été un homme politique remarquable en même temps qu'un stratège exceptionnel. On n'en regrette que plus de n'avoir aucune présentation (même hostile) de ses analyses et de ses projets politiques. Nous manquons d'un éclairage thébain sur l'hégémonie de Thèbes, et c'est ce qui explique que les multiples interventions de la cité béotienne sur divers théâtres d'opérations donnent l'impression d'une certaine confusion. Il est légitime de chercher à en découvrir la logique sous-jacente, mais cet exercice comporte une part d'imagination.

Du fait de leur position géographique et à cause de la menace récente qu'avait fait peser sur eux Jason, les Thébains prêtent beaucoup d'attention à la Thessalie. Ils répondent à plusieurs reprises aux appels à l'aide des Thessaliens hostiles aux tyrans de Phères successeurs de Jason, avec des succès mitigés. En 368, Pélopidas est capturé par le tyran Alexandre ; il faut deux expéditions pour le délivrer. En 364, Pélopidas remporte une grande victoire sur Alexandre à Cynoscéphales, mais périt au cours de la bataille. Ces interventions conduisent les Thébains jusqu'en Macédoine : en 369, Pélopidas, après avoir expulsé de Larissa en Thessalie des troupes macédoniennes, poursuit le roi Alexandre II dans son royaume et obtient 50 otages, dont le jeune frère du roi,

Philippe, qui aura ainsi l'occasion de s'initier à Thèbes aux affaires politiques grecques.

Dans le Péloponnèse, les deux principaux résultats obtenus par Épaminondas pendant l'hiver 370-369 – l'affaiblissement de Sparte et la restauration d'une Messénie indépendante – ne sont pas remis en cause, mais les interventions suivantes sont moins concluantes. En 369, Épaminondas cherche à s'emparer des cités de l'Isthme pour assurer des communications sûres entre la Béotie et ses alliés du Péloponnèse : il échoue devant Corinthe, restée fidèle à Sparte et appuyée par l'Athénien Chabrias. Deux ans plus tard, il fait campagne contre la Confédération achéenne, au nord-ouest du Péloponnèse, afin de contrôler les deux rives du golfe de Corinthe. Les oligarques modérés qui gouvernaient les cités achéennes se rallient rapidement à Épaminondas, mais les autorités de Thèbes décident de soutenir leurs opposants démocrates ; dans la guerre civile qui s'ensuit, les oligarques triomphent et rétablissent des liens étroits avec Sparte. En outre, les relations entre Arcadiens et Thébains se tendent : débarrassés de la menace spartiate, les Arcadiens admettent de moins en moins d'être subordonnés aux Thébains, auxquels ils reprochent aussi de ne pas les soutenir dans leurs revendications territoriales contre les Éléens.

L'échec de la paix de 367

Pour reconquérir la Messénie et pour prendre leur revanche sur Thèbes, les Spartiates comptent sur de puissants alliés, leur vieil ami Denys de Syracuse qui leur envoie à plusieurs reprises des mercenaires et surtout le Grand Roi, dont ils sont les interlocuteurs privilégiés depuis 386. De fait, il semble qu'un envoyé du Grand Roi, Philiscos, tenta d'imposer un renouvellement de la paix commune sur des bases voisines de celles de 371. La tentative se heurta évidemment à l'opposition de Thèbes. Philiscos laissa alors à Sparte 2000 mercenaires [Diodore XV, 70, 2], dont la solde était versée, semble-t-il, par le satrape Ariobarzanès. Comme le Roi soupçonnait (à juste titre) Ariobarzanès de préparer une révolte, cette aide provoqua aussi la méfiance du Roi à l'égard de Sparte : le Roi craignit une connivence analogue à celle de Lysandre et de Cyrus. Les Thébains profitèrent de la situation : ils déléguèrent à Suse le prestigieux Pélopidas. Les autres cités ayant également envoyé des ambassadeurs, un véritable congrès se tint à Suse. Pélopidas sut gagner la confiance du Roi. Selon Xénophon [*Hell.* VII, 1, 34], il n'aurait pas hésité à rappeler que les Thébains, seuls parmi les Grecs, avaient combattu aux côtés du Roi à Platées en 479. Les conditions dictées par Artaxerxès correspondent exactement aux souhaits des Thébains :

> Les Lacédémoniens laisseront à Messène son autonomie ; les Athéniens mettront à sec leurs vaisseaux ; s'ils n'acceptent pas ces conditions, on marchera contre eux ; si quelque cité refuse de prendre part à l'expédition, c'est contre elle que l'on marchera d'abord [*Hell.* VII, 1, 36].

L'un des ambassadeurs athéniens, Timagoras, avait essayé d'amadouer Pélopidas et le Grand Roi ; n'ayant obtenu que des cadeaux personnels, il est condamné à mort pour trahison lors de son retour à Athènes. L'autre ambassadeur, Léon, marmonne, mais de manière à être entendu, que « c'est le moment pour les Athéniens de chercher un autre allié pour remplacer le Roi » [*Hell.* VII, 1, 37] ; cette menace à peine voilée signifie que les Athéniens pourraient envisager de soutenir des satrapes révoltés.

Refus du serment

Thèbes apparaît comme le garant de la nouvelle paix du Roi et convoque les Grecs pour recueillir leurs serments. Elle se heurte à un refus, et tente une autre méthode : envoyer des ambassadeurs pour faire pression sur les cités prises isolément. Les premiers à recevoir la visite de ces délégués thébains, les Corinthiens, répliquent que ces serments sont inutiles ; les autres Grecs font la même réponse. Les paix communes précédentes n'avaient pas été respectées ; celle de 367-366 n'est pas même jurée. Le Roi ne fait plus peur, Thèbes non plus. Les Grecs ne jugent pas nécessaire de faire semblant de leur obéir.

5

La rivalité de Thèbes et d'Athènes sur mer

Non seulement les Athéniens ne retirent pas leurs vaisseaux de la haute mer, mais, sous l'impulsion de Timothée, ils s'emparent de l'île de Samos dont ils expulsent une garnison perse. Il est clair que la flotte athénienne est à nouveau maîtresse de la mer Égée. Craignant une collaboration étroite des Athéniens et des satrapes révoltés, Artaxerxès fait quelques concessions verbales : il reconnaît en particulier les droits d'Athènes sur son ancienne colonie d'Amphipolis en Thrace occidentale. Dans le même temps, il encourage les Thébains à construire une flotte qui puisse disputer aux Athéniens le contrôle de l'Égée et leur fournit pour cela des moyens financiers importants. Épaminondas, à l'Assemblée de Thèbes, exhorte ses concitoyens à « tout faire pour établir leur hégémonie sur mer » [Diodore XV, 78, 4]. L'adversaire principal de Thèbes est de plus en plus Athènes. En 366, les Thébains ont poussé leur allié Thémison, tyran d'Érétrie, à s'emparer d'Orôpos, localité frontalière disputée entre les Athéniens et les Béotiens, puis se sont fait remettre la forteresse [Diodore XV, 76, 1]. Si l'on en croit Eschine [*Ambassade* § 105], Épaminondas aurait tant souhaité l'humiliation d'Athènes qu'il aurait déclaré qu'il fallait « transporter les Propylées sur la Cadmée ».

Les Thébains votent la construction de cent trières. Un spécialiste carthaginois, Annibal ou Annôbal [*IG* VII, 2407], vient les aider de ses conseils (Carthage est l'ennemie de Syracuse, qui est l'alliée d'Athènes et de Sparte). Quand une partie de cette flotte est prête, en 364, Épaminondas prend la mer. Son but avoué est d'inciter Byzance, Chios et Rhodes à quitter la Confédération athénienne. Les flottes combinées de ces trois grandes cités maritimes et de Thèbes pourraient faire contrepoids à la marine athénienne ; en outre, Rhodes et Byzance sont idéalement situées pour intercepter les convois de blé venant d'Égypte et de la mer Noire, et donc pour compromettre le ravitaillement d'Athènes. Il semble que les Byzantins aient accueilli favorablement les suggestions d'Épaminondas, et que Thèbes ait alors jeté les fondations d'une confédération rivale de la seconde Confédération athénienne, dotée également d'un conseil fédéral (*synédrion*) : c'est ce que suggère la mention de *synedroi* des Byzantins sur une inscription recensant les contributions alliées à l'effort de guerre thébain pendant la Troisième Guerre sacrée de 355 à 351 [Tod n° 160]. Chios et Rhodes, qui se sentent plus exposées à d'éventuelles représailles athéniennes, hésitent à s'allier immédiatement à Thèbes : elles n'abandonneront la seconde Confédération que quelques années plus tard.

La défection de Byzance ainsi que la révolte de Naxos et de Céos en ces années 364-362 révèlent l'impopularité croissante de la seconde Confédération athénienne. Le danger lacédémonien, qui avait justifié la formation de la *symmachia*, a disparu, et les alliés apprécient de moins en moins de verser des *syntaxeis* qui servent souvent à financer des campagnes militaires qui n'ont d'intérêt que pour Athènes (le siège d'Amphipolis par exemple). L'installation d'une clérouquie à Samos, même si elle est conforme à la lettre du pacte de 377, puisque Samos n'est pas intégrée dans la Confédération, suscite aussi l'inquiétude des alliés. Les révoltes conduisent Athènes à prendre des mesures qui rappellent parfois l'impérialisme du Ve siècle : ainsi, les citoyens de Iulis, dans l'île de Céos, voient limiter leur souveraineté judiciaire [*IG* II^2, 111, l. 38 et 73-75 ; Tod n° 142 ; Bertrand n° 50].

La promenade militaire d'Épaminondas et sa campagne diplomatique auprès des alliés maritimes d'Athènes ont certes contribué à aggraver les mécontentements au sein de la seconde Confédération, mais elles ne sont pas parvenues à provoquer son effondrement, ni, à plus forte raison, à donner aux Thébains l'hégémonie sur mer. A cet égard, il semble que la politique navale d'Épaminondas ait été un échec. L'effort entrepris n'est pas poursuivi, et les mentions de trières thébaines se font fort rares à partir de 363. Timothée continue à étendre l'influence athénienne dans le nord de l'Égée, en s'emparant notamment de Potidée (où il installe une clérouquie), de Méthone et de Pydna.

Thèbes et le Péloponnèse. La bataille de Mantinée

Dans le Péloponnèse, les Thébains obtiennent en 365 un succès diplomatique important en persuadant les Corinthiens de conclure une paix séparée reconnaissant l'indépendance de la Messénie [*Hell.* VII, 4, 6-10]. Les relations entre Thébains et Arcadiens, cependant, continuent à se détériorer. Dès 366, Lycomédès de Mantinée conclut avec les Athéniens une alliance défensive ; certains Athéniens s'étaient d'abord étonnés que, « étant les amis des Lacédémoniens, on devînt les alliés de leurs adversaires », mais ils s'avisèrent « à la réflexion » que cette alliance était surtout dirigée contre Thèbes [*Hell.* VII, 4, 2-3].

En 364, les Arcadiens envahissent l'Élide voisine et prennent le contrôle du sanctuaire d'Olympie avec leurs alliés de Pise (une petite cité traditionnellement ennemie des Éléens). Cette situation permet aux magistrats arcadiens – de tendance démocratique et d'origine majoritairement tégéate – d'utiliser les fonds sacrés du sanctuaire de Zeus au paiement des troupes d'élite arcadiennes, les *eparitoi*. Les Mantinéens protestent et obtiennent le soutien de l'Assemblée des Dix-Mille, une assemblée certes nombreuse, mais composée de propriétaires petits ou grands. Les *eparitoi* étaient souvent des Arcadiens très pauvres, qui attendaient leur subsistance de leurs soldes. Le respect des trésors sacrés a pour effet de contraindre ces prolétaires à quitter l'armée arcadienne (par exemple pour s'engager au loin comme mercenaires) ; ils sont remplacés par des Arcadiens plus riches, qui n'ont pas besoin de soldes. Le régime arcadien évolue ainsi lentement dans un sens plus oligarchique. Les nouveaux dirigeants arcadiens, qui n'ont besoin ni de guerre ni de butin, concluent la paix avec les Éléens [*Hell.* VII, 4, 35].

Cet accord est une violation des clauses de l'alliance entre Thébains et Arcadiens qui interdisait toute paix séparée. Si les Thébains la tolèrent, ils renoncent du même coup à leur hégémonie dans le Péloponnèse. La réaction thébaine se fait en deux temps. Sitôt la paix conclue, l'harmoste thébain de Tégée[1] fait arrêter un grand nombre de notables arcadiens qui participaient à un banquet [*Hell.* VII, 4, 36-39]. La vive réaction de l'Assemblée des Dix-Mille l'oblige à libérer les prisonniers, mais, comme les démocrates tégéates ont participé au coup de force, c'est la rupture de la Confédération arcadienne.

A Thèbes, Épaminondas soutient énergiquement l'harmoste de Tégée et les Tégéates, et fait décider une nouvelle

1. Malgré Xénophon, on ne saurait affirmer que le gouverneur thébain de Tégée ait porté le titre lacédémonien d'harmoste. Même s'ils n'ont pas gardé le terme, il est clair cependant que les Thébains ont repris à leur compte une pratique qu'ils avaient naguère vigoureusement dénoncée chez les Spartiates.

intervention thébaine destinée à remettre au pouvoir les amis de Thèbes en Arcadie, et à restaurer l'autorité de la cité béotienne dans tout le Péloponnèse. Les Mantinéens, de leur côté, font non seulement appel à leurs alliés éléens, achéens et athéniens, mais aussi aux Spartiates, qui rompent ainsi leur isolement. Épaminondas s'installe à Tégée, d'où il observe les mouvements de ses adversaires. Quand il apprend qu'Agésilas se dirige vers l'Arcadie avec toute l'armée lacédémonienne, il tente de s'emparer par surprise d'une Sparte vide de défenseurs : ce coup audacieux échoue parce qu'un déserteur a informé Agésilas et lui a permis de se replier sur la ville et d'en organiser la défense. Les deux armées se rencontrent finalement dans la plaine de Mantinée. Comme à Leuctres, Épaminondas enfonce les lignes ennemies grâce aux troupes d'élite en ordre compact qu'il a placées à l'aile gauche. La mort du grand stratège prive cependant les Thébains du bénéfice de leur victoire et Xénophon peut conclure ses *Helléniques* par ce commentaire sur la bataille de Mantinée :

> Ces événements eurent un résultat contraire à celui que tout le monde avait attendu. Toute la Grèce presque s'était trouvée rassemblée et affrontée : il n'y avait donc personne qui ne pensât que, s'il y avait une bataille, les vainqueurs seraient les maîtres, et les vaincus deviendraient les sujets ; néanmoins la divinité fit si bien les choses que chacun des deux partis éleva un trophée, comme s'il avait remporté la victoire, sans qu'aucun des deux empêchât ceux qui le dressaient ; que chacun rendit les morts par convention, comme s'il avait remporté la victoire, que chacun les reçut par convention, comme s'il avait subi une défaite ; que, malgré la victoire que chacun prétendait avoir remportée, chacun ne fut visiblement plus riche ni en cités, ni en territoires, ni en autorité, qu'avant la bataille ; et l'incertitude et la confusion furent plus grandes après qu'avant dans toute la Grèce [*Hell.* VII, 26-27, trad. Hatzfeld].

Les événements qui suivent la bataille de Mantinée illustrent bien la « confusion » dont parle Xénophon. Thèbes a si peu écrasé ses adversaires que, quelques mois plus tard, les Athéniens, les Arcadiens, les Achéens, les Éléens et les Phliasiens renouvellent leur alliance défensive et s'engagent à défendre les constitutions en vigueur chez les différents alliés [*IG* II^{2}, 112 ; Tod n° 144]. Aucune des deux coalitions n'espérant plus emporter une victoire rapide, les Grecs concluent une nouvelle paix commune, assortie selon Diodore [XV, 89, 1] d'une « alliance », c'est-à-dire, semble-t-il, d'un engagement général à combattre ceux qui violeraient les clauses de la paix.

Cette paix de 362-361 est la première paix commune qui ne soit pas une paix du Roi. L'autorité du souverain achéménide, déjà affaiblie par son incapacité à mettre fin à la sécession de l'Égypte, est alors ébranlée par « la grande révolte des satrapes ». A un envoyé des satrapes révoltés venu apparemment demander leur appui, « les Grecs qui participent à la paix commune » répondent qu'ils « ne connaissent aucune guerre avec le Roi », que, si le Roi s'abstient de toute intervention, « ils agiront pacifiquement avec lui », mais que, si « le Roi ou quelqu'un de son territoire [c'est-à-dire un satrape] commet une agression ou remet en cause la paix entre les Grecs », tous défendront les Grecs agressés « avec une énergie digne de leurs exploits passés » [*IG* IV, 556 ; Tod n° 145]. Ces fières proclamations panhelléniques tranchent avec l'obséquiosité manifestée naguère à l'égard du Grand Roi. Elles s'expliquent par l'affaiblissement du Roi, non par le renforcement des Grecs.

Les Messéniens ayant été admis à participer à la paix commune, leur indépendance est désormais reconnue par tous les Grecs. Pour ne pas reconnaître la liberté de leurs anciens hilotes messéniens, les Spartiates refusent de s'associer à la paix. Ils sont désormais totalement isolés diplomatiquement. Pour tenter de remplir les caisses de la cité, le vieux roi Agésilas en est réduit à s'engager comme chef de mercenaires en Égypte.

La paix commune de 362/361 est fragile et précaire. Certaines bourgades arcadiennes intégrées dans la nouvelle cité de Mégalopolis rejettent le synœcisme qui leur a été imposé. Elles reçoivent l'appui des Mantinéens. Les Mégalopolitains font appel aux Thébains, qui envoient 3 000 hommes dans le Péloponnèse et obligent les récalcitrants à aller s'établir à Mégalopolis. Malgré la mort d'Épaminondas, Thèbes n'a pas renoncé à arbitrer les affaires du Péloponnèse, ni à exercer une influence prépondérante dans toute la Grèce. La puissance de Thèbes ne s'est pas écroulée brutalement comme celle d'Athènes en 405 ou celle de Sparte en 371, et il est possible que certains Thébains aient cru jusqu'en 346, sinon jusqu'en 338, que leur cité exerçait encore l'hégémonie.

La politique extérieure d'Épaminondas était à bien des égards une gageure : dominer la Grèce, sur terre et sur mer, avec quelques milliers d'hoplites, quelques centaines de cavaliers et des revenus très réduits. Épaminondas a conduit ou inspiré de nombreuses promenades militaires destinées à intimider, mais il a ménagé les forces de Thèbes, et s'est efforcé de ne livrer bataille qu'à bon escient, pour écraser l'adversaire. Il a cherché – en vain – à détruire les deux grandes cités rivales de Thèbes, Sparte et Athènes, mais pour le reste il s'est attaché à maintenir ou à créer, en Grèce du Nord, dans le Péloponnèse et en mer Égée, des situations d'équilibre instable dans lesquelles Thèbes pouvait imposer son arbitrage avec des moyens limités. Cette politique n'est pas sans analogie avec l'ordre oblique qui a fait la célébrité d'Épaminondas comme stratège : c'est l'intervention ponctuelle mais foudroyante, à l'endroit crucial, au moment décisif et de manière inattendue. A partir de 357, Thèbes mènera à nouveau une politique impérialiste, mais l'insuffisance de ses moyens sera tout à fait flagrante. Il est évident que les successeurs d'Épaminondas n'ont pas eu la virtuosité diplomatique et militaire de l'homme d'État pythagoricien, mais il semble aussi que la brillante politique d'Épaminondas ait eu son revers, des pertes humaines importantes et une grande lassitude.

De 361 à 357, en tout cas, Thèbes n'est guère mentionnée dans la documentation dont nous disposons. Cet effacement relatif de la cité profite à la diplomatie athénienne qui conclut une alliance avec la Confédération thessalienne [*IG* II ^{2}, 116 ; Tod n° 147]. L'adversaire commun nommément désigné, le tyran Alexandre de Phères, a déjà cependant infligé aux Athéniens l'une des plus graves humiliations de leur histoire : il s'est emparé de plusieurs îles de la mer Égée, d'où il se comporte en corsaire contre les navires athéniens, et il a même réussi à pénétrer impunément dans le port du Pirée et à en piller les arsenaux [Polyen VI, 2, 1-2]. Cet affront, s'ajoutant aux échecs répétés devant Amphipolis et aux revers subis en Chersonèse face au roi des Odryses Cotys, provoque une grave irritation du peuple contre les dirigeants politiques tenus pour responsables. Callistratos, l'orateur le plus influent, est condamné à mort par contumace. Il se rend auprès du roi de Macédoine Perdiccas III, dont il aide à réorganiser le système fiscal.

4

L'ascension de Philippe de Macédoine 360-346

La Macédoine avant Philippe

L'essentiel de notre information sur la Macédoine date des règnes de Philippe, d'Alexandre et de leurs successeurs. Dresser à partir de ces sources relativement tardives un tableau de la Macédoine avant Philippe est un exercice périlleux, car il est évident que la Macédoine a connu une évolution très rapide. Mieux vaut se contenter des quelques indications antérieures à la conquête macédonienne, principalement des témoignages d'Hérodote et de Thucydide.

Selon Hérodote, le roi de Macédoine Alexandre le Philhellène, qui joua un habile double jeu à l'époque des guerres Médiques, était le septième souverain d'une lignée originaire d'Argos : les fondateurs de la dynastie auraient été des exilés de la famille royale argienne des Téménides, issus d'Héraclès. Après avoir imposé leur autorité aux Macédoniens de la haute vallée de l'Haliacmon, les rois téménides auraient peu à peu étendu leur pouvoir vers le nord-est, jusqu'au massif du Dysoros [V, 17] ; le recul perse en 479-478 permit à Alexandre le Philhellène d'agrandir encore son royaume vers l'est, et de mettre la main sur de riches mines d'argent qui lui procuraient un talent par jour. Hérodote insiste sur le caractère grec des rois de Macédoine : alors que certains voulaient exclure Alexandre Ier des concours olympiques en tant que « barbare », les hellanodiques le firent admettre en tant qu'Argien [V, 22].

Thucydide confirme le témoignage d'Hérodote sur l'origine relativement récente de la dynastie macédonienne, rejetant ainsi les généalogies plus flatteuses – comme celle que propose Euripide dans son *Archelaos* – qui font remonter de quelques siècles l'installation des Argéades en Macédoine. Avec son acribie habituelle, Thucydide souligne que le terme global de « Macédoine » recouvre en fait trois grandes régions bien distinctes : la basse Macédoine conquise depuis longtemps (des pentes nord de l'Olympe à l'Axios) qui constitue le cœur du royaume, les territoires conquis entre l'Axios et le Strymon dont les populations vaincues ont été tantôt expulsées tantôt soumises, enfin les *ethnè* de haute Macédoine, « alliés et sujets » mais ayant leurs royautés particulières (les Lyncestes et les Élimiotes notamment). Thucydide insiste sur la faiblesse militaire de la Macédoine sous le règne de Perdiccas : le pays est incapable de résister à l'invasion du puissant roi thrace Sitalkès en 429 [II, 100-101] ; l'historien précise cependant, dans une brève digression, que le successeur de Perdiccas, Archélaos (413-399), a su construire des routes et des forteresses et donner à son royaume de puissants moyens militaires.

On peut noter que Thucydide ne qualifie jamais les Macédoniens ni de Grecs ni de barbares : ce silence contraste avec son utilisation systématique de ces distinctions à propos des confins nord-occidentaux de la Grèce, ou des populations de Thrace. Les Macédoniens ont des coutumes et une organisation politique trop différentes de celles des cités pour être tout à fait considérés comme des Grecs, mais il semble qu'on ait aussi fréquemment hésité à les classer parmi les « barbares ». Dans la péroraison de son *Philippe*, Isocrate, en 346, exhortera le roi à être « le bienfaiteur des Grecs », « le roi des Macédoniens », « le maître du plus grand nombre possible de barbares » [§ 154]. Dans la propagande anti-macédonienne d'un Démosthène, évidemment, les Macédoniens – y compris leur roi – sont dénoncés comme des barbares, et des barbares d'un pays « dont on ne pouvait même pas, naguère, tirer de bons esclaves » [3e *Phil.* § 31]. Cependant, pour les admirateurs des Argéades, mais aussi pour des esprits sereins, il semble que les Macédoniens aient constitué une catégorie particulière, entre Grecs et barbares.

L'opposition Grecs-barbares est fondée moins sur la langue que sur l'ensemble de la culture, la *paideia*. Quand un auteur qualifie des Épirotes ou des Étoliens de « barbares », il est possible qu'il s'imagine, à tort, que le dialecte parlé par ces groupes n'est pas grec, mais il est plus probable qu'il considère tout simplement que leur mode de vie n'a rien d'hellénique. Ceux qui, comme Démosthène, traitent Philippe et les Macédoniens de « barbares » n'émettent pas un jugement linguistique sur le dialecte macédonien. La question de la langue macédonienne restera ouverte tant qu'on ne disposera pas d'inscriptions dialectales. Les termes présentés comme « macédoniens » par les lexicographes sont quelquefois incontestablement grecs (avec des variantes phonétiques) ; ils sont parfois de toute évidence non grecs ; dans bien des cas, l'étymologie est discutée. On peut faire valoir que les mots grecs sont des emprunts, ou, à l'inverse, que les gloses privilégient les formes les plus éloignées du grec attique. L'anthroponymie ne permet pas de conclusion plus assurée.

Ce qui est certain, c'est que la cour d'Archélaos à la fin du ve siècle et une grande partie de la population de Pella connaissent assez bien le grec pour apprécier les tragédies d'Euripide. Ce qui est sûr également, c'est que le grec est la langue normale de commandement dans l'armée d'Alexandre. Ou le macédonien est un dialecte grec, ou les Macédoniens sont progressivement devenus bilingues en adoptant la grande langue de culture de leurs voisins méridionaux.

La Macédoine dispose de ressources nombreuses et variées – le blé de ses vastes plaines, les troupeaux transhumants de ses pâturages, le bois de ses forêts, l'or et l'argent de ses mines – mais, jusqu'en 360, les Macédoniens n'ont que partiellement exploité ces richesses, qui ont eu surtout pour effet d'attirer la convoitise de leurs voisins illyriens, thraces et chalcidiens ainsi que des grandes puissances successives du monde égéen. La Macédoine est aussi un pays relativement peuplé, mais son organisation militaire, avant Philippe, était loin de tirer parti de tous les effectifs virtuellement disponibles. La cavalerie aristocratique des *Hetairoi* (compagnons) est traditionnellement forte et bien entraînée, mais, malgré les efforts de rois comme Alexandre Ier ou Archélaos, la phalange des « compagnons à pied » (*pezhetairoi*) n'a connu qu'un développement limité.

La faiblesse de la Macédoine tenait principalement à ses divisions : les petits princes de haute Macédoine refusaient souvent de reconnaître la suzeraineté des Argéades, et les Argéades eux-mêmes étaient affaiblis par des querelles dynastiques à répétition.

L'histoire de la Macédoine jusqu'à l'avènement de Philippe se présente comme une alternance de phases d'unité et de phases d'anarchie. Quand un Argéade parvenait à éliminer ou à intimider tous ses rivaux et à rétablir son autorité sur les princes de haute Macédoine, le pays connaissait une relative prospérité et une certaine puissance : le roi pouvait replacer sous son contrôle les cités grecques de la côte macédonienne, et il lui arrivait même d'intervenir dans les affaires de ses voisins thessaliens, chalcidiens ou thraces. Quand il mourait – souvent assassiné –, de multiples prétendants se disputaient le trône, et les dynastes de haute Macédoine reprenaient leur indépendance ; les voisins de la Macédoine, ainsi que les grandes puissances du moment, envahissaient le pays, généralement sous le prétexte de soutenir un candidat au trône ; la campagne était soumise au pillage et certaines régions du royaume se trouvaient occupées sinon annexées.

De la mort de l'énergique Archélaos en 399 à l'avènement de Philippe, la Macédoine connut une page particulièrement sombre de son histoire, marquée par l'instabilité intérieure et l'invasion extérieure. La plus grave menace pendant cette période venait de la frontière nord-ouest, des Illyriens rassemblés sous l'autorité du puissant roi Bardylis. Pour repousser les Illyriens qui à plusieurs reprises étaient parvenus à occuper presque tout son royaume, le père de Philippe, Amyntas III, dut faire appel en 393 et en 383 à ses voisins de la Confédération chalcidienne (qui regroupait la plupart des cités grecques de la Chalcidique sous l'hégémonie d'Olynthe) ; en 383, les Chalcidiens voulurent garder pour eux une partie du territoire « libéré » et Amyntas ne récupéra son royaume que grâce à l'intervention de Sparte. A la mort d'Amyntas III, en 370, les Chalcidiens soutinrent un prétendant d'une autre branche de la dynastie et Alexandre II, le frère aîné de Philippe, ne l'emporta sur son rival que grâce à l'appui d'Iphicrate, qui était à la fois stratège athénien et gendre du roi de Thrace Cotys.

Alexandre II se crut alors assez fort pour intervenir en Thessalie, mais il se heurta à Thèbes, la nouvelle puissance hégémonique de la Grèce ; Pélopidas rejeta Alexandre II en Macédoine. En 368, celui-ci fut tué par son beau-frère Ptolémée d'Aloros, qui était en même temps l'amant de la reine mère Eurydice. Ptolémée devint régent, mais il fut assassiné à son tour quand Perdiccas III, le second fils d'Amyntas III et d'Eurydice, accéda à sa majorité en 365. Les relations de Perdiccas III avec Athènes furent instables et dans l'ensemble hostiles : en 363, le stratège athénien Timothée s'empara de plusieurs points fortifiés du golfe Thermaïque, notamment de Pydna et de Méthone, très proches de la capitale macédonienne, et Perdiccas dut accepter une paix qui consacrait l'abaissement de son royaume. Il prit une revanche partielle en soutenant Amphipolis contre Athènes et en parvenant à introduire une garnison macédonienne dans la ville.

Le danger majeur restait cependant celui des Illyriens : l'armée macédonienne est écrasée par Bardylis en 360, dans une bataille où Perdiccas disparaît avec 4 000 de ses soldats.

Les débuts du règne de Philippe (360-357)

Immédiatement après la bataille, pendant l'été 360[1], Philippe se fait acclamer par l'assemblée du peuple macédonien[2] pour succéder à son frère. D'après certaines traditions, Philippe aurait d'abord été régent, en tant que tuteur de son jeune neveu Amyntas, fils de Perdiccas. Ce qui est sûr, c'est qu'il s'impose très rapidement comme roi à titre personnel.

Le nouveau souverain, âgé de vingt-deux ou vingt-trois ans, doit affronter une situation particulièrement critique : la survie même du royaume est menacée. Non seulement le champ est libre pour une invasion illyrienne de grande ampleur, mais tous les voisins de la Macédoine sont bien

1. J'adopte ici pour le début du règne de Philippe la date défendue avec d'excellents arguments par M. Hatzopoulos – entre juillet et octobre 360 (voir « The Oleveni Inscription and the dates of Philip II's Reign », *Philip II, Alexander the Great and the Macedonian Heritage*, éd. W.L. Adams et E.N. Borza, Washington, 1982, p. 21-42). L'analyse développée dans le présent chapitre est cependant parfaitement conciliable avec la datation traditionnelle de l'avènement de Philippe en 359.

2. Les institutions traditionnelles de la Macédoine sont très mal connues. Il était d'usage, semble-t-il, de convoquer une assemblée (des soldats, ou de tous les Macédoniens du voisinage) lors de quelques grandes occasions comme l'avènement d'un nouveau roi, ou certains procès capitaux. L'assemblée manifestait son opinion par des acclamations et des cris. Aucun Conseil n'est attesté. Un roi énergique, semble-t-il, pouvait régner en autocrate sans être gêné par des obstacles d'ordre constitutionnel.

décidés à profiter de l'effondrement du royaume : les Péoniens, pasteurs nomades du centre des Balkans, commencent à descendre la vallée du Strymon pour piller la Macédoine ; Cotys, le roi des Odryses de Thrace, se prépare à agrandir son royaume en annexant la Macédoine orientale ; les Chalcidiens nourrissent de nombreux projets de revanche et de conquête. Les Athéniens, quant à eux, espèrent que les circonstances leur permettront enfin de récupérer Amphipolis : ils soutiennent un prétendant, Argaios, qui a promis de leur livrer la ville.

Philippe manifeste tout de suite une exceptionnelle habileté diplomatique. Il commence par éliminer rapidement ses rivaux déclarés, y compris Argaios, pourtant soutenu par un contingent athénien. Face aux périls extérieurs, il comprend qu'un répit lui est indispensable pour rassembler et entraîner une nouvelle armée macédonienne. On s'est souvent étonné que Bardylis n'exploite pas complètement sa grande victoire et qu'il se retire en haute Macédoine. L'explication la plus vraisemblable, c'est que Philippe accepte de reconnaître la suzeraineté de Bardylis dont il épouse la fille Audata, et auquel il s'engage probablement à payer tribut : on comprend que les historiographes aient laissé dans l'ombre cette concession nécessaire, mais peu glorieuse, à un rapport de forces qui sera bientôt renversé.

Après l'échec d'Argaios, Philippe conclut également un traité de paix et d'alliance avec les Athéniens. Cette paix de 359 libère le roi de Macédoine de la crainte d'incursions athéniennes à partir des côtes, mais entérine aussi une situation très favorable aux Athéniens dans le nord de l'Égée : les Athéniens détiennent Pydna et Méthone (cette place, à une vingtaine de kilomètres d'Aigai [3], contrôle la route qui relie la Macédoine à la Thessalie), ainsi que Potidée, position stratégique de Chalcidique proche à la fois de la Macédoine et d'Olynthe. Surtout, la paix laisse aux Athéniens toute liberté pour reprendre Amphipolis : Philippe en retire la garnison installée par son frère, dont il a d'ailleurs besoin pour des tâches plus urgentes.

La paix de 359 est un traité inégal, dont il est évident qu'il ne sera respecté que tant que la Macédoine sera faible. Or le

3. L'ancienne capitale, qui reste le centre religieux du royaume.

redressement de la puissance macédonienne est extrêmement rapide. En deux ans, Philippe lève une nouvelle armée et lui donne le meilleur armement et le meilleur entraînement de l'époque. Il accroît le nombre des « compagnons à pied » – les *pezhetairoi* – et crée un corps professionnel de fantassins d'élite, les *hypaspistes,* dont la fonction est d'entourer le roi et d'entraîner l'ensemble de la phalange [4] : Philippe s'est visiblement inspiré du « bataillon sacré » dont il a pu apprécier l'importance militaire quand il était otage à Thèbes. En outre, il donne à l'hoplite macédonien un équipement défensif plus léger que celui de l'hoplite grec, ce qui lui assure une plus grande mobilité, et le dote d'une longue pique de plus de quatre mètres, la *sarissa.* Grâce au redoutable instrument militaire qu'il est en train de forger, Philippe bat les Péoniens et les repousse, puis livre bataille à Bardylis et remporte une victoire éclatante : le vieux roi est tué et les troupes illyriennes sont massacrées. La frontière illyro-macédonienne est repoussée au-delà du lac Lychnidos (l'actuel lac d'Ohrid). Philippe impose alors son autorité en haute Macédoine en éliminant les dynastes ou en les obligeant à s'installer à Pella. Dès 358, il se sent assez fort pour intervenir en Thessalie.

Dans le même temps, les Athéniens, malgré le répit que leur offre la paix avec Philippe, ne parviennent pas à s'emparer d'Amphipolis : leur échec s'explique par la richesse et la puissance de la cité assiégée, mais aussi par l'insuffisance des effectifs qu'ils engagent. Ils s'imaginent à tort qu'ils disposeront du temps nécessaire pour obtenir la soumission d'Amphipolis par une longue guerre d'usure.

Philippe, qui est débarrassé – provisoirement – de ses adversaires septentrionaux et qui dispose maintenant d'une armée nombreuse et aguerrie, s'estime assez fort pour entreprendre à son tour le siège d'Amphipolis. Logiquement, l'intervention de Philippe devant Amphipolis aurait dû conduire à la rupture de l'alliance entre Philippe et Athènes. Non seulement ce n'est pas le cas, mais les Athéniens s'abstiennent même d'encourager ceux des Amphipolitains qui, par crainte de Philippe, se disent prêts à leur livrer la ville ; ils refusent

4. Les termes de *pezhetairoi* et d'*hypaspistes* ont suscité de nombreuses discussions. Je reprends les hypothèses raisonnables présentées par G.T. Griffith, *A History of Macedonia* II, 1979, p. 414-428.

l'armée

aussi de se joindre à la coalition que les Olynthiens tentent de constituer contre Philippe.

Il est difficile de rendre compte de l'attitude athénienne sans admettre l'existence d'un pacte secret entre Philippe et Athènes : d'après l'historien Théopompe [*Fr. Gr. Hist.* n° 115, F. 52], Philippe se serait engagé à prendre Amphipolis pour le compte des Athéniens, ces derniers acceptant en contrepartie de lui livrer Pydna. On a parfois contesté l'existence d'un tel accord, en faisant valoir que la conclusion d'un pacte secret par une démocratie directe comme celle d'Athènes était impossible : un pacte engageant la cité devait être voté par l'Assemblée, et, s'il y avait discussion et vote publics, il n'y avait plus de secret. Cette objection est très discutable, car le peuple athénien était beaucoup moins formaliste que ne l'imaginent certains historiens modernes. Les ambassadeurs athéniens pouvaient se contenter d'affirmer à la tribune que Philippe leur livrerait Amphipolis en échange d'une concession : les membres du Conseil et les proches des ambassadeurs qui savaient de quelle concession il s'agissait pouvaient en informer leurs amis qui en parlaient eux-mêmes autour d'eux. L'information ayant circulé de bouche à oreille, le peuple pouvait approuver officiellement l'accord relatif à Amphipolis en sachant fort bien qu'il en approuvait implicitement la contrepartie.

Par rapport aux clauses de 359, le pacte secret de 357 manifeste clairement les progrès de la puissance de Philippe et constitue, de la part d'Athènes, un aveu de faiblesse : les Athéniens comptent sur Philippe pour leur livrer une ville dont ils n'ont pas pu s'emparer. En outre, il apparaît assez rapidement que Philippe a dupé les Athéniens : après s'être emparé d'Amphipolis, il garde pour lui la ville et son territoire (plus tard, il expulsera de nombreux Amphipolitains et partagera beaucoup de terres entre ses compagnons). Cela ne l'empêche pas d'assiéger et de prendre Pydna. Contrairement à l'accord conclu, il n'y a pas d'échange de villes : Philippe ne lâche rien de ce qu'il tient. Dans le même temps, il anticipe sur la rupture avec Athènes, que son attitude ne peut manquer de provoquer, et négocie une alliance avec les Olynthiens.

La guerre des Alliés

L'année 357, date de la prise d'Amphipolis par Philippe, est également l'année où éclate la guerre des Alliés, révolte contre Athènes de Chios, de Rhodes, de Cos et d'un certain nombre d'autres cités de la seconde Confédération. Les deux événements sont évidemment liés, mais nous ignorons leur ordre de succession, ce qui rend l'interprétation délicate. Si le début de la guerre sociale [5] a précédé la prise d'Amphipolis, on peut penser que Philippe a profité des difficultés d'Athènes. Dans l'hypothèse inverse, on peut supposer que le refus de contribuer à une guerre contre Philippe à propos d'Amphipolis a été l'occasion immédiate de la révolte alliée.

La promenade militaire de la flotte d'Épaminondas, en 364, avait révélé la fragilité de l'autorité athénienne sur ses alliés. Si seule Byzance avait fait défection, Chios, Rhodes et Cos continuaient à guetter une occasion favorable. Leur hostilité à Athènes était encouragée par Mausole, le puissant dynaste d'Halicarnasse. L'habile Carien avait su abandonner à temps la révolte des satrapes pour conserver son autorité. L'avènement de l'énergique Artaxerxès Ochos, en 359, lui ayant fait comprendre qu'il n'était plus question d'agrandir son domaine en Asie, Mausole cherche désormais à étendre son pouvoir sur les îles de l'Égée orientale proches de sa satrapie.

Comptant sur l'appui des cent navires de Mausole et sur l'aide de Byzance, Chios, Rhodes et Cos franchissent le pas qu'elles n'avaient pas osé franchir en 364, et font défection (probablement en refusant de verser des *syntaxeis* demandées par les Athéniens). Un coup de main audacieux de Chabrias contre le port de Chios échoue, et le grand stratège y trouve la mort. Les alliés révoltés prennent alors l'offensive et ravagent les clérouquies athéniennes d'Imbros, de Lemnos et de Samos.

Un peu plus tard, alors que les deux flottes se trouvent face à face à Embata, non loin d'Érythrées, Iphicrate et Timothée

5. On qualifie traditionnellement cette guerre des Alliés de « guerre sociale » par analogie avec la guerre des alliés italiens (*socii*) contre Rome au début du Ier siècle avant J.-C.

déconseillent de livrer bataille parce que la tempête menace. Charès passe outre, et les Athéniens subissent de lourdes pertes, dont Charès impute la responsabilité à ses collègues [Polyen II, 9, 29]. Timothée, condamné à une énorme amende, doit partir pour l'exil. Charès devient le seul chef de la flotte athénienne : il obtient vraisemblablement le soutien du peuple parce qu'il paraît le plus déterminé à soumettre les alliés révoltés par tous les moyens. Il ne reçoit pas pour autant les fonds dont il a besoin ; pour pouvoir payer ses troupes, il participe à la révolte du satrape Artabazos contre le Grand Roi [Diodore XVI, 22]. Il remporte quelques succès, qu'il fait célébrer comme de nouvelles victoires de Marathon, obtenues sur le sol de l'Asie [Plutarque, *Aratos* 16].

L'illusion est de courte durée. Artaxerxès Ochos lance un ultimatum aux Athéniens, exigeant qu'Athènes rappelle Charès et reconnaisse l'indépendance des cités révoltées : faute de quoi, il lancera trois cents trières contre les Athéniens. Athènes cède à la pression perse (355).

La seconde Confédération n'est pas dissoute ; de nombreuses petites cités continuent à en faire partie, et les Eubéens se sont même détachés de Thèbes pour rentrer dans l'alliance athénienne (en 357). Il semble d'autre part que, dans le traité de paix conclu alors avec Byzance, Athènes ait obtenu des garanties pour la sécurité de son ravitaillement en blé : de 355 à 340, le franchissement du Bosphore par les convois de blé destinés à Athènes ne paraît pas poser de problème. La défection des alliés les plus importants d'Athènes n'en diminue pas moins la puissance financière et militaire de la cité. Même si Athènes n'a pas subi de désastre analogue à la défaite d'Aigos-Potamos, l'échec de la politique de restauration impérialiste conduite depuis 394 est flagrant.

Eubule

La rapidité avec laquelle les Athéniens acceptèrent l'ultimatum perse et renoncèrent à une grande partie de leur empire s'explique probablement par les mécontentements accumulés depuis longtemps.

Les riches supportaient de moins en moins bien les dépenses qu'entraînait pour eux la politique belliqueuse de la cité –

l'*eisphora*, impôt exceptionnel sur la fortune, et surtout les triérarchies. Le système de la triérarchie date de l'époque de Thémistocle : c'est l'application au domaine militaire du principe de la *liturgie*, selon lequel de riches citoyens sont chargés d'assumer à leurs frais certaines dépenses d'intérêt public. Le poids de la triérarchie était d'autant plus lourd qu'il fallait équiper chaque année plus de trières. Les expéditions maritimes se succédant presque sans interruption depuis 394, il devenait toujours plus difficile de trouver un nombre suffisant de triérarques, parce qu'une pression fiscale excessive avait eu pour effet d'amenuiser certaines fortunes et surtout parce que les Athéniens fortunés montraient une mauvaise volonté croissante. En 357, la loi de Périandre avait établi pour la triérarchie un système analogue à celui qui était utilisé pour la perception de l'*eisphora* : le poids en était réparti entre les membres de « symmories triérarchiques ». La réforme allégea le fardeau qui pesait sur les plus riches, mais multiplia aussi le nombre de ceux qui le supportaient avec impatience.

L'hostilité de la plupart des riches Athéniens à la poursuite d'une politique maritime coûteuse est incontestable. Les sentiments des autres catégories sociales sont moins faciles à cerner. Le recours fréquent à des mercenaires suggère que les hoplites athéniens – en majorité des paysans – répugnaient à participer à des expéditions lointaines. Les difficultés rencontrées par certains triérarques pour enrôler les rameurs théoriquement placés sous leur autorité permettent de supposer que certains Athéniens pauvres ne faisaient pas preuve d'une ardeur extrême pour partir en campagne : les défections étaient vraisemblablement d'autant plus nombreuses que les perspectives de recevoir une solde normale étaient plus faibles. Nombre d'entre eux restaient attachés aux profits qu'ils tiraient de la politique impérialiste (notamment aux soldes et aux clérouquies) mais auraient préféré que la cité assurât leur entretien sans qu'ils eussent à prendre la mer.

Au milieu du IVe siècle, les classes traditionnellement hostiles à un effort de guerre le sont donc de plus en plus ; les classes attachées à l'empire le sont de moins en moins. Cette double évolution ne s'explique pas seulement par des raisons matérielles. L'attachement patriotique à la puissance d'Athènes et la nostalgie de sa grandeur passée continuent à animer une partie du peuple et des hommes politiques. Mais d'autres conceptions et d'autres sentiments se répandent et inspirent des attitudes nouvelles. Beaucoup d'Athéniens qui avaient espéré, lors de la fondation de la seconde Confédération, que leur hégémonie bénéficierait cette fois de la sympathie durable des alliés constatent avec déception la détérioration rapide des relations au sein de la Confédération et la haine qu'elle suscite à nouveau.

Ce mouvement d'opinion nous est principalement connu par le *Sur la paix* d'Isocrate et par l'opuscule de Xénophon *Sur les revenus*, qui datent tous deux vraisemblablement de 355. Le *Sur la paix* insiste sur les avantages diplomatiques qu'Athènes tirerait du renoncement à l'impérialisme : les autres Grecs, ne craignant plus d'être dominés, lui manifesteront de la bienveillance. Athènes sera forte si elle est pacifique. « C'est une erreur, déclare quant à lui Xénophon au début de son ouvrage, de croire qu'Athènes a besoin de dominer injustement les autres Grecs pour faire vivre la masse du peuple. » La paix peut procurer des ressources beaucoup plus importantes que l'empire, et Xénophon suggère une série de mesures destinées à accroître les revenus de la cité : encourager par des privilèges la venue de métèques à Athènes, favoriser l'activité commerciale du Pirée et surtout développer l'exploitation des mines d'argent du Laurion.

Les thèmes développés par les deux auteurs visent probablement à appuyer les efforts de l'orateur Eubule et de ses amis pour faire adopter par le peuple une série de mesures nouvelles, d'une grande cohérence.

L'idée fondamentale du « programme » d'Eubule, c'est que la paix est plus conforme aux intérêts d'Athènes que la guerre. Eubule peut compter sur le soutien de la majorité des riches : les citoyens fortunés souhaitent la paix pour voir diminuer leurs charges. Sa grande habileté est d'avoir aussi rallié à sa politique un grand nombre de pauvres, grâce à une réforme financière.

L'organisation des finances athéniennes est assez complexe. Il n'existe pas à proprement parler de budget. Certaines dépenses régulières sont financées par certaines recettes régulières en fonction d'une loi de répartition reconduite d'année en année, le *merismos*, mais le plus souvent le montant total

La pauvreté à Athènes

des recettes dépasse celui des seules dépenses fixées par le *merismos*. Jusqu'aux réformes d'Eubule, le peuple dispose d'une grande liberté dans l'utilisation des excédents. L'usage ancien voulait que des recettes imprévues fussent distribuées entre les citoyens. En 483, Thémistocle fit prévaloir un autre principe, et, sous son impulsion, le peuple décida que le revenu des nouveaux filons argentifères des mines du Laurion serait consacré à la construction de navires. Même si la pratique révèle une certaine souplesse, le principe de l'affectation prioritaire des excédents aux dépenses militaires s'est maintenu. En 378, il semble que Callistratos ait institutionnalisé cet usage en créant le fonds militaire du *stratiôtikon*.

Le système poussait à une politique militaire active : toute amélioration des finances athéniennes dégageait des moyens disponibles pour de nouvelles opérations. Pour mettre fin à ce qu'ils considèrent comme une incitation au gaspillage et à l'impérialisme, Eubule et ses amis font voter une loi qui transfère au fonds des spectacles – *théôrikon* – le privilège de recevoir les excédents.

Le versement d'une indemnité aux citoyens pauvres qui participent à certaines fêtes date, semble-t-il, de Périclès. Payer les spectateurs est une mesure de démocratie culturelle : grâce à l'indemnité qu'ils reçoivent, les citoyens pauvres peuvent assister aux spectacles et ne sont pas écartés du théâtre par la perspective de perdre les revenus d'une journée de travail. Cependant, si les distributions à l'occasion des fêtes se multiplient, la fonction du *théôrikon* change au moins partiellement : la caisse des spectacles devient une caisse d'assistance, et assure dans une certaine mesure la *trophè* des citoyens pauvres (leur entretien, littéralement leur « nourriture » par la cité). En affectant les excédents à des distributions, Eubule renoue avec une tradition antérieure à Thémistocle. La loi d'Eubule comble les désirs de la plupart des Athéniens pauvres.

Sous l'impulsion d'Eubule, les Athéniens créent un collège de « préposés au *théôrikon* », élus pour quatre ans. Eubule, plusieurs fois réélu, est le plus influent des membres de ce collège : grâce à cette fonction, et à sa compétence financière, il contrôle toute l'administration de la cité. La bonne gestion d'Eubule permet la réalisation d'un vaste programme d'aménagements urbains et la construction de nouvelles trières. On ne saurait accuser Eubule de sacrifier délibérément la défense d'Athènes. Son attachement à la paix et son hostilité aux expéditions lointaines s'accompagnent d'une stratégie défensive sur mer et sur terre. Les Athéniens, selon lui, doivent disposer d'une flotte nombreuse pour sauvegarder la sécurité de leur ravitaillement. Ils doivent aussi surveiller attentivement les points stratégiques qui permettent l'accès à l'Attique – les Thermopyles, l'Eubée, Mégare – et en interdire la possession aux adversaires déclarés ou virtuels de la cité.

Reste que la loi d'Eubule crée une rigidité nouvelle qui rend plus difficile aux Athéniens d'agir efficacement en fonction des circonstances. Tout orateur qui propose l'affectation d'excédents à des opérations militaires risque de se voir intenter une accusation publique pour illégalité (*graphè paranomôn*), son décret étant contraire à la loi d'Eubule.

La politique d'Eubule va donner aux Athéniens quelques années de grande prospérité. Elle va aussi entraver leur résistance à Philippe.

De 357 à 354, le roi de Macédoine s'attache à chasser les Athéniens de leurs dernières positions proches de son royaume. En 356, il s'empare de Potidée et s'empresse de remettre la ville à ses alliés olynthiens pour gagner leur sympathie [Démosthène, 2e *Ol.* § 7]. Empêchés par la guerre sociale d'intervenir eux-mêmes énergiquement contre Philippe, les Athéniens tentent de former une coalition de ses voisins septentrionaux [*IG* II ^{2}, 127 ; Tod n° 157]. C'est un échec : les alliés des Athéniens – Kétriporis roi des Odryses occidentaux, Grabos roi des Illyriens et Lyppeios roi des Péoniens – sont successivement battus par le roi de Macédoine en 356-355. A l'automne 355, Philippe commence le siège de Méthone. Il perd un œil au cours des combats, mais ne lâche pas prise pour autant. Les premiers renforts athéniens sont insuffisants, et la seconde flotte envoyée au secours de Méthone arrive quand la ville est déjà prise, au début de l'été 354. Au cours du même été, Philippe entreprend la conquête des riches cités de la côte thrace alliées et tributaires d'Athènes : s'il échoue devant Néapolis secourue par le stratège athénien Charès, il s'empare facilement d'Abdère et de Maronée.

A partir de l'automne 354, la guerre continue théoriquement entre Athènes et Philippe, mais il n'y a plus aucun affrontement militaire entre eux, pour une raison simple : les Athéniens ont été presque entièrement expulsés des régions proches de la Macédoine. Eubule et ses amis paraissent considérer la guerre avec Philippe comme terminée *de facto*. Malgré leur attachement à la paix, cependant, ils ne jugent pas nécessaire de conclure avec Philippe un traité de paix en bonne et due forme : un tel traité exigerait en effet une renonciation officielle à Amphipolis, qui serait très impopulaire. De plus, ceux des Athéniens qui connaissent un peu l'histoire macédonienne ont de bonnes raisons de penser que les succès de Philippe seront sans lendemain et qu'une nouvelle phase d'anarchie en Macédoine permettra bientôt à Athènes de reprendre des positions auxquelles elle n'aura pas renoncé officiellement.

En apparence, le prolongement d'un état de guerre théorique n'exigeant aucun effort militaire offre beaucoup d'avantages et ne présente aucun danger. Quoique Philippe ait manifesté beaucoup d'habileté et beaucoup d'énergie, il est difficile à un Athénien, en 354, de soupçonner l'étendue des ambitions du roi et, à plus forte raison, d'imaginer qu'un roi de Macédoine puisse un jour attaquer l'Attique.

Les débuts de la Troisième Guerre sacrée (357-352)

Les origines de ce long conflit qui va permettre à Philippe, en 346, de s'imposer comme l'arbitre des affaires grecques, sont très obscures.

A la fin de son inventaire des causes de révolution, au livre V de *La Politique*, Aristote souligne que de grands conflits naissent parfois de très petites choses, et il donne un exemple tiré de l'histoire phocidienne : « une *épiclère* suscita une querelle entre le parti de Mnaséas, père de Mnason, et celui d'Euthycratès, père d'Onomarchos, et cette discorde (*stasis*) fut le début de la Guerre sacrée » [*Pol.* V, 4, 1304 a 10-13]. Une querelle privée a dégénéré en guerre civile, puis en conflit panhellénique. Le mécanisme précis de cet enchaînement, qui devait être clair pour les auditeurs d'Aristote, nous échappe malheureusement tout à fait.

Le territoire de Delphes fait géographiquement partie de la Phocide, mais la cité de Delphes se tient autant que possible à l'écart de la Confédération phocidienne. En outre, le sanctuaire de Delphes n'est administré ni par les seuls Phocidiens, ni par les seuls Delphiens, mais par le Conseil amphictionique, qui représente l'ensemble des peuples voisins des deux sanctuaires de Déméter aux Thermopyles et d'Apollon à Delphes.

Dans leur majorité, les Phocidiens sont traditionnellement les ennemis des Thessaliens et des Thébains ; ils recherchent donc l'appui des Athéniens, des Spartiates ou des deux cités. Immédiatement après Leuctres, le rapport de forces a obligé les Phocidiens à accepter l'hégémonie thébaine, mais, dès 362, leur volonté d'indépendance se manifeste de nouveau, lorsqu'ils refusent de participer à la campagne arcadienne d'Épaminondas. Il peut cependant arriver qu'une faction phocidienne joue la carte thébaine.

Les Delphiens sont pour la plupart les adversaires des Phocidiens et donc, très logiquement, les amis des Thébains, mais il existe aussi un parti prophocidien et proathénien dont le chef, Astykratès, a été exilé en 363 et s'est réfugié à Athènes.

L'amphictionie assure l'administration du sanctuaire de Delphes (un collège de *naopes*, en particulier, contrôle la reconstruction du temple d'Apollon après le tremblement de terre de 373). Le Conseil amphictionique est naturellement chargé de punir les atteintes aux intérêts du dieu, et notamment les empiétements sur la terre sacrée, mais il est quelquefois aussi saisi de sacrilèges sans rapport avec le sanctuaire : certains cherchent à lui faire jouer le rôle d'un tribunal religieux international. Voici la composition du Conseil amphictionique au début du IVe siècle, avec le nombre de représentants (*hiéromnèmons*) envoyés par chaque peuple :

Delphiens	2	Thessaliens	2
Phocidiens	2	Périèques des Thessaliens	10
Béotiens	2	(c'est-à-dire, plus précisément,	
Locriens	2	Achéens de Phtiotide 2 ; Magnètes 2 ;	
Ioniens	2	Énianes 2 ; Maliens 2 ;	
(dont Athéniens 1)		Perrhèbes-Dolopes 2)	
Doriens	2		

On voit clairement que, si un membre non thessalien de l'amphictionie contrôle toute la Thessalie, il bénéficie de la majorité absolue.

Cette situation est assez rare parce que la Thessalie est le plus souvent divisée, mais en 357, après l'assassinat d'Alexandre de Phères et la réconciliation entre les tyrans de Phères et leurs adversaires, tous les Thessaliens se trouvent dans la sphère d'influence de Thèbes, ce qui donne aux Béotiens, avec l'appoint des Locriens et des Delphiens, une large majorité de 18 voix sur 24. Les Thébains décident d'utiliser l'amphictionie qu'ils contrôlent pour régler quelques vieux comptes et pour rétablir leur puissance. Thèbes a d'autant plus l'impression d'avoir les mains libres pour développer à nouveau une politique agressive qu'Athènes est accaparée par la guerre sociale. A la session amphictionique de l'automne 357 [6], les Thébains font condamner les Spartiates à une amende de 500 talents (à cause de la prise de la Cadmée vingt-cinq ans plus tôt...) et les Phocidiens à une amende du même montant pour quelques empiétements sur la terre sacrée. Il s'agit de sommes énormes, supérieures à celles qu'Athènes prélevait au ve siècle dans l'ensemble de son empire. Les « sacrilèges » n'ayant pas payé, l'amende est doublée par le Conseil amphictionique au printemps 356. Il est possible que les Thébains aient espéré que cette pression brutale favoriserait les factions prothébaines de Phocide, et que des membres de ces dernières viendraient implorer une diminution du montant de l'amende. Ce calcul se révèle faux. L'intransigeant Philomélos persuade ses concitoyens de rejeter les sanctions amphictioniques, et se fait élire comme stratège avec pleins pouvoirs. Ayant réuni quelques troupes, il les lance à l'assaut de Delphes ; le coup, inattendu, réussit. Les Phocidiens sont les maîtres de la cité de Delphes (où ils installent leurs amis au pouvoir), et du sanctuaire d'Apollon [Diodore XVI 24, 4]. Philomélos envoie alors des ambassadeurs dans toute la Grèce, qui annoncent que les Phocidiens ont repris à Delphes la place qu'occupaient leurs ancêtres, et qu'ils s'abstiendront de tout pillage des biens

6. La chronologie de la Troisième Guerre sacrée est très controversée. Cependant, si les dates absolues proposées ici ne sont que des hypothèses vraisemblables, l'ordre des événements est à peu près assuré.

sacrés. Les envoyés phocidiens sont accueillis avec faveur à Athènes et à Sparte, mais le Conseil amphictionique riposte à l'automne 356 en déclarant une guerre sacrée contre les Phocidiens sacrilèges.

Au début du printemps 355, les Thébains, les Thessaliens et leurs alliés bénéficient d'un net avantage numérique : pour des raisons de propagande, Philomélos n'a pas voulu s'emparer trop ouvertement des trésors sacrés, et de toute façon le recrutement de nombreux mercenaires prend du temps. Après quelques succès partiels, Philomélos est écrasé par ses adversaires en Phocide même, à Néon ; selon des traditions pieuses, Philomélos se serait jeté du haut d'une falaise, se donnant à lui-même la mort des sacrilèges [Diodore XVI, 31, 4]. La guerre paraît terminée, au point que, pendant l'été 355, les Thébains n'hésitent pas à envoyer en Asie, au secours du satrape révolté Artabazos, 5 000 hoplites sous la direction de leur stratège Pamménès. Cette expédition vise peut-être à réaffirmer l'intérêt de Thèbes pour les régions septentrionales. Pamménès, qui a été l'hôte de Philippe (et, dit-on, son éraste) quand le jeune prince était otage à Thèbes, reçoit un accueil chaleureux en Macédoine et aide le roi à conquérir quelques forteresses de Thrace. Les deux buts principaux des Thébains, cependant, sont probablement de renflouer les caisses de la cité et d'éloigner des troupes recrutées pour lutter contre les Phocidiens, que la victoire apparente sur l'adversaire rendait inutiles sinon indésirables en Béotie.

Il apparaît néanmoins assez vite qu'Onomarchos, le stratège qui remplace Philomélos à la tête des Phocidiens, n'est nullement décidé à se soumettre aux amphictions : il utilise sans vergogne les trésors considérables d'Apollon, et recrute plus de 20 000 mercenaires. Pour une puissance qui a de l'argent, les pertes humaines sont facilement réparables. En outre, l'évolution de la situation thessalienne semble favorable aux Phocidiens : la guerre reprend entre Lycophron de Phères et les autres Thessaliens. Les Phocidiens s'allient aux tyrans de Phères. Leur calcul est simple : s'ils parviennent à contrôler la Thessalie, ils obtiendront la majorité à l'amphictionie. La guerre amphictionique cessera du même coup, et les sanctions prononcées contre eux seront annulées.

En 354, le frère d'Onomarchos, Phayllos, entreprend donc de soumettre la Thessalie. Les Thessaliens hostiles aux tyrans de Phères – et notamment les Aleuades de Larissa – font alors appel à Philippe. L'intervention d'un roi de Macédoine dans les affaires de Thessalie n'est pas une nouveauté : Philippe lui-même, en 358, avait mené une brève expédition dans la région. Néanmoins, du fait de l'imbrication de la Guerre sacrée et des conflits thessaliens, la Grèce se trouve divisée en deux grandes coalitions : d'un côté les Thébains, les Locriens, la plupart des Thessaliens et Philippe ; de l'autre les tyrans de Phères et les Phocidiens soutenus par les Athéniens et les Spartiates (qui évitent cependant de se compromettre trop ouvertement avec des « sacrilèges »).

D'abord vainqueur dans un engagement partiel, Philippe est ensuite battu à deux reprises par Onomarchos en Thessalie (en 353). La défaite est sévère, à cause de l'importance des pertes macédoniennes, mais aussi à cause de son retentissement : un peu partout, des doutes apparaissent sur la puissance réelle de Philippe et sur ses capacités militaires.

Philippe se doit de prendre sa revanche au plus vite s'il veut conserver ses alliés thessaliens et rétablir son prestige auprès de ses troupes. Il se replie en Macédoine, mais en proclamant bien haut qu'il recule à la manière d'un bélier, pour charger avec plus de force [Polyen, *Stratagèmes* II, 38, 2]. Après avoir rassemblé et entraîné une nouvelle armée pendant l'hiver, il pénètre en Thessalie dès le printemps 352. Il commence par s'emparer du port de Pagases, empêchant ainsi le débarquement des secours envoyés par Athènes sous la direction du stratège Charès. Il affronte ensuite Onomarchos au lieu-dit Champ de Crocus et remporte une victoire complète : les Phocidiens perdent 9 000 hommes. Pour semer la terreur et pour montrer son zèle à l'égard du dieu de Delphes, Philippe crucifie le cadavre d'Onomarchos et fait jeter à la mer 3 000 prisonniers phocidiens (tel était le châtiment réservé aux sacrilèges). Il exploite cette victoire en s'emparant de Phères et en se faisant élire comme chef fédéral à vie de la Confédération thessalienne. La Thessalie n'est pas annexée à la Macédoine, mais Philippe cumule à titre personnel le pouvoir royal en Macédoine et l'autorité suprême en Thessalie.

Ayant ainsi réglé les affaires thessaliennes à son avantage, Philippe tente de poursuivre les Phocidiens sur leur territoire et s'avance vers les Thermopyles, le défilé qui commande l'accès de la Grèce centrale, de la Béotie et de l'Attique. Trouvant la position occupée par des contingents athénien, spartiate et achéen, il n'insiste pas et se replie en Thessalie. Pour les Athéniens, l'arrêt de Philippe aux Thermopyles était une nécessité absolue, car, une fois les Thermopyles franchies, aucun obstacle ne pourrait plus arrêter un Philippe allié des Thébains sur la route de l'Attique. En quelques mois, le théâtre de la guerre entre Philippe et les Athéniens est passé du voisinage de la Macédoine au voisinage d'Athènes.

Malgré le recul du roi de Macédoine, sa tentative a un grand retentissement : pour la première fois depuis les guerres Médiques, une armée venue d'au-delà de la Thessalie menace les cités de Grèce centrale et méridionale. En outre, Philippe a clairement manifesté l'intention d'intervenir plus au sud. Sa puissance et ses ambitions affichées font de lui un arbitre possible des conflits grecs : de nombreuses cités et de nombreuses factions se préparent à faire appel à lui.

Arrêté aux Thermopyles en août, Philippe ne demeure pas oisif le reste de l'été. Faisant parcourir à ses troupes plus de 1 000 kilomètres, il lance son armée contre le roi odryse Kersobleptès et atteint la Propontide en novembre, menaçant ainsi les Athéniens dans une région vitale pour leur ravitaillement en blé.

Les affaires de Thrace. Philippe dans les Détroits

A la mort du puissant roi des Odryses Cotys en 359, la division de la Thrace en trois royaumes – celui de Bérisadès puis de Kétriporis à l'ouest, celui d'Amadocos au centre, celui de Kersobleptès à l'est – libère la Macédoine d'un grave danger mais permet aussi aux Athéniens de consolider leurs positions dans cette région : un traité conclu en 357 entre Athènes et les trois rois thraces prévoit que les cités grecques de la région paieront à la fois le tribut traditionnel exigé par les souverains odryses et la « contribution » (*syntaxis*) demandée par la Confédération athénienne [*IG* II^2, 126 ; Tod n° 151].

Sur un point au moins, Athènes et Philippe ont des politiques semblables : les deux puissances s'attachent à maintenir le morcellement politique de la Thrace. Pour le reste, la situation diplomatique est extrêmement instable : chacun des trois rois s'allie tantôt à Philippe, tantôt à Athènes. Après bien des revirements, Kersobleptès se rapproche d'Athènes en 353. L'absence de Philippe, occupé en Thessalie, l'y incite, ainsi que la pression exercée par le stratège athénien Charès : ce dernier, après avoir détruit complètement la cité grecque de Sestos, installe deux clérouquies athéniennes en Chersonèse. Dans la période de recul qui suit la guerre sociale, la Chersonèse est la seule région où Athènes voit sa puissance consolidée : le gain n'est pas négligeable, car cette péninsule a une position stratégique sur la route du blé.

Pour se protéger de Kersobleptès, Amadocos ainsi que les cités grecques de Périnthe et de Byzance demandent l'aide de Philippe : le Macédonien répond avec empressement à leur appel (fin de l'été 352). Au terme d'une marche extrêmement rapide, il met le siège devant Hèraion Teichos, forteresse située au bord de la Propontide, à une centaine de kilomètres de la Chersonèse.

L'intervention de Philippe, qui menace à la fois les clérouquies athéniennes de Chersonèse et le ravitaillement de l'Attique, suscite la plus vive inquiétude à Athènes. Un effort exceptionnel est décidé : on décrète de mettre à la mer quarante trières et d'envoyer en Thrace tous les hoplites âgés de moins de quarante-cinq ans [Démosthène, 3e *Ol.* § 4-5]. Les mesures énergiques votées par l'Assemblée restent cependant lettre morte : les Athéniens tergiversent d'abord, puis, quand ils entendent dire que Philippe est malade ou même mort (les deux bruits ont couru), ils estiment que la situation s'arrangera d'elle-même et renoncent à leur projet d'expédition.

Le résultat de cette négligence, c'est que Philippe, moins paralysé par la maladie qu'on ne le croit à Athènes, enlève Hèraion Teichos au printemps ou au début de l'été 351 et qu'il s'assure la soumission d'un certain nombre de vassaux de Kersobleptès. Ce dernier, très affaibli, doit remettre son fils comme otage à Philippe et peut-être payer tribut. Philippe livre Hèraion Teichos aux Périnthiens : comme dans le cas du don de Potidée aux Chalcidiens, il s'agit d'une manœuvre habile, par laquelle Philippe s'assure quelque temps de la fidélité et de la tranquillité d'un allié avant de le soumettre. Après avoir ainsi montré sa puissance, affaibli ses adversaires et consolidé son réseau d'alliances, il rentre en Macédoine : il évite prudemment de laisser des garnisons macédoniennes au milieu de populations partiellement insoumises, mais il est clair qu'il interviendra à nouveau en Thrace orientale dès qu'il le jugera bon.

La 1re Philippique *de Démosthène*

En un peu plus d'un an, du printemps 352 au printemps 351, la Macédoine est devenue la plus grande puissance militaire du monde égéen. Des Thermopyles à la Propontide, Philippe contrôle un vaste territoire, sans précédent dans le monde balkanique, correspondant à un arc de cercle de plus de mille kilomètres. L'enjeu du conflit entre Athènes et Philippe a changé de nature : il ne s'agit plus de la possession de quelques places sur la côte macédonienne, il s'agit de la sécurité de l'Attique et de la sécurité du ravitaillement athénien. Devant les succès exceptionnels de Philippe, certains Athéniens sont gagnés par une résignation défaitiste : à quoi bon s'opposer à lui s'il est invincible ? Beaucoup de ceux qui considéraient Philippe comme négligeable en 353 le tiennent pour irrésistible en 351 : les deux opinions ont la même conséquence pratique, l'inaction.

C'est dans cette situation, devant des Athéniens étonnés, effrayés et désemparés par les progrès de Philippe, que Démosthène, vraisemblablement en 351 [7], prononça sa 1re *Philippique*. Démosthène commence par un paradoxe :

> Ce qui vous a nui le plus dans le passé se trouve précisément ce qui doit le plus vous rassurer pour l'avenir [...] C'est que le triste état de vos affaires tient à ce que vous n'avez rien fait de ce qu'il fallait [§ 2].

Après quoi, Démosthène illustre sa thèse par des exemples historiques de situations médiocres redressées grâce à des actions énergiques. L'un de ces exemples n'est autre que Philippe lui-même :

7. En faveur de cette date, je me permets de renvoyer à l'argumentation que j'ai développée dans mon *Démosthène*, Paris, Fayard, 1990, p. 110.

> Il y avait une chose qu'il savait bien, Athéniens, c'est que toutes les places sont autant d'enjeux de guerre proposés à tous indistinctement, que par une loi de la nature, les biens des absents sont à qui se tient prêt à les saisir [§ 5– 6].

Philippe est exemplaire, donc il peut être imité et contré : il suffit que les Athéniens adoptent les mêmes principes que lui et, « avec l'aide divine », ils se vengeront de « cet homme ».

La conclusion qui se dégage nettement du premier mouvement de la 1re *Philippique*, c'est que la situation dépend entièrement de l'attitude des Athéniens. Le deuxième mouvement est l'exposé clair et précis d'un plan d'action comportant notamment l'envoi d'un corps expéditionnaire dans le nord de l'Égée, chargé de mener une guerre de harcèlement contre Philippe en Macédoine même. Dans la péroraison, Démosthène présente très nettement l'enjeu :

> Faute de vouloir aujourd'hui le combattre là-bas, c'est ici peut-être que nous y serons contraints [§ 50].

En 351, Démosthène n'a que trente-trois ans. Il s'est fait connaître dès sa majorité par les brillants plaidoyers qu'il a prononcés contre ses tuteurs, mais son bégaiement et sa timidité l'ont quelque temps empêché de se faire écouter du peuple à l'Assemblée ; il triompha de ces difficultés à force d'exercices (Plutarque nous dit qu'il s'entraînait à déclamer de longues tirades avec des galets dans la bouche). Les premiers discours politiques de Démosthène que nous ayons conservés (qui ne sont probablement pas les premiers qu'il ait prononcés), en particulier le *Contre Leptine* qui proteste contre la suppression d'exemptions fiscales et le *Sur les symmories* qui dissuade les Athéniens d'engager des hostilités contre le Grand Roi en 354, suggèrent que le jeune orateur a quelque temps soutenu l'action d'Eubule. Il s'éloigne de ce dernier dès 353, en proposant des interventions athéniennes dans le Péloponnèse (*Pour les Mégalopolitains*) puis en Égée orientale : dans le *Pour la liberté des Rhodiens*, il demande à ses concitoyens d'aider les démocrates rhodiens à reprendre le pouvoir, afin de rétablir, au nom de la défense de la démocratie, une influence perdue lors de la guerre sociale.

Vigilance à l'égard de tous les adversaires, déclarés ou potentiels, volonté de saisir toute occasion favorable pour restaurer la primauté d'Athènes, tels sont les deux axes de la politique active – voire impérialiste – que suggère Démosthène avant même que la situation ne l'amène à dénoncer la menace macédonienne. L'argumentation de la 1re *Philippique* reprend en partie celle des discours antérieurs, et l'échec de ses propositions prolonge l'échec des suggestions précédentes. La majorité du peuple reste attachée à la politique défensive prônée par Eubule. Démosthène n'est pas nécessairement pour autant une voix isolée qui prêche dans le désert : il a peut-être l'appui d'une importante minorité de citoyens, qui s'élargit progressivement.

La guerre d'Olynthe

Dès 353, selon une allusion du *Contre Aristocrate* de Démosthène [§ 107], les Olynthiens, inquiets de l'accroissement de la puissance macédonienne, ont commencé à se détacher de Philippe et à se rapprocher des Athéniens. Les orateurs antimacédoniens, de plus en plus influents à Olynthe, poussent à une paix séparée avec Athènes, qui est sans doute conclue pendant l'hiver 352-351. Philippe réagit à cette rupture du traité par une incursion en territoire chalcidien, accompagnée de pillage, peut-être lorsqu'il rentre en Macédoine après sa campagne de Thrace. Il s'abstient cependant de toute annexion et retire ses troupes après avoir fait la démonstration de sa force.

Il semble que Philippe, en 351 et en 350, consacre l'essentiel de ses efforts à la consolidation des frontières septentrionale et occidentale de son royaume (par des campagnes en Illyrie et en Épire) ainsi qu'à l'organisation de la Thessalie.

Au début de l'été 349, Philippe juge le moment venu de conquérir la Chalcidique. Il lance un ultimatum aux Olynthiens, exigeant qu'ils lui livrent deux réfugiés macédoniens, ses demi-frères Arrhidée et Ménélas. Le refus olynthien déclenche immédiatement l'invasion macédonienne. Il est vraisemblable que la demande d'extradition n'est qu'un prétexte, mais on ne saurait exclure qu'il y ait eu des troubles intérieurs en Macédoine en 351-350 et que les Olynthiens aient accueilli les deux princes argéades avec l'intention d'appuyer leurs prétentions dynastiques contre Philippe.

Les Olynthiens menacés demandent l'alliance d'Athènes et son aide militaire. Démosthène, dans la 1re *Olynthienne*, soutient avec vigueur la requête d'Olynthe. Selon l'orateur, l'évolution du rapport de forces en faveur de Philippe s'explique par le contraste entre l'activité de celui-ci et l'inertie des Athéniens. Si les adversaires gardent les mêmes attitudes, il est certain que l'évolution se poursuivra « jusqu'à la fin ». Après cette mise en garde, Démosthène présente un plan d'action. Les Athéniens doivent envoyer dans le nord de l'Égée deux corps expéditionnaires, l'un en Chalcidique pour défendre les cités menacées, l'autre en Macédoine pour ravager le royaume de Philippe. Cette double intervention est, selon Démosthène, indispensable pour obliger Philippe à lâcher prise [§ 17-18].

Les Athéniens concluent rapidement l'alliance demandée par les Olynthiens. Reste à honorer cette alliance et à envoyer des secours. Il semble qu'un certain nombre de citoyens aient été effrayés à l'idée d'engager à nouveau une guerre active contre Philippe. C'est pourquoi Démosthène consacre l'essentiel de sa 2e *Olynthienne* à montrer que la puissance de Philippe est fragile. Philippe a constitué son empire par le parjure et le mensonge : ceux qu'il a dupés se dresseront contre lui au plus léger échec.

Peu de temps plus tard, alors que les Athéniens n'ont encore envoyé aucun secours, Démosthène prononce la 3e *Olynthienne*. Il attaque directement le principal obstacle légal à la politique énergique qui s'impose – la loi d'Eubule sur le *théôrikon*. Démosthène ne parvient pas à convaincre le peuple d'engager la procédure d'abrogation de cette loi, mais les Athéniens, à la fin de l'été, envoient deux corps expéditionnaires en Chalcidique. Ils auraient peut-être fait un effort plus important au printemps 348 si des troubles en Eubée n'étaient pas venus détourner leur attention.

Pendant l'hiver 349-348, une révolution éclate à Érétrie et chasse le tyran Plutarque soutenu par les Athéniens ; le mouvement prend rapidement l'allure d'un soulèvement antiathénien. Les Athéniens, engagés dans deux conflits sur deux fronts différents, doivent faire un choix stratégique difficile : faut-il en priorité secourir les Olynthiens ou réprimer la révolte de l'Eubée ? Démosthène est partisan de la première solution, et il est facile de reconstituer son raisonnement. De nouveaux délais dans l'envoi de secours athéniens à Olynthe risquent d'entraîner la perte irréversible d'un allié important ; quand Olynthe sera sauvée, il sera encore temps de rétablir l'ordre athénien en Eubée. Fidèle à sa stratégie étroitement défensive, Eubule est de l'avis opposé : Olynthe est loin d'Athènes, alors que l'Eubée toute proche est d'un intérêt fondamental pour la sécurité de la cité. C'est l'opinion d'Eubule qui triomphe : le peuple vote la levée en masse des hoplites et des cavaliers, et leur envoi en Eubée.

Après le succès sans lendemain de Tamynae, l'armée athénienne subit en Eubée défaite sur défaite et doit reconnaître l'indépendance de la grande île (pendant l'été 348). En Chalcidique, Philippe enlève une par une les villes de la Confédération et entreprend le siège d'Olynthe au début de l'été. Les Olynthiens, qui n'avaient reçu aucun renfort athénien au printemps 348 à cause de l'affaire eubéenne, obtiennent finalement en juillet l'envoi d'un nouveau corps expéditionnaire de 2 000 hoplites (citoyens) et de 300 cavaliers. Le départ de ce contingent athénien est retardé par le *meltem* ; quand il arrive en Chalcidique, Olynthe est déjà aux mains de Philippe (la trahison des cavaliers olynthiens ayant largement contribué à la défaite de la cité). Olynthe est traitée très durement : la ville est rasée, ses habitants sont réduits en esclavage. Le choix d'Eubule en faveur de la défense de l'Eubée a abouti à un double échec, en Eubée et en Chalcidique.

La paix de Philocrate. Premières discussions

Avant même la chute d'Olynthe, Philippe avait fait savoir aux Athéniens qu'il souhaitait la paix. Il réitère à plusieurs reprises ses offres de négociation. On peut supposer que Philippe souhaite la paix avec Athènes parce que le blocus relatif de la flotte athénienne gêne l'activité de ses ports et diminue ses revenus, mais aussi parce que ses projets d'expansion vers le sud et vers l'est lui paraissent plus faciles à réaliser avec la coopération ou du moins la neutralité d'Athènes.

En réponse aux ouvertures du roi de Macédoine, l'orateur

Philocrate propose un décret autorisant Philippe à envoyer un héraut et des ambassadeurs en vue de la paix.

Bien qu'il proclame le contraire [*Cour.* § 21 notamment], Démosthène a été étroitement associé à Philocrate dans toutes les démarches visant à la conclusion d'une paix avec la Macédoine. C'est en apparence une volte-face, mais il est facile de reconstituer les analyses diplomatiques et stratégiques qui ont inspiré l'action de Démosthène. Au lendemain de la prise et de la destruction d'Olynthe, il est clair pour les Athéniens lucides que les prochaines cibles de Philippe seront d'une part la Thrace orientale – ce qui menacera à la fois la possession athénienne de la Chersonèse et le ravitaillement de la cité –, d'autre part la Grèce centrale – ce qui menacera l'Attique elle-même. L'intérêt d'Athènes est d'écarter ces menaces par la conclusion rapide d'une paix de *statu quo*. Une telle paix donnera aux Athéniens un précieux répit, qui leur permettra de consolider la défense de la Chersonèse et celle des Thermopyles. Démosthène, semble-t-il, n'a changé d'avis ni sur les ambitions de Philippe ni sur la menace qu'elles représentent pour Athènes, mais il estime que le succès de la lutte contre Philippe passe par une paix provisoire avec lui.

Les Athéniens, cependant, ne se fient pas entièrement aux bonnes paroles de Philippe et tentent parallèlement une autre voie – une alliance panhellénique contre le roi de Macédoine. L'indignation causée par la destruction d'Olynthe leur paraît créer un état d'esprit favorable à une telle alliance ; les intrigues de Philippe en Arcadie leur fournissent l'occasion d'une grande campagne dénonçant le danger que le roi de Macédoine fait peser sur la Grèce, campagne dirigée par Eubule secondé notamment par Eschine. Cet orateur d'origine modeste (son père était maître d'école), qui avait quelque temps exercé le métier d'acteur, commence à cette occasion à jouer un rôle de premier plan. Pendant l'hiver 348-347, Eschine se présente comme un adversaire résolu de Philippe. Démosthène souligne avec une ironie cruelle le patriotisme théâtral dont fait preuve le futur ami de la Macédoine : il crie que « Philippe ramasse la Grèce [...] pendant qu'Athènes dort » [Démosthène, *Amb.* § 10-11].

Le peuple athénien mène parallèlement deux négociations, l'une en vue de la paix, l'autre en vue de la guerre, conduites par deux groupes d'orateurs différents : selon l'attitude de Philippe et les circonstances, le *dèmos* se réserve de choisir entre les politiques engagées.

Nous ne connaissons que le résultat de l'ambassade d'Eschine dans le Péloponnèse. Malgré l'éloquence que déploie l'orateur-acteur, notamment à Mégalopolis, la demande d'alliance athénienne se heurte à un refus [Eschine, *Amb.* § 79]. Les raisons de cet échec sont faciles à deviner : beaucoup de Péloponnésiens craignent Sparte plus que Philippe ; Athènes, qui n'a pas pu sauver Olynthe, n'apparaît pas comme une alliée très utile. Le refus opposé par les Grecs ne signifie pas que la campagne diplomatique engagée par Eubule ait été totalement stérile. Si aucune cité ne veut faire la guerre à Philippe, certaines sont inquiètes et soucieuses de se protéger de l'avancée macédonienne. Malgré le rejet de la proposition initiale des Athéniens, les négociations entreprises peuvent se poursuivre à la recherche d'autres formules.

Dès lors que Philippe, au cours de l'année 347, paraît confirmer son intention de conclure la paix avec Athènes, l'absence d'alliance militaire contre la Macédoine perd de sa gravité. La question essentielle est désormais celle des clauses de la paix. Deux points sont particulièrement importants pour les Athéniens : que le traité de paix leur reconnaisse la Chersonèse et surtout qu'il maintienne Philippe au nord des Thermopyles. Pour négocier en position de force, les Athéniens, semble-t-il, se montrent assez actifs aux côtés de leur allié le roi thrace Kersobleptès et s'emparent d'un certain nombre de places destinées à barrer à Philippe la route de la Chersonèse.

Entre Phocidiens et Béotiens, la Troisième Guerre sacrée continue, mais les deux adversaires donnent des signes d'épuisement. Les Phocidiens entrevoient le moment où il n'y aura plus rien à piller à Delphes et où ils ne pourront plus payer de mercenaires. Les Thébains, eux, sont très affaiblis par les combats, qui se sont déroulés le plus souvent sur le territoire béotien, et par les lourdes pertes humaines qu'ils ont subies. Au printemps 347, se sentant incapables de tenir avec leurs seules forces, les Thébains demandent l'aide de Philippe : le roi de Macédoine envoie quelques troupes, assez importantes pour éviter que les Thébains ne soient écrasés mais trop peu nombreuses pour assurer à Thèbes la victoire. Tout le monde s'attend à ce que Philippe cherche à intervenir massivement en Phocide l'année suivante, pour terminer la Troisième Guerre sacrée à son profit – et au profit des Thessaliens dont il est le chef. Pour empêcher cette intervention macédonienne, les chefs phocidiens qui ont renversé le tyran Phalaicos (neveu d'Onomarchos) font appel aux Athéniens et aux Spartiates et acceptent de leur confier la garde des Thermopyles. Un contingent athénien est envoyé sous la direction du stratège Proxénos. L'opération réussie en 352 paraît devoir réussir à nouveau : il semble que Philippe soit écarté de Grèce centrale et méridionale [8].

Pour donner un caractère durable à ce coup d'arrêt militaire, les Athéniens lancent alors une nouvelle campagne diplomatique invitant les Grecs à envoyer des délégations pour délibérer de la guerre, si c'est nécessaire, ou pour conclure en commun la paix. Dans cette seconde hypothèse, la plus probable, la paix avec Philippe deviendrait une paix commune : l'empire macédonien déjà constitué serait solennellement reconnu, mais son extension vers le sud serait bloquée.

Il serait très délicat pour Philippe de rejeter une telle paix commune, qui consacrerait officiellement sa position en Grèce, tout en le maintenant au nord des Thermopyles. Les thuriféraires du roi – Isocrate notamment – le présentent comme l'Héraclès bienveillant qui va réconcilier les Grecs. Comment dans ces conditions refuser d'être le garant de l'indépendance des Grecs, de la paix et du *statu quo* sans apparaître comme un oppresseur et un agresseur ?

Au début de 346, la situation se retourne de façon décisive en faveur de Philippe. Une nouvelle révolution se produit en Phocide, qui rétablit au pouvoir le tyran et chef de mercenaires Phalaicos, l'homme le plus compromis dans le pillage des trésors de Delphes. Phalaicos fait interdire l'accès des

8. Il est certes possible de tourner la position des Thermopyles par les cols de l'Œta (c'est ce que fit Xerxès en 480, c'est ce que fera Philippe en 339), mais il faut pour cela des complicités phocidiennes sur lesquelles Philippe ne peut guère compter en 347. Il est également possible d'éviter les Thermopyles en passant par l'Eubée (c'est probablement par cette voie que Philippe fit passer les quelques troupes qu'il envoya au secours des Thébains en 347), mais le parcours est très risqué, car il faut traverser un bras de mer dans lequel croise la flotte athénienne. Tant que Philippe ne tient pas les Thermopyles, il lui est difficile et dangereux d'intervenir massivement plus au sud.

Thermopyles au stratège athénien Proxénos, ainsi qu'au roi de Sparte Archidamos. On soupçonne à juste titre que Phalaicos a partie liée avec Philippe. Ne pouvant plus compter défendre les Thermopyles comme en 352, les Athéniens sont maintenant pressés de conclure au plus vite la paix : si le roi de Macédoine pénètre en Grèce centrale alors qu'il est l'allié des Thébains et l'ennemi des Athéniens, l'Attique sera directement menacée.

La hâte change de camp. Sans plus se soucier de leurs grands projets de conférence internationale, les Athéniens, sur proposition de Philocrate, désignent dix ambassadeurs pour aller au plus vite à Pella connaître les conditions de paix de Philippe.

Parmi les dix ambassadeurs qui partent pour Pella figurent Philocrate, Démosthène et Eschine. Selon Eschine, Démosthène aurait été saisi de panique devant Philippe et se serait contenté de « balbutier d'une voix mourante un exorde obscur » [*Amb.* § 34-35]. Philippe proclame ses bonnes intentions à l'égard d'Athènes et fait de belles promesses vagues, mais ne prend qu'un seul engagement précis, celui de ne pas attaquer la Chersonèse pendant les négociations. En revanche, les ambassadeurs peuvent constater qu'il se prépare à lancer une nouvelle expédition contre leur allié thrace Kersobleptès.

La paix de Philocrate. Discussions à Athènes

Après le retour de l'ambassade à Athènes, Démosthène fait convoquer deux assemblées deux jours de suite, les 18 et 19 *élaphèbolion*, pour discuter de la paix et de l'alliance. En faisant fixer cet ordre du jour par les prytanes, Démosthène se démarque nettement d'une résolution des alliés demandant qu'on attende le retour des délégués envoyés dans les cités [Eschine, *Amb.* § 60] avant de conclure la paix avec Philippe, que les négociations portent seulement sur la paix (non sur l'alliance), enfin que tous les Grecs qui le souhaitent puissent pendant trois mois s'associer à la paix.

Lors de la première réunion de l'Assemblée, le 18 *élaphèbolion*, le peuple doit examiner deux propositions : 1) une résolution des alliés demandant notamment que tous les Grecs qui le souhaitent puissent pendant trois mois s'associer à la paix – ce qui transformerait la paix en paix commune et permettrait en particulier aux Phocidiens d'éviter une intervention militaire de Philippe –, et 2) une proposition de Philocrate qui vise à établir entre Athènes et ses alliés d'une part, Philippe et ses alliés d'autre part, une paix sur la base du *statu quo* complétée par une alliance, mais qui exclut explicitement les Phocidiens du bénéfice de la paix. Le peuple manifeste bruyamment son hostilité au projet de Philocrate. Sensibles à cette expression de l'opinion populaire, la plupart des orateurs, y compris Démosthène et Eschine, font semblant de soutenir la résolution des alliés.

Il semble que, dans la nuit du 18 au 19 *élaphèbolion*, Philocrate, Démosthène, et peut-être Eschine, se concertent avec les ambassadeurs de Philippe, qui leur confirment que la résolution des alliés est totalement inacceptable pour le roi. Ces envoyés consentent cependant à ce que l'exclusion explicite des Phocidiens disparaisse du texte du traité, à condition que les Phocidiens se trouvent exclus d'une autre manière.

Lors de l'Assemblée du 19 *élaphèbolion*, Démosthène fait observer au peuple que la discussion sur les clauses du traité est sans intérêt si Philippe ne les accepte pas. Il interroge Antipater, et ce dernier présente clairement les conditions macédoniennes : *statu quo* territorial, paix bilatérale immédiate, pas de paix sans alliance. La discussion reprend. Certains orateurs « patriotes », Aristophon notamment, suggèrent de rejeter les conditions de Philippe et invoquent les glorieux souvenirs des guerres Médiques [Théopompe, *Fr. Gr. Hist.* n° 115, F 166]. Eubule avertit le peuple : ou les Athéniens acceptent les conditions de paix de Philippe, ou ils devront payer de nouvelles contributions et faire campagne eux-mêmes [Démosthène, *Amb.* § 291]. L'intervention d'Eubule a raison des réticences du *dèmos* : l'Assemblée vote une version amendée du décret de Philocrate (sans l'exclusion des Phocidiens).

Le soir même du 19, la *Boulè* se réunit pour établir l'ordre du jour de l'Assemblée extraordinaire convoquée le 24, qui doit fixer les modalités du vote de la paix par les alliés. Le *probouleuma*, rédigé par Philocrate et Démosthène, ne prévoit que le vote des alliés de la Confédération : les Phocidiens se trouvent ainsi exclus *de facto*, conformément aux exigences de Philippe. Le peuple n'est probablement pas dupe de la manœuvre, mais il lui paraît moins douloureux d'abandonner un allié en l'oubliant qu'en l'excluant.

La paix de Philocrate. La seconde ambassade athénienne et la capitulation des Phocidiens

Un traité grec n'entre en vigueur que lorsque les deux parties ont prêté serment. Les ambassadeurs macédoniens ont recueilli le serment des Athéniens et de leurs alliés ; une ambassade athénienne (de même composition que la première) est chargée d'aller recevoir, le plus vite possible, les serments de Philippe et de ses alliés.

Malgré leurs instructions et malgré les protestations de Démosthène, les ambassadeurs voyagent lentement par voie de terre, puis attendent tranquillement à Pella que Philippe revienne de son expédition en Thrace.

L'attitude étrangement accommodante des ambassadeurs athéniens permet à Philippe d'achever tranquillement l'établissement de la domination macédonienne en Thrace. Il n'est pas sûr qu'Eschine et la majorité des membres de la seconde ambassade aient été « achetés » pour « vendre » ces avantages à Philippe. Il est probable qu'ils ont pensé que ces localités thraces « dont personne jusqu'ici n'avait entendu parler » ne méritaient pas qu'on cherchât querelle à Philippe, alors que l'amitié du roi de Macédoine allait apporter les plus grands avantages à Athènes.

La plupart des Grecs s'attendent à ce que Philippe intervienne en Grèce centrale pour mettre un terme à la Troisième Guerre sacrée. Beaucoup de peuples et de cités cherchent à obtenir de Philippe des décisions conformes à leurs intérêts, et envoient des ambassadeurs à la cour macédonienne, si bien que la seconde ambassade retrouve à Pella des délégués de presque toute la Grèce.

Philippe fait à chacun des promesses contradictoires. Aux Thébains, qui sont ses alliés depuis 353 et qui ont imploré son aide en 347, Philippe promet de contraindre les Phocidiens à la capitulation, de démanteler toutes leurs forteresses, et de laisser la décision sur le sort des Phocidiens à l'amphictionie restaurée – qui ne manquera pas de les traiter durement ; le Macédonien, d'autre part, s'engage à laisser les Thébains rétablir leur autorité sur toute la Béotie. Aux envoyés des Athéniens qui sont ses nouveaux alliés, quoique lui-même n'ait pas encore prêté serment, Philippe assure qu'il ne châtiera que les responsables des pires sacrilèges, mais qu'il traitera avec douceur les Phocidiens. Dès qu'il aura franchi les Thermopyles, déclare-t-il aux ambassadeurs athéniens, son souci principal sera de réduire « l'insolence thébaine » ; il restaurera l'indépendance des cités béotiennes et fera reconstruire Platées et Thespies : si les Athéniens engagent leurs forces à ses côtés, Philippe leur fera restituer Orôpos et les aidera à rétablir leur autorité sur l'Eubée.

Les promesses aux Thébains et aux Athéniens étaient peut-être les étapes successives d'un même vaste projet. Philippe voulait : réduire la puissance militaire phocidienne avec l'appui thébain, réduire la puissance thébaine avec l'appui athénien, reprendre contre Sparte la protection des anciens alliés péloponnésiens de Thèbes. Il était cependant conscient que la réalisation de ce plan pouvait se heurter à deux obstacles majeurs. D'une part, la réinstallation d'une garnison athénienne aux Thermopyles pouvait à nouveau l'empêcher totalement de pénétrer en Grèce. D'autre part et surtout, Thèbes et Athènes pouvaient se rapprocher et faire alliance contre lui.

Si Philippe franchit les Thermopyles, Démosthène juge essentiel que les forces macédoniennes ne dépassent pas la Phocide. L'humiliation de Thèbes et la restauration des cités béotiennes indépendantes, tant souhaitées par Eschine, lui semblent des éventualités désastreuses. L'installation de garnisons macédoniennes aux frontières de l'Attique serait beaucoup plus menaçante pour Athènes que le rétablissement de l'autorité thébaine sur toute la Béotie, et l'écrasement de Thèbes ôterait à Athènes le seul allié éventuel qui puisse lui permettre de résister à Philippe. Pour Démosthène, il serait donc tout à fait contraire à l'intérêt d'Athènes d'appuyer Philippe contre Thèbes.

Deux mois et demi s'écoulent entre la prestation de serment des Athéniens et celle de Philippe. Le roi de Macédoine tient à garder un moyen de pression sur les Athéniens pendant son expédition de Phocide. Tant qu'il n'a pas prêté serment, il peut se raviser et déclarer qu'il est toujours en guerre contre Athènes. Philippe ne consent à prêter serment qu'à Phères, quand ses troupes sont à trois jours de marche des Thermopyles. Même si les Athéniens, rassurés par la paix, veulent envoyer un contingent aux Thermopyles, ils n'en auront plus le temps.

Philippe a réussi magistralement à imposer le calendrier qui lui convient. La plupart des ambassadeurs athéniens, par aveuglement ou par complaisance, se sont laissé manœuvrer.

Le 16 *skirophorion*[9], l'*Ecclèsia* se réunit alors que les Athéniens viennent d'apprendre que l'armée macédonienne est arrivée à l'entrée des Thermopyles. Eschine s'empresse de prendre la parole et rapporte au peuple les promesses de Philippe : dans quelques jours, assure-t-il, les Athéniens apprendront que « Thèbes est assiégée, isolée, privée du reste de la Béotie, qu'on reconstruit Thespies et Platées, que le dieu de Delphes recouvre son argent non sur les Phocidiens, mais sur les Thébains ». Ces belles prophéties obtiennent un grand succès, et Eschine « descend de la tribune avec beaucoup de majesté » [Démosthène, *Amb.* § 22]. Lorsque Démosthène tente d'intervenir, Philocrate l'interrompt en déclarant : « Il est naturel, Athéniens, que Démosthène et moi ayons des avis différents ; il boit de l'eau et moi du vin » [Démosthène, *Amb.* § 49].

Grâce à la coopération d'Eschine et de Philocrate, les événements paraissent devoir se dérouler conformément aux plans de Philippe. Athènes semble prête à participer à ses opérations militaires en Grèce centrale ; dès qu'elle aura engagé des troupes, le roi de Macédoine prendra prétexte du moindre geste de mauvaise volonté des Thébains pour réduire l'influence thébaine par la force ou par la menace.

Quelques jours plus tard, cependant, Démosthène fait échouer les projets de Philippe et de ses amis athéniens. Lorsque Philippe écrit aux Athéniens pour leur demander leur appui militaire, Démosthène dissuade ses concitoyens d'envoyer le secours demandé, en déclarant que les soldats athéniens seront des « otages » entre les mains de Philippe [Eschine, *Amb.* § 137].

9. *Skirophorion* est le dernier mois de l'année athénienne, qui correspond à peu près à juin-juillet.

Conformément au marché conclu avec Philippe, Phalaicos livre le 24 *skirophorion* les forteresses qui contrôlent les Thermopyles, et obtient la vie sauve pour lui-même et pour ses mercenaires ; tous les Phocidiens capitulent immédiatement. Privé de l'appui athénien, Philippe est obligé de tenir ses engagements à l'égard des Thébains : il ne peut pas prendre le risque d'une alliance entre Athènes et Thèbes. Le roi de Macédoine remet le sort des Phocidiens aux mains des amphictions (c'est-à-dire principalement des Thébains et des Thessaliens, qui sont leurs ennemis acharnés). Les conditions qui sont imposées aux Phocidiens sont très dures : la Confédération phocidienne est dissoute, les villes sont rasées, la population est dispersée en hameaux. Les amphictions imposent aussi au peuple sacrilège de payer une amende de 60 talents par an… pendant cent soixante-sept ans.

Philippe reçoit les deux sièges amphictioniques qui sont retirés aux Phocidiens. Malgré les concessions qu'il a dû faire aux Thébains, il contrôle l'amphictionie grâce aux Thessaliens (le roi veille à ce que les délégués thessaliens à l'amphictionie soient toujours de ses amis). Il n'a pas pu réaliser tous ses plans aussi vite qu'il l'aurait souhaité, mais le contrôle de l'amphictionie lui assure une influence prépondérante en Grèce centrale et un excellent tremplin pour de nouvelles interventions plus au sud. En septembre, le roi de Macédoine préside les jeux Pythiques. C'est la preuve solennelle du rôle qu'il joue désormais dans les affaires grecques.

5

L'établissement de la domination macédonienne en Grèce 346-334

Les grands axes de la politique de Philippe

« Toute la politique de Philippe est un complot contre notre cité » [*Sur les affaires de Chersonèse* § 43]. Ce postulat permet à Démosthène de surveiller toute l'activité de Philippe, de prévoir les conséquences pour Athènes des interventions macédoniennes même les plus éloignées de l'Attique, et de justifier la méfiance et la résistance systématiques auxquelles il encourage les Athéniens. On peut cependant douter qu'Athènes occupe une position aussi centrale dans les préoccupations de Philippe.

Il est vraisemblable que le premier souci des Macédoniens et de leur roi est d'assurer la sécurité des frontières occidentale, septentrionale et orientale de la Macédoine. Malgré la défaite de Bardylis en 359 et celle de Grabos en 356, le danger illyrien subsiste. La société illyrienne comprend de nombreux petits chefs guerriers – rois, dynastes, aristocrates et chefs de bande – entourés chacun de compagnons et de clients. Beaucoup de ces compagnons sont prêts à changer de groupe pour suivre le chef qui obtient le plus de succès et le plus de butin. A leur tour, les petits chefs suivent le roi qui leur paraît le plus apte à leur apporter la victoire. L'armée illyrienne est en grande partie une coalition de groupes eux-mêmes instables réunis en vue de fructueuses opérations militaires. En 345, la plupart des guerriers illyriens se sont placés sous l'autorité d'un roi nommé Pleuratos – vraisemblablement le roi des Ardiéens, un peuple établi au nord de l'Albanie actuelle, assez loin de la frontière macédonienne : soit que les Illyriens aient fait une incursion en haute Macédoine, soit que les Macédoniens veuillent prévenir une telle attaque, Philippe pourchasse l'armée illyrienne loin des frontières de son royaume ; il est blessé au cours des combats, mais ses troupes rapportent un butin important [Diodore XVI, 69, 7 et 93, 6]. Si la lettre d'Isocrate à Philippe est authentique, le vieux rhéteur athénien manifeste une remarquable méconnaissance des priorités macédoniennes lorsqu'il reproche au roi de risquer sa vie dans des « guerres obscures » [§ 11] comme son expédition illyrienne. Les Illyriens sont – très provisoirement – intimidés par l'expédition de Philippe, mais la plupart d'entre eux restent indépendants.

En Épire, l'alliance conclue entre Philippe et la dynastie éacide (et scellée par son mariage avec Olympias en 357) évolue vers un véritable protectorat macédonien. En 351, le roi Arybbas est privé de certains territoires frontaliers entre la Macédoine et l'Épire, et perd une partie de sa souveraineté : il cesse, semble-t-il, de frapper monnaie. Surtout, Philippe emmène comme otage à Pella le neveu d'Arybbas, Alexandre le Molosse, âgé de douze ans, qui est également le frère d'Olympias et dont il se fait un ami dévoué (les mauvaises langues prétendent que le roi de Macédoine fut l'éraste de son jeune beau-frère). En 343, Philippe détrône Arybbas et le remplace par Alexandre.

Les opérations de Philippe en Thrace, commencées presque dès son avènement, prennent une ampleur nouvelle à partir de 342 : les campagnes répétées que conduit Philippe de 342 à 339 visent à dominer tout le territoire de la Thrace, jusqu'à la mer Noire à l'est et jusqu'au Danube au nord. A la volonté de protéger les frontières macédoniennes s'ajoute le désir d'exploiter un territoire d'une très grande richesse qui possédait de nombreuses mines d'or et d'argent. La tâche reste cependant inachevée : en 339, après sa victoire sur les Scythes des bouches du Danube, l'armée macédonienne est harcelée par les Triballes encore insoumis.

Pendant tout le règne de Philippe, et plus encore pendant la période 346-339, c'est contre les Illyriens et les Thraces que les expéditions les plus nombreuses ont été lancées ; c'est contre eux qu'ont été livrés les combats les plus acharnés ; c'est sur leur territoire que les pillages les plus fructueux ont eu lieu. Philippe est d'abord un souverain balkanique qui cherche à consolider sa position face à ses voisins du nord ; la Thrace est l'un des objectifs les plus évidents et les plus importants de son expansion impérialiste.

Ces guerres répétées de Philippe ont eu de nombreuses répercussions sur l'organisation de la Macédoine et des territoires conquis : transferts de populations, sédentarisation de certains groupes nomades (fondation de villes fortifiées dans les régions les plus exposées et de colonies dans les territoires les plus riches). L'importance des territoires conquis permettait à Philippe de donner des terres à ses compagnons macédoniens mais aussi à des Grecs qu'il attirait ainsi en Macédoine. Certains de ces *hetairoi* grecs jouèrent un rôle important dans l'armée et l'administration macédoniennes et contribuèrent à la gloire d'Alexandre : que l'on pense par exemple à l'amiral crétois Néarque ou au « chancelier » Eumène de Cardia. Beaucoup de Grecs venus chercher fortune dans le royaume de Philippe avaient cependant une réputation exécrable : selon Théopompe [*Fr. Gr. Hist.* n° 115, F 110], la colonie de Philippopolis en Thrace (l'actuelle Plovdiv) aurait reçu le surnom de *Ponèropolis*, « la cité des canailles ». Nous avons malheureusement peu d'indications sur ces phénomènes qui ont modifié profondément le peuplement et l'organisation sociale de la Macédoine et des régions voisines.

Chaque année de son règne, Philippe conduisit une ou plusieurs expéditions militaires, qui se prolongeaient souvent l'hiver. L'armée de Philippe comprenait un certain nombre de mercenaires, dont les effectifs devaient varier selon les besoins et selon les disponibilités financières. En 334, Alexandre n'emmènera en Asie que 5 000 mercenaires [Diodore XVII, 17, 3], mais on sait qu'à cette date les caisses du royaume étaient vides : il est possible que Philippe ait à plusieurs reprises engagé des mercenaires beaucoup plus nombreux. La cavalerie thessalienne et les troupes auxiliaires fournies par les Thraces, les Péoniens et d'autres peuples soumis apportaient également une contribution importante à l'effort militaire macédonien. Reste que les Macédoniens eux-mêmes fournissaient l'essentiel des troupes, dans la cavalerie et dans l'infanterie. Seuls les hypaspistes de la garde royale constituaient un corps permanent ; les autres troupes étaient levées par district. Les modalités du recrutement et de la mobilisation nous sont inconnues. On ignore tout des dispositions qui permettaient aux Macédoniens de concilier l'exploitation d'un lot de terre et un service militaire de longue durée : l'utilisation d'une main-d'œuvre dépendante est vraisemblable, mais non attestée. Même si les Macédoniens servaient par roulement, comme on l'a parfois supposé, il est sûr que l'activité militaire tenait, dans la vie des phalangites du temps de Philippe, une place bien plus importante que dans celle des citoyens-hoplites des cités grecques. Ces soldats macédoniens avaient un attachement au sol de la patrie et une fidélité à leur roi qui les distinguaient des mercenaires ; ils partageaient cependant les préoccupations matérielles de ces derniers, le souci de recevoir une solde régulière, l'espoir de récompenses généreuses en cas de victoire et plus encore la recherche du butin. En entraînant chaque année l'armée macédonienne dans des expéditions de plus en plus offensives, Philippe a très largement contribué à développer le sentiment de solidarité entre ses sujets et ce qu'on pourrait appeler une conscience nationale macédonienne. Le peuple macédonien tel que l'a forgé Philippe à travers l'armée est dans une large mesure un peuple de conquérants, ou, pour dire les choses plus crûment, un peuple de prédateurs.

Le remarquable instrument militaire créé par Philippe pousse le roi à entreprendre constamment de nouvelles conquêtes. Après tant d'années de guerre, la paix et la démobilisation qu'elle entraînerait bouleverseraient le mode de vie de nombreux Macédoniens et amputeraient leurs revenus : elles ne manqueraient pas de provoquer une vague de mécontentement. L'armée macédonienne est à la fois l'instrument de l'impérialisme macédonien et l'une de ses causes principales. D'autres considérations incitent le roi de Macédoine à une politique expansionniste. La participation de contingents thessaliens et thraces garantit la fidélité des peuples soumis, qui savent que dans l'armée macédonienne leurs compatriotes sont exposés à des représailles. En outre, si les revenus de Philippe sont de plus en plus élevés et si le roi de Macédoine apparaît aux Grecs comme prodigieusement riche, les guerres qu'il mène en permanence coûtent extrêmement cher. C'est, semble-t-il, parce que l'argent ne suffit plus à ses besoins qu'il est amené à frapper une monnaie d'or (ce qui est extrêmement rare en Grèce). Il est tentant pour le roi de financer ses dépenses militaires par de nouvelles conquêtes, aux frais des pays conquis.

Philippe est loin d'avoir achevé dans les Balkans la conquête des régions voisines. On peut penser que, si d'autres perspectives plus intéressantes ne s'étaient pas présentées, il aurait poursuivi la pacification de l'Illyrie jusqu'à l'Adriatique et qu'il aurait achevé la conquête de la Thrace. C'est cependant l'Asie qui offre à l'impérialisme macédonien les perspectives d'expansion les plus prometteuses. Dès 347, Philippe entre en contact avec Hermias, le tyran d'Atarnée, en Troade : le but de ces tractations est évidemment d'assurer à la Macédoine une tête de pont en Asie Mineure. Avant même qu'Isocrate ne publie son *Philippe* au printemps 346, les ambitions macédoniennes en Asie sont de notoriété publique. Philippe ne peut pas compter au-delà des Détroits sur l'effet de surprise dont il a souvent bénéficié. Artaxerxès Ochos est vigilant ; après être parvenu à reconquérir l'Égypte en 343-342, il manifeste clairement l'intention d'empêcher Philippe de passer en Asie. En 341, Hermias est arrêté, soumis à la torture et exécuté. Philippe doit attendre.

Les cités de Grèce centrale et méridionale, du fait de leur pauvreté relative, ne constituent pas pour les Macédoniens une proie aussi tentante que la Thrace ou l'Asie Mineure. Cela ne signifie pas que Philippe n'ait aucune volonté impérialiste en Grèce. Philippe vise à l'hégémonie en Grèce pour des raisons de prestige, mais surtout parce qu'il est impossible au roi de Macédoine d'entrependre une expédition en Asie en laissant derrière lui des cités grecques indépendantes et hostiles.

Si le refus de coopération athénien l'a empêché de s'imposer dès 346 comme l'arbitre des affaires grecques, Philippe dispose de nombreux atouts en Grèce. Chef fédéral des Thessaliens, Philippe contrôle aussi l'amphictionie de Delphes. Dès qu'une guerre éclate dans une cité, l'un des partis – généralement une faction oligarchique – fait appel à lui. Dans le Péloponnèse, la crainte d'une restauration de l'autorité spartiate conduit de nombreuses cités à rechercher la protection macédonienne. Polybe souligne à juste titre que les philippisants messéniens et arcadiens ne sont pas les traîtres dénoncés par Démosthène, mais des hommes politiques conscients des intérêts de leur cité [*Histoire* XVIII, 14].

Descendant d'Héraclès, défenseur du dieu de Delphes, Philippe jouit d'un grand prestige. De nombreux intellectuels se font les thuriféraires du roi. Parmi les textes qui appuient les prétentions du Macédonien à l'hégémonie sur la Grèce, le plus célèbre est le *Philippe* d'Isocrate. Dans ce discours rédigé au printemps 346 – avant l'invasion de Philippe en Phocide –, le vieil Isocrate, âgé de quatre-vingt-dix ans, lance un appel au roi de Macédoine pour qu'il réconcilie les Grecs et qu'il conduise une guerre panhellénique contre les Perses. Selon lui, la Grèce souffre de deux maux principaux : les luttes civiles à l'intérieur des cités, dues en particulier à la présence de nombreux citoyens sans ressources, que la misère conduit à l'agitation révolutionnaire ; les luttes entre cités grecques – qui sont pour Isocrate une autre forme de guerre civile –, aggravées par le nombre des mercenaires. Pour guérir ces maux, Isocrate prône une entreprise de colonisation de grande ampleur, qui éloignerait les classes dangereuses. L'empire perse, dont l'expédition des Dix-Mille et les campagnes d'Agésilas ont montré la faiblesse, constitue la proie idéale ; une guerre contre les Perses permettrait en outre de venger les destructions des guerres Médiques et de libérer les Grecs d'Asie.

Ce programme vise à rendre possible une concorde durable en Grèce, mais sa réalisation a elle-même pour condition préalable la réconciliation des Grecs et leur coopération sous une autorité unanimement acceptée. Le moment s'y prête, selon Isocrate, car les grandes cités – Athènes, Sparte, Thèbes et Argos – sont toutes quatre affaiblies et aspirent à la concorde. Selon les circonstances, Philippe pourra réaliser l'un des trois plans suivants :

1) De préférence, « anéantir entièrement la royauté perse » (c'est ce que fera Alexandre).

2) « Ou du moins délimiter un territoire aussi grand que possible et couper, comme on dit, l'Asie de la Cilicie à Sinope[1]. »

3) A défaut, rendre la liberté aux cités grecques d'Asie [*Philippe* § 102-123].

Isocrate reste très vague sur l'organisation financière et

1. Cette expression géographique, semble-t-il usuelle au IVe siècle, désigne la partie péninsulaire de l'Asie Mineure, entre Méditerranée et mer Noire. Une telle région correspond à peu près à la moitié occidentale de la Turquie actuelle.

militaire de la ligue panhellénique dont Philippe doit prendre la tête. Il est tout aussi vague sur l'organisation politique du pays conquis et ne précise pas quels devront être les rapports entre le conquérant macédonien et les cités fondées en Asie. Isocrate sait que la réconciliation des Grecs, leur réunion sous une autorité militaire unique et l'organisation de la conquête ne pourront se réaliser que si Philippe use un peu – ou beaucoup – de la contrainte. Il lui paraît préférable de dissimuler ces aspects désagréables de son programme. Il n'embellit pas par naïveté, mais parce qu'il sait, comme Philippe, qu'il n'y a pas de propagande sans tromperie.

L'audience d'Isocrate est loin d'être négligeable. Si ses disciples sont peu nombreux, ils appartiennent aux milieux les plus influents des cités grecques ; à travers toute la Grèce, les discours d'Isocrate sont lus et commentés dans les cercles cultivés. Le *Philippe* n'est pas une œuvre de commande, mais sert fort à propos les desseins du roi de Macédoine – devenir le garant de la concorde en Grèce avant de se faire reconnaître comme *hègémôn* d'une guerre panhellénique.

Philippe et Athènes de 346 à 340

La politique de Philippe vis-à-vis d'Athènes n'est qu'un aspect parmi d'autres de la grande partie diplomatique et militaire engagée par le roi de Macédoine. L'enjeu des relations avec Philippe est, en revanche, crucial pour Athènes et fait l'objet de débats très vifs entre orateurs athéniens, sur lesquels nous sommes exceptionnellement bien informés.

A partir de 346, la question des rapports avec Philippe domine la vie politique athénienne. L'opposition entre les partisans de l'entente avec le roi – notamment Eschine – et les partisans de la fermeté à son égard – en particulier Démosthène et Hypéride – tend à reléguer au second plan tous les autres clivages. Le peuple athénien hésite entre les conseils des philippisants et ceux des adversaires de la Macédoine. Les indications dont nous disposons sur les décisions prises pendant cette période reflètent les divisions et les oscillations de l'opinion.

Au printemps 344, les Spartiates ayant repris leurs attaques contre leurs voisins, Philippe envoie des mercenaires au secours de Messène, et le bruit court qu'il s'apprête à venir lui-même faire campagne contre Sparte [2e *Phil.* § 15]. Démosthène obtient du peuple d'être envoyé comme ambassadeur dans le Péloponnèse, et met en garde les Argiens et les Messéniens contre l'alliance macédonienne ; pour avoir placé leur confiance en Philippe, les Olynthiens ont vu leur cité rasée et les Thessaliens ont perdu leur liberté [2e *Phil.* § 20-23] ; « la seule sauvegarde des démocraties à l'égard des tyrans, c'est la défiance » [§ 24].

Démosthène ne parvient pas à détacher de l'alliance macédonienne les Messéniens, les Argiens et les Mégalopolitains, mais sa démarche provoque une protestation écrite de Philippe qui s'étonne de l'attitude inamicale de ses « alliés » athéniens. Alors que les Athéniens délibèrent sur la réponse à donner à cette lettre de Philippe, Démosthène prononce la 2e *Philippique*. Ce discours ne propose aucune mesure immédiate, mais vise à éclairer l'opinion athénienne : c'est une dénonciation des projets de Philippe à court et à moyen terme, et un manifeste en faveur d'une politique de résistance.

Pendant l'hiver 344-343, cependant, c'est Philippe qui parvient à manœuvrer l'opinion athénienne à son profit. Le Grand Roi Artaxerxès Ochos, qui s'apprête à lancer une vaste expédition pour mettre fin à la sécession de l'Égypte, craint que Philippe ne profite de la situation pour faire campagne contre lui en Anatolie. Il souhaiterait que les Athéniens reprennent les hostilités en Grèce contre le Macédonien, et leur promet des sommes importantes pour financer cette guerre. Redoutant un accord entre le Grand Roi et les Athéniens contre lui, Philippe envoie à Athènes l'un de ses compagnons grecs, Python de Byzance, en le chargeant de faire aux Athéniens toutes les promesses nécessaires pour les détourner de l'alliance perse. Python promet une révision du traité de 346 dans le sens des souhaits des Athéniens et se garde de protester contre les demandes formulées par ceux-ci. L'Assemblée se laisse séduire par ces propositions alléchantes et repousse les offres perses en des termes hautains, visiblement inspirés par les philippisants : le peuple vote un décret déclarant que « l'amitié des Athéniens pour le Roi continue, pourvu que le Roi ne tente rien contre les Grecs » et ajoutant que, « si le Roi cause quelque trouble, les Athéniens feront appel à Philippe et à tous les Grecs contre lui » [Philochore, *Fr. Gr. Hist.* n° 328, F 157]. Philippe a obtenu le résultat recherché.

Comprenant que les Athéniens sont de plus en plus séduits par Philippe, Démosthène et Hégésippe évitent de rejeter ouvertement ses offres de révision, mais poussent le peuple à demander des modifications si importantes que Philippe sera obligé de les refuser. A l'initiative d'Hégésippe, les Athéniens proposent que la clause relative au *statu quo* (« que chacun possède ce qu'il détient ») soit remplacée par une clause reconnaissant les droits légitimes des deux parties (« que chacun possède ce qui lui appartient ») [Pseudo-Démosthène, *Sur l'Halonnèse* § 18 et 26]. Une telle rédaction permettrait aux Athéniens de réclamer la restitution d'Amphipolis et de toutes les places dont Philippe s'est emparé depuis son avènement. Cette nouvelle formulation est évidemment inacceptable pour Philippe : le roi la repousse avec mépris. Les adversaires de la Macédoine exploitent le changement d'attitude du souverain et le dénoncent comme un imposteur, qui promet beaucoup mais qui ne tient pas ses promesses. Philippe redevient impopulaire à Athènes, mais ce revirement se produit après le rejet des propositions perses par les Athéniens.

Le moment semble venu pour Démosthène et ses amis de faire condamner en justice les philippisants les plus notoires. Hypéride intente à Philocrate une *eisangélie*, c'est-à-dire une accusation de haute trahison. Comme il est de règle dans cette procédure, l'Assemblée émet d'abord un vote de principe, qui est hostile à Philocrate. Hypéride porte l'affaire devant le tribunal, mais Philocrate préfère quitter Athènes avant le jour du procès. Il est condamné à mort par contumace.

Démosthène poursuit l'offensive en reprenant l'accusation de forfaiture dans une ambassade qu'il avait intentée contre Eschine dès 346. Eschine est acquitté de justesse.

Au début de 342, peut-être parce qu'il a vu dans l'acquittement d'Eschine un signe encourageant, Philippe tente une fois encore de gagner la sympathie des Athéniens par des offres alléchantes. La prise de l'île d'Halonnèse par la flotte macédonienne lui fournit l'occasion d'un geste généreux : comme cette petite île avait appartenu à Athènes avant que des pirates ne s'en emparent, Philippe propose de la donner aux Athéniens. Dans la même lettre, il suggère de soumettre à arbitrage tous les différends entre Athènes et la Macédoine, de conclure un traité de commerce et de transformer la paix de Philocrate en paix commune. Lors du débat qui s'engage à l'Assemblée, Démosthène et Hégésippe persuadent le peuple d'opposer un refus catégorique à toutes les propositions de Philippe. A propos de l'Halonnèse, l'un et l'autre font valoir que Philippe doit *rendre* l'île aux Athéniens (*apodounai*), non la *donner* (*dounai*). Eschine, dans le *Contre Ctésiphon* [§ 83], reproche à Démosthène d'avoir brouillé Athènes avec Philippe « en chicanant sur des syllabes ».

Le rejet de toutes les offres du roi par l'Assemblée athénienne témoigne de l'ascendant croissant des orateurs antimacédoniens ; la politique de résistance l'emporte sur la politique conciliante prônée par les philippisants. Philippe comprend que l'évolution de l'opinion athénienne ne lui est pas favorable et renonce à ses tentatives pour la séduire. Les lettres qu'il continue à envoyer aux Athéniens ne sont plus des déclarations d'amitié ni des offres de concession, mais des protestations et des menaces.

Démosthène persuade l'Assemblée de contrer Philippe partout où il cherche à étendre sa domination. Quand Philippe au début de 342, après avoir installé son beau-frère Alexandre le Molosse sur le trône d'Épire, entreprend la conquête des cités de Cassopie et qu'il menace toute la Grèce du Nord-Ouest, jusqu'au golfe de Corinthe, les Athéniens envoient rapidement des troupes au secours d'Ambracie et des Acarnaniens. Devant cette opposition résolue, Philippe n'insiste pas et rentre en Macédoine.

En Eubée, des contingents macédoniens interviennent à plusieurs reprises pour établir au pouvoir des factions oligarchiques. Les partisans de l'indépendance et de l'unité eubéennes, ceux-là mêmes qui s'étaient révoltés contre Athènes en 346 – notamment Callias de Chalcis –, sollicitent et obtiennent l'alliance athénienne grâce à l'appui de Démosthène. La nouvelle Confédération eubéenne est l'alliée d'Athènes, mais les cités eubéennes n'entrent pas individuellement dans la seconde Confédération athénienne, et ne paient pas de contribution à Athènes. Cette innovation diplomatique montre l'imagination et l'habileté de Démosthène : si Athènes veut retrouver très vite beaucoup d'alliés, elle doit donner l'impression que son comportement n'a plus rien d'impérialiste. Les bénéfices de cette nouvelle attitude dépassent rapidement les frontières de l'Eubée : Callias soutient activement la campagne diplomatique de Démosthène en vue de la constitution d'une ligue hellénique contre Philippe.

Le danger le plus grave, à partir de 342, vient de la campagne entreprise par Philippe en Thrace orientale, en vue de la conquête systématique de la région jusqu'à la mer Noire, qui menace les Détroits de la Chersonèse à Byzance, et qui inquiète à la fois les Athéniens et les cités grecques de la région. Pour renforcer leurs positions en Chersonèse, les Athéniens envoient dans la presqu'île un contingent de mercenaires placé sous la direction du stratège Diopeithès. A la suite d'un différend relatif à la cité de Cardia, et pour payer ses troupes, Diopeithès met au pillage plusieurs localités thraces du royaume de Philippe. Au printemps 341, le roi de Macédoine adresse une lettre de protestation aux Athéniens, qui réclame en particulier le rappel de Diopeithès. Démosthène s'oppose vigoureusement à cette demande, et aux Athéniens qui l'estiment justifiée. Dans son discours *Sur les affaires de Chersonèse*, il souligne que les Athéniens n'ont pas le choix entre la paix et la guerre, puisque Philippe leur fait déjà *de facto* la guerre : il ne leur reste qu'un parti, se défendre « contre l'agresseur qui prend les devants » [§ 7]. Même si Diopeithès a pu commettre quelques excès, il serait catastrophique de rappeler le corps expéditionnaire athénien : ce serait abandonner à Philippe toute la région des Détroits. Il est vain d'envoyer des troupes quand l'adversaire a attaqué, il faut prévenir ses agressions par une présence militaire sur le terrain. Le peuple se range à l'avis de Démosthène.

La 3e *Philippique*, prononcée quelques semaines plus tard, reprend et amplifie la dénonciation des actes et des ambitions de Philippe, et propose un ensemble de mesures militaires et diplomatiques pour sauvegarder la liberté d'Athènes et celle de tous les Grecs.

La 4e *Philippique*, de peu postérieure au discours précédent, demande avec beaucoup d'insistance l'envoi d'une ambassade auprès du roi des Perses, menacé lui aussi par l'impérialisme macédonien.

Pendant l'hiver 341-340, la diplomatie athénienne connaît un nouveau succès. Byzance se sent de plus en plus menacée par Philippe, et Démosthène se rend dans la grande cité du Bosphore pour y négocier une alliance. L'attaque prévue ne tarde pas à se produire. Au printemps 340, Philippe entreprend le siège de Périnthe – après avoir commis une violation caractérisée de la paix de Philocrate en faisant traverser la Chersonèse à certaines de ses troupes. Périnthe, dont les habitants sont résolus à se défendre, est bien ravitaillée par voie de mer (en partie grâce à la présence de la flotte de Charès dans le voisinage) ; elle reçoit des renforts de Byzance et une aide, militaire et surtout financière, des satrapes perses voisins. Ne pouvant s'emparer de Périnthe, Philippe tente un coup de main contre Byzance, espérant trouver la cité sans défenseurs. Le coup échoue, et le siège de Byzance se présente plus mal encore que celui de Périnthe, parce que les Byzantins, appuyés par les Athéniens, contrôlent entièrement la mer.

Philippe, pour la première fois depuis 352, subit un grave échec (patent à Périnthe, prévisible à Byzance). Il lui faut d'urgence restaurer son prestige aux yeux de ses troupes et de ses alliés, et faire comprendre à ses adversaires qu'il a encore les moyens de leur causer de graves dommages. Une imprudence du stratège athénien Charès lui fournit l'occasion attendue. Charès a été chargé d'escorter de la mer Noire à la mer Égée les 230 vaisseaux marchands qui transportent au Pirée le blé de Scythie. Au milieu de sa mission, les satrapes perses qui aident Périnthe contre Philippe l'invitent à une conférence pour délibérer sur la suite des opérations. Charès abandonne pour quelques jours les vaisseaux de blé, et Philippe s'en empare.

Cet acte de piraterie sur une grande échelle n'est pas la première infraction à la paix de Philocrate, mais il en est une violation si flagrante qu'on peut penser qu'il s'agit d'une provocation. Les Athéniens, agressés et spoliés, ne peuvent que déclarer la guerre.

L'affaire d'Amphissa

A la fin de l'hiver 340-339, Philippe lève le siège de Byzance. D'après Diodore de Sicile [XVI, 77, 3], le roi de Macédoine aurait alors conclu la paix avec Athènes, avec Byzance et avec les autres Grecs. En ce qui concerne Athènes, l'affirmation est erronée, mais il est peu probable que Diodore ait inventé cette paix de toutes pièces : sa source mentionnait au moins des négociations. On peut penser que Philippe a jugé opportun de lancer des offres de paix au moment où il abandonnait le siège de Byzance : il pouvait ainsi espérer semer le trouble parmi les Athéniens, retarder leurs préparatifs et diminuer leur vigilance. C'est peut-être pour faciliter des négociations qu'il croit imminentes que le stratège Phocion, partisan notoire de la paix, laisse la flotte de Philippe franchir sans encombre le Bosphore, puis l'Hellespont. A Athènes même, les amis de Philippe, mais aussi tous les citoyens qui ont voté la guerre à contrecœur, parce que l'agression contre la flotte marchande les y contraignait, se remettent à espérer une réconciliation entre le roi et leur cité. Dès lors que Philippe – parti combattre le roi des Scythes Athéas près de l'embouchure du Danube – paraît renoncer à ses ambitions sur les Détroits, dès lors que la route du blé est libérée, pourquoi ne pas rechercher la paix ?

Cet état d'esprit explique probablement l'élection d'Eschine comme pylagore pour la session de printemps de l'amphictionie en 339[2]. Les Athéniens soupçonnent que leurs ennemis parmi les amphictions vont profiter de la guerre qui les oppose à Philippe, mais ils espèrent aussi qu'Eschine saura obtenir des envoyés de Philippe une attitude conciliante.

Arrivés à Delphes, les délégués athéniens apprennent que les Locriens d'Amphissa s'apprêtent à proposer une motion

2. Les peuples de l'amphictionie désignent d'une part des hiéromnèmons qui constituent le Conseil de l'amphictionie et qui seuls participent aux votes, d'autre part des pylagores, chargés d'exposer et de défendre le point de vue de leur cité ou de leur peuple. A Athènes, l'hiéromnèmon est tiré au sort pour un an ; les pylagores, qui sont d'une certaine manière les ambassadeurs de la cité auprès de l'amphictionie, sont élus pour chaque session et le peuple tient grand compte de la réputation, des relations et de l'habileté présumée de ceux qu'il choisit.

infligeant aux Athéniens une amende de 50 talents « pour avoir mis en offrande des boucliers d'or sur les murs du nouveau temple avant sa consécration », et pour avoir placé l'inscription « Les Athéniens, sur les dépouilles des Mèdes et des Thébains, lorsqu'ils combattaient contre les Grecs » [*Contre Ctésiphon* § 116]. Il est incontestable que les Athéniens ont commis une infraction aux règles de consécration des offrandes. Il est également incontestable que les délégués d'Amphissa, en choisissant ce motif pour attaquer les Athéniens, cherchent à envenimer les rapports entre Athènes et Thèbes.

Eschine réplique aux attaques des Amphissiens en dénonçant l'usurpation de la terre sacrée : il montre aux hiéromnèmons la plaine sacrée – visible de Delphes – que les Locriens d'Amphissa ont mise en culture en dépit des oracles. Les hiéromnèmons, « gens simples pour la plupart » [Démosthène, *Cour.* § 149], se laissent convaincre par le discours d'Eschine et votent une expédition punitive pour le lendemain. Delphiens, hiéromnèmons et pylagores ayant été repoussés par les Amphissiens, on décide alors que les hiéromnèmons transmettront à leurs cités une motion visant à punir les Amphissiens et qu'une session extraordinaire se réunira aux Thermopyles pendant l'été pour voter la guerre sacrée.

Eschine a très habilement manœuvré pour faire oublier l'accusation de sacrilège d'abord lancée contre Athènes, mais, selon Démosthène, le remède est bien pire que le mal. Dès qu'Eschine est de retour à Athènes, Démosthène dénonce vigoureusement son adversaire : les amphictions risquent de faire appel à Philippe, Eschine « introduit la guerre en Attique, une guerre amphictionique » [*Cour.* § 143].

En l'absence des Athéniens – et des Thébains –, les hiéromnèmons votent la guerre sacrée et confient la direction des opérations au Thessalien Cottyphos. L'armée amphictionique fait campagne contre les Amphissiens, leur inflige une amende et exige le bannissement des auteurs de sacrilèges. Sitôt que l'armée s'est dispersée, les Amphissiens font savoir qu'ils ne paieront pas et rappellent les sacrilèges. Lors de la session d'automne, les amphictions demandent à Philippe – qui vient de rentrer de Scythie – de prendre la tête d'une nouvelle expédition. Philippe accepte avec empressement.

La prise d'Élatée et l'alliance entre Athènes et Thèbes

Entre la première expédition amphictionique et la session d'automne, les Thébains prennent une initiative militaire importante : ils s'emparent de la principale forteresse qui contrôle les Thermopyles, Nikaia, dont Philippe avait confié la garde à une garnison thessalienne. Cette initiative manifeste la détérioration des relations entre Thèbes et Philippe – qui restent théoriquement alliés. La prise de Nikaia par les Thébains paraît protéger les Amphissiens de toute nouvelle intervention amphictionique et surtout écarter Philippe de la Grèce centrale et méridionale. Beaucoup de Grecs pensent que Philippe, ayant perdu le contrôle des Thermopyles, se retrouve dans la situation stratégique d'avant 346.

Cette impression explique que les Athéniens, au début de l'automne 339, envisagent l'avenir avec sérénité. Athéniens et Thébains n'ont évidemment pas oublié que Xerxès avait tourné la position des Thermopyles par des sentiers de montagne, mais ils ne pensent pas que Philippe commence une campagne aussi difficile avant le printemps. Ils ont sous-estimé le souverain macédonien. En novembre 339, malgré la saison, Philippe franchit très rapidement les cols de l'Œta avec sa cavalerie et de nombreuses troupes auxiliaires. Pour éviter tout désagrément de la part des Phocidiens, il leur promet de les laisser reconstruire leurs villes et reconstituer leur confédération, et de diminuer l'amende qu'ils doivent verser à Delphes. Après le franchissement des cols de l'Œta, une route directe conduit à Amphissa par le col de Gravia : le Macédonien envoie quelques troupes dans cette direction, mais fonce vers l'est avec le gros de son armée et occupe la forteresse d'Élatée, en Phocide orientale, à la frontière béotienne. Il est clair que Thèbes et Athènes sont maintenant directement menacées.

Philippe aurait pu continuer sa progression jusque sous les murs de Thèbes, voire plus loin. Ses adversaires, pris de court, n'avaient encore adopté aucune mesure défensive. Il s'arrête cependant à Élatée, parce qu'il pense que l'intimidation suffira et que ses partisans à Thèbes parviendront à persuader leurs concitoyens de collaborer avec lui. Philippe demande aux Thébains de faire campagne avec lui contre l'Attique, ou au moins de laisser l'armée macédonienne traverser la Béotie.

Quelle que soit l'attitude thébaine, Athènes est de toute évidence visée par l'offensive de Philippe. La nouvelle de la prise d'Élatée provoque la consternation dans la ville. Si l'on en croit le célèbre récit de Démosthène [*Cour.* § 169-173], personne n'osa d'abord prendre la parole lors de l'Assemblée réunie le lendemain matin :

> Ce jour appelait un homme qui eût suivi les événements depuis le début et eût réfléchi consciencieusement aux motifs et au but des actes de Philippe [...] Il parut donc, cet homme, ce jour-là : c'était moi.

Démosthène commence par rassurer ses concitoyens : il est faux que les Thébains soient acquis à Philippe. Le roi de Macédoine fait pression sur eux, mais les jeux ne sont pas faits. Suit une mise en garde : le rappel des vieux différends serait tout à fait inopportun, et pousserait les Thébains à se rapprocher de Philippe. Vient la suggestion principale : il faut faire partir pour Éleusis, à la frontière béotienne, les hoplites et les cavaliers athéniens, afin que les proathéniens de Thèbes se sentent soutenus par ces troupes comme les promacédoniens par l'armée de Philippe à Élatée. Enfin, Démosthène demande l'élection de dix ambassadeurs qui devront proposer aux Thébains l'alliance athénienne, sans rien leur demander (car ce serait « indécent en la circonstance », *Cour.* § 178).

Démosthène se fait élire parmi les ambassadeurs. Son argumentation persuade les Thébains de faire cause commune avec les Athéniens. Les Thébains comprennent que, s'ils acceptent les demandes de Philippe, ils seront soumis à l'autorité du roi de Macédoine. Les conditions très favorables de l'alliance que leur offre Démosthène achèvent de les convaincre : les Athéniens assumeront les deux tiers de la dépense, l'autorité sur mer sera partagée entre les deux cités, le commandement sur terre reviendra aux Thébains. Comme dans les négociations avec les Eubéens, Démosthène a su trouver des solutions qui ménagent la susceptibilité des futurs alliés, et éviter aux Athéniens tout soupçon d'impérialisme.

Rapidement conclue, l'alliance entre Athènes et Thèbes est immédiatement suivie de mesures militaires énergiques.

Philippe est à son tour pris de court. A peine apprend-il que les Thébains ont repoussé ses propositions qu'il constate que les hoplites athéniens et béotiens se sont installés tout près d'Élatée, sur la position très favorable de Parapotamioi. Plus à l'ouest, un contingent de mercenaires dirigé par Charès va soutenir les Locriens d'Amphissa et occupe le col de Gravia. Le roi tente de forcer les positions de ses adversaires : il échoue à deux reprises [*Cour.* § 216]. On peut penser que la guerre de position de l'hiver 339-338 est pénible pour les deux belligérants, mais Philippe a des raisons particulières d'être irrité par la tournure des événements. Les Thébains ne se sont pas laissé intimider, et il doit affronter la coalition d'Athènes et de Thèbes dont il avait constamment cherché à empêcher la formation. Les coalisés ont occupé des positions favorables difficiles à emporter. Il ne paraît nullement exclu, au début de 338, que Philippe doive renoncer à la Béotie comme il a renoncé à Périnthe et à Byzance.

Au cours du printemps, cependant, Philippe obtient un succès important sur le front secondaire d'Amphissa. Il fait courir le bruit qu'il est rappelé en Thrace par une révolte ; Charès et ses mercenaires relâchent leur surveillance ; les troupes macédoniennes franchissent sans encombres le col de Gravia et occupent Amphissa, Naupacte et Delphes. La position de Parapotamioi risquant d'être tournée par le sud-ouest, les Athéniens et les Thébains doivent se replier sur la position de Chéronée (à une quinzaine de kilomètres au sud-est).

Philippe tente alors, mais en vain, d'exploiter son succès par des démarches diplomatiques. Le réseau d'alliances constitué contre lui tient bon : outre les membres de la seconde Confédération et les Thébains, les Athéniens ont pour alliés toutes les cités d'Eubée, Mégare, Corinthe et les Achéens dans le Péloponnèse, les Acarnaniens, Corcyre et Leucade dans l'Ouest.

Chéronée et la paix de Démade

La diplomatie ayant échoué, Philippe, à la fin de l'été 338, se résigne à courir le risque d'une grande bataille rangée. Les difficultés financières qu'entraînait l'entretien d'une armée nombreuse loin de ses bases l'incitent à mettre fin à une guerre de position coûteuse. Pour pousser ses adversaires à livrer bataille, il envoie à plusieurs reprises quelques troupes piller les campagnes béotiennes.

A la fin d'août 338, les deux armées prennent position dans la plaine de Chéronée. Les effectifs des Grecs sont légèrement supérieurs, mais Philippe dispose d'une cavalerie plus nombreuse. Aucun récit détaillé de cette bataille décisive ne nous étant parvenu, les historiens modernes doivent essayer d'en reconstituer le déroulement à partir des indications éparses de divers auteurs tardifs. Il semble que Philippe et Alexandre, alors âgé de dix-huit ans, aient magistralement exploité le manque de coordination entre les alliés grecs. Feignant de reculer, Philippe induit les Athéniens situés à l'aile gauche à s'avancer de plus en plus loin. Quand la ligne de bataille s'est bien distendue, la cavalerie d'Alexandre attaque vigoureusement le point le plus faible du dispositif grec, à la jonction de l'infanterie thébaine et des autres contingents. Les lignes grecques sont enfoncées. Les Athéniens comptent 1 000 morts et 2 000 prisonniers, les Thébains plus de 2 000 morts.

Thèbes, à un jour de marche de Chéronée, doit capituler. Philippe lui impose des conditions très dures : une garnison macédonienne est installée sur la Cadmée, la constitution de la cité est renversée au profit d'une oligarchie de trois cents personnes dévouées au roi de Macédoine.

Les Athéniens, eux, disposent d'un délai de quelques jours. Ils le mettent à profit pour prendre des mesures d'urgence. Toute la population est rassemblée derrière les remparts. Un décret, proposé par Hypéride, accorde la citoyenneté aux métèques et la liberté aux esclaves qui s'enrôleront dans l'armée de la cité [Pseudo-Plutarque, *Vie des dix orateurs* 849 A] : une telle mesure de salut public manifeste une volonté exceptionnelle de tout sacrifier – même les fondements de l'ordre social – à la défense de la cité. Démosthène, à son retour, est chargé de diriger les travaux de fortification et de solliciter les dons financiers des insulaires.

Philippe, cependant, charge un prisonnier athénien, l'orateur Démade (peut-être un lointain cousin de Démosthène), de transmettre aux Athéniens des offres généreuses concernant les morts et les prisonniers. De retour à Athènes, Démade persuade le peuple d'envoyer à Philippe une ambassade à propos des morts et des prisonniers, mais aussi pour traiter de la paix. Les trois ambassadeurs désignés sont des amis de Philippe : Eschine, Phocion et Démade. Dès que les ambassadeurs sont arrivés auprès de lui, Philippe relâche sans rançon tous les prisonniers athéniens et fait escorter les corps des soldats tombés à Chéronée par plusieurs dignitaires macédoniens, dont Alexandre. Les clauses de la paix sont, elles aussi, généreuses de la part du vainqueur. L'Attique n'est pas envahie, Athènes ne se voit imposer aucune garnison, la démocratie n'est pas remise en cause. Le territoire de la cité n'est pas amputé et se voit même accru du canton frontalier d'Orôpos enlevé aux Thébains. La seconde Confédération est dissoute et Athènes doit renoncer à la Chersonèse, mais elle garde ses clérouquies de Samos, de Lemnos, d'Imbros et de Scyros ainsi que l'administration du sanctuaire d'Apollon à Délos. Une formule vague prévoit que les Athéniens s'associeront à la paix commune et à un Conseil « des Grecs ».

Le traité reflète clairement le recul de la puissance athénienne, mais le sentiment dominant dans l'opinion athénienne est le soulagement. Au lendemain de Chéronée, personne n'espérait des conditions aussi douces – qui contrastent avec la dureté du traitement infligé aux Thébains. La modération de Phocion et l'habileté de Démade ont facilité la conclusion rapide de la paix, mais il convient de souligner que, si Philippe a proposé des conditions avantageuses, c'est d'abord parce qu'il a vu les Athéniens se préparer à une résistance à outrance et qu'il a voulu éviter les peines et les incertitudes d'un long siège. La clémence de Philippe est en grande partie le résultat des mesures de salut public inspirées par Démosthène et Hypéride.

La ligue de Corinthe

Après avoir réglé les affaires de Grèce centrale comme il l'entendait, Philippe entreprend une grande promenade militaire dans le Péloponnèse. Dans beaucoup de cités, ses partisans prennent de l'audace à son approche et s'emparent du pouvoir. Les Péloponnésiens qui ont combattu contre lui à

Chéronée – les Achéens et les Corinthiens notamment – concluent des traités de paix. Tous l'accueillent, sauf les Spartiates : en l'absence du roi Archidamos parti guerroyer à Tarente, Philippe envahit la Laconie et ampute le territoire lacédémonien de plusieurs zones frontalières.

Ayant ainsi montré sa force et conclu de nombreux accords bilatéraux, Philippe, pendant l'hiver 338-337, invite l'ensemble des cités grecques à envoyer des délégués à Corinthe et propose la conclusion d'une *Koinè eirènè* ; tous les Grecs sauf Sparte adhèrent à la paix commune. Deux fragments de la stèle de l'Acropole portant le texte du traité ont été retrouvés ; le premier est le début du serment prêté par les Grecs :

> Serment. Je le jure par Zeus, la Terre, le Soleil, Poséidon, Athéna, Arès, tous les dieux et toutes les déesses : je respecterai la paix et je ne romprai pas le traité avec Philippe ; je ne porterai pas les armes avec des intentions hostiles, contre aucun de ceux qui respecteront les serments, ni sur terre ni sur mer ; je ne m'emparerai par la guerre d'aucune cité, d'aucun fort, d'aucun port d'un des participants à la paix, m'abstenant de toute ruse et de toute machination ; je ne détruirai ni la royauté de Philippe et de ses successeurs, ni les constitutions en vigueur dans chaque État au moment de la conclusion de la paix ; je ne ferai moi-même rien de contraire au traité et je ne le permettrai à aucun autre, dans la mesure de mes moyens ; si quelqu'un agit contrairement aux dispositions du traité, je porterai secours aux victimes, comme elles me l'auront demandé, et je ferai la guerre à celui qui aura transgressé la paix commune, conformément aux décisions du Conseil commun et aux ordres de son *hègémôn* ; je n'abandonnerai pas… [*IG* II^2, 236 ; Tod n° 177, fragment A].

Le texte du serment est suivi d'une liste de cités et de peuples – parfois groupés – suivis de chiffres (qui varient de 1 à 10 sur le fragment que nous avons) : ces chiffres indiquent vraisemblablement le nombre de représentants de chaque communauté au Conseil commun. La partie de cette liste qui est conservée concerne uniquement le nord de la Grèce.

Les données – directes mais fragmentaires – de cette inscription peuvent être complétées par le discours pseudo-démosthénien *Sur les conventions avec Alexandre*, prononcé entre 335 et 331 par un orateur antimacédonien qui cherche à montrer qu'Alexandre enfreint toutes les clauses de la paix commune. Si la formule de la paix commune est familière aux Grecs depuis 386, le traité de 338-337 présente de nombreuses innovations par rapport aux traités antérieurs. Il vise non seulement à garantir l'intégrité territoriale des participants et leur indépendance, mais aussi à assurer le maintien des constitutions en place et la stabilité de l'ordre social : le serment comporte un engagement de ne tolérer ni partage des terres, ni abolition des dettes, ni libération d'esclaves « en vue de révolution » [*Sur les conventions avec Alexandre* § 15] ; de tels engagements limitent notablement l'autonomie des cités que le traité prétend vouloir assurer. L'innovation la plus importante, c'est cependant que le respect de la paix commune doit être assuré par un Conseil (*synédrion*) et par un chef militaire (*hègémôn*).

Le mot d'alliance (*symmachia*) ne figure pas, semble-t-il, dans le texte du traité. Cependant, toute paix commune est virtuellement une alliance contre ceux qui transgresseraient la paix. Lors de la première réunion du Conseil commun, Philippe se fait élire comme *hègémôn* de la paix commune. Après quoi, il fait proclamer que le Grand Roi enfreint la paix commune (à cause de ses destructions de 480, dont les effets sacrilèges demeurent), et fait voter la guerre contre l'ennemi commun qui met en péril la paix commune [Diodore XVI, 89, 3]. Ce n'est pas l'alliance des Grecs qui déclare la guerre au Grand Roi, c'est la déclaration de guerre qui transforme *ipso facto* les participants à la paix commune en alliés. Certaines cités pouvaient souhaiter la paix sans l'alliance : Philippe a triomphé très habilement de leurs réticences. Tous les participants à la paix commune, par la seule décision du Conseil commun, sont devenus les alliés d'une guerre panhellénique.

Si Philippe tient tant à déclarer tout de suite la guerre panhellénique contre la Perse, ce n'est pas parce qu'il veut faire plaisir rapidement aux disciples d'Isocrate, c'est que les circonstances se prêtent exceptionnellement bien au début d'une expédition asiatique. Artaxerxès Ochos est assassiné pendant l'été 338 par l'eunuque Bagoas, qui fait les rois pendant deux ans et les élimine dès qu'ils veulent prendre un peu d'indépendance. L'anarchie règne dans l'empire perse : il convient d'attaquer au plus vite, avant que l'ordre n'y soit rétabli.

Après avoir consacré l'année 337 à des préparatifs, et peut-être à une nouvelle expédition en Illyrie, Philippe fait passer en Asie, au printemps 336, une armée macédonienne commandée par Parménion. Les Macédoniens ne rencontrent guère de résistance sur la côte occidentale de l'Anatolie : d'Abydos à Éphèse, les démocrates des cités grecques, heureux de se débarrasser des oligarchies soutenues par les Perses, les accueillent comme des libérateurs. Les citoyens d'Érésos (dans l'île de Lesbos) consacrent des autels à Zeus *Philippios* [Tod n° 191, 6] et les Éphésiens dressent une statue du roi aux côtés de celle d'Artémis [Arrien, *Anabase* I, 17, 10]. La grande expédition asiatique de Philippe commence bien. Le roi prévoit, semble-t-il, de rejoindre Parménion avec Alexandre et le gros des troupes dès l'été 336. L'assassinat de Philippe va entraîner un retard de deux ans dans la poursuite de l'offensive macédonienne.

La cour de Macédoine à la fin du règne de Philippe (338-336)

Démosthène fait valoir fréquemment que Philippe n'est pas invincible et que les Athéniens peuvent arrêter son expansion s'ils s'opposent à lui avec énergie. Pourtant, l'orateur athénien ne mentionne qu'une fois un mécontentement – latent – des Macédoniens contre leur roi [2e *Ol.* § 16].

Si des rumeurs de révolte ou de conspiration étaient arrivées jusqu'à Athènes, Démosthène et les autres orateurs antimacédoniens n'auraient pas manqué de s'en faire l'écho. Nous ne disposons bien sûr que d'un très petit échantillon de l'éloquence politique des années 349-340, mais l'absence presque totale d'allusion à la fragilité intérieure de Philippe suggère que son pouvoir était généralement considéré comme solide. Il est vraisemblable qu'il y a eu des conflits en Macédoine sous le règne de Philippe, mais le roi a su les régler assez vite ; il n'est pas impossible qu'il y ait eu des complots, mais il a su les réprimer rapidement et discrètement. Non seulement Philippe jouit du prestige du vainqueur, mais ses victoires lui permettent de distribuer des terres et des récompenses diverses ; la reconnaissance et, plus encore, l'espoir de nouveaux bienfaits attachent au roi les officiers et les soldats macédoniens.

En une vingtaine d'années, et par des moyens qui nous échappent dans une large mesure, Philippe a su transformer les nobles macédoniens – y compris les dynastes de haute Macédoine, auparavant jaloux de leur indépendance – en une aristocratie impériale relativement fidèle au roi. Les enfants de la haute noblesse macédonienne doivent servir le souverain argéade comme pages : de la sorte, ils s'attachent à la personne du roi et à sa famille, ils prennent goût à la vie de cour et commencent à s'initier aux affaires du royaume.

La cour de Pella, comme toutes les cours, est évidemment divisée en coteries rivales. Il ne semble pas qu'on puisse se contenter d'opposer les aristocrates de haute Macédoine et ceux de basse Macédoine : vingt ans de vie de cour, d'alliances matrimoniales, d'amitiés particulières et d'antipathies personnelles ont profondément modifié les coalitions liées à la naissance et à l'origine. Nous n'avons aucune indication sur les groupes et les intrigues de la cour macédonienne avant Chéronée ; même en 338-336, nous ne faisons qu'entrevoir certaines des coteries en présence – celle d'Antipater, ou celle de Parménion et d'Attale par exemple. Il est vraisemblable que Philippe, qui savait si bien diviser pour régner dans sa politique extérieure, a exploité avec habileté les rivalités des hauts dignitaires de sa cour pour mieux imposer son pouvoir.

La présence auprès de Philippe d'un fils en âge de régner, qui a fait la preuve de ses capacités politiques quand il a exercé la régence en 340 (à l'âge de seize ans) et qui a manifesté de manière éclatante son génie militaire lors de la bataille de Chéronée (à dix-huit ans), pose au roi un nouveau problème. Philippe n'est pas prêt à s'effacer devant Alexandre comme Laërte devant Ulysse. Il sait aussi qu'un dauphin ambitieux n'a pas toujours la patience d'attendre la mort de son père : pour ne citer qu'un exemple qui devrait être familier à Philippe, le fils aîné d'Artaxerxès II Mnèmon s'était révolté contre son vieux père [Plutarque, *Artaxerxès* 28-29]. Le prestige et l'influence d'Alexandre peuvent d'autant plus inquiéter Philippe que le jeune prince dispose d'amis de son âge, nombreux et dévoués : un conflit de générations commence à poindre à l'horizon.

En 338, Philippe n'a que deux fils de ses six épouses : le semi-débile Arrhidée, né de la Thessalienne Philinna, et

Alexandre [Athénée XIII, 557 c-e]. Pour assurer la survie de la dynastie au cas où Alexandre disparaîtrait en Asie, Philippe souhaite probablement donner naissance à un autre fils : cette préoccupation pourrait suffire à expliquer qu'il conclue un septième mariage. Le choix de la septième épouse révèle cependant d'autres arrière-pensées : Cléopâtre est la nièce d'Attale, un aristocrate macédonien très influent qui va lui-même épouser la fille de Parménion. Si Philippe avait un fils de Cléopâtre, l'enfant bénéficierait de l'appui d'une très puissante coterie et serait pour Alexandre un redoutable rival ; la question de la succession étant alors en suspens, Alexandre ne pourrait plus faire ombrage à son père. On a parfois expliqué le dernier mariage de Philippe par la passion d'un homme vieillissant pour une belle adolescente. Il est plus probable que ce mariage procède d'un calcul politique retors, comme la plupart des décisions de Philippe ; le roi est cependant assez habile pour déguiser en mariage d'amour un mariage de raison aux raisons peu avouables.

Si l'on en croit Athénée et Plutarque [*Alexandre* 9], Attale, lors du banquet de mariage, aurait invité les Macédoniens à demander aux dieux que Philippe et Cléopâtre donnent naissance à un fils légitime (*gnèsios*) qui hérite de la royauté. Alexandre aurait violemment répliqué : « Et moi, misérable, me prends-tu pour un bâtard (*nothos*) ? » Il aurait alors lancé sa coupe au visage d'Attale. Philippe aurait saisi son épée et se serait précipité sur son fils, mais l'ivresse l'aurait fait trébucher. Les détails de cette scène sont très suspects, mais les propos que la tradition attribue aux protagonistes soulignent bien que la succession au trône de Macédoine est le véritable enjeu du mariage de Philippe et de Cléopâtre. Un *nothos*, en Grèce, n'est pas nécessairement un enfant né hors mariage : dans beaucoup de cités grecques et notamment à Athènes, on désigne aussi par ce terme le fils d'un citoyen et d'une étrangère. Attale, semble-t-il, cherche à faire prévaloir l'idée qu'un roi de Macédoine doit avoir une mère macédonienne et que le fils de l'Épirote Olympias est un *nothos*.

La rupture entre Philippe et son fils (qui s'est enfui en Épire puis en Illyrie) est rapidement suivie d'une réconciliation apparente. La méfiance subsiste cependant entre les deux hommes. Quand Pixodaros, satrape de Carie, cherche à s'allier aux Macédoniens et propose à Philippe de donner sa fille en mariage à Arrhidée, Alexandre envoie secrètement un messager à Pixodaros pour se proposer lui-même comme époux. A la suite de Plutarque [*Alexandre* 10], beaucoup d'historiens déplorent qu'Alexandre se soit laissé entraîner par des soupçons non fondés à envisager une mésalliance indigne de lui. Un aspect important de cette affaire est souvent méconnu : Pixodaros, successeur de Mausole, est le maître d'Halicarnasse, l'une des plus puissantes forteresses de la côte anatolienne. Si Alexandre était devenu le gendre de Pixodaros, il aurait disposé grâce à sa belle-famille, indépendamment de son père et le cas échéant contre lui, d'une position de première importance pour contrôler l'Asie Mineure et l'Égée orientale. Ayant appris les négociations engagées par Alexandre, Philippe réprimande sévèrement son fils, puis bannit de Macédoine les meilleurs amis d'Alexandre – Néarque, Harpale et Ptolémée notamment. Menacé dans ses droits à la succession, humilié, isolé, Alexandre se sent dans une situation extrêmement précaire.

Souverain polygame, Philippe a pu épouser Cléopâtre sans répudier Olympias. Cette dernière se considère néanmoins comme outragée par l'arrivée de la nouvelle épouse dans la maison de Philippe, et surtout par les menaces qui pèsent désormais sur les droits successoraux d'Alexandre : elle s'enfuit de Macédoine et se réfugie en Épire auprès de son frère Alexandre le Molosse. Au moment où la campagne d'Asie s'engage, une rupture entre la Macédoine et l'Épire serait particulièrement inopportune. Philippe doit absolument se concilier les bonnes grâces du roi d'Épire : il tente d'y parvenir en donnant sa fille née d'Olympias (qui s'appelait elle aussi Cléopâtre) en mariage à Alexandre le Molosse.

Le mariage, qui coïncide avec une grande fête religieuse macédonienne, est célébré avec un faste exceptionnel en juillet 336 ; des envoyés des cités grecques sont présents pour la circonstance, et rivalisent de flagornerie à l'égard d'un roi auquel les premiers succès macédoniens en Asie paraissent promettre de belles conquêtes. Au cours d'une procession, la statue de Philippe est associée à celle des douze dieux de l'Olympe [Diodore XVI, 92, 5]. Le lendemain, alors qu'il entre solennellement au théâtre, le roi est assassiné.

Poursuivi par des gardes du corps du roi amis d'Alexandre – Perdiccas et Léonnatos notamment –, l'assassin de Philippe,

Pausanias, est à son tour assassiné [Diodore XVI, 94, 4]. Aristote évoque très brièvement l'assassinat de Philippe par Pausanias et l'explique par un désir de vengeance : le roi aurait laissé Attale et ses amis outrager Pausanias [*Pol.*V, 10, 1311 b 1-3]. Diodore [XVI, 93-94] nous donne une version plus croustillante de l'histoire de Pausanias. Le jeune homme aurait été un ancien éromène de Philippe, supplanté dans la faveur du roi par un autre Pausanias (ou, selon d'autres traditions, par Hippostratos, neveu d'Attale et frère aîné de Cléopâtre) ; il aurait insulté son rival en termes si blessants que ce dernier se serait suicidé héroïquement (en se précipitant au-devant des traits lancés contre le roi lors d'un combat contre les Illyriens). Pour venger le défunt, Attale aurait invité Pausanias à sa table et l'aurait fait boire abondamment ; quand le jeune homme aurait été ivre, il l'aurait remis à ses palefreniers qui auraient abusé de lui à tour de rôle. Pausanias aurait en vain demandé justice de cet outrage à Philippe.

Cette version, qui attribue l'assassinat de Philippe à un individu isolé animé par des raisons purement personnelles, ne s'est pas imposée tout de suite. Selon Plutarque [*Alexandre* 10, 8] et Diodore [XVII, 1], Alexandre aurait fait poursuivre de prétendus complices du meurtre de son père – ce qui lui aurait permis de se débarrasser de quelques cousins et rivaux.

On peut rejeter sans hésitation les récits hauts en couleur de Justin [IX, 7] selon lesquels Olympias, dans sa joie, aurait posé une couronne d'or sur la tête du meurtrier de son mari. Il est beaucoup plus difficile d'écarter totalement l'hypothèse d'une complicité d'Alexandre dans le meurtre de son père. Certes, Alexandre savait que la mort de Philippe allait provoquer des révoltes et le mettre dans une situation délicate, mais il avait suffisamment confiance en son étoile pour penser qu'il surmonterait ces difficultés. Le jeune prince ne semble pris au dépourvu ni par la mort de Philippe ni par les conséquences de l'événement. Un calculateur aussi intelligent et aussi dépourvu de scrupules qu'Alexandre pouvait estimer qu'il était de son intérêt de se débarrasser d'un père qui le rabaissait et qui risquait un jour de l'écarter du trône. Dans cette hypothèse, Philippe aurait perdu la partie engagée contre son fils lors de son mariage avec la nièce d'Attale. Ce n'est, répétons-le, qu'une hypothèse.

Les débuts du règne d'Alexandre

Tous ceux qui, en Grèce et dans les Balkans, n'ont accepté qu'à contrecœur l'hégémonie macédonienne accueillent avec joie l'annonce de la mort de Philippe, parce qu'ils pensent que la disparition de ce roi énergique va leur permettre de restaurer leur indépendance. A Athènes, Démosthène se répand en propos méprisants sur Alexandre : ce « petit jeune homme », déclare-t-il, « ne bougera pas de la Macédoine et se contentera de se promener dans Pella et d'observer les entrailles des victimes » [Eschine, *Contre Ctésiphon* § 160].

Face à cette agitation, le « petit jeune homme » comprend qu'il lui faut imposer très vite son autorité. Il se précipite en Grèce et se fait reconnaître successivement par la Confédération thessalienne, par l'amphictionie de Delphes et par la ligue de Corinthe. Les Athéniens eux-mêmes envoient une ambassade pour rendre hommage au nouvel *hègémôn* de la ligue. En quelques semaines, Alexandre obtient les mêmes titres et les mêmes prérogatives que son père.

Dans le même temps, il poursuit méthodiquement l'élimination de ses opposants macédoniens, déclarés ou virtuels, qu'il avait entreprise dès son avènement. Les princes de la famille royale, considérés comme des rivaux potentiels, sont assassinés ; Arrhidée ne doit son salut qu'à sa débilité mentale. Attale est accusé de trahison ; après avoir affirmé vouloir le faire arrêter, Alexandre le fait tuer ; Parménion ne cherche pas à défendre son gendre. Olympias, de son côté, se charge de faire égorger Cléopâtre et le nourrisson auquel elle vient de donner le jour.

Au début de 335, Alexandre fait campagne en Thrace, pour rappeler à l'obéissance les peuples déjà soumis par Philippe et pour achever la conquête de la région en réduisant les Triballes. Cette guerre, difficile mais victorieuse, le conduit jusqu'au Danube. Il doit ensuite affronter une nouvelle coalition illyrienne, dirigée par Cleitos, fils de Bardylis, et par le roi des Taulantins Glaucias : étant parvenu à s'emparer du camp ennemi et à faire un grand massacre, il poursuit ses adversaires jusqu'au pays des Taulantins près de l'Adriatique. Il est alors rappelé d'Illyrie par la révolte de Thèbes.

Le nouveau souverain achéménide, Darius III Codoman,

qui est parvenu à imposer son autorité à la fin de l'été 336, lance une vaste contre-offensive visant à expulser d'Asie les Macédoniens. Tandis que Memnon de Rhodes, stratège grec au service du Roi, entreprend la reconquête des ports de l'Égée orientale, Darius III reprend la manœuvre utilisée avec succès par Artaxerxès II Mnèmon contre Agésilas, et cherche à provoquer un soulèvement antimacédonien en Grèce pour obliger Alexandre à lâcher prise en Asie. Il promet son soutien financier aux cités qui se révolteront contre Alexandre et fait parvenir des fonds aux hommes politiques hostiles à la Macédoine (Démosthène par exemple, à Athènes). Quand le bruit court qu'Alexandre est mort dans un combat contre les Triballes, les adversaires de la Macédoine pensent le moment venu. Les exilés thébains rentrent dans leur cité, rétablissent la démocratie et assiègent la garnison macédonienne de la Cadmée. Les Athéniens et un certain nombre de Péloponnésiens, non sans hésitations et tergiversations, s'apprêtent à soutenir la guerre de libération thébaine.

L'arrivée soudaine en Béotie d'un Alexandre que l'on disait mort bouleverse les données de la situation. Athéniens et Péloponnésiens renoncent prudemment à l'aide qu'ils avaient projetée, et les Thébains se trouvent tout à fait isolés. Alexandre préférerait obtenir la soumission de la cité sans avoir besoin de l'assiéger, mais toutes ses offres de négociation sont repoussées par les patriotes intransigeants qui dominent alors la ville : ces derniers rappellent volontiers qu'avant Leuctres la situation n'était guère plus brillante, et promettent à leurs concitoyens un retournement analogue en leur faveur. La résistance thébaine est acharnée, mais les assaillants parviennent à s'emparer de la ville. Alexandre remet alors le sort de Thèbes au Conseil de la ligue de Corinthe. La manœuvre est habile ; Alexandre dispose d'assez de moyens de pression pour imposer sa volonté, et chacun le sait, mais il tient à faire partager à tous les Grecs la responsabilité de la destruction d'une des plus anciennes et des plus prestigieuses cités grecques. Les mesures votées, sur proposition des ennemis traditionnels de Thèbes (Platéens, Thespiens, Phocidiens notamment), sont d'une extrême sévérité, et propres à susciter la terreur : Thèbes, solennellement condamnée pour son médisme, est entièrement rasée, et ses habitants sont vendus comme esclaves.

Les Athéniens font rentrer toute la population à l'intérieur des remparts et se préparent à soutenir un siège, mais tentent aussi d'amadouer Alexandre : une ambassade, conduite par Démade, va féliciter le roi de sa victoire. On retrouve en cette occasion le double jeu pratiqué par Athènes depuis 338. Alexandre se dit prêt à pardonner aux Athéniens, mais exige qu'on lui livre dix stratèges et orateurs antimacédoniens, dont Charidème, Lycurgue, Hypéride et Démosthène. A l'Assemblée, Phocion demande aux hommes politiques réclamés par Alexandre de se sacrifier pour le salut de la cité : sa suggestion est accueillie par des huées. Démosthène développe alors la célèbre fable des moutons qui livrèrent leurs chiens aux loups [Plutarque, *Démosthène* 23, 5]. Au terme d'un débat tumultueux, Démade promet d'obtenir des concessions d'Alexandre, et tient sa promesse : Alexandre se contente de l'exil de Charidème (qui part servir les Perses) et de très vagues engagements. L'attitude conciliante d'Alexandre s'explique principalement par un calcul simple : si le roi de Macédoine n'avait pas atténué ses exigences, il aurait risqué de devoir entreprendre le siège long et incertain d'une cité maritime soutenue financièrement par les Perses.

Les Thraces, les Illyriens et les Grecs ont compris que la Macédoine était aussi redoutable sous le règne d'Alexandre que sous celui de Philippe. Ayant assuré ses arrières, Alexandre peut maintenant prendre la tête de la grande expédition asiatique engagée par son père. A l'automne 335, il réunit de nouveau le Conseil de la ligue de Corinthe, se fait confirmer la direction de la guerre contre les Perses et fixe les effectifs que chaque peuple ou cité devra engager.

g. en Asie
peut donc
reprendre
mais avec Alex
à sa T̂ et non Ph.

6

La conquête de l'Orient par Alexandre

Dans un passage célèbre de son *Histoire* [III, 6], Polybe distingue le début des guerres, leurs prétextes et leurs causes véritables. Le commencement de l'expédition asiatique d'Alexandre fut le franchissement de l'Hellespont, en mai 334. Le prétexte invoqué fut d'aller venger les destructions des guerres Médiques. La cause profonde de la guerre, c'est que Philippe était convaincu de la supériorité militaire des Macédoniens sur les Perses. Cette analyse exprime une conception très rationnelle, très thucydidéenne de l'histoire : les causes d'une guerre ne sont pas des forces obscures difficiles à saisir, ce sont tout simplement les *raisonnements* des hommes qui ont pris l'initiative, raisonnements qu'il est possible de reconstituer par la réflexion.

Selon Polybe, la conviction de Philippe se fonderait sur deux événements – le retour des Dix-Mille et l'expédition d'Agésilas – qui auraient mis en évidence « la lâcheté et la mollesse des Perses ». Les considérations que Polybe prête à Philippe sont très proches des affirmations répétées d'Isocrate selon lesquelles l'empire perse constituerait une proie facile pour un conquérant grec. La « lâcheté » des Perses, selon Isocrate et bien d'autres auteurs, anciens et modernes, s'expliquerait par leur mode de vie (luxe, absence d'exercice) et par leur système politique : dans un régime où « tous sont esclaves sauf un », l'ardeur au combat liée à la défense de la liberté n'existe pas. Ces *topoi* ont *a priori* une certaine vraisemblance psychologique, mais le moins qu'on puisse dire est qu'ils ne suffisent pas à rendre compte de la réalité perse. Il est douteux que Philippe, dans les analyses stratégiques qui le conduisirent à entreprendre l'expédition d'Asie, se soit contenté de compter naïvement sur la « lâcheté » des Perses et la « bravoure » des Macédoniens. Polybe explique à juste titre l'expédition d'Asie par les calculs de Philippe, mais ces calculs étaient plus subtils que ne le croit l'historien hellénistique.

En outre, il convient de se garder d'une illusion rétrospective. Isocrate avait proclamé que l'empire perse pouvait être vaincu ; Philippe, peut-être en se fondant sur des arguments différents, l'avait également pensé ; puisque Alexandre a infligé trois grandes défaites au Grand Roi en moins de quatre ans, puisqu'il a conquis tout l'empire en moins de dix ans, il est tentant de conclure qu'Isocrate et Philippe avaient raison. En fait, même s'il est évident que l'empire perse souffrait en 334 d'un certain nombre de faiblesses, et que les Macédoniens disposaient d'un certain nombre d'atouts, rien n'était joué d'avance : les erreurs des satrapes et de Darius lui-même, le génie militaire d'Alexandre et son habileté politique ont joué un rôle déterminant.

L'empire perse à la veille de la conquête d'Alexandre

Les données dont nous disposons sur l'empire perse du IVe siècle sont plus rares encore que pour le Ve siècle. Aucun des auteurs grecs du IVe siècle qui nous ont été conservés n'a étudié l'Orient avec cette curiosité sympathique qui a fait qualifier Hérodote d'« ami des barbares », *philobarbaros*. Les inscriptions royales les plus longues sont celles de Darius Ier et de Xerxès (les fragments d'inscriptions d'Artaxerxès II suggèrent cependant que la terminologie et l'idéologie royales sont restées les mêmes au IVe siècle). Surtout, nous n'avons pour le IVe siècle aucun ensemble de documents administratifs analogue aux « Tablettes du Trésor » et aux « Tablettes des fortifications » de Persépolis de la première moitié du Ve siècle (qui révèlent un système complexe de rations hiérarchisées, versées à des groupes d'artisans et d'ouvrières, mais aussi à des dignitaires et à des voyageurs officiels) et nous manquons d'archives comme celles de la banque des Murashu à Nippur des années 423-398. Il ne faut évidemment pas en déduire que la bureaucratie achéménide a relâché son contrôle ni que les hommes d'affaires babyloniens ont tous fait faillite. L'absence de documents semblables pour le IVe siècle tient probablement en partie à l'évolution des méthodes administratives : à des tablettes d'argile notant en écriture cunéiforme des textes élamites ou accadiens se substituent progressivement des papyrus et des parchemins notant des textes araméens dans une écriture cursive. Le travail des scribes est devenu plus simple et plus rapide, mais la trace de leur activité a disparu.

Nous disposons d'un certain nombre de détails sur l'étiquette royale (le souverain achéménide, lors des banquets, était séparé de ses convives par une tenture, ce qui lui permettait de voir sans être vu) et sur les aspects les plus pittoresques de la cour – le harem notamment (Darius III aurait eu 360 concubines). En revanche, nous ignorons presque tout de l'administration centrale achéménide. Il semble que des eunuques et des scribes y aient exercé une certaine influence, mais il est impossible de préciser qui préparait les décisions royales et qui en assurait l'exécution. Tout au plus peut-on constater que le *hazàrapatis*, chef des Mille de la garde royale (*chiliarque* en grec), avait une compétence très large : certains historiens l'ont comparé au grand vizir de l'empire ottoman.

Depuis le règne de Darius Ier, l'empire perse est divisé en vingt satrapies. Chaque satrape possède de grands domaines et de grands parcs pour ses chasses (les fameux « paradis ») ; il a comme le roi un palais, une cour, un harem, une administration. Les cas d'Hécatomnos et de Mausole, en Carie, prouvent que des dynastes locaux peuvent parvenir à se hisser au rang de satrape, mais une telle ascension est exceptionnelle. La plupart des satrapes appartiennent à la plus haute aristocratie perse, voire à la famille royale. Beaucoup de satrapes considèrent leur satrapie comme un patrimoine qu'ils cherchent à transmettre à leur fils. Certains y parviennent : à Daskyleion, en Phrygie hellespontique, la même famille exerce le pouvoir pendant deux siècles. Les relations entre les satrapes et le pouvoir central dépendent des individus et des rapports de forces du moment. Il arrive qu'un roi retire à un satrape son autorité et le fasse exécuter. Plus souvent, cependant, un satrape qui se sent menacé dans son pouvoir, dans ses honneurs ou dans ses intérêts fait sécession et cesse de transmettre au Roi le tribut qu'il a prélevé. Plutôt que d'affronter directement le rebelle, le Roi préfère généralement jouer des rivalités entre satrapes voisins – et de la menace –

pour le conduire à la soumission ; il parvient ainsi à restaurer son autorité aux moindres frais. Malgré les sécessions fréquentes, il est très exagéré de parler d'une décomposition de l'empire perse au IVe siècle.

Les satrapes exercent leur autorité sur des pouvoirs locaux de types très variés (peuples, cités, principautés, grands domaines, colonies militaires, communautés à direction sacerdotale comme la Judée), parfois superposés. Les Perses n'ont en général pas cherché à bouleverser les organisations locales qui préexistaient à leurs conquêtes. Les souverains achéménides se portaient même garants des traditions politiques et religieuses des différents peuples. Cette attitude tolérante permettait aussi à la chancellerie royale de contrôler les organes locaux, dont les décisions, même d'ordre religieux, devaient recevoir l'approbation royale.

La principale fonction des satrapes était de lever le tribut. Dès l'époque d'Hérodote, il semble que le tribut qui parvient dans les capitales royales est constitué en presque totalité de métaux précieux (sous forme de monnaies, d'anneaux, mais surtout de lingots). Nous ignorons les modalités précises du prélèvement du tribut : il n'est pas exclu qu'une partie du tribut de certains villages ait parfois été versée sous forme de produits agricoles, et notamment de céréales, mais il semble que la plupart des paysans devaient vendre eux-mêmes une partie de leur récolte pour disposer de l'argent du tribut, certains d'entre eux étant quelquefois obligés de s'endetter pour payer le tribut [*Néhémie* V, 4, 5]. Une partie importante du tribut allait grossir chaque année les trésors royaux de Suse, de Persépolis et d'Ecbatane : les sommes accumulées auraient atteint un montant supérieur à 180 000 talents au moment de la conquête d'Alexandre. Beaucoup d'historiens modernes ont critiqué cette thésaurisation stérile. Plutôt que de reprocher aux Perses de n'avoir pas pratiqué une grande politique d'investissement productif (notion étrangère aux Anciens), il convient d'examiner la logique du tribut, qui est politique. En drainant vers son trésor une grande partie des métaux précieux de l'empire, le Roi concentre à son profit les moyens de la puissance, et empêche les cités et les peuples, les dynastes et les satrapes de réunir les ressources nécessaires à une longue révolte. Prélever un tribut (même si on n'en utilise que partiellement le montant) est déjà en soi une méthode de domination.

Le tribut établi par Darius Ier était destiné à financer de grandes constructions (comme les palais de Suse et de Persépolis) et surtout à fournir les ressources nécessaires à de grandes expéditions de conquête. Ce qui est surprenant, ce n'est pas que les successeurs de Xerxès aient maintenu le tribut, c'est qu'ils aient ralenti le rythme des constructions royales, c'est surtout qu'ils aient abandonné tout effort militaire de grande envergure.

Après l'échec de Darius Ier en Scythie et la défaite en Grèce lors des guerres Médiques, les souverains perses renoncent à toute politique de conquête. Par la grâce du dieu suprême Ahura-Mazda qui domine tous les autres dieux de sa puissance, les rois achéménides exercent une domination presque universelle. Dans les conceptions politiques perses, il n'y a qu'un Grand Roi sur terre, et il n'existe pas de puissance susceptible de mettre en danger cette unique autorité qui compte. Les nomades des steppes d'Asie centrale, Scythes notamment, restent certes insoumis et il est indispensable d'empêcher leurs incursions. Contre ces nomades, les Perses construisent un réseau de forteresses et installent de nombreuses garnisons. La sécurité de cette frontière nord-est de l'empire, la plus importante aux yeux de beaucoup d'Iraniens, est assurée grâce à un effort constant mais limité. A l'ouest, les cités grecques indépendantes d'Europe interviennent quelquefois en Asie – Athènes au ve siècle, Sparte au temps d'Agésilas –, mais le Roi a les moyens de limiter leur avance et de leur faire lâcher prise (grâce à sa cavalerie, à sa flotte et surtout à son argent) ; la paix du Roi confirme l'autorité perse sur l'Asie, et permet même au souverain achéménide de devenir l'arbitre des affaires grecques.

Ni les Scythes, ni les Grecs, ni les satrapes qui se révoltent ici ou là ne parviennent à troubler profondément la paix achéménide. Paix et stabilité interne sont des facteurs de prospérité. L'enrichissement des cités d'Ionie au IVe siècle est bien connu. Il semble un peu sommaire d'affirmer, comme l'ont fait récemment certains historiens, que la situation des paysans d'Asie ne change pas parce qu'ils sont constamment soumis à la même exploitation : le fait d'être à l'abri de pillages n'est pas un mince avantage.

Soucieux de maintenir l'ordre et la prospérité qui assurent la rentrée du tribut, les Perses n'ont cherché à imposer ni leur langue, ni leur religion, ni leur culture. Il est remarquable que la langue administrative officielle de l'empire ne soit pas la langue du peuple dominant, le vieux-perse, mais l'araméen, une langue sémitique parlée en Syrie, et utilisée avant les Perses par l'administration assyrienne. De nombreuses cultures coexistent, non seulement au sein de l'empire, mais dans la même région : cinq langues différentes sont attestées dans les inscriptions de la seule ville de Sardes. Les alliances matrimoniales entre familles d'origine différente, qui ne sont ni interdites ni imposées, sont relativement fréquentes en Babylonie, en Égypte, mais aussi en Anatolie : Memnon de Rhodes, par exemple, a donné sa sœur en mariage au satrape Artabaze, et a épousé la fille de ce dernier. Sceaux et monnaies, notamment en Anatolie, témoignent souvent de synthèses originales entre thèmes grecs et thèmes perses ; dans la sculpture et la peinture des tombes lyciennes, des influences grecques apparaissent parfois à côté de traditions locales ; le Mausolée d'Halicarnasse, construit par des artistes grecs, doit beaucoup à l'idéologie royale achéménide. C'est sous la domination achéménide que la langue et la culture grecques commencent à se diffuser en Anatolie au-delà du territoire des cités grecques, en dehors de toute pression politique.

L'empire perse des successeurs de Xerxès, pacifique et tolérant, mérite mieux que les jugements péremptoires sur son « despotisme » et sur sa « décadence ». Reste que l'organisation militaire des Perses n'était pas conçue pour faire face à une invasion de très grande ampleur – littéralement inimaginable pour les Achéménides. Ne se sentant pas menacé, l'empire perse n'entretenait qu'une armée permanente de faible effectif – les Mille – et un certain nombre de troupes installées principalement dans les satrapies orientales. De nombreux nobles iraniens ont reçu des terres dans diverses régions de l'empire pour y entretenir des chevaux et des cavaliers ; en cas de besoin, les satrapes et le roi disposaient d'une cavalerie nombreuse, dont les effectifs, la valeur et l'équipement sont restés inégalés jusqu'au milieu du IVe siècle. En 334, cependant, pour la première fois, les Perses vont devoir affronter une autre cavalerie (macédonienne et thessalienne), moins nombreuse, mais dotée d'un armement plus offensif et aguerrie par vingt-six années de campagnes militaires. En outre, les souverains achéménides n'ont jamais tenté de constituer une infanterie bien entraînée. La raison de cette attitude *a priori* surprenante est probablement politique : les rois ne voulaient pas dépendre du bon vouloir de telles troupes. Le Roi faisait appel à deux types de fantassins : des contingents locaux levés pour l'occasion dans diverses parties de l'empire – mal équipés, mal entraînés, peu solidaires et d'une valeur notoirement médiocre – et surtout des mercenaires grecs. Le recours à des mercenaires avait de nombreux avantages : le Roi, grâce à sa fabuleuse richesse, pouvait recruter les troupes dont il avait besoin quand il le désirait et renvoyer ces hoplites en Grèce lorsqu'il le jugeait opportun. En 334, Darius III, semble-t-il, disposait de plus de 50 000 mercenaires grecs : son armée comprenait plus de Grecs que celle d'Alexandre. Ces soldats de métier étaient cependant moins aguerris que les Macédoniens de la phalange, habitués à combattre ensemble depuis vingt-six ans.

La conquête de la façade méditerranéenne

En 335, le corps expéditionnaire de Parménion, qui ne recevait aucun renfort, a dû abandonner la plupart des cités de la côte anatolienne devant la contre-offensive perse vigoureusement menée par le condottiere grec Memnon de Rhodes, si bien qu'au printemps 334 les Macédoniens ne disposent plus que d'une tête de pont en Asie, à Abydos. Cette position suffit cependant aux Macédoniens pour contrôler les deux rives des Dardanelles, si bien que l'armée d'Alexandre peut passer en Asie sans rencontrer d'opposition.

Alexandre, qui sait pertinemment que les Grecs, encouragés par la cour achéménide, risquent de se révolter en son absence, laisse à Antipater, qu'il charge de contrôler son empire européen, 12 000 fantassins (principalement macédoniens) et 1 500 cavaliers. L'armée qu'il conduit en Asie comprend, selon Diodore [XVII, 3, 4], un peu plus de 30 000 fantassins (dont 12 000 Macédoniens, 7 000 alliés grecs de la ligue de Corinthe et 5 000 mercenaires) et 4 500 cavaliers. Le trésor macédonien étant presque vide, Alexandre ne peut espérer entretenir ces troupes qu'aux dépens du pays conquis.

Les cités grecques de la région hellespontique, qui estiment l'avenir incertain, ne manifestent aucun enthousiasme en faveur d'Alexandre. Si Memnon de Rhodes était parvenu à imposer la stratégie de la terre brûlée qu'il proposait, Alexandre se serait retrouvé dans une situation très délicate, car il pouvait difficilement faire venir son ravitaillement d'Europe alors que les Perses disposaient de la supériorité sur mer. Les satrapes d'Anatolie, cependant, répugnent à l'idée de laisser dévaster les territoires sous leur contrôle avec leurs grands domaines et leurs « paradis ». Leur point de vue prévaut, si bien qu'une armée hâtivement rassemblée, composée de mercenaires grecs, de cavaliers perses d'Anatolie et de contingents levés localement, affronte Alexandre près du fleuve Granique ; la cavalerie perse est bousculée, de nombreux fantassins sont massacrés ou faits prisonniers. Cette première grande victoire (mai-juin 334) permet à Alexandre de s'emparer des deux capitales satrapiques de Daskyleion et de Sardes (et de leurs richesses) et de « libérer » les cités grecques de la côte anatolienne. Les oligarchies appuyées par les Perses sont renversées au profit de régimes démocratiques ou prétendus tels ; les cités grecques sont dispensées du versement du tribut (auquel restent soumis les autres territoires conquis), mais les Macédoniens leur demandent habituellement une « contribution » à la guerre, reprenant ainsi une innovation sémantique de la seconde Confédération athénienne (c'est ce que suggère l'exemption de *syntaxis* accordée à Priène[1] [Tod n° 185]).

Sur mer, cependant, la flotte de Memnon garde une nette supériorité. La flotte d'Alexandre est composée principalement de vaisseaux fournis par les alliés de la ligue de Corinthe : le roi de Macédoine, qui n'est pas sûr de la loyauté des équipages grecs, préfère licencier sa flotte à Milet, dès l'été 334, plutôt que de prendre le risque d'une défaite navale qui ruinerait son prestige en Asie et en Grèce. Ce faisant, il prend le risque d'être coupé de ses bases européennes ; son armée ne peut attendre son salut que de nouvelles victoires sur terre.

1. Contrairement à ce qu'ont affirmé certains historiens, l'emploi du mot ne prouve pas que Priène ait fait partie de la ligue de Corinthe. Sur la question très controversée de la situation juridique des cités grecques d'Asie « libérées » par Alexandre, voir E. Bickerman, « Alexandre le Grand et les villes d'Asie », *REG* 47 (1934), p. 346-374, et E. Badian, « Alexander the Great and the Greeks of Asia », *Mélanges Ehrenberg*, 1966, p. 37-69.

Après avoir été longtemps retardé par le siège d'Halicarnasse, Alexandre poursuit méthodiquement la conquête des côtes de Carie, de Lycie et de Pamphylie, puis s'enfonce au cœur de l'Anatolie et passe ses quartiers d'hiver à Gordion, l'ancienne capitale du roi Midas de Phrygie. Selon une antique tradition, celui qui parviendrait à dénouer le nœud gordien (qui liait à son joug le char de Gordios, père de Midas) serait le maître de l'Asie ; Alexandre tire son épée et tranche le nœud [Arrien II, 6].

Tandis que Memnon poursuit sa contre-offensive en mer Égée (reprenant en particulier Chios et Lesbos) et qu'après sa mort au printemps 333 son neveu Pharnabaze continue son action, Alexandre se dirige à nouveau vers la Méditerranée et conduit son armée en Cilicie. Sa stratégie semble fixée (même s'il se garde évidemment de proclamer ses intentions) : s'emparer des ports de la Méditerranée orientale, afin de couper la flotte perse de ses bases, en d'autres termes conquérir la mer par voie de terre. Alexandre se voit cependant retardé par une longue fièvre, due, selon la tradition, à un bain dans l'eau glacée du Cydnos ; le roi et son armée sont retenus à Tarse une grande partie de l'été 333.

Dès l'hiver 334-333, il est clair pour la cour achéménide que l'invasion d'Alexandre est beaucoup plus grave que les incursions d'Agésilas ou de Parménion en Anatolie occidentale. Tout le monde admet qu'il est indispensable d'envoyer une armée contre le Macédonien, afin de bloquer son avance. Le condottiere grec Charidème propose au Roi de prendre la tête d'une armée de 100 000 hommes, dont un tiers de mercenaires grecs ; Darius, en restant à Suse, éviterait de risquer son royaume sur un coup de dés. Darius est d'abord convaincu mais, comme certains de ses conseillers émettent des doutes sur la loyauté de Charidème, il préfère finalement prendre lui-même la tête des opérations [Diodore XVII, 30]. Darius rassemble une immense armée à Babylone pendant l'été 333 puis attend Alexandre en Syrie du Nord dans la vaste plaine de Sochi où il aurait pu tirer pleinement profit de sa supériorité numérique. Cependant, ayant appris que l'armée d'Alexandre s'est engagée dans les défilés côtiers qui conduisent de Cilicie en Syrie, il conçoit le projet audacieux de surprendre Alexandre sur ses arrières en empruntant, de Syrie en Cilicie, les défilés de l'Amanus. La situation est extrêmement grave pour Alexandre qui est coupé de la Cilicie et de toutes les bases qu'il contrôle en Anatolie. Toute retraite étant impossible, l'armée macédonienne risque l'anéantissement total en cas de défaite. Beaucoup de Grecs pensent que la bataille qui va s'engager marquera la fin de la puissance macédonienne, et Démosthène tient à Athènes des propos très optimistes [Eschine, *Contre Ctésiphon* §164].

Alexandre fait rebrousser chemin à son armée pour affronter Darius. La bataille a lieu non loin d'Issos, sur les bords du fleuve Pinaros, en novembre 333. Le terrain accidenté ne permet pas à la cavalerie perse placée aux ailes de réaliser la manœuvre d'encerclement prévue ; Alexandre bouscule et disperse la partie de l'infanterie asiatique située à droite de la garde royale, qu'il attaque ensuite de flanc. Directement menacé, Darius prend la fuite, non par lâcheté, mais pour éviter que tout le royaume ne devienne la propriété d'Alexandre en même temps que la personne du roi. Alexandre s'empare du camp de Darius, et notamment des femmes de la famille du Grand Roi (sa mère, son épouse Stateira et ses filles) qu'il traite avec beaucoup d'égards.

Vainqueur, Alexandre peut rétablir ses communications avec les places qu'il contrôle en Anatolie, et peut entreprendre la conquête des côtes de la Phénicie et de la Palestine. Si la plupart des cités et des peuples se rallient immédiatement à lui, Tyr et Gaza lui résistent avec acharnement : il n'en vient à bout, après de longs mois, que grâce à ses machines de siège. Maître des ports de Phénicie, de leurs arsenaux et de leurs navires, Alexandre peut constituer une puissante flotte phénico-macédonienne : en 332, l'amiral macédonien Amphotéros n'a pas de mal à triompher de ce qui reste de la flotte perse en mer Égée, et à reprendre le contrôle de Chios et des cités de Lesbos[2]. Désormais, Alexandre bénéficie aussi de la supériorité sur mer. La même année, Antigone le Borgne, satrape macédonien installé par Alexandre en Grande-Phrygie, parvient à bloquer une contre-offensive perse en Anatolie centrale. La conquête macédonienne des

2. Certaines cités changent alors de régime pour la cinquième fois en cinq ans. Avant 336 : oligarchies soutenues par les Perses. 336 : démocraties établies par Parménion. 335 : oligarchies restaurées par Memnon. 334 : démocraties rétablies par Alexandre. 333 : oligarchies rétablies par Memnon ; 332 : « démocraties » promacédoniennes.

parties méditerranéennes de l'empire achéménide est désormais solide.

Après la conquête de Gaza, Alexandre pénètre en Égypte. La domination perse en Égypte était à la fois extrêmement impopulaire et très fragile ; l'Égypte avait connu soixante années d'indépendance avant d'être contrainte à la soumission par Artaxerxès III en 343 ; à la faveur des troubles dynastiques perses de 338-336, un nouveau pharaon, Khabbash, était parvenu à se faire reconnaître quelque temps. En 332, le satrape perse d'Égypte, Mazacès, qui craint une révolte de la population et qui n'a pas assez de troupes pour s'opposer à l'armée macédonienne, se rend à Alexandre sans combat ; le conquérant est accueilli en libérateur par les Égyptiens. Il célèbre des sacrifices en l'honneur d'Apis et des autres dieux de l'Égypte, et s'attire ainsi la bienveillance de l'influent clergé égyptien ; il est vraisemblable qu'il se fait aussi couronner pharaon à Memphis. Devinant – avant Ptolémée – qu'un satrape macédonien d'Égypte serait tenté de faire sécession, Alexandre divise soigneusement le pouvoir dans la vallée du Nil : laissant l'autorité administrative à des indigènes étroitement contrôlés, il place à la tête des garnisons gréco-macédoniennes des *phrourarques* dépendant directement de lui, et confie les finances à un Grec de Naucratis, Cléomène.

Les deux épisodes les plus célèbres du bref séjour d'Alexandre en Égypte pendant l'hiver 332-331 sont la fondation d'Alexandrie, dont le grand port devait servir de lien entre la vallée du Nil et une Méditerranée orientale devenue macédonienne, et la consultation de l'oracle d'Ammon dans l'oasis de Siwa. Le prophète, parlant au nom du dieu, salua Alexandre comme son « fils » [Diodore XVII, 51, 1]. Pour les Égyptiens, il est évident que le pharaon est fils d'Ammon. Le sanctuaire de Siwa, cependant, jouissait d'un grand prestige auprès des Grecs et des Macédoniens ; il est probable que la propagande royale développa complaisamment le thème de l'origine divine d'Alexandre ; les traditionalistes répliquèrent en reprochant à Alexandre de renier son père Philippe, comme s'il avait honte de ses origines macédoniennes. Après quoi, Alexandre pénétra seul dans le sanctuaire et consulta le dieu en secret. Arrien dit simplement qu'Alexandre « prétendit avoir entendu ce que son cœur désirait » [III, 4, 5], mais d'autres historiens nous donnent un récit très détaillé de l'entretien qu'Alexandre eut en tête à tête avec le prêtre. Il est possible qu'Alexandre ait fait, quand il le jugeait opportun, quelques « confidences » calculées sur les promesses de victoire et d'empire universel qu'il aurait entendues du dieu.

Alexandre au centre de l'empire perse

Au printemps 331, Alexandre quitte l'Égypte, traverse la Palestine, la Phénicie et la Syrie et se dirige vers l'Euphrate pour affronter à nouveau Darius, qui a concentré une grande armée à Babylone. Parallèlement à ces impressionnants préparatifs militaires, Darius tente de négocier avec Alexandre. Selon Quinte-Curce, Darius, peu après Issos, aurait envoyé à Alexandre une première lettre pleine de morgue dans laquelle il lui proposait, comme rançon des femmes de sa famille, « autant d'argent que pouvait en contenir la Macédoine » et lui demandait d'« évacuer le territoire d'autrui » ; Alexandre, irrité, aurait répondu qu'il n'accepterait d'écouter Darius que s'il venait en suppliant implorer son vainqueur comme son roi [IV, 1, 7-14]. Darius aurait alors, un peu plus tard, proposé l'une de ses filles en mariage à Alexandre, avec toute l'Asie en deçà de l'Halys comme dot ; Alexandre répliqua avec hauteur qu'il n'avait pas besoin de recevoir de Darius des territoires qu'il possédait déjà en vertu du droit de la lance [IV, 5, 1-8]. Diodore [XVII, 39, 1-3] ne mentionne qu'une seule lettre de Darius à Alexandre après Issos – la deuxième de Quinte-Curce –, mais précise qu'Alexandre en dissimula partiellement le contenu à ses compagnons (de peur qu'ils ne fussent tentés d'accepter) ; c'est peut-être cette version délibérément tronquée qui est à l'origine de la « première lettre arrogante » de Darius selon Quinte-Curce.

Tous les historiens d'Alexandre, en revanche, s'accordent sur les propositions que reçut le roi de Macédoine après avoir traversé l'Euphrate. Darius lui proposait à nouveau de devenir son gendre, et se déclarait prêt à reconnaître son autorité sur toutes les régions à l'ouest de l'Euphrate. Parménion aurait alors déclaré qu'« il accepterait les propositions de Darius, s'il était Alexandre », et Alexandre aurait répliqué qu'« il les accepterait, s'il était Parménion » [Plutarque, *Alexandre* 29, 7]. Les historiens modernes, comme les historiens anciens, ironisent volontiers sur le manque d'audace de Parménion. Cependant, même si dans l'immédiat Darius cherchait surtout à gagner du temps et s'il était décidé à remettre en cause les concessions à Alexandre dès que l'occasion s'en présenterait, le partage qu'il proposait aurait pu conduire à terme à un équilibre relativement stable entre un empire méditerranéen et un empire irano-babylonien. En refusant les offres de Darius, Alexandre manifeste clairement qu'il a déjà repris à son compte la notion achéménide d'empire universel.

Plutôt que de foncer sur la Babylonie comme Cyrus à Counaxa[3] et de se risquer d'emblée dans une région bien défendue, Alexandre fait camper son armée dans les collines de la rive gauche du haut Tigre, où le climat est plus doux et le ravitaillement plus facile. C'est Darius qui doit déplacer ses troupes et les installer à Gaugamèles, à l'extrémité septentrionale de la grande plaine assyrienne. Le souverain achéménide a cette fois un terrain qui lui permet d'utiliser à plein sa supériorité numérique, mais c'est Alexandre qui a toute l'initiative : le Macédonien attend que les ennemis soient fatigués par une longue attente pour lancer l'assaut contre eux. Alexandre range son infanterie en position dite de double phalange, les troupes placées en deuxième ligne étant chargées de faire face aux ennemis en cas d'encerclement. Retenant la leçon d'Issos, Alexandre fait porter le choc principal sur la garde royale ; à nouveau menacé personnellement, Darius s'enfuit à nouveau. Alexandre ne peut pas se mettre tout de suite à sa poursuite, parce qu'il doit porter secours à l'aile gauche de Parménion, qui se trouve en difficulté. La bataille se termine par une écrasante victoire macédonienne : même si le chiffre de 300 000 morts dans les rangs « barbares » que donne Arrien [III, 15, 5] est évidemment exagéré, les pertes de l'armée perse sont énormes.

Babylone ouvre ses portes à Alexandre et l'accueille comme un libérateur ; comme en Égypte, Alexandre prend soin d'honorer les dieux du pays et de se concilier le clergé. Il nomme comme satrape de Babylonie le Perse Mazaios, qui

3. Voir ci-dessus, p. 19.

s'est rallié à lui après avoir combattu avec Darius à Gaugamèles : cette promotion est de nature à susciter d'autres ralliements au sein de l'aristocratie perse. L'armée fait un séjour très agréable à Babylone : selon Quinte-Curce [V, 1, 35-37], les Babyloniennes n'étaient pas farouches, et beaucoup de banquets se terminaient en orgies. Suse n'offre pas non plus de résistance, et les 50 000 talents du trésor royal de cette capitale achéménide tombent entre les mains d'Alexandre ; c'est la fin de ses difficultés financières.

En revanche, la marche vers Persépolis est difficile : Alexandre se heurte à l'opposition du peuple montagnard des Uxiens, puis du satrape Ariobarzanès. Il triomphe de ces obstacles, mais après avoir subi d'assez lourdes pertes. Jusqu'alors, Alexandre n'avait guère rencontré de résistance des populations ; quelques peuples l'avaient accueilli avec enthousiasme, la plupart avaient accepté avec indifférence le passage de la domination perse à la domination macédonienne. En pénétrant sur le plateau iranien, il comprend qu'il arrive vraiment en pays ennemi. Ne pouvant espérer alors se rallier les habitants du pays, il décide de les frapper de terreur et livre la ville de Persépolis au pillage de ses troupes.

Après s'être emparé de la citadelle royale et de ses trésors, Alexandre passe l'hiver à Persépolis. Il sait que Darius s'est réfugié dans la capitale de la Médie, Ecbatane, mais s'abstient pendant plusieurs mois de le poursuivre. La neige qui recouvre les montagnes du Zagros n'est certes pas favorable aux opérations militaires, mais une autre raison explique probablement le long séjour du roi de Macédoine à Persépolis : il ne tient pas à s'éloigner plus encore de la Méditerranée, alors que Sparte s'est lancée dans une guerre contre la Macédoine et menace l'hégémonie macédonienne en Grèce. Le roi de Sparte Agis III avait commencé à préparer un soulèvement antimacédonien en Grèce en 334-333, à l'époque de la contre-offensive de Memnon de Rhodes en mer Égée. Les victoires d'Alexandre, et le contrôle de la flotte macédonienne sur l'Égée à partir de l'hiver 332-331, ne suffisent pas à dissuader Agis de poursuivre ses préparatifs. Cette obstination du roi de Sparte s'explique probablement par l'impression que le rapport de forces en Grèce évolue en sa faveur. Tandis que les contingents dont dispose Antipater sont amputés des renforts demandés par Alexandre (au début de 331), Agis dispose d'un nombre croissant de mercenaires (en particulier les mercenaires grecs de Darius rescapés d'Issos) et de nombreux alliés (les Éléens, les Achéens et les Arcadiens sauf les Mégalopolitains). Démosthène, en revanche, parvient à dissuader les Athéniens de compromettre leur flotte dans une guerre qu'il juge prématurée. Quand le stratège macédonien de Thrace se soulève contre Antipater, le roi de Sparte pense que le moment est venu de libérer la Grèce de la tutelle macédonienne. Il assiège Mégalopolis et défait le chef macédonien Corragos, mais Antipater agit prudemment et méthodiquement : il obtient d'abord la soumission de son adversaire en Thrace, puis descend dans le Péloponnèse sans rencontrer de résistance. Agis est vaincu et tué lors de la bataille de Mégalopolis, au printemps 330.

Tant qu'Alexandre ignore l'issue de la guerre, il multiplie les gestes à l'égard des Grecs, et sa propagande insiste sur le fait qu'il mène en Asie une guerre panhellénique. Lorsque Alexandre fait incendier le palais de Persépolis au printemps 330, alors qu'il n'a pas encore reçu la nouvelle de la victoire de Mégalopolis, il veut apparaître comme le vengeur des Grecs. Selon une version malicieuse rapportée par Plutarque [*Alexandre* 38, 2-8], c'est une courtisane athénienne très patriote, Thaïs, qui, à la fin d'un banquet, aurait suggéré à Alexandre et à ses convives de « mettre le feu, en bruyant cortège, à la demeure de Xerxès qui a incendié Athènes ».

Cependant, en livrant aux flammes le prestigieux palais de Persépolis, Alexandre veut surtout faire comprendre aux peuples de l'Asie que, si Darius vit encore, sa royauté est anéantie.

Au début de 330, Alexandre veut apparaître comme le *destructeur* des Achéménides. L'assassinat de Darius quelques mois plus tard va permettre au Macédonien de changer totalement de propagande, et de se présenter comme le *successeur* des Achéménides.

Réfugié à Ecbatane après Gaugamèles, Darius s'est rendu compte assez vite qu'il lui était impossible de rassembler une nouvelle armée pour combattre Alexandre en Iran. Il ne lui reste que deux solutions : se présenter en suppliant à Alexandre, ou reprendre la lutte à partir des hautes satrapies – Bactriane et Sogdiane notamment. Aucun texte ne nous dit que Darius envisageait de se soumettre au roi de Macédoine (ce qui aurait fait d'Alexandre, en théorie du moins, le maître de toute l'Asie), mais l'attitude de Bessos et des autres dignitaires des satrapies orientales, qui l'entraînèrent de force à leur suite, avant de le tuer, suggère qu'ils soupçonnaient le Roi de telles intentions.

Tandis que Bessos, satrape de Bactriane et de Sogdiane, prend le titre de Grand Roi, Alexandre célèbre les funérailles royales de Darius et proclame qu'il continue la guerre pour le venger. Ceux des dignitaires perses dont les intérêts se situent dans les satrapies conquises par Alexandre ont maintenant une raison honorable pour se rallier au conquérant. Les aristocrates installés dans les hautes satrapies sont en revanche, dans leur majorité, décidés à poursuivre la lutte. Nous manquons d'indications précises sur les réactions de la masse des Iraniens : le fait que, dans les traditions postérieures, Alexandre soit présenté comme un fléau dévastateur – un équivalent d'Attila dans l'imaginaire occidental – suggère que l'hostilité prévalait.

La guerre dans les hautes satrapies

L'expédition d'Alexandre avait été jusqu'en 331 une promenade militaire au milieu de populations indifférentes ponctuée de quelques grandes batailles contre un ennemi bien identifié.

En haute Asie, au contraire, l'armée d'Alexandre est harcelée par des bandes armées difficiles à poursuivre, qui se reconstituent sans cesse. Beaucoup de ralliements apparents sont suivis de rébellions. Alexandre se voit livrer Bessos et lui fait infliger le supplice des régicides (dont la description varie selon les auteurs), mais la guérilla continue : la division même des adversaires rend leur soumission plus malaisée.

Pendant près de quatre ans, Alexandre mène avec détermination une politique de pacification impitoyable, marquée par de nombreux massacres, qui finit par frapper de terreur les populations. Pour tenir le pays, Alexandre fonde dans les hautes satrapies un certain nombre de colonies qui portent son nom ; il y installe les soldats les moins disciplinés de son armée, ainsi que beaucoup de mercenaires, et un certain nombre de prisonniers libérés [Quinte-Curce VII, 6, 27, et

VIII, 1, 1 notamment] ; il est probable que des paysans locaux plus ou moins asservis doivent travailler la terre pour ces nouveaux colons. Face aux nomades, ces colonies remplacent dans une certaine mesure les forteresses perses qu'Alexandre a démantelées.

Alexandre s'efforce aussi de gagner à sa cause les aristocrates des satrapies orientales, qui lui étaient d'abord extrêmement hostiles. Par une série de générosités calculées, il parvient à persuader beaucoup d'entre eux qu'il n'est pas venu les priver dc lcurs possessions, mais qu'il souhaite les associer à la direction de son empire. En 327, le mariage d'Alexandre avec la belle Roxane, la fille du seigneur sogdien Oxyartès, dont la forteresse lui a longtemps résisté, constitue la manifestation la plus éclatante de cette attitude : le « coup de foudre » d'Alexandre a une dimension politique.

Les Macédoniens subissent de lourdes pertes dans les satrapies orientales ; ils sont las de combats incessants dont ils ne voient pas les résultats, et aspirent de plus en plus à rentrer en Macédoine chargés de butin. Les égards que manifeste Alexandre à l'égard des Iraniens, dont beaucoup de Macédoniens ne comprennent pas la nécessité politique, les irritent plus encore contre leur roi. Alexandre est bien informé de l'état d'esprit de ses troupes : il fait notamment ouvrir le courrier de ses soldats et place des courtisanes auprès des chefs dont il se méfie le plus pour qu'elles recueillent leurs confidences dans les moments d'abandon. Il peut ainsi prendre des dispositions pour éviter que l'opposition ne s'organise.

Avant même de pénétrer en haute Asie, Alexandre décide de se débarrasser de la famille de Parménion. Le vieux compagnon de Philippe a manifesté à plusieurs reprises sa répugnance à continuer, toujours plus loin, la conquête de l'Orient ; pendant l'été 330, Alexandre le soupçonne, à tort ou à raison, de s'attarder délibérément à Ecbatane au lieu de le rejoindre près des portes Caspiennes. Un jeune homme vient informer Philotas, fils de Parménion et chef de la cavalerie macédonienne, d'une prétendue conspiration contre Alexandre. Philotas ne prend pas la dénonciation au sérieux, et le dénonciateur dénonce Philotas pour n'avoir pas transmis sa dénonciation : il s'est tu, parce qu'il était complice. Après une parodie d'enquête judiciaire devant l'Assemblée de l'armée macédonienne, au cours de laquelle Alexandre reproche à l'accusé d'ignorer le dialecte macédonien [Quinte-Curce VI, 9, 34], Philotas, sous la torture, « avoue » qu'il est coupable ainsi que son père. Tandis que les Macédoniens lapident Philotas (l'Assemblée joue le rôle de bourreau collectif), Alexandre envoie des sbires à Ecbatane pour assassiner Parménion avant qu'il n'apprenne l'exécution de son fils.

L'élimination de Parménion et de Philotas débarrasse Alexandre d'un clan puissant, qui devait à Philippe sa position centrale dans l'expédition d'Asie. A partir de 330, tous les commandements militaires sont confiés à des amis d'Alexandre. La poursuite de la guerre et l'évolution de la royauté d'Alexandre vont cependant transformer certains des amis et thuriféraires du roi en porte-parole d'un mécontentement assez répandu.

In vino veritas. A la fin d'un banquet bien arrosé, Cleitos, le frère de la nourrice d'Alexandre, qui vient d'être promu à un commandement important, ne supporte plus d'entendre le roi exalter sa propre personne en rabaissant les Macédoniens [Plutarque] ou en dénigrant Philippe [Arrien et Quinte-Curce], et lance de violents reproches au souverain macédonien. Les autres convives parviennent à faire sortir Cleitos, mais celui-ci revient dans la salle de banquet pour narguer Alexandre, et le roi le transperce de son épée. Une fois dégrisé, Alexandre se montre profondément affligé du meurtre de son ami. Selon certaines traditions, le philosophe grec Anaxarque l'aurait alors consolé en lui faisant valoir que, de même que « la Justice est assise aux côtés de Zeus », tout ce que fait un grand roi est nécessairement juste [Arrien IV, 9, 7-8].

Le même Anaxarque et d'autres flatteurs, selon Arrien, auraient encouragé Alexandre à demander à tous ses sujets le même geste de vénération – la *proskynèse*. Sur les reliefs de l'*Apadana*[4] de Persépolis, on voit les dignitaires introduits devant le souverain achéménide incliner légèrement le buste et lui envoyer un baiser de la main droite. Il est possible que le mouvement ait été parfois plus accentué, jusqu'à prendre l'aspect d'une véritable prosternation, mais ce geste n'impli-

4. La grande salle de réception du palais et les escaliers monumentaux qui y donnent accès.

quait en rien la divinisation du roi : pour les Perses, le roi régnait par la grâce du grand dieu Ahura-Mazda, il était l'intercesseur entre Ahura-Mazda et le peuple, mais il n'était pas un dieu. Tout naturellement, les Perses ralliés à Alexandre manifestent leur respect par la proskynèse. En Grèce, au contraire, la proskynèse est normalement réservée à l'adoration des dieux. Les Macédoniens ont donc deux raisons de refuser la proskynèse : ils considèrent qu'il est impie d'adorer leur roi comme un dieu de son vivant, et ils rejettent une étiquette nouvelle qui efface la distinction entre eux et les Perses vaincus. L'historien Callisthène d'Olynthe, le neveu d'Aristote, se fait leur porte-parole.

Alexandre doit s'incliner et renoncer à son projet. Il a bientôt l'occasion de se venger de Callisthène. Quelques pages, s'estimant outragés par des punitions que leur a infligées Alexandre, prévoient de tuer le roi une nuit qu'ils sont de garde à la porte de sa chambre. Cette nuit-là, Alexandre prolonge ses beuveries jusqu'à l'aube. Le complot ayant ainsi échoué, l'un des jeunes gens se met à parler. Le plus déterminé des conspirateurs, Hermolaos, qualifie Alexandre de tyran et revendique hautement la gloire d'avoir cherché à restaurer la liberté des Macédoniens par un tyrannicide [Quinte-Curce VIII, 7]. Si des discours de ce type ont réellement été tenus (il peut s'agir d'exercices de rhétorique plus tardifs), les jeunes Macédoniens auraient subi très rapidement l'influence de la pensée politique grecque : ils exigeraient de leur roi qu'il se soumette à des lois, au moment même où ce dernier se comporte de plus en plus comme un autocrate et adopte une partie de l'étiquette royale orientale. Alexandre en tout cas proclame que Callisthène est moralement responsable du complot du fait des « leçons » qu'il a données aux pages, et ordonne d'arrêter « le sophiste » ; selon certaines traditions, Callisthène périt des supplices qui lui furent infligés, selon d'autres, il fut mis en cage et mourut plus tard de maladie [Arrien IV, 10 ; Quinte-Curce VIII, 8].

Les Macédoniens répugnaient de plus en plus à combattre loin de leur patrie tandis que beaucoup d'Iraniens se ralliaient au nouveau maître de l'Asie. Alexandre tira une conclusion logique de cette double évolution en recrutant, dès 328-327, 30 000 jeunes Iraniens qu'il fit armer et entraîner comme des hoplites macédoniens et auxquels il fit apprendre le grec.

Alexandre en Inde

Darius Ier avait conquis la vallée de l'Indus, mais, depuis le milieu du Ve siècle au moins, l'Inde échappait en fait à la domination achéménide. Aucune nécessité stratégique n'imposait à Alexandre d'entreprendre la conquête de l'Inde. La volonté de resserrer par une guerre menée en commun les liens qu'il venait de nouer avec un grand nombre de cavaliers iraniens a probablement incité Alexandre à prendre cette décision. La richesse proverbiale de l'Inde a aussi, selon toute vraisemblance, joué un rôle. Surtout, Alexandre ne voit aucune raison de renoncer à une conquête que ses informateurs lui présentent comme possible. Aller toujours plus loin : ce désir n'est pas nécessairement le signe d'une inspiration mystique, c'est la logique même de tout conquérant.

La réputation d'Alexandre l'ayant précédé en Inde, un certain nombre d'Indiens, et notamment le roi Taxile, lui offrent leur alliance avant même qu'il ne pénètre dans la vallée de l'Indus. Alexandre, en revanche, doit affronter le roi le plus puissant de la région, Pôros, qui cherche à dominer tout le Pendjab. L'armée de ce souverain indien effrayait particulièrement les Macédoniens, parce qu'elle comprenait deux cents éléphants. Par d'habiles manœuvres, Alexandre réussit à tromper son adversaire, à traverser l'Hydaspe (affluent de l'Indus) et à prendre par surprise l'armée de Pôros. Après un rude combat, Alexandre parvient à vaincre Pôros qui est gravement blessé. Adoptant les usages indiens, Alexandre traite le vaincu en roi et lui laisse son royaume ; il lui promet même son aide pour lutter contre des voisins installés plus à l'est, les Nanda de la vallée du Gange. Aller jusqu'à l'embouchure du Gange serait, pour Alexandre et pour les savants de son entourage, atteindre la mer extérieure à l'extrémité orientale du monde habité. Une telle perspective ne pouvait que séduire un conquérant visant la domination universelle. Il est cependant possible que les informations recueillies sur la puissance des Nanda et la dimension du pays aient conduit Alexandre à limiter dans l'immédiat ses ambitions : c'est ce que suggère la construction d'une flotte, destinée à descendre l'Indus. Ce qui est sûr, c'est que les Macédoniens, arrivés au bord de l'Hyphase, l'affluent le plus oriental de l'Indus, refusent de poursuivre l'expédition vers l'est : « Des rassemblements se produisirent dans le camp, soit de soldats qui se lamentaient sur leur sort (c'étaient les plus modérés) soit d'autres qui affirmaient catégoriquement qu'ils n'iraient pas plus loin » [Arrien V, 25, 2]. Alexandre convoque les officiers et leur reproche leur ingratitude, puis se retire dans sa tente en signe de mécontentement. Les Macédoniens persistent dans leur attitude. Alexandre est obligé de céder, mais trouve un subterfuge qui lui permet de sauver la face : il offre un sacrifice pour la traversée de l'Hyphase, les présages ne sont pas favorables, et il s'incline devant la volonté des dieux. Il dresse douze autels aux dieux de l'Olympe pour marquer le point extrême de son expédition, puis infléchit vers le sud la marche de son armée.

Les combats en vue de soumettre les Indiens « autonomes » (sans roi) de la basse vallée de l'Indus sont extrêmement durs. Au cours de l'assaut d'une forteresse, Alexandre est gravement blessé, et une rumeur le donnant pour mort se répand dans tout l'empire. Arrivé à l'embouchure de l'Indus, le roi divise son armée en trois parties. Avec les invalides, le train et la moitié de la phalange, Cratère prend la route traditionnelle qui relie l'Inde à l'Iran par la passe de Bolan et Alexandrie d'Arachosie (Kandahar). L'amiral crétois Néarque, à la tête de la flotte, est chargé de reconnaître la route maritime qui va de l'Indus au golfe Persique. Alexandre lui-même, enfin, doit apporter ravitaillement et soutien à Néarque en suivant la côte. La traversée du désert de Gédrosie est si pénible et cause tant de pertes à l'armée que certains historiens se sont demandé si Alexandre n'avait pas voulu punir ses soldats de leur refus d'obéissance au bord de l'Hyphase.

6 *Le retour sur la scène méditerranéenne*

A la fin de 325, Alexandre, qui a fait sa jonction avec Cratère, prend ses quartiers d'hiver en Carmanie, au sud-est de la Perside. Il reprend ainsi contact avec les capitales perses, avec la Mésopotamie et avec le monde méditerranéen.

Ce retour d'Alexandre ne fait pas la joie de tous. Pendant qu'il combattait dans les satrapies orientales, puis en Inde, beaucoup de satrapes et de dignitaires (perses ou macédoniens) ont profité de son éloignement pour usurper certaines prérogatives royales et pour opprimer les populations. Selon son habitude, Alexandre frappe vite et fort. La première fois qu'il reçoit une délégation venue se plaindre d'exactions, il fait mettre à mort les coupables – deux des chefs macédoniens de l'armée de Médie, Cléandre et Sitalcès. La mesure calme un peu le mécontentement des populations, ce qui inspire à Arrien le commentaire suivant : « C'est cela, plus que toute autre chose, qui maintint dans l'obéissance les peuples soumis par Alexandre [...] – à savoir qu'il était interdit aux gouvernants de léser les gouvernés » [VI, 29, 3]. En même temps, cependant, le roi sème la terreur parmi les satrapes et les chefs militaires de son empire. Pour éviter une révolte concertée des satrapes, Alexandre ordonne immédiatement la dissolution des contingents militaires sous leurs ordres.

Le résultat de cette mesure, c'est que de très nombreux mercenaires se trouvent démobilisés et prêts à toutes les aventures. La plupart d'entre eux sont grecs ; ils rentrent en Grèce (en partie grâce à l'aide de l'Athénien Léosthène) et s'installent en grand nombre au cap Ténare (sur le territoire de Sparte, à l'extrémité méridionale du Péloponnèse).

Le retour imminent d'Alexandre effraie aussi Harpale, le trésorier du roi, dont l'étalage de luxe atteste les dissipations. Harpale quitte, semble-t-il, Babylone à la fin de l'automne 325 (avec 5 000 talents) pour s'installer quelques mois à Tarse, en Cilicie. En bon intendant infidèle, Harpale s'est ménagé une position de repli par des générosités à l'égard des Athéniens, notamment par l'envoi de grandes quantités de blé : pour prix de ses bienfaits, il a reçu la citoyenneté athénienne. L'arrivée prévisible d'Harpale en Grèce peut fournir les moyens financiers d'une révolte éventuelle. Alexandre, soupçonnant des tractations entre son trésorier et les Athéniens, menace ces derniers d'une expédition de destruction s'ils l'accueillent.

Alexandre a su calmer le mécontentement des populations soumises aux exactions des satrapes, il a su opérer une « grande purge » parmi les satrapes sans provoquer de soulèvement militaire, mais ces mesures, qui ont prévenu une grave crise en Asie, ont aussi créé des conditions très favorables à une révolte antimacédonienne en Grèce. Pour limiter les troubles, ou du moins pour les transférer à l'intérieur des cités, Alexandre ordonne aux cités grecques de réintégrer tous les bannis et de leur restituer leurs terres. Cet édit est solennellement publié à Suse en février ou mars 324, et Alexandre charge un haut dignitaire de sa cour, Nicanor, de proclamer l'ordre royal à Olympie à l'occasion des jeux Olympiques (qui ont lieu du 31 juillet au 4 août 324). Le but de la mesure est double : à court terme, le roi veut disperser les mercenaires dangereusement rassemblés au Ténare en encourageant chacun d'eux à rentrer dans sa cité. A long terme, il veut obtenir que les exilés rentrés chez eux constituent une faction entièrement dévouée à son pouvoir. L'ordre relatif au retour des bannis est particulièrement dur pour Athènes, puisque des clérouquies athéniennes occupent l'île de Samos : si les Samiens expulsés rentrent dans leur île, les Athéniens perdent Samos.

Il est évident que le rescrit de Suse est une violation des règles de la ligue de Corinthe et du principe même de l'autonomie des cités. Au même moment probablement et par l'intermédiaire du même Nicanor, Alexandre demande à toutes les cités d'instaurer un culte en son honneur. Le but de cette innovation est en grande partie politique. Il y a un lien étroit entre le retour des bannis et la demande d'honneurs divins : Alexandre, en tant que dieu, proclame qu'il restaure la concorde dans les cités. L'adoption de formes religieuses est un moyen commode de justifier l'abandon des procédures de la ligue de Corinthe et de dissimuler la force brutale qui est le véritable fondement du pouvoir d'Alexandre dans les cités. Il était déjà arrivé à des cités grecques de créer un culte en l'honneur de puissants bienfaiteurs (Lysandre ou Conon par exemple), mais la reconnaissance générale de la divinité d'un souverain sur l'ordre de ce souverain lui-même est un phénomène radicalement nouveau. Les réactions à cette exigence religieuse d'Alexandre sont très variées. A Athènes, le pieux, traditionaliste et patriote Lycurgue déclare que, si l'on institue un culte en l'honneur d'Alexandre, il faudra se purifier *à la sortie* de son sanctuaire [Pseudo-Plutarque, *Vie des dix orateurs* 842 D], tandis que Démade prévient les Athéniens qu'à vouloir « préserver le ciel » ils risquent de « perdre la terre » [Valère Maxime VII, 2]. Après avoir ironisé sur les prétentions religieuses du roi, Démosthène propose d'ériger une statue d'Alexandre, *théos anikètos*,

« dieu invaincu » et « invincible ». Cette attitude conciliante à propos du culte vise à obtenir des concessions sur le problème de Samos.

Au printemps 324, quand Harpale se présente la première fois au Pirée avec 20 vaisseaux et plus de 1 000 mercenaires, Démosthène lui fait refuser l'accès du territoire athénien. Un peu plus tard, Harpale se présente sans troupes avec un seul vaisseau : cette fois, le stratège du Pirée le laisse entrer. Livrer Harpale serait déshonorant ; refuser de le faire serait extrêmement dangereux. La solution d'attente prônée par Démosthène – emprisonner Harpale et mettre son trésor sous séquestre jusqu'à la venue d'un envoyé d'Alexandre – permet de gagner du temps, mais ne résout pas le problème de fond. Seule la fuite d'Harpale peut tirer les Athéniens d'embarras. Aussi Démosthène et quelques autres donnent-ils des instructions pour que la surveillance de l'ancien trésorier dans sa prison ne soit pas trop stricte. Le problème est qu'on ne retrouve, après la fuite d'Harpale, que la moitié de la somme qu'il avait déclaré détenir en arrivant en Attique. Démosthène, Démade et d'autres orateurs sont poursuivis pour corruption. C'est la célèbre « affaire d'Harpale ».

Tandis que les mesures prises par Alexandre à l'égard des cités suscitent une grande émotion et encouragent certains Grecs – les Étoliens, les Athéniens Léosthène et Hypéride – à préparer une révolte qui éclatera après la mort du roi, lors de la guerre Lamiaque, celui-ci prend en Orient des décisions tout aussi spectaculaires. Au printemps 324, à Suse, Alexandre épouse deux princesses achéménides (une fille d'Artaxerxès III Ochos et une fille de Darius III) : il reprend à son compte des traditions polygames communes aux Argéades et aux souverains perses. Ce qui est plus remarquable, c'est qu'Alexandre célèbre en même temps le mariage de quatre-vingts hauts dignitaires de son armée avec des jeunes filles de l'aristocratie perse. La cérémonie se déroule selon le rite perse : « Les futures épouses vinrent s'asseoir chacune à côté de son promis, ils les prirent par la main et les embrassèrent, le roi ayant donné l'exemple » [Arrien VII, 4, 7]. La plupart des compagnons d'Alexandre cèdent à regret à l'insistance du roi : à l'exception notable de Séleucos, la plupart d'entre eux répudieront leurs épouses iraniennes après la mort d'Alexandre.

Les 10 000 soldats macédoniens qui ont pris des compagnes asiatiques voient officiellement reconnus leurs « mariages » et reçoivent un cadeau de noces. S'ils veulent rentrer en Macédoine, cependant, ils doivent laisser en Asie leurs épouses et leurs enfants : Alexandre s'engage à assurer leur entretien. Il est clair que le roi songe à intégrer dans son armée les fils de ces unions mixtes.

Les 30 000 « épigones », jeunes Iraniens recrutés et entraînés avant l'expédition en Inde, sont présentés à Alexandre et défilent fièrement devant lui. Un nombre croissant de Perses et de Mèdes est intégré dans la cavalerie et dans l'infanterie. Les Macédoniens comprennent alors clairement ce que certains d'entre eux soupçonnaient depuis quelque temps : Alexandre n'a pas l'intention de rentrer en Macédoine et de gouverner l'empire à partir de Pella, il va s'installer définitivement en Asie en s'appuyant toujours plus sur ses « amis » orientaux. Soit à Suse (selon Plutarque et Quinte-Curce), soit à Opis, au nord-est de Babylone (selon Arrien), le conflit éclate. Alexandre « réunit les Macédoniens et leur annonce qu'il libère de toute obligation militaire et renvoie dans leurs foyers ceux que l'âge ou une infirmité rend inaptes au service ; il ajoute qu'il leur donnera, au départ, de quoi faire d'eux un objet d'envie » [Arrien, VII, 8, 1]. Par une telle proclamation, qui en d'autres temps aurait provoqué une explosion de joie, Alexandre pense être agréable aux soldats. Le mécontentement de l'armée est tel, cependant, que ce discours est accueilli par des protestations bruyantes et des quolibets : on invite ironiquement le roi à faire campagne avec son « père » Ammon. Alexandre fait saisir les principaux meneurs et les fait exécuter, reprend la parole pour reprocher aux Macédoniens leur ingratitude, puis se retire dans son palais où il n'admet auprès de lui que des Perses. Au bout de trois jours, les Macédoniens viennent en gémissant lui demander pardon. L'issue du conflit est exactement contraire à celle de la sédition de l'Hyphase : en 324, les Macédoniens doivent céder, parce qu'Alexandre ne dépend plus entièrement de leur bonne volonté.

A l'occasion de sa réconciliation avec les Macédoniens, Alexandre donna un immense banquet, de 9 000 personnes selon Arrien. Le roi était assis au milieu des Macédoniens, venaient ensuite les Perses, puis les autres peuples. Alexandre prie pour obtenir la concorde (*homonoia*) entre Macédoniens et Perses dans l'exercice du pouvoir, et tous les assistants firent alors la même libation [Arrien VII, 11, 9].

A la fin du printemps 324, Alexandre charge l'un de ses compagnons les plus proches, Cratère, de ramener les vétérans en Macédoine. Cratère doit remplacer Antipater comme stratège d'Europe, et Antipater reçoit l'ordre de venir en Asie avec de jeunes recrues. Le vieux compagnon de Philippe, qui connaît le sort de Parménion, paraît décidé à rester en Macédoine. A la limite, la situation pourrait conduire à une guerre civile entre le roi macédonien de Babylone et le stratège macédonien de Pella. Dans cette hypothèse, le monde méditerranéen retrouverait une situation analogue à celle qui avait précédé la destruction de l'empire perse.

Ni Antipater ni Alexandre ne tiennent bien sûr à engager une guerre civile. Antipater est conscient de la supériorité militaire d'Alexandre ; Alexandre ne souhaite pas combattre ses sujets macédoniens, et n'est peut-être pas sûr du loyalisme de toutes ses troupes. L'un et l'autre s'efforcent d'éviter l'affrontement direct. Antipater envoie son fils Cassandre auprès d'Alexandre pour lui demander de rapporter son ordre. Cratère, de son côté, s'attarde longuement en Cilicie. Les concessions que peuvent consentir le roi et Antipater sont cependant bien limitées. Antipater ne peut pas et ne veut pas abandonner son autorité de stratège d'Europe ; Alexandre ne peut pas et ne veut pas le reconnaître comme stratège à vie inamovible.

Même si Alexandre renonce à renverser tout de suite Antipater par la force, il est évident qu'il va s'attacher à le discréditer et à l'isoler afin de l'abattre ensuite plus facilement. Une partie de bras de fer est d'ores et déjà engagée entre les deux Macédoniens, dont l'un des enjeux les plus immédiats est le contrôle de la Grèce. L'un des effets, sinon l'un des buts, du rescrit relatif au retour des bannis est d'affaiblir Antipater en obligeant ses amis dans les cités à partager le pouvoir avec leurs adversaires rentrés d'exil. En outre, tous les problèmes posés par l'application de l'édit d'Alexandre doivent être réglés par le roi lui-même : les nombreuses ambassades envoyées en Asie à partir de l'été 324 manifestent que l'arbitrage des affaires grecques n'appartient plus à Antipater. Alexandre prend plaisir à trancher contre Antipater les différends qui lui sont soumis par les cités grecques.

Le conflit latent avec Antipater imposerait à Alexandre de réprimer impitoyablement une révolte grecque comme celle que préparent Hypéride et Léosthène. Alexandre préférerait cependant obtenir l'appui d'Athènes, notamment à cause des liens traditionnels des Athéniens avec les factions démocratiques hostiles à Antipater.

Aux phénomènes d'anticipation et d'accélération qui avaient caractérisé le début de la crise en 325-324, succède en 324-323 une véritable course de lenteur entre Antipater, Alexandre et les Grecs soucieux d'élargir leur indépendance. Le premier qui prendra l'initiative d'hostilités aura un lourd handicap. Celui qui gardera le plus longtemps possible sa neutralité bénéficiera d'un avantage considérable.

Dans la dernière année de la vie d'Alexandre, les historiens antiques insistent sur deux points : la mort d'Héphaestion, le compagnon très cher d'Alexandre, dont le roi porte le deuil avec des manifestations de chagrin extrêmes (semblables à celles d'Achille après la mort de Patrocle), et les multiples présages qui annoncent la disparition du conquérant. Il est clair cependant que la mort interrompt le jeune souverain en pleine activité : préparatifs d'une expédition maritime en Arabie qui aurait dû commencer dès juin 323, projets grandioses de conquêtes occidentales, accueil des *théores* des cités grecques (le terme suggère la reconnaissance de la divinité d'Alexandre) et d'ambassadeurs venus des régions les plus éloignées, nomination d'hommes nouveaux à de nombreux postes clefs, réorganisation de l'armée, attention vigilante aux affaires grecques.

Le 13 juin 323, après quelques jours de fièvre, Alexandre meurt à trente-deux ans et huit mois. La fatigue, l'alcoolisme et peut-être un paludisme contracté dans les marais près de Babylone suffisent à expliquer la mort du roi. Les ennemis d'Antipater, cependant, ont accusé le stratège d'Europe d'avoir fait empoisonner son souverain par l'intermédiaire de son fils Iollas, qui était échanson royal.

Plutarque, dans le premier traité *Sur la fortune d'Alexandre*, loue Alexandre d'avoir mis en pratique les théories développées par le fondateur du stoïcisme, Zénon de Kition, dans sa

République, selon lesquelles tous les hommes doivent former une seule communauté politique [*Moralia* 329 A-B]. Selon Plutarque, Alexandre a eu raison de rejeter les conseils d'Aristote qui lui aurait demandé de réserver sa sollicitude aux Grecs et de traiter les Barbares « comme des animaux ou des plantes ». Loin de faire les distinctions traditionnelles sur lesquelles insistait son ancien maître, Alexandre « se considérait comme envoyé par les dieux pour être le conciliateur et l'arbitre de l'univers » [329 C]. Cette vision stoïcienne d'un Alexandre cosmopolite a eu beaucoup de succès chez les historiens modernes.

Un examen attentif des actes d'Alexandre suggère que celui-ci a seulement cherché à associer dans la domination de l'empire deux peuples (et surtout deux aristocraties), les Macédoniens et les Iraniens. Un tel projet reste d'une extrême audace : si l'intégration de non-Macédoniens parmi les compagnons est antérieure à Alexandre, et si les mariages entre Perses et non-Perses sont bien attestés dans l'empire achéménide, Alexandre développe ces deux usages à un rythme très rapide, sans hésiter à les imposer à des sujets réticents. L'idée de faire gouverner son empire par une caste métissée est exceptionnelle dans l'histoire. La mort prématurée d'Alexandre, et la réaction chauvine qui suivra, donneront au monde issu de la conquête un caractère tout différent : en Orient, la société hellénistique sera, beaucoup plus banalement, une société coloniale.

Homme pressé, Alexandre a eu le temps de conquérir un empire, non d'en façonner l'organisation.

7

La Grèce d'Occident au IVe siècle

Les nombreuses colonies grecques de Sicile et de Grande-Grèce, fondées pour la plupart à l'époque archaïque, font pleinement partie du monde grec. Elles consultent l'oracle de Delphes, participent aux concours panhelléniques et comblent d'offrandes les grands sanctuaires. De nombreux artistes, des médecins, des poètes et des rhéteurs se déplacent de Grèce en Sicile ou en Italie ; d'autres traversent la mer en sens inverse. Malgré cette unité culturelle et religieuse, la Grèce égéenne et la Grèce d'Occident appartiennent à des zones militaires et politiques différentes. Tandis que les cités grecques balkaniques ou égéennes combattent contre les Perses, contre les Macédoniens ou entre elles, les cités grecques d'Occident affrontent les Carthaginois, les Étrusques ou leurs voisins indigènes – Sicules, Lucaniens, Samnites ou Messapiens selon les cas –, et se font la guerre entre elles. C'est pourquoi il est préférable d'analyser séparément l'histoire politique de la Grèce d'Occident : tout lecteur de Diodore sait ce qu'a d'artificiel la juxtaposition année par année des événements de Grèce propre et de Sicile, alors qu'il y a peu de liens entre eux.

Cette séparation relative des affaires égéennes et des affaires d'Occident, qui caractérise le début du Ve siècle et tout le IVe siècle, n'est pas une constante. Bien avant que la conquête romaine n'entraîne cette étroite imbrication de l'Orient et de l'Occident (*symplokè*) dont parle Polybe, la guerre du Péloponnèse, guerre mondiale à l'échelle de la Méditerranée antique, a déjà provoqué pendant quelques années un phénomène analogue. La Sicile s'est trouvée entraînée dans la guerre. Les Athéniens, de 427 à 424, ont appuyé les Léontins et les autres adversaires siciliens de Syracuse pour éviter que les Syracusains n'interviennent eux-mêmes en Grèce aux côtés des Lacédémoniens. En 415, les Égestains menacés par les Sélinontins alliés des Syracusains sollicitent l'aide athénienne, et les Athéniens tirent prétexte de cette demande pour tenter d'établir leur domination sur toute la Sicile.

Dans le débat qui précède la grande expédition, Alcibiade décrit la situation politique des cités siciliennes en ces termes méprisants :

> Les cités y sont très peuplées, mais de masses hétérogènes ; déplacements et nouvelles admissions de citoyens s'y opèrent facilement. Par suite, nul n'ayant le sentiment qu'il s'agit de sa vraie patrie ne s'y est procuré ni des armes pour se défendre personnellement ni une installation régulière pour sa vie dans le pays. Chacun ne cherche qu'à mettre à sa portée ce qu'il suppose pouvoir prendre à la communauté, soit grâce à l'ascendant de sa parole, soit par des procédés révolutionnaires, quitte à aller, s'il ne réussit pas, habiter ailleurs [Thucydide VI, 17, 2-3 ; trad. J. de Romilly].

L'analyse que présente Alcibiade est évidemment très partiale, mais le jeune Athénien fait allusion à des traits bien connus de l'histoire siciliote [1]. Il y a dans les cités siciliennes des conflits entre riches et pauvres, comme presque partout ; il y a aussi des tensions entre les descendants des premiers colons et ceux qui sont arrivés ultérieurement, comme dans la plupart des colonies. Ce qui est plus original, c'est que des groupes nombreux de citoyens sont fréquemment transférés d'une cité à l'autre.

A la fin du VIe siècle et au début du Ve siècle, la Sicile avait connu de très puissantes tyrannies – les Deinoménides à Géla puis à Syracuse, les Emménides à Agrigente – qui s'étaient illustrées par de grands succès militaires, la victoire que Gélon avait remportée sur les Carthaginois à Himère (480) et celle de Hiéron sur les Étrusques à Cumes (474). Ces tyrans étaient parvenus à établir leur domination sur le territoire de plusieurs cités ; les habitants des forteresses démantelées étaient souvent obligés d'aller s'installer dans la capitale du tyran, où ils devenaient fréquemment citoyens ; comme les mercenaires des tyrans recevaient eux aussi, dans bien des

1. Depuis l'Antiquité, on désigne par le nom de Siciliotes les *Grecs* de Sicile.

cas, le droit de cité, les nouveaux citoyens (*neopolitai*) étaient nombreux. L'empreinte de cette première période de tyrannie est restée très profonde. La chute des tyrannies – entre 470 et 460 – fut célébrée comme une « libération », mais la plupart des cités entrèrent dans une phase de luttes civiles très âpres. L'enjeu était le droit de cité, la répartition des pouvoirs, mais aussi la possession de la terre. Les contestations étaient très nombreuses, et c'est pourquoi, dit-on, l'éloquence judiciaire fit son apparition à Syracuse au Ve siècle, avec Corax et Tisias.

Dans le même temps, les petites cités s'efforçaient de préserver une indépendance qu'elles avaient conquise, non sans difficulté, lors de la chute des tyrans. Les communautés sicules qui avaient fait la guerre à Syracuse sous la direction de Doukétios (entre 460 et 450) avaient dû finalement se soumettre, mais continuaient à guetter toute occasion propice pour recouvrer leur indépendance. Les cités grecques de la côte orientale de la Sicile – Léontinoi, Catane et Naxos – s'efforçaient elles aussi, tant bien que mal, de résister à l'impérialisme syracusain.

Luttes civiles à l'intérieur des cités, rivalités entre cités et méfiance à l'égard de Syracuse : ces traits fondamentaux de la situation politique sicilienne caractérisent le IVe siècle autant que le Ve siècle.

En dépit des faiblesses de la Sicile complaisamment soulignées par Alcibiade, on sait que l'expédition athénienne se termina en désastre pour Athènes (en 413).

La victoire éclatante obtenue par les Syracusains s'explique en partie par les erreurs accumulées par les Athéniens. Elle ne doit pas conduire à sous-estimer la gravité de la menace qui a pesé sur Syracuse, ni les épreuves d'un siège qui a duré trois étés. Syracuse sort du conflit appauvrie et affaiblie. En outre, les deux camps en présence ont recruté des mercenaires, et notamment des mercenaires campaniens, qui font alors leur apparition dans l'histoire de la Sicile : ils constituent un nouvel élément d'instabilité pour la grande île.

Tandis que le plus brillant des stratèges syracusains, Hermocrate, part en mer Égée contribuer à la destruction de l'empire athénien, le peuple syracusain, sous l'influence d'un orateur et législateur nommé Dioclès, vote des réformes démocratiques (notamment le remplacement de l'élection des magistrats par le tirage au sort) qui font que la démocratie syracusaine ressemble de plus en plus au régime athénien. Hermocrate, soupçonné de sympathies oligarchiques, est condamné à l'exil ; il perd son commandement et devient un banni.

L'invasion carthaginoise

La défaite athénienne de 413 ayant privé Égeste de son principal allié, les Égestains concédèrent à leurs vieux adversaires sélinontins les territoires frontaliers que ces derniers revendiquaient. Un peu plus tard, Sélinonte présenta de nouvelles exigences. Les Égestains firent alors appel à Carthage, en offrant de payer un tribut aux Carthaginois.

Depuis leur défaite d'Himère en 480, les Carthaginois s'étaient contentés des quelques places qu'ils conservaient en Sicile occidentale – Motyè, Solonte et Panormos (Palerme) principalement – et n'avaient nullement cherché à étendre leur *epikrateia* (tel est le nom que les Grecs donnaient à la zone que contrôlait Carthage). Le commerce avec Carthage contribuait à la prospérité de cités grecques comme Agrigente ; de nombreux Grecs étaient installés dans les établissements carthaginois de Sicile, et de nombreux Carthaginois vivaient dans les cités siciliotes. Apparemment satisfaits de cette fructueuse coexistence pacifique, les Carthaginois avaient constamment rejeté, de 480 à 410, les nombreuses demandes d'intervention qui leur avaient été adressées par diverses cités de Sicile.

En 410, Carthage décide de répondre favorablement à la demande d'Égeste. Les raisons de ce revirement sont obscures. Il est possible que la grande expédition athénienne de 415 ait suscité de graves inquiétudes à Carthage. Les Carthaginois ont pu craindre que les Athéniens, une fois maîtres de la Sicile, ne poursuivent leur expansion vers l'Afrique : Alcibiade ne déclarait-il pas à Sparte que les Athéniens voulaient s'emparer de l'empire carthaginois et recruter à leur service des mercenaires ibères [Thucydide VI, 90, 2-3] ? Le danger passé, certains Carthaginois peuvent juger prudent de consolider les positions puniques en Sicile, pour protéger Carthage elle-même contre tout impérialisme grec. En outre, remplacer Athènes comme allié et protecteur des adversaires siciliens de Syracuse est d'autant plus tentant pour Carthage que Syracuse est affaiblie par le siège qu'elle a subi, et par les divisions politiques qui ont suivi la victoire. Il y a pour Carthage une occasion à saisir. Le nouveau cours de la politique carthaginoise s'explique aussi probablement par l'influence croissante de groupes favorables à une expansion militaire : il est peut-être révélateur que le général carthaginois envoyé en Sicile en 409, le Magonide Hannibal, soit le petit-fils de l'Hamilcar qui avait commandé la flotte punique à Himère en 480.

Après avoir appuyé les Égestains par l'envoi de quelques mercenaires en 410, Hannibal passe en Sicile au printemps 409 à la tête de troupes recrutées en Espagne et en Libye. Sélinonte n'était pas préparée à cette attaque : en moins de dix jours, grâce à ses machines de siège, Hannibal parvient à s'emparer de la ville. Beaucoup de Sélinontins sont massacrés au cours du sac de la ville ; ceux qui survivent deviennent tributaires de Carthage. Les secours que les Syracusains envoient à Sélinonte arrivent après la prise de la ville. Hannibal se dirige alors vers Himère – sur la côte septentrionale de la Sicile – dont il entreprend le siège. Une flotte et une armée syracusaines viennent au secours des assiégés, mais Dioclès, qui commande le corps expéditionnaire syracusain, craint que les Carthaginois ne tentent une attaque surprise contre Syracuse en profitant de l'absence de la plupart de ses combattants ; il fait décider l'évacuation d'Himère et le repli sur Syracuse. La ville est prise d'assaut alors que l'évacuation n'est pas terminée ; si l'on en croit Diodore, Hannibal aurait torturé et mis à mort 3 000 prisonniers à l'emplacement où son grand-père Hamilcar avait été tué par Gélon [XIII, 62, 5]. Après quoi, Hannibal rembarque ses troupes et rentre à Carthage, où il est triomphalement accueilli. Il est douteux que les Carthaginois aient alors considéré la guerre comme terminée : une nouvelle action en Sicile ne semblait pas s'imposer dans l'immédiat, mais le succès de la campagne menée en 409 était plutôt de nature à encourager les partisans d'une politique d'expansion.

Les Syracusains ne pouvaient manquer d'attribuer à l'incapacité de leurs stratèges les échecs subis face aux Carthaginois. Le banni Hermocrate, fort de son prestige militaire, croit son heure venue. Il se présente devant la ville avec

2 000 mercenaires, mais ses amis ne parviennent pas à obtenir la levée de la sentence d'exil qui le frappe. Hermocrate part alors pour la Sicile occidentale, reconstruit les fortifications de Sélinonte et met au pillage les cités puniques de Motyè et de Panormos [Diodore XIII, 63, 3-6]. Un peu plus tard, il se rend à Himère, rassemble les ossements des morts syracusains que Dioclès avait abandonnés sans sépulture, et les fait convoyer à Syracuse. Dioclès est exilé, mais le peuple refuse de laisser rentrer Hermocrate, parce qu'on le soupçonne d'aspirer à la tyrannie [XIII, 75, 5-6]. Renonçant à toute démarche légale, Hermocrate, avec ses mercenaires, tente de s'emparer de la ville par la force. Par un coup de main nocturne, il parvient à pénétrer à l'intérieur des remparts, mais la masse du peuple, informée de l'attaque, se réunit en armes sur l'agora. Hermocrate et ses partisans sont massacrés sur-le-champ, ou condamnés à mort ultérieurement. Un seul compagnon d'Hermocrate a la chance de survivre, parce qu'on le croit mort : il se nomme Denys.

L'année suivante, les Syracusains demandent aux Carthaginois de mettre fin aux hostilités. La réponse officielle est ambiguë, mais les Carthaginois recrutent un nombre considérable de mercenaires en Libye, dans les Baléares et en Campanie. Ces préparatifs suggèrent aux Siciliotes que Carthage est désormais décidée à « asservir » toutes les cités de l'île [Diodore XIII, 79, 8].

Les Carthaginois espèrent, semble-t-il, que la supériorité de leurs forces leur permettra d'obtenir la soumission de certaines cités, notamment d'Agrigente, sans avoir besoin de combattre. Leur espoir est déçu ; malgré leur attachement aux plaisirs de la paix et malgré la présence probable d'une faction propunique, les Agrigentins refusent d'être les « alliés » des Carthaginois (c'est-à-dire de combattre avec eux) et même d'être leurs « amis » (c'est-à-dire de les laisser traverser leur territoire). Au printemps 406, les généraux Hannibal et Himilcon débarquent sur le territoire d'Agrigente, pillent la campagne et mettent le siège devant la ville. Agrigente, qui est alors extrêmement riche, recrute à son tour de nombreux mercenaires ; les Syracusains et d'autres Siciliotes envoient une armée à son secours, sous le commandement du stratège Daphnaeos.

Les Grecs remportent une victoire sur terre, mais l'absence

de coordination entre Agrigentins et Syracusains les empêche d'en tirer profit. Sur mer, en revanche, la flotte grecque subit une défaite lourde de conséquences. Le ravitaillement venant à manquer, les armées de secours se dispersent, puis les Agrigentins eux-mêmes évacuent leur ville. Tandis que les habitants se réfugient à Géla ou à Syracuse, les Carthaginois s'emparent facilement de remparts sans défenseurs et font un énorme butin.

L'abandon d'Agrigente rappelle celui d'Himère en 409.

La prise du pouvoir par Denys de Syracuse

La retraite peu glorieuse des troupes syracusaines suscite l'indignation à Syracuse. Un jeune ambitieux de vingt-cinq ans, issu d'une excellente famille [2], va savoir profiter de la situation. Denys, un « grand blond couvert de taches de rousseur » [Timée, *Fr. Gr. Hist.* n° 566, F 29], « cultivé dès l'enfance et versé dans les arts libéraux » [Cicéron, *Tusculanes* V, 22, 63], a été naguère un proche d'Hermocrate et vient de s'illustrer dans les combats contre les Carthaginois. A l'Assemblée du peuple, Denys accuse les stratèges de trahison et demande au peuple de prononcer immédiatement leur condamnation, sans les longueurs d'un procès. Une telle proposition étant d'une illégalité flagrante, les magistrats qui président l'Assemblée infligent une amende à Denys, ce qui devrait avoir pour effet de le réduire au silence tant qu'il n'aura pas payé.

Un riche ami de Denys, Philistos (le futur historien de la Sicile), paie sur-le-champ la somme exigée, ce qui permet à Denys de reprendre la parole pour réitérer ses accusations. Les anciens stratèges sont condamnés, et le peuple élit à leur place un nouveau collège, dont fait partie Denys lui-même [Diodore XIII, 91].

Peu après, Denys obtient du peuple le retour des bannis – notamment des anciens amis d'Hermocrate, qui vont constituer ses plus sûrs soutiens. Envoyé à Géla – où la résistance

2. La tradition n'est pas unanime sur ce point, mais on peut penser que les textes qui attribuent à Denys une très basse naissance se font simplement l'écho d'un thème banal de la propagande antityrannique

à l'avance carthaginoise tente de s'organiser –, Denys persuade le peuple de condamner à mort les citoyens les plus riches pour confisquer leurs biens ; l'argent obtenu lui permet d'augmenter la solde de ses troupes [Diodore XIII, 93, 3]. Denys rentre alors à Syracuse pour dénoncer la négligence de ses collègues stratèges, et leurs prétendues trahisons. Il obtient d'être désigné comme chef unique de l'armée avec les pleins pouvoirs (*stratègos autokratôr*). Dans leurs discours, ses partisans n'hésitent pas à rappeler la victoire que l'unité de commandement avait assurée à Gélon [Diodore XIII, 94].

Denys a franchi une deuxième étape décisive dans sa marche vers le pouvoir, mais les Syracusains commencent à soupçonner ses visées tyranniques. Sachant que le *dèmos* syracusain lui-même ne lui accordera pas de gardes du corps, Denys a recours à une ruse. Il rassemble des troupes fidèles hors de Syracuse, près de Léontinoi, puis met en scène un faux attentat contre lui-même (comme le tyran athénien Pisistrate un siècle et demi auparavant). Il obtient ainsi de la masse des soldats une garde de 600 hommes, bientôt élargie à plus de 1 000, qui lui permet de rentrer à Syracuse en maître. Il épouse la fille d'Hermocrate, par souci de prestige et pour renforcer son alliance avec une famille puissante, et fait condamner à mort les plus influents de ses opposants, Daphnaeos notamment.

La guerre avec Carthage continue. Au printemps 405, Himilcon envahit le territoire de Géla et met le siège devant la ville. Denys part affronter les Carthaginois à la tête d'une armée importante. Il conçoit un plan très ingénieux d'attaques simultanées contre le camp ennemi, mais la coordination des différentes troupes est insuffisante, et les Carthaginois les repoussent. Après avoir réuni ses amis en conseil, Denys donne l'ordre d'évacuer la ville ; il ordonne de même aux habitants de Camarine de se réfugier à Syracuse, Camarine lui paraissant aussi difficile à défendre que Géla. Même si ces retraites décidées très tôt évitent des pertes humaines inutiles, il est clair que Denys n'a pas fait mieux que les stratèges dont il avait dénoncé l'incompétence.

Des revers aussi nets suscitent un grand mécontentement contre Denys. Les adversaires les plus résolus du tyran, de riches Syracusains qui combattent dans la cavalerie, songent d'abord à le tuer pendant la retraite de l'armée ; la fidélité des gardes du corps mercenaires les oblige à renoncer à leur projet, mais ils se précipitent à Syracuse, pillent la maison de Denys et maltraitent si sauvagement son épouse qu'elle ne tarde pas à mourir [Diodore XIII, 112, 4]. Ces mauvais traitements infligés à la femme de Denys sont un forfait commis en commun par les conjurés visant à créer une haine inexpiable entre le tyran et la totalité d'entre eux. Les cavaliers n'ont le temps de prendre aucune mesure politique, car Denys apparaît très vite à la tête de troupes fidèles, pénètre de force dans la ville et massacre ceux qui s'opposent à lui les armes à la main. Les survivants parmi les cavaliers se réfugient dans la forteresse voisine d'Etna.

Un peu plus tard, à la fin de 405, Denys conclut avec Carthage une paix qui consacre les succès puniques. Toute la Sicile occidentale, y compris les cités élymes, tombe sous la domination directe de Carthage ; les anciens habitants de Sélinonte, d'Himère, d'Agrigente, de Géla et de Camarine peuvent revenir dans leurs cités, mais n'ont pas le droit de reconstruire leurs fortifications, et doivent payer tribut à Carthage ; Léontinoi, Messine, Catane et Naxos, ainsi que tous les Sicules, doivent être « autonomes », c'est-à-dire échapper à l'autorité de Syracuse. La dernière clause du traité explique pourquoi Denys s'est résigné à des conditions si dures : « Les Syracusains seront soumis à Denys » [Diodore XIII, 114, 1]. L'objectif prioritaire du tyran est de conserver le pouvoir et de le consolider.

Les raisons pour lesquelles les Carthaginois n'ont pas tenté de parachever la conquête de la Sicile en entreprenant le siège de Syracuse sont obscures. Diodore nous dit que l'armée carthaginoise était frappée par la peste, mais on peut aussi se demander si la conclusion rapide de la paix par Carthage ne s'explique pas en partie par les nouvelles venues de Grèce. Après la défaite athénienne d'Aigos-Potamos, Sparte pourrait, si elle le voulait, fournir une aide importante à son allié Denys. Carthage a tout intérêt à ne pas attendre cette intervention.

La consolidation de la tyrannie

Sitôt la paix conclue, Denys entreprend de fortifier la presqu'île d'Ortygie, qu'il sépare du reste de la ville par de puissantes murailles. Il y construit son palais et n'autorise à résider dans la citadelle que ses gardes et ses amis. La construction de cette forteresse à l'intérieur de la ville est évidemment destinée à protéger le tyran de ses concitoyens.

Les nombreuses confiscations opérées par Denys aux dépens de ses adversaires lui permettent de distribuer de beaux domaines à ses amis ; le reste du territoire confisqué aurait été, selon Diodore, distribué en lots égaux à des mercenaires et à des citoyens [XIV, 7, 4]. De nombreux esclaves affranchis, qui reçoivent le nom de *neopolitai* (« nouveaux citoyens »), auraient aussi profité de cette redistribution. Il est possible que les bénéficiaires de ces mesures aient été principalement des Kyllyriens, paysans asservis dont le statut ressemblait à celui des hilotes : Denys leur aurait accordé à la fois la propriété foncière et la citoyenneté. Comme un changement de régime risquait de remettre en cause les avantages accordés à ces *neopolitai*, Denys pouvait compter sur leur appui reconnaissant et intéressé.

Dès 404-403, si l'on en croit Diodore [XIV, 7, 5-7], Denys s'estime assez fort pour commencer à restaurer la domination de Syracuse sur ses voisins (en violation de la paix conclue l'année précédente) et entreprend le siège de la cité sicule d'Herbessos. C'est une erreur : les citoyens syracusains en armes se révoltent contre lui et s'allient aux cavaliers réfugiés à Etna. Denys s'enfuit précipitamment à Ortygie. Tandis qu'il fait semblant d'engager des négociations en vue de son départ, il recrute de nouveaux mercenaires campaniens, grâce auxquels il met en déroute ses adversaires. Denys peut se montrer clément à l'égard des citoyens vaincus : les Syracusains ont compris que son pouvoir reposait sur des bases solides – la citadelle d'Ortygie, les gardes du corps qui l'entourent et la capacité de recruter de très nombreux mercenaires (qu'il peut payer soit par des soldes soit par des distributions de terres).

Sûr de l'obéissance des Syracusains, Denys peut se consacrer à nouveau à restaurer l'autorité de Syracuse en Sicile orientale. Catane et Naxos lui sont livrées par trahison ; les deux villes sont rasées, et leurs habitants sont vendus comme esclaves ; Denys installe des mercenaires campaniens sur le territoire de Catane, et des Sicules à Naxos. Les gens de Léontinoi choisissent de se soumettre : ils sont déportés à Syracuse, où ils reçoivent quelque temps plus tard la citoyenneté. Sans attendre que le tyran ne constitue une puissance trop redoutable, les deux cités de l'isthme, Messine et Rhégion, qui ont déjà aidé les révoltés syracusains de 403, prennent l'initiative d'une expédition contre Denys (probablement en 399). La guerre tourne court, car les partisans du tyran persuadent les soldats de Messine de renoncer à une agression dangereuse et injustifiée. Rhégion persiste dans son attitude hostile. Denys tente de se rallier la cité italienne par la diplomatie, et demande de prendre pour épouse une femme de Rhégion : l'Assemblée lui fait répondre que le peuple de Rhégion ne consent à lui accorder que la fille du bourreau [Diodore, XIV, 107, 3-4]. Denys compense son échec en nouant une alliance avec Locres, encerclant ainsi Rhégion : il épouse solennellement une jeune fille de l'aristocratie locrienne, Doris. Pour bien manifester qu'il est au-dessus des lois ordinaires et que la règle de monogamie ne s'applique pas à lui, le tyran épouse également une jeune aristocrate syracusaine, Aristomachè. Selon certaines traditions, Denys aurait consommé les deux mariages la même nuit.

Denys avait parié, à juste titre, que les Carthaginois n'interviendraient pas pour l'obliger à respecter l'« autonomie » promise aux cités de Sicile orientale. Il sait aussi que la poursuite de l'expansion syracusaine exige désormais une attaque directe de la zone d'influence carthaginoise.

Avant de s'engager dans une nouvelle guerre de grande envergure, Denys s'attache à étendre et à renforcer les remparts de Syracuse. Selon Diodore [XIV, 18], Denys aurait recruté, pour la construction des nouvelles fortifications, 60 000 ouvriers robustes de condition libre ; pour susciter l'émulation, il aurait distribué des prix aux meilleurs architectes ainsi qu'aux contremaîtres et aux ouvriers les plus actifs et les plus rapides ; afin d'encourager l'ardeur de tous, le tyran aurait pris part aux travaux de ses propres mains, sans s'épargner aucune fatigue.

Un peu plus tard, Denys rassemble à Syracuse un grand nombre de forgerons et d'autres artisans pour fabriquer les armes nombreuses et variées dont l'armée allait avoir besoin. C'est au cours de ces préparatifs que la catapulte aurait été inventée [Diodore XIV, 42, 1]. Le tyran fait également construire de nombreux navires dans ses chantiers navals. Alors seulement, pendant l'été 398, Denys se met à rassembler des troupes : le faire auparavant aurait pu alerter l'adversaire et aurait exigé des dépenses inutiles. Son armée est composée pour moitié de Syracusains et de Siciliotes mobilisés, pour moitié de mercenaires – notamment d'« inférieurs » recrutés à Lacédémone.

La deuxième guerre contre Carthage

Quand ses préparatifs sont achevés, Denys réunit l'Assemblée syracusaine pour lui demander de faire la guerre à Carthage. Il convient, souligne-t-il, de profiter de l'affaiblissement momentané de Carthage, dû à une épidémie de peste, pour expulser les Carthaginois de Sicile et les empêcher définitivement de poursuivre leur politique traditionnelle d'asservissement des cités grecques [Diodore XIV, 45]. Les Syracusains votent la guerre avec enthousiasme : beaucoup d'entre eux, d'après Diodore, espèrent aussi pouvoir utiliser leurs armes contre le tyran.

Le premier acte de guerre des Syracusains est de saisir les biens des nombreux Carthaginois installés à Syracuse ainsi que les vaisseaux marchands de Carthage qui mouillaient dans le port (il est clair que la guerre de 410-405 n'avait pas mis fin aux importants échanges antérieurs). Les autres cités de Sicile imitent Syracuse, et les manifestations d'hostilité à Carthage prennent souvent l'aspect de violences contre les personnes des Carthaginois, qui sont victimes de nombreux mauvais traitements. L'autorité exercée par Carthage sur une partie importante de la Sicile depuis le traité de 405 avait rendu la grande cité africaine très impopulaire parmi les Grecs. Encourageant ce mouvement d'opinion anticarthaginois, le tyran de Syracuse cherche à apparaître à la fois comme un libérateur et comme le chef d'une croisade panhellénique. Le même souci de propagande conduit Denys à envoyer un héraut à Carthage, pour annoncer que les Syracusains feraient la guerre aux Carthaginois si ces derniers « ne se retiraient pas de toutes les cités grecques » [Diodore XIV, 47, 2].

Au printemps 397, après avoir traversé la Sicile d'est en ouest et obtenu de nombreux ralliements, Denys entreprend le siège de Motyè, une île fortifiée qui était la principale base militaire des Carthaginois en Sicile. Les combats sont très longs et très durs. Quand son armée parvient à pénétrer à l'intérieur de la forteresse, Denys livre la ville au pillage de ses troupes avant de la raser entièrement. Il fait crucifier les Grecs qui ont combattu aux côtés des Carthaginois [Diodore XIV, 53, 5] : par ce châtiment exemplaire, le tyran fait savoir qu'il considère ses propres ennemis comme des traîtres à la cause panhellénique et qu'il les punira comme tels.

Denys avait peut-être espéré s'emparer de toutes les bases puniques très rapidement, avant que les Carthaginois, surpris par son attaque, n'aient le temps de réagir. La longueur du siège de Motyè déjoue ces plans. Les Carthaginois recrutent à leur tour de nombreux mercenaires et mènent, au printemps 396, une vigoureuse contre-offensive. L'excellent port de Panormos était resté aux mains des Carthaginois. Himilcon parvient à y débarquer ses troupes, malgré les efforts déployés par Leptinès, le frère de Denys, pour barrer la route à la flotte carthaginoise.

Denys préfère éviter les risques d'une bataille rangée et ramène son armée à Syracuse. Profitant de cette retraite sur terre et sur mer, Himilcon met le siège devant Messine, s'en empare, et rase la ville jusqu'au sol. L'armée et la flotte carthaginoises se dirigent alors vers Syracuse. La guerre, très mobile, passe en quelques semaines de l'extrémité occidentale à l'extrémité orientale de l'île, mais le siège carthaginois de Syracuse ne prend pas Denys au dépourvu : le tyran a pris de nombreuses dispositions pour permettre à la ville de résister très longtemps.

Il est probable que les échecs subis par Denys encouragent l'opposition syracusaine à critiquer le tyran. Diodore [XIV, 65-69] prête à un certain Théodore un long discours dans lequel il développe tous les arguments traditionnels contre Denys : Denys est un maître plus dur que les Carthaginois, car Carthage se contente d'exiger un tribut tandis que le tyran pille, spolie, massacre et se sert des esclaves pour asservir les maîtres ; les défaites de Denys lui interdisent de se comparer à Gélon ; ses sacrilèges attirent sur la cité le châtiment divin ; il ménage les Carthaginois, parce que la menace punique lui permet de maintenir son pouvoir. Ce beau discours est peut-être une invention de Timée, ou un pastiche par lequel Philistos chercherait à ridiculiser la grandiloquence futile des adversaires de Denys (telle est l'hypothèse séduisante récemment proposée par L.J. Sanders). Il serait hasardeux de vouloir tirer de ce passage des indications précises sur l'état de l'opinion syracusaine au début de l'été 396. Reste qu'un mouvement de mécontentement dans la ville assiégée est vraisemblable, et que l'appui déterminé à Denys du chef des mercenaires laconiens, Pharacidas [XIV, 70], a dû contribuer à renforcer l'autorité du tyran.

Selon Diodore, l'armée carthaginoise aurait alors été frappée d'une épidémie de peste, à cause du pillage sacrilège de sanctuaires. La fréquence des épidémies qui frappent les Carthaginois chez les historiens grecs est très suspecte : elle vise à souligner l'impiété de ceux que les dieux punissent ainsi. Ce qui est sûr, c'est que Denys lance plusieurs attaques victorieuses contre le camp et contre la flotte des Carthaginois. Himilcon comprend qu'il n'a aucune chance de faire capituler Syracuse et que le siège risque de tourner au désastre pour les assiégeants. Évitant les atermoiements d'un Nicias en 413, il quitte la Sicile avec les seules troupes carthaginoises en trompant, de nuit, la vigilance des Syracusains (les adversaires de Denys accuseront le tyran d'avoir conclu un accord secret avec Himilcon). Les Syracusains s'emparent aisément des troupes non carthaginoises abandonnées sur place : les prisonniers sont vendus comme esclaves, à l'exception de quelques contingents d'Ibères, que Denys enrôle comme mercenaires.

Le départ sans gloire des Carthaginois, à la fin de l'été 396, ne suffit pas à restaurer le prestige de Denys. Si le tyran parvient à reconstruire et à repeupler Messine, Rhégion continue à lui être hostile, et la cité sicule de Tauroménion (Taormine) lui résiste avec succès. L'impérialisme du tyran de Syracuse provoque à nouveau la méfiance. Lorsque, après avoir réprimé non sans peine une révolte libyenne, les Carthaginois, en 393, envoient une nouvelle armée en Sicile, sous la direction de Magon, ce dernier obtient de nombreux ralliements. Denys refuse à nouveau de prendre le risque d'une bataille rangée. Comme beaucoup de Syracusains l'abandonnent, il affranchit et enrôle des esclaves domestiques – qu'il rend à leurs maîtres peu de temps après, lorsque la paix est conclue.

La stratégie adoptée par Denys s'avère judicieuse. L'armée de Magon, qui s'est aventurée en Sicile intérieure, souffre de graves problèmes de ravitaillement. Les Carthaginois envoient des ambassades à Syracuse pour négocier la paix. Selon Diodore [XIV, 96, 4], les clauses de la paix de 392 reprennent celles de 405, à ceci près que Tauroménion et les cités sicules seraient reconnues comme appartenant à la sphère d'influence syracusaine. Diverses indications sur la situation des cités siciliennes dans les années suivantes suggèrent cependant que la plupart des Siciliotes – y compris les Agrigentins et les Sélinontins – cessent alors de dépendre de Carthage.

Ce recul carthaginois va permettre à Denys d'étendre son contrôle à la plus grande partie de la Sicile, ce qui correspond à ses ambitions affichées : dès 394-393, un décret honorifique athénien lui donne le titre d'« archonte de Sicile » [Tod n° 108].

Denys contre la Ligue italiote

Libéré de la guerre contre Carthage, Denys peut consacrer ses forces à la soumission complète de la rive italienne du détroit de Messine.

Les riches et prospères cités de Grande-Grèce s'étaient livré au VIe siècle des guerres sans merci (l'épisode le plus célèbre est la destruction totale de Sybaris par Crotone en 510). Elles avaient connu au Ve siècle de nombreuses révolutions, marquées notamment par le massacre des groupes de Pythagoriciens qui avaient souvent exercé ou tenté d'exercer un pouvoir oligarchique justifié par la philosophie. Selon Polybe [II, 39], une médiation des Achéens du Péloponnèse aurait conduit plusieurs cités achéennes de Grande-Grèce à former une fédération autour du sanctuaire commun de Zeus Homarios (sur le territoire de Crotone). La pression accrue des peuples sabelliens de l'arrière-pays (qui se traduisit notamment par la conquête samnite de Cumes en 421 et par l'occupation lucanienne de Paestum un peu plus tard) poussa la Ligue achéenne à s'élargir et à englober des cités non achéennes – Vélia, Thourioi et Rhégion notamment – pour devenir la Ligue italiote. Toutes les cités de la confédération se sont engagées à se porter au secours de celle d'entre elles qui serait attaquée [Diodore XIV, 101].

Contre Rhégion, Denys peut compter sur Locres qui ne fait pas partie de la Ligue italiote et qu'une rivalité traditionnelle oppose à Rhégion, mais il s'aperçoit aussi, dès 390, que la plupart des cités italiotes sont décidées à secourir Rhégion. Contre les cités grecques, Denys n'hésite pas à s'allier aux Lucaniens « barbares » (probablement pendant l'hiver 390-389). Les Lucaniens ayant envahi le territoire de Thourioi, les Thouriens contre-attaquent inconsidérément en assiégeant Laos, une ancienne colonie de Sybaris tombée aux mains des Lucaniens ; l'armée de Thourioi, encerclée par les Lucaniens, aurait été anéantie si Leptinès, le frère de Denys, dont la flotte croisait au large, n'était pas intervenu pour faire conclure une trêve entre les belligérants. Denys n'apprécie pas cette manifestation intempestive de panhellénisme, et relève son frère de son commandement [Diodore XIV, 102].

Après avoir fait passer une importante armée en Italie, Denys entreprend le siège de Caulonia (au nord de Locres). L'armée de secours envoyée par les cités italiotes subit une grave défaite près du fleuve Elléporos (388). Alors que les vaincus s'attendaient au pire, Denys libère les prisonniers sans rançon ; cette générosité calculée lui vaut une grande popularité et conduit la plupart des cités italiotes à renoncer aux hostilités. Denys peut ainsi obtenir la capitulation de Caulonia et d'Hipponion ; tandis que les citoyens de ces deux cités sont déportés à Syracuse (où ils obtiennent la citoyenneté et sont exemptés d'impôts pendant cinq ans), leurs territoires sont annexés par Locres.

Juste après la défaite de l'Elléporos, Rhégion, se voyant isolée, avait demandé et obtenu la paix à des conditions très dures : imposition d'un tribut, livraison de la flotte, remise de cent otages. Les Rhégiens qui ont espéré limiter ainsi les dégâts se sont trompés. Denys s'installe sur le territoire de Rhégion et demande à la cité d'assurer amicalement le ravitaillement de son armée. Les Rhégiens finissent par comprendre qu'ils sont soumis à un siège. Après onze mois de résistance acharnée, la ville doit capituler (387). Denys est désormais le maître du détroit de Messine et d'une grande partie de la Calabre : il entreprend de construire un mur de la mer Tyrrhénienne à la mer Ionienne pour protéger son domaine italien [Strabon VI, 1, 10].

L'expansion de Denys tant en Italie qu'en Sicile (où le tyran encourage les cités de l'*epikrateia* carthaginoise à faire sécession) conduit à une nouvelle coalition des Italiotes restés indépendants et des Carthaginois. Nous connaissons mal le déroulement de cette longue guerre qui a peut-être commencé en 383-382 et qui paraît s'être terminée en 373. En Sicile, après de multiples engagements partiels et une victoire qui le conduit à poser comme condition de paix l'évacuation totale de l'île par les Carthaginois, Denys subit un grave revers qui l'oblige à reconnaître à Carthage une zone d'influence élargie ; Sélinonte retombe sous la domination punique, et la frontière entre les possessions carthaginoises et celles de Denys est fixée au fleuve Halykos, au milieu du territoire d'Agrigente [Diodore XV, 17, 3] ; on notera qu'il n'y a plus de Siciliens autonomes. En 368, Denys profite de difficultés carthaginoises pour envahir l'*epikrateia* ; une vigoureuse contre-offensive, à laquelle il ne s'attendait pas, l'oblige à conclure une trêve [Diodore XV, 73].

En Italie, en revanche, Denys obtient à nouveau de grands succès. Crotone se soumet en 378-377. Le tyran de Syracuse n'a plus d'ennemis parmi les Grecs de Grande-Grèce ; les cités qui échappent à son emprise – Métaponte, Tarente et sa colonie d'Héraclée – sont ses alliées.

L'empire maritime de Denys

Les victoires de Denys et la constitution, sur les deux rives du détroit de Messine, d'un État que les historiens modernes ont parfois qualifié de « royaume des deux Siciles » font du tyran syracusain l'homme le plus puissant d'Europe. Lors des jeux Olympiques de 388, Denys tente d'imiter Gélon et Hiéron et de compléter ses succès militaires par des victoires à la course de char. C'est un échec. Les accidents survenus aux attelages qui lui appartiennent le couvrent de ridicule. Bien plus, dans son *Discours olympique* prononcé lors de ces mêmes jeux, l'orateur Lysias – un Syracusain exilé à Athènes – appelle les Grecs à s'unir à la fois contre « le Barbare » (le Grand Roi) et contre le tyran de Sicile : loin d'être célébré comme un défenseur de l'hellénisme, Denys est dénoncé comme l'un des principaux dangers qui menacent la liberté des Grecs.

La propagande hostile à Denys est encouragée par les Athéniens qui ne sont pas parvenus à détacher l'« archonte de Sicile » de l'alliance spartiate, malgré les honneurs qu'ils lui ont décernés en 393. Denys sait que la puissance navale athénienne, en cours de restauration, constitue la menace la plus grave pour sa propre expansion maritime. En 387, il envoie vingt vaisseaux appuyer le navarque spartiate Antalcidas dans l'Hellespont, ce qui contribue à contraindre Athènes à accepter la paix du Roi en 386.

A peu près à la même date, Denys fonde une colonie à Lissos, en Illyrie méridionale. En 385-384, il rétablit sur le trône des Molosses son ami Alcétas, qui s'était réfugié à Syracuse : il s'appuie pour cela sur des alliés illyriens qui envahissent l'Épire. Le bruit court en Grèce que le tyran a l'intention de piller le sanctuaire de Delphes [Diodore XIV, 13, 2] ; les Spartiates interviennent pour chasser d'Épire les Illyriens. Si Denys a eu quelque temps l'intention d'étendre son influence en Grèce propre, il comprend alors que ses « alliés » lacédémoniens s'opposeront vigoureusement à de telles ambitions.

Denys préfère s'attacher à établir son contrôle sur l'Adriatique, où la défaite athénienne de 413 et le déclin étrusque ont créé un vide, qui se traduit notamment par le développement de la piraterie. Maître des deux rives du canal d'Otrante, Denys peut en interdire le passage à toute flotte de guerre. Le commerce entre la Grèce d'une part, l'Italie et la Sicile de l'autre, et l'entrée dans l'Adriatique dépendent entièrement de son bon vouloir : Denys soumet les pirates, et se réserve le monopole de la piraterie.

Le contrôle de l'Adriatique par Denys s'étend bien au-delà du canal d'Otrante. En Dalmatie, le tyran de Syracuse encourage les Pariens à fonder une colonie à Pharos ; lui-même installe à Issa d'anciens mercenaires ; les colons d'Issa, à leur tour, aident les Cnidiens à consolider leur établissement de Corcyra Melaina. Sur la rive occidentale de l'Adriatique, Denys fonde Ancône et Adria (dans le delta du Pô). Cette dernière colonie lui permet d'entrer en relations avec les Gaulois qui viennent d'occuper la plaine padane (auparavant sous domination étrusque). Denys peut ainsi recruter de nouveaux mercenaires chez les Gaulois, et prélever des taxes importantes sur les produits qui transitent par l'Italie septentrionale et l'Adriatique (l'ambre et l'étain par exemple), ainsi que sur le blé produit par la plaine du Pô.

En mer Tyrrhénienne, il semble que Denys ait également tenté de profiter du déclin étrusque ; selon Justin [XX, 5, 5], le tyran de Syracuse aurait conclu une alliance avec les Gaulois en vue d'une action coordonnée. En 385-384, il lance une expédition contre le sanctuaire étrusque de Pyrgi, sur le territoire de Caérè : le pillage de Pyrgi lui rapporte 1 500 talents, mais le coup de main est sans lendemain (peut-être à cause des défaites gauloises en Italie centrale). Denys parvient à garder quelque temps une place forte en Corse [Diodore V, 13, 3] ; s'il a eu un moment des visées sur la Sardaigne et sur l'île d'Elbe, comme on l'a parfois supposé, ces projets ne se réaliseront jamais.

La tyrannie de Denys et les débats sur la tyrannie au IVe siècle

Si Denys était à Athènes l'« archonte de Sicile », nous ignorons quel titre officiel il portait à Syracuse. Certains historiens modernes ont supposé que Denys, après s'être fait élire *stratègos autokratôr* en 406-405, s'était fait ensuite conférer la même fonction à vie. Ce n'est qu'une conjecture fragile.

Denys de Syracuse, contrairement à certains tyrans archaïques, n'a pas cherché à jouer au simple citoyen. Certes, il n'a pas fait frapper son nom sur les monnaies de Syracuse, dont la légende reste *Syrakosiôn*. Certes, l'Assemblée du peuple continue à se réunir (mais la composition du *dèmos* a été considérablement modifiée par l'admission de nombreux *neopolitai*, et son rôle paraît être principalement d'approuver les propositions du tyran). Le fait majeur, néanmoins, c'est que la forteresse d'Ortygie et les gardes du corps du tyran manifestent clairement que Denys n'exerce pas une autorité officielle dans la cité, mais un pouvoir contraignant sur la cité.

Denys peut se protéger d'un mécontentement éventuel de

ses concitoyens grâce à ses gardes du corps. Dans ses campagnes militaires, il utilise à la fois des contingents de citoyens et de nombreux mercenaires. L'entretien permanent de ses gardes du corps et la fréquence des guerres imposent au tyran d'énormes dépenses. Même si Denys peut à certains moments distribuer des terres enlevées à ses adversaires politiques ou à des cités vaincues, même si certaines de ses campagnes lui fournissent un énorme butin, les besoins d'argent du tyran sont très importants et le contraignent à toute une série de stratagèmes fiscaux dont les *Économiques* du Pseudo-Aristote nous donnent quelques exemples pittoresques :

> Denys de Syracuse voulait recueillir des fonds : il convoqua une assemblée et déclara que Déméter lui était apparue et lui avait donné l'ordre de faire déposer dans son temple les parures des femmes ; lui-même, disait-il, avait donné l'exemple pour les parures des femmes de sa propre maison ; il exigeait donc que les autres en fassent autant, pour éviter le courroux de la déesse, et déclarait en conséquence *coupable de pillage de temple* quiconque s'y refuserait. Tous s'exécutèrent, à la fois par respect pour la déesse et par crainte du tyran ; or, celui-ci offrit un sacrifice à la déesse et lui enleva les parures, sous prétexte de se les être fait prêter par elle. Lorsque au bout d'un certain temps les femmes eurent recommencé à porter des bijoux, il ordonna que celles qui voudraient porter des bijoux en or devraient consacrer dans le temple une offrande déterminée [20 a].

Denys frappa aussi une monnaie d'étain, qui eut un cours forcé [20 c].

Le règne de Denys est contemporain d'une réflexion politique approfondie sur la tyrannie. Il est évident que la figure historique de Denys est à l'arrière-plan d'un certain nombre d'analyses générales de Platon et d'Aristote, mais il est probable également que les théories philosophiques sur la tyrannie ont inspiré à Timée, à Plutarque et à de nombreux autres auteurs une partie des anecdotes relatives à Denys. L'archétype du tyran doit beaucoup à Denys, mais les « traditions » sur Denys doivent beaucoup à l'archétype du tyran.

Quand Platon, au livre VIII de *La République,* nous montre un démagogue parvenu à la tyrannie qui, après avoir dressé le peuple contre les notables et avoir dépouillé les riches, se tourne contre le *dèmos*, son « père », et devient parricide [569 b], les allusions à l'ascension de Denys sont évidentes. Le démagogue qui a versé le sang subit d'après Platon une métamorphose profonde :

> SOCRATE : Et comment le protecteur du peuple commence-t-il à se transformer en tyran ? N'est-ce pas évidemment lorsque ce beau protecteur se met à faire ce qui est raconté dans la légende du temple de Zeus Lycéen en Arcadie ?
> GLAUCON : Que dit cette légende ?
> SOCRATE : Que lorsqu'on a goûté des entrailles humaines, coupées en morceaux parmi celles d'autres victimes, on est fatalement changé en loup. N'as-tu pas entendu conter cette histoire ?
> GLAUCON : Si.
> SOCRATE : De même quand le chef du peuple, trouvant la multitude dévouée à ses ordres, ne sait point s'abstenir du sang des hommes de sa tribu ; quand par des accusations calomnieuses, méthode chère à ses pareils, il les traîne devant les tribunaux et souille sa conscience en leur faisant ôter la vie, qu'il goûte d'une langue et d'une bouche impies le sang de ses parents, qu'il exile et qu'il tue, et fait entrevoir le retranchement des dettes et un nouveau partage des terres, n'est-ce pas dès lors pour un tel homme une nécessité et comme une loi du destin ou de périr de la main de ses ennemis, ou de devenir tyran et d'être changé en loup ?

Poursuivant la même analyse de la tyrannie au début du livre IX de *La République*, Platon compare le tyran à l'« un de ces riches particuliers qui dans certaines cités possèdent un grand nombre d'esclaves » :

> Si quelque dieu enlevant l'un d'entre eux le transportait, lui, sa femme et ses enfants, avec tous ses biens et ses serviteurs, dans un désert, où il n'aurait de secours à attendre d'aucun homme libre, dans quelles craintes, dans quelles transes t'imagines-tu qu'il vivrait, tremblant toujours d'être assassiné par ses esclaves, lui, ses enfants et sa femme ? [...] Ne serait-il pas réduit à flatter certains de ses esclaves mêmes, à les gagner à force de promesses, à les affranchir sans nécessité, en un mot à devenir le flatteur de ses esclaves ? [579 a].

De même que le tyran platonicien avait la vie gâchée par la crainte que lui inspiraient ses sujets, de même, dit-on, Denys était d'une méfiance extrême. Nul ne pénétrait dans la pièce où se tenait le tyran sans s'être déshabillé complètement devant les gardes et sans avoir changé de vêtements [Plutarque, *Dion*, 4]. Pour éviter de confier sa tête à un barbier, Denys se faisait raser par ses filles et, comme il n'avait même en elles qu'une confiance limitée, il les obligeait à utiliser des coques de noix rougies au feu au lieu d'un rasoir [Cicéron, *Tusculanes* V, 20]. Il serait vain d'essayer de dégager le noyau historique de telles anecdotes.

Denys est également célèbre pour avoir attiré à sa cour des poètes et des philosophes (Aristippe de Cyrène et Platon notamment), ce qui correspond à une curiosité intellectuelle personnelle, mais aussi à une tradition reprise des Deinoménides (Hiéron a été le protecteur de Pindare et d'Eschyle) et surtout à un souci de prestige qu'il partage avec de nombreux souverains de son temps (Archélaos de Macédoine, Évagoras de Chypre, Philippe un peu plus tard). Sa vanité littéraire personnelle est plus originale. Denys, dit-on, aimait lire ses vers à ses convives et voulait qu'on l'admirât. Il tint aussi à faire représenter à Athènes des pièces de sa composition, et connut plusieurs déconvenues. C'est seulement en 367 – à un moment où les Athéniens recherchaient son alliance – que sa tragédie intitulée *La Rançon d'Hector* obtint le premier prix. Le tyran, selon certains récits malveillants, célébra son succès par des libations si abondantes qu'il en mourut [Diodore XV, 74].

Si une tradition hostile, partiellement inspirée par les théories philosophiques sur la tyrannie, se plaît à noircir ou à ridiculiser la figure de Denys, d'autres courants politiques exaltent son œuvre : Isocrate loue le tyran d'avoir fait de Syracuse une grande puissance, d'avoir rassemblé les Siciliotes et d'avoir défendu avec succès la Sicile grecque contre les Carthaginois, et il l'appelle à prendre la tête d'une guerre panhellénique contre les Perses [Isocrate, *Lettre I*; Speusippe, *Lettre à Philippe*].

Denys le Jeune, Dion et Platon

A la mort de Denys l'Ancien, son fils aîné Denys le Jeune – né de son épouse locrienne Doris – hérite de la tyrannie. Le jeune homme réunit l'Assemblée syracusaine et demande aux

Syracusains de lui conserver la bienveillance (*eunoia*) qu'ils avaient eue pour son père [Diodore XV, 74, 3]. Le nouveau tyran obtient ainsi, très habilement, un vote d'investiture.

La marge de manœuvre de Denys le Jeune, dans les premiers mois de son règne, est très limitée par l'encombrante présence de Dion dans son entourage. Dion est le frère d'Aristomachè, l'épouse syracusaine de Denys l'Ancien, et le beau-frère de Denys le Jeune dont il a épousé la sœur Arétè [3]. Dion avait joué un rôle important auprès de Denys l'Ancien, dont il s'était toujours montré un fidèle exécutant; il était devenu le plus riche des Syracusains après Denys lui-même. Fort de son âge, de son expérience politique et de l'excellente réputation que lui vaut l'austérité de son mode de vie, Dion pense pouvoir exercer une véritable tutelle sur son jeune beau-frère et gouverner par procuration.

Lors du premier séjour syracusain de Platon, en 388, Dion était devenu l'ami et le disciple du philosophe athénien. Il était peut-être sincèrement converti à la philosophie, il jugeait à coup sûr qu'une réputation de philosophe pouvait servir ses desseins politiques. Aussitôt après la mort de Denys l'Ancien, Dion persuade Denys le Jeune d'inviter à nouveau Platon à Syracuse : l'appui du grand philosophe, pense-t-il, va accroitre son prestige dans l'opinion et son influence sur le tyran. Platon se laisse convaincre pour les raisons qu'il expose lui-même dans sa *Lettre VII* [4] :

> Comme je réfléchissais et me demandais avec hésitation s'il fallait ou non me mettre en route et céder aux sollicitations, ce qui pourtant fit pencher la balance, c'est la pensée que si jamais on pouvait entreprendre la réalisation de mes plans législatifs et politiques, c'était le moment d'essayer : il n'y avait qu'à persuader suffisamment un seul homme et tout était gagné [...], et je rougissais surtout de passer à mes yeux pour un verbe-creux qui ne veut jamais mettre la main à l'œuvre [328 b-c].

Denys le Jeune accueille Platon avec les plus grands honneurs. Toute la cour se met à faire de la géométrie [Plutarque,

3. Denys l'Ancien a donné à ses trois filles les noms d'Arétè (Vertu), Dikaiosynè (Justice) et Sophrosynè (Tempérance).

4. La *Lettre VII*, contrairement à la plupart des lettres attribuées à Platon, est vraisemblablement authentique.

Dion 13, 4]. Denys a compris le profit qu'il peut tirer de la présence de Platon. Il est tout prêt à se dire roi-philosophe et à proclamer qu'il transforme sa tyrannie en royauté conformément aux enseignements de Platon, à condition de ne rien changer aux bases de son pouvoir… L'insistance de Platon pour promouvoir de vraies réformes irrite certains membres de l'entourage du tyran, en particulier l'historien Philistos revenu d'exil : Platon, murmure-t-on, cherche à aider Dion à renverser Denys.

Denys parvient très habilement à se débarrasser de Dion : il intercepte un message que Dion aurait envoyé aux Carthaginois leur demandant de ne pas conclure la paix avec Denys sans que lui-même participe aux négociations [Plutarque, *Dion* 14, 4]. Denys a un excellent motif pour exiger que Dion quitte immédiatement la Sicile ; il lui laisse cependant sa fortune, dont les revenus considérables permettent à Dion de mener grand train en Grèce. Denys voudrait néanmoins garder Platon auprès de lui, mais le philosophe comprend qu'il n'a aucune influence et obtient de rentrer à Athènes.

Peut-être sur les conseils de Philistos, Denys le Jeune mène une politique extérieure très avisée : paix de *statu quo* avec Carthage, guerre contre les Lucaniens pour protéger les cités italiotes, alliance étroite avec Tarente alors gouvernée par le philosophe pythagoricien Archytas, poursuite de l'expansion en Adriatique avec la fondation de deux colonies en Apulie. De 367 à 357, Denys le Jeune épargne aux Siciliens les épreuves que les guerres répétées de son père leur avaient infligées. La paix relative du début de son règne fait cependant apparaître au grand jour l'appauvrissement et le dépeuplement de la Sicile. Denys ne se résout pas pour autant à suivre les conseils de Platon [*Lettre VII*, 332 d-333 a] et à faire appel à des colons venus de Grèce pour « refonder » les cités siciliennes : probablement répugne-t-il à remplacer la domination syracusaine par une association de type plus fédéral.

D'un tempérament plus « doux » que son père, Denys le Jeune laisse se relâcher les « chaînes d'acier » par lesquelles Denys l'Ancien tenait ses sujets [Diodore XVI, 5]. Les Syracusains ne lui en savent aucun gré ; ils le craignent moins que son père, mais le haïssent tout autant, et de surcroît le méprisent à cause de sa mollesse et de son ivrognerie (selon

Plutarque, *Dion* 7, 7, il lui arrivait d'être saoul quatre-vingt-dix jours d'affilée).

L'impopularité croissante de Denys rend l'exilé Dion particulièrement dangereux. Sur les instances de Dion, de Denys et d'Archytas, Platon entreprend un troisième voyage à Syracuse pour tenter de réconcilier les deux hommes [*Lettre* VII, 339-340]. Ses efforts échouent totalement. Dans l'espoir d'empêcher Dion de rassembler des mercenaires, Denys le prive de ses biens ; pour humilier son adversaire, il oblige même sa sœur à divorcer de Dion et à prendre un nouvel époux [Plutarque, *Dion* 21].

Pendant que Platon tentait en vain d'obtenir des concessions de Denys, son neveu Speusippe (le futur successeur de Platon à la tête de l'Académie) se mêlait à la population pour se renseigner sur l'état d'esprit des Syracusains. Le philosophe-espion put rapporter à Dion des informations très encourageantes : tous espéraient ardemment la chute de Denys [Plutarque, *Dion* 22, 1-4].

Au printemps de 357, Dion rassemble 800 mercenaires à Zante. Il bénéficie du soutien de nombreux philosophes de l'Académie, mais la plupart des exilés syracusains refusent de s'embarquer avec lui, non pas nécessairement par « lâcheté » comme le dit Plutarque [*Dion* 22, 7], mais parce qu'ils ne voient pas l'intérêt de participer à une expédition qu'ils considèrent comme un règlement de comptes au sein de la dynastie.

Dion évite le canal d'Otrante, où l'attend la flotte de Philistos, et prend la route de la haute mer pour débarquer à Hèracleia Minoa, sur la côte méridionale de la Sicile, en territoire punique : ses « amis » carthaginois lui offrent d'autant plus volontiers l'hospitalité qu'ils se réjouissent de voir Syracuse à nouveau affaiblie par une guerre civile. Après une marche triomphale à travers la Sicile, Dion est accueilli à Syracuse comme un libérateur.

Ortygie, cependant, reste aux mains des mercenaires de Denys. Dion, d'autre part, manifeste à l'égard des Syracusains une arrogance qui ne tarde pas à le rendre très impopulaire ; il se heurte bientôt à l'un de ses anciens compagnons, Hérakleidès, qui a de plus en plus la faveur du *dèmos* (Plutarque, dont la *Vie de Dion* est une véritable hagiographie de son héros, présente évidemment Hérakleidès comme un

« démagogue » sournois et sans scrupule). Des conflits aux rebondissements multiples opposent Denys II, Dion et Hérakleidès. Quand la citadelle d'Ortygie finit par tomber, Dion s'abstient de la faire raser, et, semble-t-il, s'y installe. On le soupçonne de vouloir à son tour exercer la tyrannie, et son comportement justifie ces craintes : il fait assassiner son adversaire Hérakleidès.

Peu de temps plus tard, Dion lui-même est assassiné par l'un de ses compagnons, l'Athénien Callippos, qui devient tyran. Ce dernier est renversé par les fils de Denys l'Ancien et d'Aristomachè, Hipparinos et Nysaeos, qui exercent une tyrannie éphémère avant que Denys II ne reprenne le pouvoir en 346.

Pendant que ces événements confus se déroulent à Syracuse, des chefs de mercenaires s'emparent de la tyrannie dans diverses cités de Sicile – Hippon à Messine et le Campanien Mamercos à Catane par exemple. La Sicile connaît à nouveau la division, et la plupart des cités sont en proie à des conflits violents.

On comprend que Platon, en 354, recommande aux amis de Dion de renoncer à établir une constitution meilleure s'il faut pour cela recourir à des massacres et à des bannissements [*Lettre* VII, 331 c-d].

Timoléon et son œuvre

En 346-345, l'un des adversaires syracusains de Denys II, Hikétas, qui s'est installé à Léontinoi à la tête d'une petite armée, demande à la fois l'aide de Carthage et celle de Corinthe (qui est la métropole de Syracuse). Les Corinthiens répondent favorablement et chargent Timoléon de l'expédition. Le passé du personnage est mal connu : tout ce que nous savons, c'est que, vingt ans auparavant, il avait tué son frère Timophanès qui tentait de devenir tyran [Plutarque, *Timoléon* 4-5]. Pendant que Timoléon rassemble des mercenaires, les Carthaginois prennent pied en Sicile. Il semble qu'ils aient conclu un accord avec Hikétas : en échange de l'aide qu'ils fournissent pour expulser Denys, celui qui apparaît alors comme le futur maître de Syracuse leur reconnaît une zone d'influence élargie.

Dans ces conditions, l'intervention de Timoléon embarrasse à la fois les Carthaginois et Hikétas, qui cherchent en vain à le persuader de disperser son armée. Le condottiere corinthien déjoue la surveillance carthaginoise, bouscule les troupes d'Hikétas et obtient de très nombreux ralliements. Cinquante jours après le débarquement de Timoléon, Denys choisit de capituler, aux conditions dictées par le Corinthien : le tyran part pour Corinthe, où il va mener la vie modeste d'un maître d'école.

Timoléon ne contrôle pas pour autant toute la ville de Syracuse, dont de nombreux quartiers restent occupés par Hikétas et l'amiral carthaginois Magon. La rareté des combats laisse aux soldats des deux camps beaucoup de loisirs, qu'ils occupent à pêcher dans les eaux très poissonneuses de Syracuse. Les pêcheurs grecs des deux armées commençant à fraterniser [Plutarque, *Timoléon* 20], Magon craint un accord des troupes de Timoléon et d'Hikétas contre lui, et préfère quitter la Sicile. Timoléon n'a pas de peine à mettre en fuite Hikétas et à se rendre maître de toute la ville de Syracuse.

Chef de mercenaires victorieux, Timoléon ressemble beaucoup à un tyran d'origine étrangère. Pour couper court aux accusations de ses adversaires, il invite les Syracusains à raser les remparts d'Ortygie et le palais de Denys. Grâce à cette initiative, la propagande qui présente le Corinthien comme un libérateur désintéressé est plus facilement acceptée.

De 343 à 339, Timoléon guerroie avec des succès divers contre les petits tyrans des cités siciliennes. En 339, lorsque les Carthaginois lancent une vigoureuse contre-offensive en Sicile, la pression du sentiment panhellénique est assez forte pour que les tyrans siciliens soient obligés de se rallier à Timoléon. Le Corinthien choisit d'attaquer l'armée carthaginoise, très supérieure en nombre, à un moment où elle est particulièrement vulnérable, lors de la traversée du fleuve Crimisos, et remporte une victoire complète. La propagande de Timoléon soulignera que les dieux étaient avec lui : un orage a mis le fleuve en crue et aggravé la déroute de l'armée punique [Plutarque, *Timoléon* 27-28].

Les tyrans des cités siciliennes reforment une coalition contre Timoléon, qui parvient non sans peine à les soumettre l'un après l'autre. Le Corinthien encourage les règlements de comptes spectaculaires :

> Timoléon survint et assiégea Messine par terre et par mer. Hippon monta sur un vaisseau pour s'échapper ; il fut pris et livré aux citoyens de Messine. Ceux-ci, ayant fait sortir des écoles leurs enfants et les ayant menés au théâtre pour assister au plus beau des spectacles, la punition d'un tyran, supplicièrent Hippon et le tuèrent [Plutarque, *Timoléon* 34, 4].

Les constitutions établies par Timoléon tant à Syracuse que dans les cités siciliennes sont tantôt qualifiées de démocraties tantôt d'oligarchies. Peut-être Timoléon, soucieux de faire œuvre durable, s'est-il efforcé d'instaurer un de ces régimes modérés chers à Aristote qui pouvaient passer pour des démocraties aux yeux du peuple et pour des oligarchies aux yeux des notables [*Pol.* IV, 9, 6]. Dans la Syracuse de la fin du IVe siècle, par exemple, il semble qu'un Conseil des Six-Cents ait joué un grand rôle aux côtés de l'Assemblée du peuple [Diodore XIX, 6, 4]. Timoléon veilla également à réunir les cités siciliotes dans une alliance fédérale : la prééminence de Syracuse, qui est confirmée, prend la forme d'une hégémonie semblable à celles de Grèce propre, ce qui marque une rupture avec la politique d'annexion et de déportation chère aux Deinoménides et à Denys l'Ancien.

Les réformes constitutionnelles de Timoléon et la *symmakhia* qu'il a créée n'auront pas la durée qu'espérait leur fondateur. En revanche, le repeuplement des cités siciliotes par l'appel à de nombreux colons venus de Grèce et la reconstruction des villes (Agrigente et Géla en particulier), qu'attestent à la fois les sources littéraires et l'archéologie, ont été des décisions très importantes à long terme. Après les guerres de Denys l'Ancien et les terribles conflits des années 357-343, le gouvernement de Timoléon marque le début d'un remarquable redressement économique de la Sicile grecque. La Sicile redevient un grenier à blé : les nombreuses monnaies de type corinthien qui circulaient alors en Sicile – les fameux pégases – ont probablement servi en partie à payer des achats grecs de céréales.

Son œuvre accomplie, probablement en 337, Timoléon, nous dit Plutarque, déposa la « monarchie » [*Timoléon* 37, 10]. L'emploi de ce terme par Plutarque montre que, même pour un admirateur de Timoléon, le condottiere corinthien exerçait à Syracuse un pouvoir personnel de type tyrannique, et non une simple magistrature.

L'abdication volontaire d'un tyran n'en est pas moins exceptionnelle : en renonçant au pouvoir, Timoléon finit par se conformer à sa propre propagande, celle d'un restaurateur de la liberté.

L'Italie du Sud de 357 à 323

L'écroulement de l'empire syracusain (du fait de l'expédition de Dion) a eu des conséquences très graves en Grande-Grèce.

– L'émergence des Brettiens (un peuple de bergers auparavant soumis aux Lucaniens, qui acquiert son indépendance en 357) n'est pas directement liée aux événements de Syracuse. En revanche, l'expansion de la nouvelle Confédération brettienne aux dépens des cités grecques a été facilitée par l'effondrement syracusain.

– Les Lucaniens, expulsés de Calabre par les Brettiens, accentuent leur pression sur les cités grecques de la Basilicate. Les Messapiens et les Iapyges, qui ont toujours résisté à la volonté d'expansion de Tarente, passent eux aussi à la contre-offensive. Tarente et les rares autres cités grecques encore indépendantes de la région – Thourioi notamment – sont privées de l'appui syracusain et doivent faire appel à des défenseurs venus de Grèce propre, le roi de Sparte Archidamos III de 343 à 338, le roi d'Épire Alexandre le Molosse de 333 à 330. Les intérêts de ces condottieri et ceux de Tarente ne coïncident pas toujours, ce qui provoque des tensions, qui expliquent en partie les échecs répétés de ces expéditions : Archidamos III comme Alexandre le Molosse périssent en Italie.

– Quand la flotte syracusaine n'est plus en mesure de faire régner l'ordre dans l'Adriatique, la piraterie réapparaît sur une grande échelle – tant du fait des Illyriens que du fait de peuples italiens que les Grecs ont tendance à assimiler aux Étrusques. La colonie que les Athéniens décident de fonder en 325/324 a pour but proclamé de lutter contre la piraterie et d'assurer la sécurité des convois de blé venant d'Occident

[*IG* II², 1629 ; Tod n° 200 ; Bertrand n° 75]. Nous ne savons pas si cette colonie fut effectivement fondée. Ce qui est sûr, c'est que la piraterie continue à se développer.

– La puissance de Rome, alors engagée dans les guerres Samnites, commence à se faire sentir en Grande-Grèce. Tarente manifeste son inquiétude dès 330. En 327, les citoyens de Naples sont divisés en deux camps : les démocrates sont favorables aux Samnites, les notables aux Romains. Les notables l'emportent, et Naples devient l'alliée de Rome, en voyant son autonomie garantie par un *fœdus æquum*.

8

Sociétés et économies en Grèce au IVe siècle

La société athénienne du IVe siècle est l'une des moins mal connues de l'Antiquité, principalement parce que nous disposons du témoignage des orateurs attiques – en particulier de Lysias, d'Isée et du corpus démosthénien. L'utilisation des plaidoyers pour l'analyse de la société athénienne est cependant délicate. Chaque plaideur bien sûr déforme les faits en fonction de ses intérêts, mais surtout il est souvent difficile de déterminer si telle ou telle indication – sur le nombre d'esclaves d'un atelier, sur l'attitude des marchands de blé ou sur l'exploitation des mines du Laurion – correspond à la règle ou à l'exception, si elle reflète une situation momentanée ou une donnée durable. L'économie et la société athéniennes ont connu au cours du IVe siècle de nombreuses fluctuations conjoncturelles et d'importantes évolutions. Brosser un « tableau » d'une période de quatre-vingt-deux ans (403-322) est à bien des égards un exercice artificiel. Choisir une date précise (350 par exemple) ne serait qu'en apparence une solution satisfaisante, car on serait obligé d'utiliser souvent des témoignages soit antérieurs soit postérieurs.

La longue guerre du Péloponnèse a profondément transformé la démographie, l'économie et la société athéniennes. Il est donc légitime de renoncer à décrire de manière globale l'Athènes « classique », et de dissocier l'examen du IVe siècle de celui du « siècle de Périclès ». L'ampleur des bouleversements ne doit pas cependant être exagérée : les statuts juridiques restent les mêmes, et les mentalités n'évoluent que lentement. Il serait tout à fait excessif d'opposer l'*homo politicus* du Ve siècle à l'*homo œconomicus* du IVe siècle. C'est l'analyse précise des données disponibles qui permet de cerner les permanences et les évolutions, les difficultés rencontrées et les solutions proposées.

Si notre documentation sur la société athénienne est relativement abondante, les éléments dont nous disposons sur le reste du monde grec sont beaucoup plus pauvres. Ils permettent cependant d'établir quelques comparaisons et de suggérer quelques hypothèses.

Il est difficile d'appliquer d'emblée à l'analyse des structures sociales des communautés grecques le concept moderne de « classe », c'est-à-dire d'un groupe qui occupe une certaine place dans l'échelle sociale, qui joue un certain rôle dans la production et qui a un sentiment aigu de sa solidarité et de son opposition à d'autres groupes (en d'autres termes, une « conscience de classe »). Dans les sociétés grecques, statut juridique et rôle dans la production ne se recouvrent pas. A Athènes, par exemple, on trouve dans les mêmes équipes de tailleurs de pierre ou de charpentiers des citoyens, des étrangers libres et des esclaves qui travaillent côte à côte : les différences juridiques entre ces ouvriers sont cependant trop importantes pour qu'on les range dans la même « classe ». Statuts et activités économiques doivent faire l'objet de deux analyses distinctes.

Le décalage entre statut et fonction économique n'empêche nullement dans la Grèce du IVe siècle l'émergence de conflits sociaux entre groupes antagonistes. La nature et les enjeux de ces « luttes de classes » méritent examen.

Les statuts juridiques

Dans toutes les sociétés grecques – au IVe siècle comme au Ve siècle et comme à l'époque hellénistique –, les citoyens de plein droit ne constituent qu'une petite minorité de la population. Si les statuts varient beaucoup selon les cités et les régions, trois faits majeurs communs à tout le monde grec peuvent être soulignés d'emblée :

1) Il y a partout (ou presque partout) des hommes et des femmes qui ne sont pas libres ; malgré la diversité de leurs situations, on peut les qualifier globalement d'« esclaves » (*douloi*) comme le faisaient souvent les Grecs eux-mêmes.

2) Les femmes sont privées de la citoyenneté. Ce n'est pas un trait original du monde grec (en France, les femmes

ne votent que depuis la Libération), mais la situation des femmes dans des cités qu'on a souvent qualifiées de « clubs d'hommes » mérite attention.

3) Tous les hommes libres ne sont pas citoyens. La proportion entre citoyens et non-citoyens varie beaucoup selon les cités, ainsi que les conditions nécessaires pour être citoyen.

Les esclaves

D'après un fragment de l'historien Ctésiclès (IIIe siècle avant J.-C.), le tyran Démétrios de Phalère aurait, entre 317 et 307, ordonné un recensement général de la population de l'Attique, et l'on aurait trouvé 21 000 citoyens, 10 000 métèques et 400 000 esclaves [*Fr. Gr. Hist.* n° 245, F1, cité par Athénée, *Deipnosophistes* VI 272, c]. Ce recensement avait probablement une finalité militaire : les 21 000 citoyens et les 10 000 métèques sont apparemment les hommes en âge de porter les armes, auxquels il convient d'ajouter les femmes, les enfants et les vieillards. On voit moins bien les raisons d'un recensement de la population servile des deux sexes, tous âges confondus, et il est tentant de supposer que Ctésiclès a *complété* les chiffres du recensement des hommes libres par une conjecture sur le chiffre des esclaves, qui semble correspondre à une évaluation courante. Un fragment du *Contre Aristogiton* d'Hypéride [Fr. 29 Jensen, éd. Teubner] évoque l'intention d'enrôler 150 000 esclaves dans le cadre des mesures de salut public décidées en 338 après Chéronée[1]. En l'absence de contexte, on ne saurait dire s'il s'agit d'un chiffre avancé par Hypéride lui-même ou par des adversaires soucieux de souligner combien la proposition d'Hypéride était dangereuse. Ce qui est sûr, c'est que l'évaluation du *Contre Aristogiton* (150 000 esclaves mâles en âge de porter les armes) concorde avec celle de Ctésiclès (400 000 esclaves en tout). Les Athéniens pensaient que leur population servile était très nombreuse.

Quoique les chiffres imaginés par les Athéniens aient été probablement exagérés, divers indices suggèrent que le nombre des esclaves était très élevé. Même les paysans pauvres que

1. Voir ci-dessus, p. 128.

met en scène le *Ploutos* d'Aristophane (388) ont plusieurs esclaves. Quant au plaideur pour lequel Lysias a composé le *Sur l'invalide*, il s'indigne qu'on veuille lui supprimer sa pension d'invalidité d'une obole par jour, alors qu'il n'a « pas même un petit esclave pour faire ses courses » – signe d'une extrême indigence. Les paysans et artisans athéniens ont presque tous des esclaves qui travaillent à leurs côtés, et cette aide contribue à leur assurer le loisir nécessaire à leurs activités politiques ; leurs épouses sont secondées par des servantes dans le tissage des vêtements et autres tâches domestiques. Les Athéniens riches, évidemment, disposaient de serviteurs plus nombreux, et certains d'entre eux exploitaient des ateliers de plusieurs dizaines d'esclaves : le père de Démosthène, par exemple, tirait des revenus importants du travail de deux groupes d'esclaves, trente-deux couteliers et vingt fabricants de lits [*Contre Aphobos* 8-11]. La reprise de l'exploitation des mines du Laurion, très nette à partir de 355, entraîne en outre l'utilisation d'une importante main-d'œuvre servile. Comme Nicias au Ve siècle, certains riches Athéniens achètent à nouveau de nombreux esclaves, qu'ils louent aux concessionnaires de mines qui en ont besoin ; c'est un placement, semble-t-il, très rentable. Xénophon, dans le *Sur les revenus* [ch. 4], suggère que la cité elle-même suive cet exemple et qu'elle se constitue un capital servile considérable (trois esclaves mineurs par citoyen...), le revenu de la location de ces esclaves devant assurer l'entretien (*trophè*) des citoyens.

Athènes dispose aussi de plusieurs centaines d'esclaves publics – gardiens de prison, vérificateurs des poids et mesures et sous-greffiers par exemple – dont la compétence, acquise « sur le tas », compense dans une certaine mesure l'inexpérience des magistrats tirés au sort qu'ils sont chargés d'assister.

Le prix des esclaves varie en fonction de leur âge, de leur vigueur et de leurs compétences. Les esclaves couteliers du père de Démosthène valent chacun de 500 à 600 drachmes, mais le prix d'un esclave mineur est évalué par Xénophon à 180 drachmes [*Revenus* 4, 23]. D'une manière générale, il semble que l'acquisition d'un esclave soit peu onéreuse au IVe siècle, parce que les esclaves affluent sur les marchés. La modicité du prix d'achat des esclaves importés explique la répugnance des maîtres à élever de jeunes esclaves : dans l'*Économique* [IX, 5], Xénophon recommande de bien fermer à clef le dortoir des femmes esclaves. Il arrivait bien sûr qu'un maître autorisât des esclaves dévoués à vivre en couple et à avoir des enfants, mais les « esclaves nés à la maison » ne constituaient qu'une petite minorité privilégiée à laquelle on confiait par exemple les tâches d'intendant ou de « pédagogue » (l'esclave qui conduit l'enfant à l'école).

Ces esclaves qui arrivaient en grand nombre sur les marchés d'Athènes et de nombreuses autres cités grecques étaient d'origines diverses. Il y avait parmi eux des Grecs capturés par des pirates ou victimes d'enlèvements (les marchands d'esclaves, dont la réputation était exécrable, passaient pour se livrer à une foule de trafics illicites). D'autres esclaves grecs venaient de cités vaincues dont toute la population avait été réduite en esclavage (Olynthe en 348 ou Thèbes en 335, par exemple), mais il convient de souligner qu'au IVe siècle les prisonniers grecs de guerres entre Grecs étaient souvent libérés moyennant rançon, à cause du développement du panhellénisme, mais surtout parce que les rançons offertes étaient généralement plus élevées que le prix qu'on pouvait attendre de la vente d'un captif. La plupart des esclaves vendus en Grèce sont des barbares originaires de Thrace, de Scythie ou de l'Orient achéménide.

Les esclaves athéniens (et ceux de la plupart des cités grecques) sont la propriété de leurs maîtres – ou de l'État – : leur propriétaire peut disposer d'eux à sa guise – les donner, les vendre, les léguer, les louer – exactement comme il peut disposer de ses autres biens mobiliers, de ses bœufs ou de ses mules par exemple. Juridiquement, les esclaves n'ont aucun droit. Leur infériorité radicale apparaît très clairement en matière pénale : un délit qui est puni d'amende lorsqu'il est commis par un homme libre vaut le fouet à un esclave (chaque coup, semble-t-il, correspondant à une drachme). Sauf dans quelques types de causes (où la dénonciation spontanée du maître par l'esclave est admise et même encouragée), le témoignage d'un esclave n'est recevable que sous la torture.

Cette absence totale de droits n'empêche pas l'esclave athénien de bénéficier indirectement de certaines protections. La première protection vient de la dépendance même de l'esclave. Maltraiter l'esclave d'autrui, c'est porter atteinte à sa propriété ; le maître peut intenter une action pour dommages (*dikè blabès*). Le maître lui-même n'est pas totalement à l'abri de poursuites : s'il maltraite sans motif un de ses esclaves, il peut se voir intenter par un autre citoyen une action publique pour violences (*graphè hubreôs*). L'existence de cette procédure ne s'explique pas directement par un souci humanitaire : elle repose sur l'idée qu'une violence excessive est toujours condamnable, même quand elle s'exerce sur un esclave. Le meurtre d'un esclave entraîne des poursuites pour homicide, probablement pour des raisons religieuses : verser le sang d'un être humain, même privé de tout droit, reste une souillure. L'affaire n'est pas jugée cependant par l'Aréopage, compétent pour le meurtre des citoyens, mais par le tribunal du Palladion ; la peine encourue – l'exil – est la même que pour l'homicide involontaire.

La situation concrète des esclaves variait considérablement. Les esclaves mineurs du Laurion qui travaillaient, parfois enchaînés, dans des galeries étroites et insalubres avaient une vie tout à fait misérable ; au contraire, les esclaves « vivant à part » (*chôris oikountes*) qui exerçaient leur métier dans des échoppes que leur avaient confiées leurs maîtres en versant à ces derniers une redevance qualifiée d'*apophora*, bénéficiaient d'une relative indépendance de fait.

Certains esclaves obtiennent d'être affranchis, exceptionnellement grâce à une décision de la cité visant à récompenser des services rendus, quelquefois grâce à la bienveillance de leurs maîtres ou d'amants très épris (c'est le cas de certaines courtisanes), le plus souvent en *rachetant* leur liberté. En théorie, l'esclave ne peut rien posséder en propre, mais certains maîtres jugent profitable de laisser certains esclaves – notamment les *chôris oikountes* – amasser un pécule. Nos sources ne nous permettent pas d'apprécier la fréquence des affranchissements. Ce qui est sûr, c'est que les affranchis athéniens ne deviennent jamais citoyens (au moins dans un premier temps). Leur statut est celui de métèques, avec souvent une clause qui maintient un certain nombre d'obligations de l'affranchi à l'égard de son ancien maître.

L'esclavage de type athénien, désigné aussi par l'expression consacrée d'esclavage-marchandise, est la forme de servitude la plus répandue dans le monde grec au IVe siècle. Dans certaines régions, cependant, subsiste une autre forme de dépendance, celle de paysans liés à la terre. L'exemple le plus célèbre est celui des hilotes de Sparte, mais de nombreux textes évoquent aussi les Pénestes de Thessalie, les clarotes ou périèques de Crète, les Mariandyniens d'Héraclée du Pont et les Kyllyriens de Syracuse (la liste n'est pas exhaustive). Du point de vue juridique, la principale différence entre les esclaves-marchandises et les paysans dépendants de type hilotique, c'est que ces derniers ne peuvent être arrachés à leur terre, ni à plus forte raison vendus à l'étranger : selon l'heureuse formule de Claude Vatin, ils sont des « biens immeubles inaliénables ». Qu'ils soient Grecs ou barbares (dans le monde colonial), ces dépendants de type hilotique sont des autochtones dont le statut est héréditaire : même s'ils ne vivent pas toujours en villages, il y a entre ces paysans asservis des liens traditionnels assez forts et une certaine solidarité. Ces dépendants ont aussi des aspirations politiques, voire des revendications politiques précises : les uns veulent obtenir leur indépendance et devenir les citoyens d'une nouvelle cité (tel est le cas des hilotes de Messénie), d'autres souhaitent être admis dans le corps civique de leurs maîtres. Alors que les esclaves-marchandises ne se révoltent jamais dans la Grèce du IVe siècle, parce qu'ils ne forment pas un groupe solidaire et surtout parce qu'ils n'ont pas d'aspirations politiques, les esclaves de type hilotique jouent souvent un rôle important dans les luttes politiques de leur cité. A Héraclée, sous le règne du tyran Cléarque, une partie au moins des *douloi* (c'est-à-dire des Mariandyniens) est intégrée dans le corps civique, et ces nouveaux citoyens se voient même attribuer les maisons et les femmes de leurs anciens maîtres. L'événement le plus marquant du IVe siècle en ce domaine est la libération de la Messénie par Épaminondas, en 369, et la transformation des hilotes messéniens en citoyens de Messène. Malgré les efforts de la propagande prospartiate contre les Messéniens, l'accession de ces hilotes à la citoyenneté n'avait pour la majorité des Grecs rien de choquant. Dans la plupart des cités grecques, les paysans faisaient partie du corps civique : c'est la servitude de paysans grecs qui apparaissait comme une anomalie et la libération des Messéniens qui mettait fin à une oppression injuste.

La servitude de type hilotique semble devenir plus rare au IVe siècle dans les cités grecques, parce que certains groupes comme les Messéniens ont conquis leur indépendance et que d'autres (à Syracuse ou à Héraclée) ont été intégrés dans le *dèmos* ; mais, dans le même temps, ceux qui, comme Isocrate, prônent la conquête grecque d'une partie au moins de l'empire perse veulent faire des populations barbares conquises les hilotes des nouvelles colonies grecques. La conquête d'Alexandre modifia assez peu le statut antérieur des paysans orientaux, qui changèrent seulement de maîtres, mais elle multiplia le nombre des Grecs qui vécurent du travail de paysans dépendants.

La nécessité de l'esclavage était pour la plupart des Grecs une évidence. Dans *L'Assemblée des femmes* d'Aristophane, quand Praxagora expose son programme de mise en commun des biens, Blépyros objecte : « Et la terre, qui la cultivera ? » La réponse est immédiate : « Les esclaves. Toi, tu n'auras d'autre souci [...] que d'aller tout pimpant, au dîner » [v. 651-652]. Au lieu que le travail des esclaves privés assure plus ou moins le loisir de leurs maîtres, le travail des esclaves communs assurera parfaitement le bien-être de tous les citoyens. Dans l'utopie imaginée par Aristophane, le communisme, c'est la propriété commune des esclaves.

Des voix s'élevaient pourtant au IVe siècle pour contester la légitimité de l'esclavage. L'un des rhéteurs les plus influents du IVe siècle, Alcidamas, n'a pas hésité à proclamer que « la divinité a accordé la liberté à tous » et que « la nature ne fait de personne un esclave ». Que cette phrase soit extraite d'un *Discours messénien* n'enlève rien à sa portée générale. Dans le livre I de *La Politique*, Aristote critique ceux qui affirment que l'esclavage est une convention contre nature : il ne nomme pas ses adversaires, mais la formulation de l'argument suggère qu'il remonte aux Sophistes de la fin du Ve siècle, peut-être à Antiphon, et le soin que prend Aristote à réfuter cette thèse suggère qu'elle séduisait encore beaucoup d'intellectuels à la fin du IVe siècle.

L'esclavage était au IVe siècle l'objet de discussions théoriques. En dehors de quelques brèves citations, le seul témoignage de ces débats que nous ayons conservé est la théorie aristotélicienne de l'esclavage au livre I de *La Politique*. Ce texte fameux, d'interprétation difficile, a suscité des controverses souvent passionnées. Nous nous contenterons ici de quelques brefs commentaires.

Aristote tient à distinguer clairement le pouvoir politique et celui du maître de maison, et, tout aussi nettement, les trois types d'autorité que le maître de maison exerce sur sa femme, sur ses enfants et sur ses esclaves. Il définit l'esclave comme un « instrument animé » en vue du bien-être du maître [I, 4, 1254 a]. Dans le monde tel qu'il est, l'esclave est indispensable :

> Si, en effet, chaque instrument était capable, sur une simple injonction, ou même pressentant ce qu'on va lui demander, d'accomplir le travail qui lui est propre, comme on le raconte des statues de Dédale ou des trépieds d'Héphaïstos, lesquels, dit le poète, *Se rendaient d'eux-mêmes à l'assemblée des dieux,* si, de la même manière, les navettes tissaient d'elles-mêmes, et les plectres pinçaient tout seuls la cithare, alors, ni les chefs d'artisans n'auraient besoin d'ouvriers, ni les maîtres d'esclaves [I, 4, 1253 b ; trad. J. Tricot].

Aristote s'efforce de montrer que le *principe* de l'esclavage est naturel. La subordination de l'inférieur au supérieur est un fait naturel général (le philosophe donne l'exemple de la relation de l'âme et du corps, puis celle du couple homme-femme). L'association d'un maître intelligent soucieux de se libérer des tâches matérielles et d'un esclave incapable de diriger lui-même sa vie est elle aussi naturelle, harmonieuse et juste.

Après avoir construit le modèle idéal d'une relation maître-esclave conforme à la nature, Aristote ajoute qu'il est souvent difficile de reconnaître les âmes d'esclaves et les âmes de maîtres. Changeant alors d'adversaire, Aristote critique ceux qui considèrent que tout esclave mérite son sort, puisque son asservissement reflète son infériorité. Il peut arriver aux citoyens les plus valeureux d'être faits prisonniers, et l'on ne saurait considérer de tels captifs comme des esclaves par nature. Ceux qui affirment que seuls les captifs barbares sont à juste titre esclaves ont le mérite de reconnaître que l'esclavage n'est juste que lorsqu'il est naturel, mais Aristote ne considère cette assimilation des barbares et des esclaves que comme une approximation. Le philosophe conclut son analyse en observant que l'esclavage selon la nature et l'esclavage selon la loi ne coïncident pas nécessairement.

Aristote justifie l'esclavage, mais ne justifie pas entièrement l'ordre établi, car il y a selon lui des esclaves contre nature dans les sociétés grecques de son temps. Certains commentateurs ont même suggéré que le philosophe se plaisait à souligner, avec ironie, le décalage entre le couple idéal maître-esclave et la réalité.

Les femmes

La femme athénienne est juridiquement mineure : seule, elle ne peut agir en justice ni conclure un contrat. De sa naissance à sa mort, une femme est sous la dépendance d'un *kurios*[2], son père (ou son plus proche parent en ligne paternelle) puis son mari, puis quelquefois son fils si elle est veuve.

Le mariage est le moment central de la vie d'une femme, qui la fait passer de l'autorité de son père à celle de son mari[3]. Un mariage en bonne et due forme est généralement précédé d'un engagement solennel devant témoins (*engyè*) entre le père de la jeune fille et le futur époux. La formule traditionnelle de cette *engyè* peut être reconstituée grâce à un passage du *Dyscolos* de Ménandre [v. 841-844] : « Je te confie ma fille pour que tu procrées des enfants légitimes…, et je te donne une dot de… » Le fiancé répond à deux reprises : « Je prends. » L'épouse n'est que l'objet du contrat, il n'est pas nécessaire qu'elle soit consentante, ni même présente. Le mari gère comme il l'entend la dot de sa femme (constituée d'argent et de biens meubles), mais n'en a pas la pleine propriété : la dot doit être restituée à la famille de l'épouse en cas de répudiation. Pour garantir la restitution éventuelle de la dot, il est fréquent qu'un beau-père exige de son gendre une hypothèque sur une terre ou sur une maison, qu'il pourra

2. La traduction habituelle par « tuteur » est faible, car le terme suggère une autorité souveraine. « Seigneur » ou « maître » rendrait mieux la force du mot, mais il convient de souligner que le grec distingue nettement le maître-*despotès* d'un esclave et le maître-*kurios* d'une femme.

3. Un lien juridique subsiste cependant entre la femme mariée et sa famille d'origine. Un père peut dans certains cas prendre l'initiative de faire divorcer sa fille, et une jeune veuve retombe sous l'autorité de son père – à qui il appartient de la remarier.

saisir en cas de défaillance. Un mari pouvait librement prendre l'initiative d'un divorce, mais la dot contribuait à la stabilité des ménages.

A Athènes, seuls les fils héritaient du patrimoine de leur père. Une jeune fille qui n'avait pas de frère n'était pas à proprement parler héritière, elle était seulement *épiclère*, associée à l'héritage et chargée de le transmettre, et devait épouser son plus proche parent du côté paternel (son oncle par exemple)[4]. L'attribution de l'épiclère était prononcée par l'archonte, au terme de la procédure publique d'*epidikasia* ; au cas où l'épiclère était revendiquée par plusieurs parents, un tribunal tranchait entre eux.

L'éducation des jeunes filles était souvent des plus sommaires, comme le regrette Xénophon dans l'*Économique :*

> Elle n'avait pas encore quinze ans quand elle entra chez moi, raconte Ischomaque à Socrate. Auparavant, elle avait vécu strictement surveillée, afin qu'elle ne vît, n'entendît, ne questionnât que le moins possible [...] Elle savait tout au plus faire un manteau avec la laine qu'on lui mettait en main [VII, 5].

Quand son mari, après avoir accompli des sacrifices avec elle et l'avoir un peu « apprivoisée », lui demande de l'aider à gérer le foyer conjugal, la jeune femme est tout affolée :

> Mais en quoi pourrais-je t'aider ? De quoi suis-je capable ? Tout roule sur toi. Ma tâche, à moi, à ce que m'a dit ma mère, c'est d'être sage [VII, 14].

Par de longs discours condescendants, Ischomaque s'attache à tirer son épouse de l'ignorance dans laquelle l'ont laissée ses parents, mais seulement pour faire d'elle une maîtresse de maison avisée. Le partage des rôles est très clairement défini :

> L'intérieur et l'extérieur exigent également de l'activité et du soin. La divinité a approprié la nature de la femme aux travaux et aux soins de l'intérieur, et celle de l'homme à ceux du dehors [VII, 22].

4. La règle s'appliquait aussi quand la fille épiclère était déjà mariée (elle devait alors divorcer), sauf si elle avait déjà donné naissance à un fils (qui était alors l'héritier de son grand-père maternel).

Si l'adultère de l'épouse – qui risque d'introduire un intrus dans la lignée – est très durement puni (la femme adultère est chassée sans dot de la maison de son mari, son père peut la vendre comme esclave, et le meurtre de l'amant surpris en flagrant délit est considéré comme légitime), l'infidélité de l'époux semble tout à fait naturelle, et Apollodore, s'adressant à un tribunal d'hommes, présente comme une évidence les distinctions suivantes :

> Nous avons les courtisanes (*hetairai*) pour le plaisir ; les concubines (*pallakai*) pour les soins de tous les jours ; les épouses, pour avoir une descendance légitime et une gardienne fidèle de l'intérieur de la maison [Pseudo-Démosthène, *Contre Néaira* § 122].

Il convient cependant de souligner que, comme le Platon des *Lois* [VI 784 e et VIII 841 d], Aristote condamne toute relation extra-conjugale, du mari aussi bien que de la femme, parce qu'il y voit une atteinte à la confiance qui fonde l'association des deux époux [*Pol.* VII, 17, 1335 b 35-42]. Le même Aristote compare à plusieurs reprises l'autorité du mari sur la femme à une magistrature aristocratique : l'homme dirige seul l'exécution des décisions prises, mais la femme est associée à la délibération préalable (contrairement aux esclaves et aux enfants). Sur ce point comme sur bien d'autres, Aristote fait preuve d'un conservatisme éclairé : tout en maintenant la femme à l'intérieur de l'*oikos* et tout en réaffirmant l'autorité maritale, le philosophe suggère un peu plus d'égalité et de réciprocité dans la communauté (*koinônia*) conjugale.

Les épouses athéniennes ne participent pas aux banquets que peuvent organiser leurs maris : les seules femmes admises dans ces réunions masculines sont les courtisanes. Le gynécée, normalement situé à l'étage, est strictement interdit à tout homme étranger à la famille. Les plaideurs athéniens reprochent souvent à leurs adversaires d'avoir fait intrusion dans l'appartement des femmes : c'est l'un des griefs les plus graves que l'on puisse formuler. En principe, une femme athénienne ne peut sortir de chez elle qu'avec l'autorisation de son mari, et pour quelques motifs seulement [5] – accouche-

5. Les femmes des citoyens les plus pauvres étaient quelquefois obligées de sortir de chez elles pour exercer un métier, par exemple pour vendre des rubans sur le marché, comme la mère d'Euxithéos [Démos-

ment d'une voisine ou d'une parente, soins à donner à un mort par exemple –, mais Aristophane met en scène, dans *L'Assemblée des femmes*, des épouses qui ont l'art de multiplier les prétextes.

En outre, les femmes grecques pouvaient participer à un grand nombre de fêtes religieuses. Leur rôle était même central dans certaines fêtes réservées aux femmes, comme les Thesmophories célébrées à l'automne en l'honneur de Déméter ; à Athènes, la célébration des cérémonies des Thesmophories était soigneusement préparée par les femmes de chaque dème, qui élisaient pour l'occasion des présidentes.

Si la vie sociale de la femme athénienne en dehors de l'*oikos* reste très limitée, il semble qu'Athènes représente un cas extrême de confinement des femmes dans le gynécée. Les jeunes filles de Sparte recevaient une éducation collective et consacraient beaucoup de temps à des exercices sportifs en plein air, vêtues d'une simple tunique courte qui les faisait qualifier de « phénomérides [6] » ; les femmes mariées de Sparte, quant à elles, se déplaçaient librement. La condition des femmes dans la plupart des cités était apparemment intermédiaire entre celle des Lacédémoniennes et celle des Athéniennes, mais plus proche de cette dernière.

Nulle part en Grèce au IVe siècle, même à Sparte, les femmes ne participent à la vie militaire et à l'activité politique, du moins directement. C'est ce qui fait la force comique du titre même de la pièce représentée par Aristophane en 392, *Hai Ekklesiazousai*, « Les Femmes tenant assemblée ». Aristophane imagine que les femmes déguisées en hommes décident de confier le pouvoir aux femmes. Les arguments avancés sur le mode burlesque mêlent des plaisanteries misogynes traditionnelles et des considérations plus sérieuses :

> Elles savent mieux se conduire que nous, et je vais le prouver [...] On ne les voit pas risquer des innovations [...] Elles s'accroupissent devant leur gril, comme dans le temps ; elles portent des fardeaux sur la tête, comme dans le temps ;

thène, *Contre Euboulidès* § 34-36]. Le plaideur n'insisterait pas tant sur le fait qu'une telle activité n'a rien de déshonorant s'il ne se heurtait pas à un puissant préjugé assimilant les femmes qui travaillent au-dehors à des étrangères ou à des esclaves.

6. « Celles qui montrent leurs cuisses ».

> elles célèbrent les Thesmophories, comme dans le temps ; elles font cuire leurs gâteaux, comme dans le temps ; elles font la vie infernale à leurs maris, comme dans le temps ; elles ont des amants chez elles, comme dans le temps ; elles s'achètent des friandises en cachette, comme dans le temps ; elles aiment le vin bien corsé, comme dans le temps ; elles ont plaisir à se faire tisonner, comme dans le temps. Allons, Messieurs, remettons l'État entre leurs mains à elles ; inutile de palabrer et de nous demander ce qu'elles vont faire : laissons-leur tout bonnement le pouvoir. Songeons seulement qu'elles ont des fils, et que, primo, leur grand désir sera de ménager la vie de nos soldats ; secundo, pour les vivres, qui mieux qu'une mère de famille en hâterait l'acheminement ? [v. 214-235 ; trad. V.-H. Debidour].

Praxagora invoquait les vertus domestiques des femmes lorsqu'elle voulait leur faire confier le pouvoir. Dans la suite de la pièce, les femmes maîtresses du pouvoir décident d'instituer la communauté des biens et la communauté des femmes. La gynécocratie s'accompagne de la destruction de l'*oikos*.

Quelques années plus tard, dans *La République* (rédigée vers 380), Platon propose d'admettre certaines femmes parmi les gardiens chargés de défendre la cité et parmi les philosophes chargés de la gouverner. Certes, admet Socrate, il y a une différence de nature entre les hommes et les femmes, mais il y a aussi une différence de nature entre les chauves et les chevelus ; or il ne viendrait à l'esprit de personne de permettre le métier de cordonnier aux chauves et de l'interdire aux chevelus [V, 454 c] ; il ne faut évidemment prendre en considération que les différences d'aptitude liées à la fonction. La seule différence spécifique entre l'homme et la femme, c'est que « la femme enfante alors que l'homme engendre » [454 e]. Il n'y a rien là qui justifie une division des rôles sociaux et politiques :

> Il n'y a pas dans l'administration de l'État d'occupation propre à la femme en tant que femme ni à l'homme en tant qu'homme ; mais les facultés ayant été uniformément partagées entre les deux sexes, la femme est appelée par la nature à toutes les fonctions, de même que l'homme [455 d] [7].

7. Platon ajoute cependant : « Seulement, la femme est dans toutes les fonctions inférieure à l'homme. » Cette restriction n'est qu'une conces-

Il y a des femmes douées pour la gymnastique et la guerre, et il y a des femmes philosophes. Comme dans *L'Assemblée des femmes*, l'accès de certaines femmes aux activités militaires et politiques est liée, dans *La République*, à la suppression de la famille et de la propriété privée dans la classe des gardiens. La femme est d'autant moins confinée dans l'*oikos* qu'il n'y a plus d'*oikos*. C'est un des reproches fondamentaux qu'Aristote adresse à la cité platonicienne de *La République* [*Pol.* II, 4 et 5].

Si la participation directe des femmes à la politique n'apparaît que dans des utopies, l'influence politique indirecte des femmes – ou du moins de certaines femmes – a pu être parfois importante. Apollodore, dans le *Contre Néaira*, met en garde les juges contre un verdict favorable à la courtisane Néaira : comment justifieront-ils leur vote auprès de leurs épouses quand ils rentreront chez eux ? [§ 110]. On a l'impression que certaines femmes étaient au courant de l'actualité politique et judiciaire, et que les hommes devaient leur rendre compte de leurs votes. Les Spartiates, selon Aristote, se laisseraient si complètement dominer par leurs femmes qu'on pourrait se demander « quelle différence il y a pratiquement entre un gouvernement exercé par des femmes et un gouvernement exercé par des hommes gouvernés eux-mêmes par leurs femmes » [*Pol.* II, 9, 1269 b 32-35].

Parmi les hommes libres : citoyens et non-citoyens

Il est possible que, dans certaines petites cités démocratiques vivant dans une relative autarcie, presque tous les hommes libres aient été citoyens. Ce qui est sûr, c'est que, dans toutes les sociétés grecques du IVe siècle que nos sources nous font connaître, il y a des catégories d'hommes libres qui ne jouissent pas de la citoyenneté. Le statut le mieux connu,

---

sion de portée limitée à ce qui devait apparaître au IVe siècle comme une évidence. Selon Platon, il n'y a, entre les capacités des guerriers et des guerrières comme entre celles des hommes et femmes philosophes, que des différences de degré, alors qu'il y a une différence radicale de nature entre les producteurs (hommes et femmes) et les gardiens (hommes et femmes).

grâce à la documentation athénienne, est celui des étrangers domiciliés ou *métèques*[8], mais il arrive aussi que les habitants libres de bourgades périphériques soient placés en marge de la cité (c'est le cas notamment des *périèques* lacédémoniens). Bien des hommes libres, en outre, peuvent être écartés du groupe des citoyens à cause de leur conduite, de leur profession et surtout de leur pauvreté : le nombre des pauvres qui sont ainsi exclus est particulièrement important lorsque la constitution d'une cité est oligarchique.

Selon Aristote, le citoyen se définit par la participation au pouvoir politique et à l'exercice de la justice [*Pol.* III, 1, 1275 a 22], dont sont évidemment exclus les métèques. Les citoyens athéniens ont aussi d'importants privilèges économiques : le droit de posséder la terre et celui de bénéficier des distributions de blé, du fonds des spectacles et des indemnités de fonction, les *misthoi*. Écartés de la propriété foncière (sauf s'ils ont reçu, à titre exceptionnel, le privilège de l'*enktésis*), la plupart des métèques se consacrent à l'artisanat et au commerce. Chaque métèque doit payer une taxe personnelle d'une drachme par mois, le *metoikion ;* comme les commerçants étrangers, les métèques doivent acquitter la taxe du *xenikon* pour vendre sur le marché. Les métèques riches, en outre, contribuent pour un sixième au versement de l'*eisphora* (l'impôt sur le capital, théoriquement exceptionnel, destiné au financement des dépenses militaires) ; ils prennent leur part de toutes les *liturgies* – sauf la triérarchie. Les Athéniens accordent à certains métèques le privilège de l'isotélie, l'égalité fiscale avec les citoyens : on peut en déduire que la pression fiscale qui pèse sur les métèques est normalement beaucoup plus lourde. Selon leur fortune, les métèques peuvent être enrôlés soit dans l'infanterie soit dans la flotte : quoique non citoyens, ils participent à la défense de la cité. En schématisant un peu, on pourrait dire que, sans avoir les droits des citoyens, les métèques en ont toutes les charges – et quelques autres qui leur sont propres.

Le groupe des citoyens athéniens au IVe siècle tend à devenir

8. L'étymologie du terme est discutée. Pour certains, les métèques sont « ceux qui vivent avec les citoyens » ; pour d'autres, ce sont ceux qui ont changé de domicile, bref « les immigrés ». La dernière étymologie paraît la plus probable.

une caste fermée. Au lendemain de la restauration démocratique de 403, Thrasybule voulut faire accorder la citoyenneté aux métèques qui avaient combattu contre les Trente, mais Archinos lui intenta une action pour illégalité (*graphè paranomôn*) et obtint gain de cause. Dans tout le cours du IVe siècle, l'octroi de la citoyenneté est exceptionnel : les principaux bénéficiaires en sont des princes étrangers, et quelques banquiers comme Pasion ou Phormion. En 403 encore, la loi de Périclès réservant la citoyenneté aux enfants nés de deux parents athéniens est remise en vigueur : ceux qui sont nés après 403 d'un citoyen et d'une étrangère sont exclus du corps civique. A une date que nous ignorons, entre la restauration démocratique et le procès au cours duquel a été prononcé le *Contre Néaira* (vers 340), les mariages mixtes sont totalement interdits. Les contrevenants étrangers sont réduits en esclavage, le mari athénien d'une étrangère est frappé d'une amende de 1 000 drachmes [*Contre Néaira* § 16]. Cette loi sévère impose aux Athéniens une stricte endogamie civique, et achève de séparer le groupe héréditaire des citoyens et celui des métèques.

Le groupe des métèques athéniens est très hétérogène : il comprend des commerçants étrangers que leurs affaires conduisent au Pirée pour quelques mois (la présentation d'un garant athénien – le *prostatès* – et l'inscription comme métèque résidant dans un dème sont obligatoires dès que le séjour d'un étranger atteint un mois), ainsi que des affranchis, mais aussi des descendants de familles installées à Athènes depuis des générations (ceux dont les ancêtres n'ont pas eu la chance d'être naturalisés par Clisthène, ou sont arrivés plus tard).

La parcimonie des Athéniens dans l'octroi du droit de cité, et leur volonté de bien séparer les citoyens des autres, ne signifie nullement qu'ils aient considéré les métèques comme des indésirables. Au contraire, il semble qu'au IVe siècle ils aient cherché à attirer à Athènes le plus possible de métèques, pour des raisons faciles à deviner. Ce sont des gens qui ne coûtent rien à l'État, qui paient des taxes et qui contribuent par leur activité à accroître les revenus – notamment douaniers – de la cité. Le chapitre 2 du traité *Sur les revenus* de Xénophon (vers 355) est entièrement consacré aux métèques : pour les inciter à s'installer à Athènes – et à y rester –, Xénophon suggère de leur permettre d'acquérir des terrains pour bâtir leurs maisons, de dispenser d'opérations militaires [9] ceux qui servent comme hoplites et d'admettre les plus riches dans la cavalerie (ce qui serait pour eux une marque d'honneur).

L'état d'esprit des Athéniens, mais aussi leur intérêt bien compris, expliquent l'accueil qu'ils réservaient aux métèques et les conditions relativement favorables qu'ils leur accordaient : les métèques avaient accès aux tribunaux, ils participaient aux fêtes publiques et, pour certains d'entre eux, aux banquets privés. Certains métèques étaient logographes et maîtres de rhétorique (Lysias, Isée, Dinarque par exemple) ; un métèque, Aristote, ouvrit même à Athènes une école philosophique.

Cette attitude très hospitalière de la démocratie athénienne à l'égard des étrangers était loin d'être partagée par tous les Grecs. A Athènes même, les Trente s'étaient attaqués aux métèques, par cupidité et xénophobie à la fois. A Sparte, les expulsions d'étrangers (*xénélasies*) étaient fameuses. Quant au Platon des *Lois*, il admet des métèques dans la cité pour qu'ils exercent les métiers indignes des citoyens (comme celui de boutiquier), mais il limite à vingt années leur séjour (au terme de ce délai, ils doivent partir s'installer ailleurs : *Lois* VIII, 850 b) ; Platon limite également la fortune des métèques : s'ils atteignent le niveau de richesse de la troisième classe censitaire, ils devront quitter la cité, ou seront condamnés à mort [*Lois* XI, 915 b].

Les communautés périèques, que l'on rencontre sur le territoire lacédémonien, mais aussi en Argolide, en Crète, en Thessalie et en Lycie (la liste n'est pas exhaustive), ont des statuts variés, intermédiaires entre celui de paysans asservis et celui de petites cités dominées par un voisin puissant ; il

9. Xénophon justifie cette suggestion par le souci de laisser les métèques vaquer à leurs affaires, mais aussi par la volonté de ne pas mêler aux citoyens dans l'armée des Phrygiens, des Syriens et d'autres barbares de toutes nationalités « car beaucoup de nos métèques sont des gens de telles origines » [II, 3]. Dans ce texte qui vise à encourager la venue de métèques, on note que Xénophon cherche aussi à accentuer la division des tâches entre métèques et citoyens : aux premiers l'activité économique, aux seconds la politique et la guerre. Le mépris de Xénophon pour les métèques orientaux est évident ; il sait qu'ils sont indispensables à Athènes, mais il suggère des mesures susceptibles d'attirer de « meilleurs » métèques [II, 6], c'est-à-dire des Grecs.

est d'ailleurs remarquable que les trois phénomènes (l'hilotisme, la présence de périèques et les alliances inégales) se rencontrent souvent conjointement (dans le sud du Péloponnèse et en Thessalie notamment).

Les périèques ne sont pas des étrangers, ce sont des autochtones de la périphérie : quand le territoire d'une cité n'est pas homogène, les habitants des zones marginales peuvent avoir un statut inférieur. Certains « périèques » ont quelques droits politiques (sur la fameuse stèle trilingue de Xanthos, la décision de créer un nouveau culte est introduite par la formule : « Il a plu aux Xanthiens et aux périèques »). Même ceux qui n'ont aucune participation à la prise de décision politique, comme les périèques de Sparte, sont considérés comme faisant partie de la communauté au sens large : les périèques sont *lacédémoniens*, et ils font partie, aux côtés des Spartiates, de l'armée régulière de la cité, la *phroura*.

Le phénomène périèque est au IVe siècle l'héritage de l'époque archaïque. Dans certaines régions, comme la Thessalie, la situation des anciens périèques tend à se rapprocher de celle des membres à part entière de la communauté. A l'inverse, cependant, certaines annexions peuvent se traduire par l'apparition de nouveaux périèques : lorsque le territoire d'Orôpos devient athénien, les gens d'Orôpos ne deviennent pas citoyens athéniens, et leur situation est analogue à celle de périèques (même si le terme n'est pas utilisé) [10].

Aucun texte du IVe siècle ne dénonce comme arbitraire la distinction entre citoyens et métèques. Si beaucoup d'Athéniens des VIe et Ve siècles se vantaient de leur origine étrangère, il semble que la justification de la citoyenneté par l'autochtonie se soit imposée dans l'idéologie athénienne du IVe siècle : il paraît légitime que les étrangers et les descendants d'étrangers soient tenus à l'écart du corps civique. Le statut inférieur imposé aux périèques paraît beaucoup plus critiquable : Isocrate reproche aux Spartiates d'avoir maltraité des concitoyens [*Panathénaïque* 177].

Dans l'Athènes démocratique des années 403-322, il suffit d'avoir des ascendants citoyens pour être citoyen. Le *Contre*

10. Je reprends ici une suggestion de F. Gschnitzer, *Abhängige Orte im griechischen Altertum*, 1958, p. 82-85 (à propos d'Orôpos au Ve siècle).

Euboulidès de Démosthène expose avec clarté les preuves de la citoyenneté d'Euxithéos : son père est athénien, sa mère est athénienne, il a été admis dans ces communautés de base de la démocratie athénienne que sont la phratrie et le dème. A l'hérédité civique, certains régimes, de tendance oligarchique, ajoutent d'autres conditions. Dans de nombreuses cités, des autochtones libres sont exclus du corps civique à cause de leur profession (à Thèbes, les gens de métier ne sont admis parmi les citoyens qu'après s'être retirés des affaires pendant dix ans), ou parce que leur fortune n'atteint pas un certain cens [11].

L'exclusion de ces autochtones non citoyens est moins radicale que celle des métèques athéniens, car il arrive que tel ou tel d'entre eux devienne citoyen après avoir changé d'activité ou s'être enrichi ; en outre, cette exclusion est parfois dissimulée par l'attribution du titre de citoyen à tous les autochtones, qu'ils aient ou non accès aux fonctions politiques. Certains historiens modernes ont proposé de distinguer en Grèce deux types de citoyens : les « citoyens actifs » qui bénéficieraient à la fois des droits civils et des droits politiques, et les « citoyens passifs » qui ne jouiraient que de droits civils – le droit à la propriété foncière, le droit au mariage, l'accès aux tribunaux par exemple. Le « corps civique » serait souvent plus large que le « corps politique ». Cette distinction rend assez bien compte de la réalité de certaines situations ambiguës des cités oligarchiques, mais elle a l'inconvénient d'introduire une notion totalement absente de la pensée grecque (un *politès* qui ne participe pas à la *politeia* est une contradiction dans les termes) et de banaliser ce que les Grecs considéraient comme une anomalie. Aux yeux des démocrates grecs, les autochtones privés de droits politiques étaient des *atimoi*, dépouillés d'une fonction qui leur revenait de naissance. Traitant du même groupe, Isocrate s'indigne que certains oligarques traitent leurs concitoyens du peuple comme des « métèques » [*Panégyrique* § 105]. Il ne semble pas que les Grecs aient jamais conçu l'idée d'une *civitas sine suffragio*.

11. La réduction à l'état d'« inférieurs » des Spartiates qui ne peuvent payer leur écot aux syssities s'apparente à ce dernier type de discrimination oligarchique. Pour plus de détails, voir ci-dessus, p. 23-24.

Riches et pauvres à Athènes au IVe siècle

Les riches

Pour un citoyen athénien du IVe siècle, être « riche » est quelque chose de précis et d'officiel : c'est faire partie des groupes astreints à certaines obligations fiscales et à certaines liturgies.

En 378, lorsque Callistratos réorganise les finances publiques athéniennes, et en particulier la levée de l'*eisphora* (l'impôt exceptionnel sur la fortune en temps de guerre), il répartit les Athéniens assujettis à cet impôt (dont le nombre n'est pas connu avec certitude) en 100 *symmories* correspondant chacune à 1/100e du montant global imposable. A la tête de chaque symmorie sont placés trois Athéniens très riches chargés d'avancer au trésor public le montant dû par l'ensemble de la symmorie[12] : 300 Athéniens au total sont astreints à ces avances (qualifiées de *proeisphora*) qui exigent d'importants moyens financiers.

En 358/357, la loi de Périandre institue des symmories triérarchiques : les 1 200 Athéniens les plus riches sont répartis en groupes dont chacun assume collectivement l'entretien d'un nombre égal de trières. Selon Démosthène, le système établi par Périandre aurait été à la fois inefficace (du fait de sa lourdeur) et injuste (les plus riches de chaque symmorie tendant à faire supporter aux moins riches l'essentiel de la charge) ; en 340/339, l'orateur fait adopter une réforme qui oblige les 300 citoyens les plus riches à assumer la plus grande partie des frais de la triérarchie.

Il semble qu'on ait à Athènes deux « classes liturgiques » officielles : le groupe large des Douze Cents et le groupe étroit des Trois Cents, riches parmi les riches. L'effectif de ces classes était stable, mais leur composition pouvait varier : si un Athénien s'estimait désigné à tort pour assumer une liturgie alors qu'un concitoyen plus riche échappait à

12. Les autres membres de la symmorie versent ensuite leur dû à ceux qui ont fait l'avance. L'essentiel est que la cité n'ait pas besoin d'attendre. Voir ci-dessus, p. 45.

cette charge, il pouvait mettre au défi ce dernier d'assurer la liturgie ou d'accepter un échange de fortunes. Cette procédure, qualifiée d'*antidosis*, constituait un moyen de lutte efficace contre la dissimulation fiscale.

Il est peu probable que la loi athénienne ait fixé un niveau de fortune au-delà duquel un citoyen faisait partie des 1 200 ou des 300 (les 1 200 et les 300 étaient simplement les plus riches), mais les études détaillées menées par J.K. Davies ont montré que les 300 ont tous un patrimoine supérieur à 3 ou 4 talents et les 1 200 un patrimoine supérieur à 1 talent. Ajoutons que, parmi les 300, les différences de fortune sont considérables : un certain Diphilos, concessionnaire de mines dont l'orateur Lycurgue obtient la condamnation pour fraude, aurait réussi à amasser une fortune de 160 talents [Pseudo-Plutarque, *Vie des dix orateurs* 843 D].

La documentation relativement abondante dont nous disposons sur les possédants athéniens du IVe siècle nous permet d'entrevoir comment certains d'entre eux bâtissaient leur fortune, comment ils la maintenaient ou comment ils s'appauvrissaient.

Il y a parmi les Athéniens les plus riches quelques grands propriétaires fonciers, dont la terre constitue toute la fortune. C'est le cas de Phainippos, dont le domaine fait 40 stades (7 km) de tour, qui possède des forêts dont six ânes charrient le bois toute l'année et qui récolte plus de 1 000 médimmes de blé (environ 525 hl) et plus de 800 métrètes de vin (environ 280 hl)[13]. Il y a aussi des Athéniens riches qui ne possèdent aucune terre (le père de Démosthène, dont la fortune atteint 14 talents, n'a qu'un seul bien foncier, sa maison) mais ce n'est pas très fréquent, car la terre demeure le bien le plus prestigieux : le banquier Pasion s'empresse d'acheter un domaine dès qu'il a obtenu la citoyenneté.

Les riches Athéniens ont souvent des sources de revenus variées : des terres agricoles généralement louées, des maisons de rapport en ville, des ateliers d'esclaves, des fonds investis dans le commerce maritime (le risque est gros, mais l'intérêt considérable, de l'ordre de 30 %), des créances sur des particuliers, des placements bancaires et, surtout à partir de 355,

13. Démosthène, *Contre Phainippos* § 5, 7 et 20. Il est vain de vouloir calculer la superficie du domaine à partir de son périmètre.

des concessions dans les mines argentifères du Laurion. Le mépris à l'égard des artisans et commerçants enrichis s'est beaucoup atténué. Alors qu'Aristophane, entre 430 et 421, accablait de sarcasmes le « tanneur » Cléon dont il raillait la grossièreté et la mauvaise odeur, Eschine reconnaît à contre-cœur qu'il n'a rien à reprocher à la famille paternelle de Démosthène [*Contre Ctésiphon* § 171] ; pourtant, le milieu social du père de Démosthène, fabricant de poignards et de meubles, est exactement celui de Cléon. Bien plus, Cléon lui-même est évoqué, dans le corpus démosthénien, comme un grand personnage dont le fils n'aurait pas épousé une fille sans dot [*Contre Boiotos* II, § 25]. Les artisans riches sont devenus des notables respectés.

À ces ressources licites, il convient d'ajouter, pour certains stratèges, le butin et le produit de pillages et, pour certains hommes politiques, les « cadeaux » et les trafics d'influence. De lourds soupçons pesaient par exemple sur Démosthène, et l'on racontait sur son compte beaucoup d'anecdotes malveillantes comme celle-ci : alors qu'un acteur se vantait devant lui d'avoir reçu un talent pour jouer la tragédie, l'orateur lui aurait cyniquement répliqué qu'il venait de gagner cinq fois plus… simplement pour se taire [Pseudo-Plutarque, *Vie des dix orateurs* 848 B].

Il ressort très nettement du témoignage des orateurs qu'il y a un bon et un mauvais usage de la richesse. Le bon usage, c'est le dévouement à la cité, l'accomplissement de nombreuses liturgies et contributions volontaires (*epidoseis*), le versement de rançons pour libérer des concitoyens prisonniers ou celui de dots pour permettre à de jeunes Athéniennes pauvres de se marier, bref l'évergétisme. Le mauvais usage, c'est l'étalage de luxe visant à humilier les plus pauvres que Démosthène reproche à son adversaire Midias :

> Il s'est fait construire à Éleusis une maison si vaste qu'elle écrase de son ombre toutes les maisons de l'endroit ; et il emmène sa femme aux Mystères – ailleurs aussi, quand cela lui plaît – dans l'attelage à deux chevaux blancs de Sicyone ; il a toujours avec lui trois ou quatre hommes qui l'escortent, et il bouscule tout le monde sur l'Agora, n'ayant à la bouche que coupes, rhytons et tasses, et parlant assez fort pour que les passants l'entendent [*Contre Midias* § 158].

Aristote, au livre I de *La Politique* [ch. 8 et 9], critique un autre comportement propre à certains riches, qu'il désigne du nom de chrématistique : non pas la recherche de la richesse pour le bien-être qu'elle procure et les libéralités qu'elle permet, mais l'accumulation illimitée de l'argent. La dénonciation de l'avidité de certains riches – leur *pleonexia* – n'est pas nouvelle, puisqu'on la trouve déjà dans les poèmes de Solon. Ce qui est nouveau dans la critique d'Aristote, c'est que la chrématistique repose, selon lui, sur un usage perverti de la monnaie qui cesse d'être un simple moyen pour devenir une fin.

Il est certain qu'au IVe siècle le développement de l'économie monétaire, du crédit et des banques offre à la spéculation financière un vaste champ d'action ; l'homme d'argent – qui ne recherche ni les honneurs ni le pouvoir – reste cependant un type très marginal dans la société athénienne, et dans la société grecque en général.

Si la richesse est à Athènes un facteur de prestige et d'influence (beaucoup de dirigeants politiques sont des possédants), c'est aussi un atout fragile. Dans le courant du IVe siècle, beaucoup de familles riches s'appauvrissent, parfois à cause de la pression fiscale ou de procès, plus souvent du fait du morcellement successoral, d'une mauvaise gestion ou du choix d'une carrière politique avec tous les risques qu'elle comporte. D'autres familles s'enrichissent dans le même temps, si bien que la classe possédante athénienne se maintient en tant que groupe au cours du IVe siècle, mais avec un profond renouvellement interne.

Les pauvres

Il n'existe pas de groupe officiel des « pauvres » semblable à celui des « riches » [14], mais les quelques tentatives visant à écarter les plus pauvres du corps civique nous fournissent des chiffres intéressants.

En 403, peu après la restauration de la démocratie, un

14. Les quatre classes censitaires établies par Solon (pentacosiomédimnes, chevaliers, zeugites, thètes) subsistent au IVe siècle, mais les distinctions tendent à s'estomper.

homme politique « modéré », Phormisios, proposa de réserver la citoyenneté aux propriétaires fonciers. Sa proposition fut repoussée, mais Denys d'Halicarnasse nous dit que l'effet d'une telle mesure aurait été de priver des droits civiques 5 000 citoyens [argument au discours XXXIV de Lysias, *Contre une proposition tendant à détruire à Athènes la constitution des ancêtres*]. Il y avait parmi ces 5 000 des artisans et des commerçants aisés dont la fortune était uniquement mobilière, mais les gens sans terre étaient en majorité des gens sans ressources.

En 322/321, après la défaite athénienne à la fin de la guerre Lamiaque, Antipater imposa une constitution censitaire réservant la citoyenneté à ceux qui possédaient une fortune supérieure à 2 000 drachmes ; 9 000 Athéniens seulement conservèrent leurs droits civiques. Sur le nombre des exclus, les indications de nos sources divergent : Diodore [XVIII, 18] parle de 22 000 citoyens privés de leurs droits, Plutarque [*Phocion* 28] de 12 000 seulement. Antipater invita les Athéniens privés de la citoyenneté à émigrer en Thrace, et une partie d'entre eux dut s'y résigner : il est clair que la vie à Athènes devenait difficile à beaucoup de pauvres si la perte de la citoyenneté les privait des indemnités de fonction (les *misthoi*) et des allocations du fonds des spectacles (le *théôrikon*).

Après une très brève restauration démocratique, de 319 à 317, Démétrios de Phalère établit une nouvelle constitution oligarchique à Athènes, moins restrictive que celle de 322/321, puisque le cens était fixé à 1 000 drachmes. Si le fameux recensement mentionné par Ctésiclès[15] est postérieur à la réforme constitutionnelle, ce qui est probable, le nombre des Athéniens possédant plus de 1 000 drachmes est de 21 000[16] à la fin du IVe siècle. La confrontation de ces

15. *Fr. Gr. Hist.* n° 245, F 1. Voir ci-dessus, p. 201.

16. Si l'on accepte ce chiffre, il faut, pour évaluer le nombre des citoyens avant les réformes oligarchiques de 322 et 317, ajouter aux 21 000 qui possèdent plus de 1 000 drachmes tous ceux qui n'atteignent pas ce cens. Une telle démarche amène à préférer, à propos de 322/321, le témoignage de Diodore à celui de Plutarque : il y avait très vraisemblablement 31 000 citoyens à Athènes avant la réforme censitaire imposée par Antipater, et non 21 000. Pour d'autres arguments en faveur du chiffre transmis par Diodore, voir M. Hansen, *Demography and Democracy*, Copenhague, 1986.

trois chiffres est assez délicate du fait du décalage de quatre-vingts ans entre le premier (relatif au projet de Phormisios) et les deux autres. Il semble que le corps civique athénien ait connu une légère croissance démographique au cours du IVe siècle – de 25 000 environ au lendemain de la guerre du Péloponnèse à un peu plus de 30 000 en 322. Les citoyens athéniens, dans leur majorité, disposent d'une fortune très modeste : moins de 2 000 drachmes pour les deux tiers d'entre eux, moins de 1 000 drachmes pour un tiers. Il est possible que certains petits propriétaires athéniens aient été contraints de vendre leurs biens fonciers au cours du IVe siècle, mais ni le témoignage des orateurs ni celui des inscriptions ne suggère une concentration des terres de grande ampleur pendant cette période. Beaucoup d'Athéniens pauvres sont donc, semble-t-il, de tout petits propriétaires, dont le lopin de terre vaut moins de 2 000 drachmes, voire moins de 1 000 drachmes. La majorité pauvre du *dèmos* athénien est sociologiquement très variée : elle comporte des paysans, des journaliers agricoles, des artisans, des ouvriers (*banausoi*), des matelots, des petits boutiquiers (*kapèloi*), et beaucoup de gens qui tentent de gagner leur vie en exerçant plusieurs activités. Il ne faut pas opposer trop nettement le *dèmos* urbain et le *dèmos* rural, car beaucoup de citadins cultivent des jardins sur de petites parcelles hors les murs, tandis que les paysans des villages voisins d'Athènes se rendent souvent à la ville, notamment pour participer aux assemblées et aux tribunaux.

Le vocabulaire grec distingue les riches (*plousioi*) qui n'ont pas besoin de travailler pour vivre, les pauvres (*pénètes*), contraints au travail et donc privés de loisirs, et les *ptôchoi*, miséreux réduits à la mendicité. Il y a dans la masse des citoyens peu fortunés un certain nombre de « pauvres » au sens grec du terme, qui parviennent tant bien que mal à vivre en consacrant presque tout leur temps à leur lopin de terre ou à leur échoppe, mais beaucoup d'Athéniens se trouvent dans une situation atypique qui tient de celle des « pauvres » parce qu'ils travaillent une partie de leur temps, qui s'apparente à celle des riches parce qu'ils disposent de loisirs et consacrent de nombreuses journées à la politique, mais qui ressemble aussi à celle des miséreux parce que leur survie est précaire et dépend des indemnités et subsides que leur verse la cité. Le peuple athénien qui décide de la politique d'une des plus puissantes cités grecques est composé en majorité de gens dont les moyens d'existence sont incertains et qui se posent avec inquiétude la question de leur *trophè* (littéralement, de leur « nourriture »). Cette donnée économique fondamentale explique en partie l'attachement du *dèmos* aux clérouquies, aux *misthoi* et au *théôrikon*.

Les classes moyennes

Entre la petite minorité de riches regroupés dans les classes liturgiques des 300 et des 1 200 et les 22 000 Athéniens d'une fortune inférieure à 2 000 drachmes[17], on devine un groupe moyen d'environ 8 000 personnes, artisans, commerçants et surtout paysans relativement aisés. Ces catégories moyennes, qu'Aristophane mettait en scène avec prédilection à la fin du Ve siècle, occupent une place plus effacée dans les sources du IVe siècle. Les plaidoyers privés sont pour la plupart écrits pour des gens riches en conflit avec des adversaires également riches. Dans les analyses politiques d'Isocrate ou de Démosthène, il n'est question que de riches et de pauvres. L'opposition entre les hoplites qui ont les moyens de se procurer leurs armes et la masse des rameurs, qui avait joué un rôle important au Ve siècle, s'est beaucoup atténuée au IVe siècle. Au moins sous l'administration de Lycurgue (338-324), tous les jeunes Athéniens reçoivent une formation d'hoplite au cours de leur éphébie (service militaire de 18 à 20 ans) : l'État donne à tous un bouclier rond et une lance [Aristote, *Constitution d'Athènes* 42, 3-4]. Le clivage entre classes moyennes et pauvres ne réapparaîtra au premier plan que lors des réformes oligarchiques de 322 imposées par Antipater.

Au terme de cette analyse de la société athénienne, deux faits majeurs doivent être soulignés :

1) Statuts, professions et niveaux de fortune ne coïncident nullement. Ainsi, il y a parmi les artisans des citoyens, des métèques et des esclaves ; certains artisans sont très riches, d'autres pauvres et d'autres encore ont une aisance moyenne.

17. Si l'on retient le chiffre de Diodore XVIII, 18. Voir ci-dessus, p. 223.

2) Les écarts de fortune sont considérables au sein de la société athénienne au IVe siècle (de un à mille entre Diphilos et les citoyens les plus pauvres). La démocratie athénienne s'accommode de grandes inégalités sociales.

Peut-on parler d'une crise économique et sociale au IVe siècle ?

Le cas athénien

Certains historiens ont supposé qu'après la guerre du Péloponnèse beaucoup de paysans avaient dû vendre leurs terres à bas prix pour s'installer en ville ; on a parfois pensé, aussi, que d'autres paysans, au cours du IVe siècle, auraient été contraints de s'endetter et d'hypothéquer leurs terres. On fait quelquefois valoir en faveur de ces thèses un texte de *L'Économique* de Xénophon [XX, 22-26] : le père d'Ischomaque se serait enrichi en rachetant des terres dont la culture avait été interrompue. Il convient de préciser que le père d'Ischomaque *revendait* ces terres après les avoir remises en état ; il y a bien là une spéculation, mais on ne saurait affirmer qu'elle aboutisse à une concentration de la propriété foncière. D'autre part, les bornes hypothécaires (*horoi*) trouvées en Attique au IVe siècle n'ont rien à voir avec un quelconque endettement des paysans pauvres : M.I. Finley a montré que les terres concernées étaient relativement vastes et que ceux qui les hypothéquaient étaient de riches Athéniens qui avaient momentanément besoin de liquidités, par exemple pour remplir une liturgie ou pour doter leur fille. L'hypothèse selon laquelle l'Attique aurait connu une grave crise agraire au IVe siècle ne repose sur aucun document.

Le grand historien russe M. Rostovtzeff a suggéré qu'Athènes aurait pu connaître une crise économique liée à la chute de ses exportations : l'Italie et la Scythie méridionale, importatrices de céramique attique, auraient développé au IVe siècle leurs propres ateliers. Il convient d'abord d'observer que, si la céramique est la mieux connue des productions attiques, il n'est nullement certain que toutes les activités artisanales de l'Attique aient connu la même évolution. Surtout, même si cette chute des exportations s'est vraiment produite, même si elle a provoqué la ruine de certains artisans et une perte de travail pour beaucoup d'ouvriers, il ne semble pas que les Athéniens aient eu conscience du phénomène. Aucun texte du IVe siècle ne déplore le chômage, aucun ne prône la reconquête des marchés perdus, ou la conquête de nouveaux marchés.

La politique économique des Athéniens les plus sensibles aux problèmes économiques – le Xénophon du *Sur les revenus*, Eubule ou Lycurgue par exemple – se réduit à deux préoccupations fondamentales…

1) accroître les ressources fiscales de la cité ;

2) assurer le ravitaillement en céréales de la population.

Sur ces deux points fondamentaux, les Athéniens ont obtenu des résultats variables selon les périodes. Athènes a connu à diverses reprises des difficultés financières (pendant la guerre de Corinthe, puis en 355 et en 346 par exemple), ainsi que des disettes dues à un ravitaillement défaillant (dans les premières années du IVe siècle et après 330 notamment). C'est à ces courtes périodes qu'il convient de réserver le terme de crise.

Le contraste entre riches et pauvres à Athènes et leurs divergences d'intérêts provoquent un certain antagonisme entre les deux classes. Cette opposition se manifeste notamment devant les tribunaux : certains plaidoyers de Lysias invitent les jurés à condamner un riche accusé en soulignant le profit qu'assurerait la confiscation de ses biens, d'autres implorent le jury de ne pas se laisser aller à infliger une peine injuste pour des raisons financières. Dans le *Contre Midias*, Démosthène dénonce les riches dont l'arrogance menace les fondements de la démocratie, et appelle le tribunal des pauvres à traiter les riches comme un tribunal de riches traiterait les pauvres [§ 209-210] ; en d'autres termes, il invite les Athéniens à pratiquer une justice de classe.

Le *Contre Midias* ne fut jamais prononcé, Démosthène ayant conclu un accord avec son adversaire. Aucun autre discours de Démosthène n'attise de cette manière la haine de classe. Au contraire, l'orateur antimacédonien cherche en général à assurer la concorde sociale pour renforcer la solidarité de la cité contre l'ennemi extérieur [4e *Phil.* § 37-42 par exemple]. Cette recherche de la concorde ne lui est pas propre : elle inspire aussi Eubule, dont la politique veut à la fois diminuer les charges des riches et garantir aux pauvres les allocations du fonds des spectacles.

Dans l'Athènes du IVe siècle, l'antagonisme entre riches et pauvres ne dégénère pas en conflit violent, parce que l'oligarchie est déconsidérée par les crimes des Trente, mais surtout parce que la démocratie accepte l'ordre social existant avec son inégale répartition des richesses. Si le serment des héliastes cité dans le *Contre Timocrate* de Démosthène est authentique, les juges athéniens s'engagent « à ne voter ni l'abolition des dettes privées, ni le partage des terres et des maisons des citoyens athéniens [18] » [§ 150].

Hors d'Athènes

Les troubles sociaux que connaissent de nombreuses cités au IVe siècle contrastent avec la paix sociale dont jouit Athènes.

L'opposition entre riches et pauvres ne suffit évidemment pas à expliquer toutes les révolutions du IVe siècle ; elle joue néanmoins un grand rôle dans la plupart des guerres civiles. Platon voyait dans ce conflit des deux classes antagonistes une véritable rupture de la communauté civique : la cité se dédouble en une cité des riches et une cité des pauvres, qui conspirent sans cesse l'une contre l'autre [*République* VIII, 551 d]. Dans *La République*, le philosophe propose un remède radical : l'abolition de la propriété privée et la mise en commun des biens (à l'intérieur de la classe des gardiens) [19].

Le conflit entre riches et pauvres porte en partie sur la nature de la constitution et la répartition des pouvoirs, les pauvres souhaitant une démocratie et les riches une oligarchie, mais il a aussi, dans bien des cas, des enjeux économiques. L'existence de nombreux débiteurs plus ou moins insolvables n'est pas une nouveauté au IVe siècle, mais cet

18. Apparemment, cet engagement concerne surtout les juges agissant en qualité de *nomothètes* (« législateurs »). Voir ci-dessous, p. 237-238.

19. Ce programme « communiste » est antérieur à la composition de *La République* vers 380. C'est ce qui explique qu'Aristophane le prenne pour cible dans *L'Assemblée des femmes*, en 392.

endettement est alors, de toute évidence, une source fréquente de mécontentement et d'agitation. Dans sa *Poliorcétique*, Énée le Tacticien conseille de prévenir les troubles sociaux dans une cité assiégée :

> Jusqu'au moment critique, il faut pousser la foule des citoyens le plus possible à la concorde, les y amenant peu à peu par diverses mesures, et surtout en soulageant les débiteurs par la modicité des intérêts ou par leur totale suppression ; mais, quand les circonstances sont trop périlleuses, supprimer même une partie des dettes, ou leur totalité s'il le faut, car des hommes ainsi endettés sont de beaucoup les plus dangereux à avoir auprès de soi. Il faut aussi donner des ressources à ceux qui manquent du nécessaire [XIV, 1].

Il est également clair que si le serment imposé par Philippe à tous les Grecs, lors de la constitution de la ligue de Corinthe, comporte l'engagement de « ne tolérer ni partage des terres ni abolition des dettes » [Pseudo-Démosthène, *Sur les conventions avec Alexandre* § 15], c'est que ces deux mesures correspondent à des revendications révolutionnaires habituelles.

La structure sociale des cités autres qu'Athènes nous est assez mal connue [20]. Il est possible que le morcellement successoral et l'endettement aient obligé un certain nombre de paysans à abandonner leur terre. Il semble en tout cas qu'on voie croître dans de nombreuses cités le nombre des *ptôchoi* (miséreux, littéralement « mendiants ») sans moyen d'existence. D'autres paysans, en situation précaire, se sentaient probablement menacés de tomber dans la même misère.

Il arrivait que ces gens sans ressources propres pussent vivre quelque temps de la guerre ou du pillage de trésors sacrés : c'est le cas, entre 368 et 362, des *éparitoi* arcadiens, ces « soldats d'élite » recrutés dans les couches les plus pauvres de la population.

Plus souvent, ces hommes sans fortune et sans revenu, de surcroît fréquemment privés de la citoyenneté, n'avaient d'autre moyen de survie que de s'engager à l'étranger comme mercenaires. Des mercenaires grecs sont bien attestés, en Grèce comme en Orient, dès le début du VIe siècle, mais, si

20. Sur le cas particulier de Sparte, voir ci-dessus, p. 23-26.

cette forme d'activité militaire est ancienne, il semble que le nombre des mercenaires se multiplie à partir de la guerre du Péloponnèse. Certains de ceux qui s'engagent comme mercenaires quittent leur patrie par esprit d'aventure et par désir de butin, mais la plupart d'entre eux sont contraints à cette forme d'exil par la misère ou par une défaite dans une guerre civile.

L'existence d'un grand nombre de mercenaires en Grèce est à son tour un facteur d'instabilité politique et sociale, parce que quiconque a de l'argent (Jason de Phères, les Phocidiens, Philippe) peut rapidement bâtir une puissance menaçante en les recrutant à son service, parce que les mercenaires non employés constituent des bandes errantes qui se livrent au pillage et parce que beaucoup de mercenaires rêvent de rentrer dans leur cité à la faveur d'une révolution.

L'une des raisons invoquées par Isocrate en faveur de la colonisation de l'Asie était que l'éloignement des classes dangereuses – prolétaires et mercenaires – assurerait la tranquillité de la Grèce. Encore fallait-il que tous ces gens sans ressources acceptassent de rompre totalement avec leur cité : le refus opposé par les Dix-Mille à Xénophon quand il leur proposa de fonder une colonie sur les bords de la mer Noire [*Anabase* V, 6, 15-33], et le retour d'une foule de mercenaires en Grèce à la fin du règne d'Alexandre, illustrent bien la répugnance que suscitait souvent la perspective d'une installation définitive loin de la patrie.

En outre, l'exclusion du corps civique et l'éloignement géographique des miséreux sans ressources ne constituaient qu'un remède passager quand la concentration des terres réduisait constamment à la misère de nouveaux individus.

Dettes, concentration des terres, guerres civiles, mercenariat : ces phénomènes constituent des aspects majeurs de beaucoup de sociétés grecques au IVe siècle. Parler de « crise » n'est pas pour autant adéquat, car les évolutions que l'on devine sont de longue durée. Il convient aussi d'éviter toute généralisation : nos sources parlent plus des cités qui connaissent des guerres civiles que de celles qui parviennent à maintenir une relative concorde sociale.

9

Vie politique et réflexion politique en Grèce au IVe siècle

Grâce à *La Constitution d'Athènes* d'Aristote, aux inscriptions et aux orateurs attiques, nous disposons d'indications exceptionnellement nombreuses et détaillées sur les institutions et la vie politique athéniennes entre 360 et 320. Notre documentation sur le reste du monde grec, quoique extrêmement lacunaire, est plus riche qu'aux périodes antérieures. En outre, si la réflexion politique grecque a commencé bien avant le IVe siècle et s'est poursuivie bien après, il se trouve que les œuvres qui nous ont été le mieux transmises datent du IVe siècle, qu'il s'agisse des dialogues de Platon – notamment de *La République*, du *Politique* et des *Lois* – ou de *La Politique* d'Aristote.

Le IVe siècle constitue un moment privilégié pour analyser les institutions et leur fonctionnement, ainsi que les idées politiques grecques. Il est à première vue surprenant que la plupart des historiens choisissent de dresser un tableau de la vie politique en Grèce « au siècle de Périclès », pour lequel nos sources sont beaucoup plus pauvres. Cette démarche s'explique par la conviction ancienne que le IVe siècle serait non seulement une période de crise économique et sociale, mais aussi de crise politique.

A Athènes même, dit-on, beaucoup de citoyens se désintéresseraient de la politique au IVe siècle ; le peuple se laisserait manœuvrer par les sycophantes et les démagogues de bas étage ; certains n'hésitent pas à parler d'une « faillite de la démocratie ». Ailleurs qu'à Athènes, la situation serait pire encore : l'équilibre antérieur à la guerre du Péloponnèse ayant été rompu, les cités seraient en proie à la guerre civile, la *stasis*. Pour restaurer la stabilité sociale et politique, les Grecs du IVe siècle seraient de plus en plus tentés de faire appel à un monarque : les progrès de l'idéologie monarchique seraient une conséquence de la crise des cités. En revanche, la plupart des Grecs se montreraient incapables de concevoir un autre cadre politique que la petite cité : depuis le XIXe siècle, historiens et philosophes d'inspiration hégélienne ironisent volontiers sur l'aveuglement d'Aristote, qui n'aurait pas compris que la *polis* était une forme d'organisation historiquement dépassée.

Un réexamen des données disponibles conduit à nuancer toutes ces thèses habituelles sur la crise du IVe siècle.

Les parties de la constitution selon Aristote

Selon Aristote [*Pol.* IV, 14, 1297 b-1298 a], toutes les constitutions comprendraient trois parties (*moria*) : la partie délibérative (*to bouleuomenon*), les magistratures (*arkhai*) et les tribunaux. Cette tripartition ne correspond pas à la distinction, traditionnelle depuis Montesquieu, du pouvoir législatif, du pouvoir exécutif et du pouvoir judiciaire. Pour mesurer la différence entre les deux analyses, il suffit de confronter le célèbre passage de l'*Esprit des lois* et la définition du « corps délibératif » par Aristote :

> Il y a dans chaque État trois sortes de pouvoirs : la puissance législative, la puissance exécutrice des choses qui dépendent du droit des gens, et la puissance exécutrice de celles qui dépendent du droit civil.
> Par la première, le prince ou le magistrat fait des lois pour un temps ou pour toujours, et corrige ou abroge celles qui sont faites. Par la seconde, il fait la paix ou la guerre, il envoie ou reçoit des ambassades, établit la sûreté, prévient les invasions. Par la troisième, il punit les crimes, ou juge les différends des particuliers. On appellera cette dernière la puissance de juger, et l'autre simplement la puissance exécutrice de l'État [*Esprit des lois* XI, 6].

> La partie délibérative décide souverainement de la guerre et de la paix, des alliances et de leur rupture, des lois, de la peine de mort et de l'exil, de la confiscation des biens, du choix des magistrats et de la reddition de leurs comptes [*Pol.* IV, 14, 1298 a 3-7].

On voit que les attributions de la « partie délibérative » dépassent très largement le domaine législatif puisqu'elles comprennent aussi les décisions les plus importantes de politique extérieure ainsi que le jugement des causes les plus graves.

La tripartition d'Aristote s'explique, semble-t-il, par la volonté de rendre compte de la structure institutionnelle de la plupart des cités grecques.

– La « partie délibérative », c'est l'organe collectif qui, dans la plupart des cités, prend les décisions fondamentales – militaires, diplomatiques, législatives et judiciaires. Dans une démocratie, cette partie délibérative n'est autre que l'assemblée de tous les citoyens. Dans les oligarchies les plus extrêmes, c'est un groupe très étroit dont les membres se cooptent. Dans les constitutions modérées, les attributions de la « partie délibérative » sont souvent réparties entre une assemblée de tous les citoyens (siégeant ensemble ou siégeant à tour de rôle[1]) et d'autres organes plus restreints.

– *Arkhè*, que l'on traduit habituellement par « magistrature », veut dire littéralement « commandement » : « Il faut appeler *arkhai* les fonctions auxquelles est attribué, en un domaine déterminé[2], le pouvoir de délibérer, de décider et d'ordonner, et tout spécialement ce dernier pouvoir » [IV, 15, 1299 a 25-28]. Dans une démocratie extrême, il n'y a plus de véritables « *arkhai* », car l'assemblée décide de tout dans les moindres détails, et ceux qu'on appelle magistrats ne sont plus que des exécutants.

Aristote range parmi les *arkhai* les conseils qualifiés souvent de *boulai* en régime démocratique, ainsi que les commissions de *probouloi* de certaines oligarchies. Cette assimilation vient, semble-t-il, de ce que ces conseils ont une composition plus restreinte que l'assemblée délibérative, et que leur pouvoir lui est subordonné. Dans une démocratie extrême, le rôle du conseil se limite même à préparer les décisions de l'assemblée, et son autorité propre (*dunamis*) disparaît.

Aristote consacre une analyse très détaillée aux divers

1. Je ne fais ici qu'évoquer brièvement l'une des nombreuses variations envisagées par Aristote : dans les livres IV et VI de *La Politique*, le philosophe s'attache à la fois à dégager les grands traits communs à toutes les constitutions grecques et à souligner la diversité de leurs dispositions concrètes.

2. Le domaine de la compétence des « magistrats » est distinct des questions fondamentales qui sont du ressort de l'instance délibérative.

modes de désignation de « magistrats » (au sens large, incluant les membres du conseil). Le mode de désignation le plus démocratique est le tirage au sort, qui permet aux plus obscurs des citoyens d'accéder aux *arkhai*. L'élection est considérée par les Grecs comme plus aristocratique – au sens étymologique – parce qu'elle vise à désigner le meilleur. En outre, plus la constitution est oligarchique, plus le cens exigé pour être éligible est élevé, et plus le groupe des électeurs eux-mêmes est restreint.

– Les tribunaux, qui ne sont pas nécessairement les seuls à rendre la justice (l'instance délibérative, nous l'avons vu, peut juger des causes capitales), sont en nombre variable selon les cités, et leurs compétences sont diverses. Le mode de désignation des juges varie selon le régime (comme dans le cas des magistrats). Si les démocraties extrêmes et les oligarchies étroites donnent au groupe dominant – le *dèmos* ou la clique au pouvoir selon les cas – le contrôle des tribunaux, les régimes modérés s'efforcent au contraire de combiner les divers modes de désignation des juges pour assurer une participation équilibrée des différentes classes.

Les institutions athéniennes

Après cette esquisse rapide des organes typiques des cités grecques, il est intéressant d'examiner de manière plus détaillée l'exemple d'Athènes, non parce que la démocratie athénienne du IVe siècle aurait été un modèle pour tous les Grecs, mais parce que notre documentation sur ce régime est la plus riche.

La démocratie athénienne est une démocratie directe. Toutes les décisions importantes sont prises directement par le peuple assemblé.

L'*Assemblée du peuple* (l'*Ecclèsia*) se réunit quatre fois par prytanie[3], c'est-à-dire quarante fois par an. Tous les citoyens

3. Depuis les réformes de Clisthène, à la fin du VIe siècle, le calendrier politique d'Athènes est distinct du calendrier religieux. L'année religieuse comprend douze mois (et quelquefois un treizième mois intercalaire) tandis que l'année politique est divisée en dix prytanies (de trente-cinq-trente-huit jours).

athéniens – et eux seuls – peuvent participer aux réunions de l'Assemblée, mais ils ne participent pas à toutes les séances. Un quorum de 6000 votants est exigé pour certaines décisions, ce qui suggère que le nombre des présents est souvent inférieur. Bien plus, lorsque la colline de la Pnyx sur laquelle siège l'Assemblée est réaménagée, vers 400, on n'a prévu que 6 500 places alors qu'il y avait environ 25000 citoyens.

Les riches, ayant plus de loisir, assistaient sans doute plus souvent aux séances de l'Assemblée. Pour attirer les citoyens pauvres, les Athéniens ont institué au début du IVe siècle une indemnité, le *misthos ecclèsiasticos* [4], qui compensait partiellement la perte d'une journée de travail. La composition de l'Assemblée variait d'une séance à l'autre. Il ne paraît pas légitime d'introduire parmi les citoyens athéniens une opposition tranchée entre une minorité active et une majorité passive, voire « apathique », car beaucoup de citoyens participaient à l'Assemblée occasionnellement. La population urbaine était politiquement favorisée, mais il faut se garder de toute simplification : les paysans des gros villages voisins venaient nombreux à l'Assemblée.

Le déroulement de l'Assemblée obéit à des règles très précises. L'ordre du jour est fixé à l'avance par les prytanes [5]. Le bureau et le président (les proèdres [6] et l'épistate des proèdres) sont tirés au sort et changent à chaque séance, ce qui limite leurs possibilités de manœuvre et leur ascendant sur l'Assemblée, mais non leur responsabilité : ils doivent empêcher la mise aux voix de toute mesure illégale. Enfin, aucune décision ne peut être soumise au vote de l'Assemblée si elle n'a pas été préalablement examinée par le Conseil (*Boulè*). Le peuple est ainsi protégé contre ses propres impulsions, mais aussi contre d'éventuelles pressions. Bien entendu, le peuple peut rejeter ou amender le projet de la *Boulè*.

L'un des grands principes de la démocratie athénienne est le droit de parole égal pour tous, l'*iségoria*. Tout citoyen

4. Cette allocation, au milieu du IVe siècle, était d'une drachme et demie pour la séance principale de chaque prytanie (celle qui durait toute la journée) et d'une drachme pour les trois autres. Le salaire journalier variait à la même époque d'une drachme et demie à deux drachmes et demie.

5. Voir ci-dessous, p. 236.

6. Les neuf proèdres sont tirés au sort parmi les bouleutes des neuf tribus qui n'exercent pas la prytanie. Sur l'organisation de la *Boulè*, voir ci-dessous p. 236.

peut non seulement intervenir dans le débat, mais aussi proposer un décret, à ses risques et périls.

Le *Conseil* (*Boulè*), qui siège presque tous les jours, a le double rôle de préparer les décisions de l'*Ecclèsia* et d'en assurer l'exécution. Ce Conseil comprend 500 membres tirés au sort, à raison de cinquante dans chacune des dix tribus créées par Clisthène (à la fin du VIe siècle). Nul ne peut être bouleute deux années consécutives, ni plus de deux fois dans sa vie : de très nombreux citoyens font ainsi partie de la *Boulè* à tour de rôle.

Le même principe de rotation régit l'organisation interne de la *Boulè* : chacun des dix groupes de cinquante bouleutes correspondant à l'une des dix tribus exerce pendant un dixième de l'année la fonction de *prytanes* (les prytanes sont notamment chargés de préparer l'ordre du jour du Conseil et de l'Assemblée, de recevoir et d'introduire les ambassadeurs). Chaque jour, un tirage au sort désigne un nouveau président (*épistate*) des prytanes : cet *épistate* est, du point de vue protocolaire, le premier personnage de la cité.

La participation à la *Boulè* réclame beaucoup de temps, mais, depuis une loi de Périclès au milieu du Ve siècle, les bouleutes reçoivent une indemnité, le *misthos bouleutikos* : à l'époque de Démosthène, elle est de cinq oboles [7] par jour.

Grâce aux inscriptions, nous connaissons de nombreux décrets athéniens, traités d'alliance et décrets honorifiques notamment. Les intitulés, qui commencent toujours par une formule identique – « il a plu au Conseil et au peuple... », « untel a proposé... » –, font apparaître clairement les trois grandes phases de l'élaboration des décrets :

1) L'initiative est le fait d'un individu. Chaque citoyen athénien a le droit d'initiative.

2) Tout décret doit faire l'objet d'un examen du Conseil des Cinq-Cents qui rédige un projet, ou *probouleuma*. Le *probouleuma* peut reprendre en tout point la rédaction proposée par l'auteur du décret ou en présenter une version modifiée. La *Boulè* peut aussi transmettre le texte initial à l'*Ecclèsia* sans prendre parti (*probouleuma* ouvert).

7. Une drachme vaut six oboles.

3) Dans tous les cas, la décision finale appartient à l'Assemblée.

A tout moment de la procédure – avant l'examen par la *Boulè*, avant le vote du peuple ou après ce vote –, l'auteur d'une proposition de décret peut être poursuivi par la procédure de *graphè paranomôn* (accusation publique d'illégalité). Le dépôt d'une *graphè paranomôn* avant le vote d'un texte a un effet suspensif : la procédure ne peut continuer au Conseil et à l'Assemblée que si le tribunal rejette l'accusation. Tant qu'un délai d'un an après le vote d'un décret ne s'est pas écoulé, le dépôt d'une accusation d'illégalité peut entraîner la condamnation de l'auteur du décret à des peines très lourdes ; passé ce délai, le citoyen qui a proposé le texte ne court plus aucun risque pénal, mais le décret lui-même peut toujours être cassé. Les tribunaux populaires peuvent ainsi annuler des décisions de l'Assemblée du peuple.

Une accusation d'illégalité n'a de sens que si les lois sont supérieures aux décrets. La distinction conceptuelle entre les lois – générales et durables – et les décrets – mesures particulières liées aux circonstances – est très ancienne à Athènes, mais jusqu'à la fin du ve siècle les lois étaient votées selon la même procédure que les décrets. La possibilité d'introduire facilement des lois nouvelles eut des effets catastrophiques : à deux reprises, en 411 et en 404, les oligarques firent pression sur la *Boulè* et sur l'*Ecclèsia* pour qu'elles abolissent démocratiquement la démocratie. Pour protéger la démocratie, les Athéniens entreprirent la codification de leurs lois et instituèrent, lors de la restauration démocratique de 403, une nouvelle procédure législative plus lente et plus sereine que la procédure habituelle de décision politique.

Au IVe siècle, l'*Ecclèsia* garde un rôle important : toute révision législative doit être autorisée par l'Assemblée. La procédure commence par un décret proposé par un citoyen, examiné par le Conseil et voté par le peuple, demandant l'abrogation d'une loi existante, le remplacement d'une loi par une autre, ou l'introduction d'une nouvelle disposition. Ce décret est nécessaire mais non suffisant. Après une discussion plus ou moins longue pendant laquelle tout citoyen peut proposer une nouvelle rédaction de la loi (toutes les propositions étant affichées sur l'Agora), une commission de *nomothètes* (littéralement de « législateurs ») est tirée au sort parmi les héliastes[8]. Le peuple élit alors dix orateurs chargés de défendre la législation existante. Les nomothètes, après avoir entendu ces défenseurs et les auteurs de rédactions nouvelles, choisissent ou de maintenir la législation antérieure ou d'introduire telle ou telle disposition nouvelle.

Une loi nouvelle votée par les nomothètes après que l'Assemblée a fait connaître son assentiment n'est pas à l'abri d'un recours devant les tribunaux populaires. L'auteur de la nouvelle rédaction peut faire l'objet d'une « accusation pour avoir proposé une loi nocive » (*graphè nomon mè épitèdeion theinai*). Même dans la procédure législative, toute initiative a pour contrepartie une responsabilité pénale.

Les magistratures autres que l'appartenance au Conseil sont très nombreuses à Athènes (700 selon Aristote) et très variées (elles vont de l'autorité militaire des stratèges à la surveillance des poids et mesures) ; il y a fort peu de fonctionnaires qui font carrière au service de la cité, et la plupart des responsabilités civiles et militaires sont exercées par des citoyens désignés pour un an. Ce système, qui permet à de nombreux citoyens d'exercer à tour de rôle des fonctions spécialisées, reflète le même souci de rotation et de participation démocratiques que l'organisation du Conseil.

La plupart des magistrats sont tirés au sort, mais les Athéniens recourent cependant à l'élection chaque fois que la fonction exige des compétences peu répandues : les stratèges et certains trésoriers sont élus. Les ambassadeurs, qui sont désignés pour des négociations particulières quand la situation l'exige – il n'existe pas de représentation diplomatique permanente –, sont également élus par le peuple. Tirés au sort ou élus, les magistrats sont tous soumis à un contrôle extrêmement strict. Avant d'entrer en charge, les citoyens désignés subissent la *docimasie* ou examen préalable, au cours duquel on vérifie qu'ils ne tombent dans aucun des cas d'indignité et qu'ils remplissent les conditions exigées pour l'accomplissement de leur fonction. Pendant son année d'exercice, chaque magistrat est soumis, lors de l'assemblée principale de chaque prytanie (c'est-à-dire dix fois par an), à un vote à mains levées (*épicheirotonia*). Si le vote est négatif,

8. Sur les 6 000 juges ou héliastes, voir ci-dessous.

le magistrat est suspendu et traduit en justice : ainsi, chaque magistrat doit bénéficier continuellement de la confiance populaire. A sa sortie de charge, enfin, il doit justifier en détail l'usage qu'il a fait des fonds publics qui lui ont été remis. Surtout, il est soumis à une reddition de comptes publique au cours de laquelle tout citoyen peut l'accuser d'abus de pouvoir : si la plainte est retenue, l'ex-magistrat est traduit en justice.

Le peuple assemblé exerce dans certains cas la fonction d'un tribunal, notamment pour le jugement de certaines affaires de haute trahison (*eisangélies*). La grande majorité des procès, cependant, est jugée par un tribunal populaire composé d'héliastes. Chaque année, 6 000 juges sont tirés au sort : l'ensemble de ces 6 000 juges forme l'*Héliée*. Chaque jour ouvrable ont lieu un ou plusieurs procès ; des tribunaux aux effectifs variables[9] sont constitués ; le nombre de juges nécessaires est tiré au sort parmi les héliastes qui se présentent. Après avoir rendu leur verdict, les juges reçoivent une indemnité, le *misthos héliastikos*.

Le tribunal de l'*Aréopage*, formé des anciens archontes sortis de charge[10], est un héritage de l'époque où Athènes avait un régime aristocratique. Les réformes d'Éphialte (462-461) ont enlevé à l'Aréopage l'essentiel de sa juridiction en matière politique pour ne lui laisser que le jugement des affaires de meurtre et quelques attributions religieuses. Au IVe siècle, l'Aréopage retrouve un certain prestige et un certain rôle : il peut prendre l'initiative de dénoncer solennellement aux tribunaux populaires un sacrilège, un malfaiteur ou un traître, et l'Assemblée peut le charger d'une enquête aboutissant le cas échéant à une dénonciation[11].

Le droit athénien distingue deux grands types de procès, les procès privés (*dikai idiai, dikai* par abréviation) et les

9. L'effectif le plus fréquent d'un tribunal populaire athénien est de 501 juges, mais certains procès politiques sont jugés par 1 501 héliastes, alors que 201 ou 401 juges suffisent pour certaines affaires privées.

10. Les archontes sont les plus anciens magistrats d'Athènes. A l'époque archaïque, les archontes étaient élus dans les familles aristocratiques et avaient des pouvoirs importants. Depuis 487, ils sont tirés au sort, et leurs attributions sont très précisément délimitées.

11. Quelle que soit la procédure, cette « dénonciation » de l'Aréopage est toujours désignée par le terme d'*apophasis*.

procès publics, dont le type le plus fréquent est la *graphè* – littéralement l'accusation écrite. Un procès privé ne peut être intenté que par la partie lésée qui cherche à obtenir réparation. Au contraire, comme les procès publics visent à punir des crimes et délits qui mettent en péril l'intérêt de la cité et comme il n'y a pas de ministère public, n'importe quel citoyen a le droit d'intenter une *graphè*. Dans bien des cas, les mêmes faits peuvent donner lieu à un procès privé ou à un procès public : le choix de la procédure dépend de la personnalité des parties et des buts visés. Ainsi un citoyen qui a été frappé publiquement par un autre citoyen peut intenter à son agresseur une action privée pour mauvais traitements et demander des dommages et intérêts ; lui seul, en tant que victime, a qualité pour intenter une telle action privée. Il peut choisir au contraire d'intenter à son adversaire une action publique pour outrage, en faisant valoir que son agresseur met en péril l'ordre public et l'égalité démocratique, et tenter d'obtenir une condamnation très lourde (sans dommages et intérêts). N'importe quel tiers a également le droit de poursuivre l'agresseur selon cette seconde procédure.

Le citoyen qui prend l'initiative d'un procès public joue un rôle fondamental dans le maintien de l'ordre public et de la démocratie ; dans certains cas, l'accusateur volontaire reçoit pour récompense de son zèle une partie de l'amende et des biens confisqués. La fonction d'accusateur est parfois très lucrative : non seulement certaines condamnations rapportent, mais la simple menace de procès publics permet de fructueux chantages.

Pour essayer de limiter les abus des accusateurs de métier – les *sycophantes* –, les Athéniens interdisent à un accusateur d'abandonner une procédure commencée et infligent une amende, ainsi qu'une atimie[12] partielle, à l'auteur d'une *graphè* qui n'a pas obtenu un cinquième des voix.

Qu'il s'agisse d'action privée ou publique, le déroulement d'un procès comprend au moins trois phases principales[13] :

1) L'initiative de la poursuite appartient à un individu,

12. L'atimie est une privation totale ou partielle des droits civiques. En l'occurrence, l'accusateur téméraire perd le droit d'intenter des procès.

13. Certains types d'actions comprennent des étapes supplémentaires. Sur les détails de la procédure judiciaire athénienne, voir A.R.W. Harrison, *The Law of Athens*, II, *Procedure*, Oxford, 1971.

généralement un simple citoyen, quelquefois un magistrat dans le cadre de ses attributions.

2) L'accusateur dépose sa plainte auprès du magistrat compétent[14], qui assure l'instruction de l'affaire en interrogeant les deux parties. L'instruction dure parfois très longtemps. Quand le magistrat juge l'instruction terminée, la date et le lieu du procès sont tirés au sort.

3) Le jour du procès, les deux parties ont un temps de parole égal mesuré par l'horloge à eau, ou clepsydre ; elles peuvent céder une partie de leur temps à des amis qui viennent parler en leur faveur – les synégores. Le tribunal écoute et passe au vote sans qu'un débat ait lieu en son sein. Si l'accusé est déclaré coupable et si la peine n'est pas fixée strictement par la loi, les parties ont à nouveau la parole : l'accusateur présente la réparation ou la peine qu'il demande et l'accusé celle qu'il est prêt à accepter. Le tribunal tranche alors entre ces deux estimations.

La vie politique à Athènes au IVe siècle

A Athènes, toute décision importante est prise par l'Assemblée du peuple ou par des groupes nombreux de citoyens tirés au sort – les juges, ou les nomothètes. On peut dire que, dans la démocratie directe d'Athènes, il n'y a pas d'autre gouvernement que le peuple. Toute décision cependant résulte d'une initiative individuelle, de la part de l'orateur qui propose un décret ou une loi, ou de celle de l'accusateur qui intente une action publique.

Rhètôr en grec, comme « orateur » en français, a deux sens. Le mot peut désigner tous ceux qui prennent la parole à l'Assemblée ou proposent des décrets : M. Hansen a relevé dans nos sources littéraires et épigraphiques, entre 403 et 322, le nom de 368 de ces « orateurs », mais leur nombre était évidemment beaucoup plus élevé. *Rhètôr* a aussi un sens plus restreint : les orateurs par excellence sont ceux qui prennent

14. Le magistrat compétent varie selon le type d'affaires : ainsi l'archonte éponyme instruit les affaires de filiation et d'héritage, l'archonte appelé « roi » les questions religieuses ; l'archonte polémarque intervient quand un métèque est impliqué, et les six thesmothètes instruisent la plupart des procès politiques.

la parole régulièrement, les protagonistes de la vie politique, les inspirateurs des grandes décisions de la cité. Bien entendu, la frontière entre ces deux types d'orateurs est à la fois floue et fluctuante : tel citoyen qui intervenait d'abord de temps à autre pouvait s'imposer ensuite comme chef politique de premier plan.

Un homme politique qui a la confiance du peuple peut jouir d'une puissance considérable, mais son pouvoir s'exerce indirectement : Callistratos ou Démosthène n'ont pas à proprement parler pris des décisions, ils ont persuadé le *dèmos* de les prendre. En conséquence, l'influence d'un homme politique athénien est toujours fragile : elle cesse dès que la confiance populaire vient à faire défaut.

Depuis le livre classique du grand historien allemand K.J. Beloch en 1884[15], il est fréquent de présenter la vie politique athénienne comme une lutte de « partis ». Si l'on définit les partis comme des associations organisées et hiérarchisées visant à conquérir le pouvoir et à appliquer un certain programme, de tels « partis » ont incontestablement existé à Athènes à la fin du Ve siècle : ce sont les hétairies oligarchiques qui ont réussi à deux reprises à renverser la démocratie. Dans une démocratie directe comme celle d'Athènes, de tels « partis » ont nécessairement un caractère révolutionnaire et antidémocratique puisqu'ils cherchent à confisquer un pouvoir qui appartient au peuple. Depuis que les oligarques athéniens se sont déconsidérés par la tyrannie sanguinaire des Trente, il n'y a plus de parti oligarchique à Athènes, et donc plus de parti au sens strict du terme. Si l'on donne au mot parti un sens beaucoup plus large (comme le faisait Beloch lui-même), la question rebondit : les orateurs athéniens formaient-ils des groupes dont les membres agissaient de manière concertée au Conseil, à l'Assemblée et devant les tribunaux ? ces groupes étaient-ils liés par des affinités politiques ? disposaient-ils de réseaux de partisans parmi les simples citoyens ?

Quelles que soient ses qualités personnelles, un jeune homme peut difficilement s'imposer seul à l'Assemblée : un inconnu isolé n'est guère écouté. Il lui faut d'abord s'introduire dans l'entourage d'un homme politique influent : ce

15. *Die attische Politik seit Perikles*, Leipzig, 1884.

dernier, s'il le juge doué pour la politique, le chargera de défendre à l'Assemblée des propositions qu'il ne tient pas à soutenir lui-même en première ligne, ou d'intenter un procès politique dans lequel il ne veut pas se compromettre directement.

Tout homme politique de quelque renom est entouré de jeunes gens qui espèrent percer grâce à lui. Il est souvent lié à un stratège dont il défend l'action à l'Assemblée et au tribunal : les succès éventuels de ce stratège renforcent son propre prestige, et il arrive en outre qu'un ami victorieux chargé de butin se montre très généreux… Il peut aussi faire intervenir à l'Assemblée et au tribunal des citoyens obscurs qui acceptent de lui servir d'hommes de paille en échange de services également discrets.

La composition de la coterie [16] qui entoure un homme politique n'a rien d'immuable. Un jeune ambitieux se lasse quelquefois d'agir dans l'ombre d'un aîné, et il arrive qu'il change de coterie ou qu'il forme sa propre coterie. Ces petits groupes de composition mouvante s'associent souvent dans des coalitions elles-mêmes instables, en général autour d'un orateur de premier plan. Ces regroupements peuvent résulter de simples calculs opportunistes, ou correspondre à des convictions communes. L'association de Démosthène, d'Hégésippe et d'Hypéride entre 346 et 338 s'explique principalement par une hostilité commune envers Philippe : en ce sens, il est légitime de parler à leur propos de « parti antimacédonien [17] ».

Un seul texte du IVe siècle suggère l'existence de vastes réseaux de partisans au sein de l'Assemblée du peuple. Il s'agit d'un passage répété de Démosthène [*Sur l'organisation financière* 20 ; 2e *Ol.* 13] :

> Précédemment, on payait ici l'impôt par symmories [18], aujourd'hui, on fait de la politique par symmories. Chacune d'elles a pour chef un orateur, pour second un stratège, et chaque parti possède ses crieurs, les « trois cents » du groupe. Vous vous répartissez en surnombre, les uns d'un côté, les autres de l'autre.

16. Les textes grecs parlent simplement des « amis » de tel personnage ou de son « entourage » (*hoi amphi…, hoi peri…, hoi meta…*).
17. On hésitera, en revanche, à parler d'un « parti promacédonien » à Athènes avant 338.
18. Sur les symmories, voir ci-dessus, p. 219.

Démosthène n'invente évidemment pas ce phénomène de clientélisme politique qu'il dénonce, mais il grossit le trait pour susciter une réaction du *dèmos* ; si le peuple veut à nouveau exercer sa souveraineté, suggère-t-il, il doit se dresser contre ceux qui ont prétendu le contrôler ; à cet égard, l'identification que suggère l'orateur entre les hommes politiques influents et les « chefs de symmories », c'est-à-dire les plus riches, est particulièrement habile. Ce texte isolé et polémique ne permet pas d'affirmer que l'Assemblée athénienne ait été habituellement noyautée par les réseaux de soutien à tel ou tel groupe politique.

C'est d'ailleurs, semble-t-il, parce que la majorité du peuple était libre de toute allégeance à l'égard des personnes et des « partis » que la compétition pour obtenir l'appui du *dèmos* était si rude.

La vigueur des luttes politiques au IVe siècle s'explique en partie par les événements extérieurs auxquels Athènes doit faire face – la menace macédonienne par exemple –, mais aussi et surtout par les structures mêmes de la vie politique athénienne : elle est dans une large mesure le corollaire de la démocratie directe. Les démocraties modernes confient à un parti, ou à une coalition de partis, le soin de prendre toutes les décisions au Parlement et au gouvernement ; les partis dans l'opposition peuvent critiquer et suggérer, mais ne participent pas aux décisions. La démocratie athénienne ignore une telle répartition des rôles entre une majorité chargée de gouverner et une opposition qui attend les prochaines élections. Les institutions n'imposent aucune trêve aux débats politiques ni aux ambitions rivales. A tout moment, les individus et les groupes peuvent s'affronter à l'Assemblée pour tenter de faire prévaloir leur politique et d'imposer leur influence.

Quand un homme politique parvient à faire adopter une de ses propositions – par exemple le principe d'une expédition militaire –, ses adversaires ont le pouvoir d'entraver, voire de saboter, sa politique en lui faisant refuser les moyens financiers nécessaires ou en faisant décider d'autres opérations concurrentes. Celui qui a inspiré une décision doit donc veiller constamment, au Conseil et à l'Assemblée, à ce que cette décision soit confirmée par les votes suivants. Il doit expliquer la complémentarité des positions qu'il défend et déjouer les manœuvres de ses rivaux. Tout échec, réel ou apparent, de la politique qu'il a proposée peut lui faire perdre brutalement toute son autorité et entraîner sa condamnation en justice.

Pour se délivrer des peines et des dangers d'une « guérilla politique » permanente, un homme politique est évidemment tenté de se débarrasser de ses adversaires lorsqu'il les juge affaiblis. Au IVe siècle, l'ostracisme, qui permettait d'éloigner à titre préventif pendant dix ans un citoyen jugé dangereux, est tombé en désuétude ; la manière la plus usuelle d'éliminer un adversaire est de lui intenter un procès politique – une *graphè paranomôn*, une *eisangélie* ou une accusation de corruption par exemple. Quand les tribunaux populaires condamnent à la mort ou à l'exil un orateur que le peuple admirait et suivait peu de temps auparavant, l'un de leurs objectifs est parfois de trancher un conflit dont la prolongation mettrait en danger la cohérence des décisions de la cité [19].

L'influence des divers hommes politiques et l'intensité des luttes qui les opposent dépendent finalement du peuple lui-même.

Quand une nette majorité du peuple approuve sans réserve l'ensemble de la politique proposée par un orateur, celui-ci, avec l'appui de ses amis et associés, conduit une politique cohérente jusqu'à ce que l'opinion publique change d'avis ou que sa politique se révèle désastreuse (une politique cohérente et populaire n'est pas nécessairement une politique adaptée aux circonstances). Les hommes politiques qui ne sont pas ralliés au groupe dominant adoptent une attitude discrète en attendant des temps meilleurs. Quand, au contraire, le peuple hésite entre deux ou plusieurs politiques, les groupes qui défendent ces politiques s'affrontent vigoureu-

19. La fréquence des distinctions honorifiques s'explique par des considérations analogues. Un homme qui a fait adopter une série de propositions souhaite que le peuple manifeste solennellement son appui à l'ensemble de sa politique : souvent il charge un de ses amis de proposer une couronne ou un décret honorifique en sa faveur. Ces honneurs ne visent pas seulement à satisfaire la vanité de celui qui les reçoit, ils jouent un rôle comparable aux votes de confiance dans les démocraties parlementaires.

sement. La majorité change d'une séance de l'Assemblée à l'autre, les décrets contradictoires se succèdent et les tribunaux annulent fréquemment les votes de l'*Ecclèsia*. L'incohérence menace, et la cité pourrait se trouver paralysée si le peuple ne finissait par trancher entre les hommes et entre les politiques.

Il arrive aussi que le peuple soutienne en même temps deux groupes politiques antagonistes : par une sorte de panachage habile, il adopte les mesures proposées par les uns dans un certain domaine (une diplomatie conciliante par exemple) et les mesures proposées par leurs adversaires dans un autre (des préparatifs militaires intenses par exemple). Les années 338-324 offrent un exemple net d'une telle double politique.

Aristote qualifie la démocratie athénienne du IVe siècle de démocratie extrême et peut faire valoir de nombreux arguments : l'importance du tirage au sort, les indemnités de fonction, la fréquence des réunions de l'Assemblée, la composition des tribunaux – entre autres. Cependant, lorsque l'on compare la vie politique athénienne du IVe siècle à celle de la fin de la guerre du Péloponnèse, on est frappé par la volonté de garantir le « règne des lois » (l'un des thèmes préférés des orateurs attiques du IVe siècle), dont témoignent la codification des lois, l'institution des nomothètes et la *graphè paranomôn*, ainsi que par les mesures plus pragmatiques visant à assurer la continuité de la gestion financière de la cité (la création, par exemple, de magistrats élus pour quatre ans et rééligibles). Toutes ces dispositions nouvelles permettent de parler, sinon d'une démocratie modérée, du moins d'une « démocratie réformée » au IVe siècle (selon l'heureuse expression de M. Hansen). Ces innovations ont contribué à la solidité et à la stabilité de la démocratie athénienne du IVe siècle : en 322, la démocratie n'est pas renversée par une révolution, mais abolie par un ordre du vainqueur macédonien Antipater.

Le peuple athénien du IVe siècle n'est pas la masse influençable manœuvrée par les démagogues que raillent les comédies d'Aristophane. Cette image est partiellement vraie pour l'extrême fin du Ve siècle, mais, à l'époque de Démosthène, on a plutôt l'impression que c'est le peuple qui manœuvre les hommes politiques, qui les écoute ou qui les hue, qui les honore ou les condamne, et qui choisit ce qui lui convient dans leurs propositions et leurs conseils.

Il est incontestable que le peuple athénien a commis au cours du IVe siècle un certain nombre d'erreurs, et qu'il a fait preuve quelquefois de lenteur et de négligence. Cependant, si les reproches de Démosthène au *dèmos* sont en partie fondés, il convient d'apprécier ces reproches dans leur contexte : ils visent à susciter un sursaut face à Philippe. Ce sursaut, Démosthène l'obtiendra effectivement de 342 à 338. L'impression générale qui se dégage de l'histoire athénienne du IVe siècle, c'est que le peuple athénien a une appréciation assez exacte de ses intérêts vitaux et des dangers qui les menacent et qu'il utilise judicieusement les moyens financiers et militaires limités dont il dispose. A cet égard, l'examen de la démocratie athénienne du IVe siècle confirme les conclusions que M.I. Finley avait tirées pour le Ve siècle : les milliers de paysans, d'artisans et de marins qui composent le *dèmos* athénien ont gouverné avec au moins autant de lucidité et de compétence que les élites au pouvoir en d'autres temps et en d'autres lieux.

La vie politique à Sparte

Sparte était célèbre pour « le secret de sa constitution [20] ». Pourtant, le témoignage de Xénophon permet de lever un coin du voile au début du IVe siècle, et il est possible de formuler quelques hypothèses plausibles sur la vie politique à Sparte pendant cette période, ou du moins sur la conduite de sa politique extérieure [21].

C'est l'Assemblée de tous les Spartiates (l'*Ecclèsia* ou *Apella*) qui prend les décisions fondamentales : c'est elle qui déclare la guerre, c'est elle qui ratifie les traités. En théorie, la *Gérousia* (le Conseil des Anciens formé des deux rois et de vingt-huit anciens de plus de soixante ans élus à vie) pro-

20. *To krupton tès politeias* [Thucydide V, 68, 2]. Dans le contexte, il s'agit du secret pratiqué par le régime, notamment sur les questions militaires.

21. Nous avons fort peu d'indications directes sur la politique intérieure de Sparte. La *rhètra* d'Épitadeus (voir ci-dessus, p. 24) fut probablement votée par la *Gérousia* puis par l'Assemblée du peuple, mais notre unique source [Plutarque, *Agis* 7] ne nous transmet aucun écho des discussions qui eurent lieu alors.

cède à un examen préalable, et peut faire obstacle à un projet qu'elle désapprouve ; en fait, aucun texte relatif au IVe siècle ne nous montre la *Gérousia* exerçant ses attributions probouleutiques en matière de politique extérieure. La *préparation* des décisions paraît beaucoup plus du ressort des cinq éphores : ce sont eux, par exemple, qui négocient les traités. Ces magistrats, cependant, sont renouvelés chaque année : il leur est impossible de mettre en œuvre une politique à long terme. En outre, ils ne sont pas toujours d'un mérite supérieur : s'ils semblent en général jouir de la *confiance* du peuple – élus récemment, ils partagent les opinions majoritaires du moment –, ils n'exercent que rarement un ascendant sur lui.

L'inspiration de la politique de la cité vient de l'individu – ou du groupe – qui a proposé, ou fait proposer, les mesures les plus importantes. Cet individu est souvent l'un des deux rois[22]. Entre un roi influent et son collègue moins populaire (par exemple entre Agésilas d'une part, Agésipolis puis Cléombrote d'autre part), l'inégalité peut être très importante : l'un anime la politique de la cité, l'autre doit se contenter des privilèges accordés à Sparte même et parfois d'une expédition refusée ou dédaignée par son collègue. On pourrait dire qu'à Sparte les deux rois règnent mais qu'un seul gouverne. La formule serait néanmoins légèrement inexacte, car il arrive que d'autres personnages que les rois exercent quelque temps une influence déterminante : c'est le cas notamment de Lysandre. La position de ces « outsiders » est cependant très fragile, notamment parce qu'ils peuvent se retrouver subordonnés aux rois pendant les campagnes militaires.

Chacun des rois, chacun des personnages de premier plan est entouré d'une faction qui espère profiter des succès de son chef. Luttes pour le pouvoir et désaccords sur la politique à mener se mêlent de façon inextricable. Les rivaux du personnage le plus influent critiquent systématiquement ses propositions et son action, dès qu'ils ont le moindre espoir de pouvoir les discréditer. Au lendemain de la guerre du Péloponnèse, lorsque les Spartiates hésitent sur la politique à

22. La royauté spartiate est une dyarchie. Il y a à Sparte deux dynasties royales – les Agiades et les Eurypontides – qui règnent conjointement.

suivre, les luttes politiques sont particulièrement vives et les changements d'orientation politique fréquents. Au contraire, l'impérialisme d'Agésilas semble avoir bénéficié d'un large soutien : c'est en partie ce qui explique que ce roi ait exercé pendant si longtemps une influence prépondérante.

A Sparte comme à Athènes, le soutien populaire est la source de l'autorité (de même que Thucydide V, 16, compare le rôle de Pleistoanax à celui de Nicias, on pourrait rapprocher la position d'Agésilas de celle de Périclès). Le fait est fondamental, mais il serait imprudent d'en conclure que la vie politique spartiate a un caractère démocratique.

Athènes et Sparte ont des structures sociales et politiques, des mentalités et des modes de vie trop différents pour que le soutien populaire aux chefs politiques puisse avoir exactement la même signification dans les deux cités. L'*Ecclèsia* se réunit régulièrement à Sparte, mais moins souvent qu'à Athènes [23]. Les modalités mêmes des débats permettent fréquemment de manœuvrer l'Assemblée et de peser sur sa décision. L'éphore qui préside l'Assemblée peut mettre fin à une discussion quand il le juge bon et faire procéder au vote dans les termes qui lui conviennent, selon la méthode qui lui paraît la mieux adaptée. Le droit à la parole semble être réservé à un petit nombre de personnes ; l'unanimité est certes loin de régner dans cette « élite dirigeante », mais, dans certains cas, des compromis sont probablement établis avant même la réunion de l'Assemblée : il n'y a plus alors de véritable débat devant le peuple. Il est possible aussi que certains citoyens gardent à l'Assemblée, devant un roi ou un chef militaire, le même réflexe d'obéissance qu'en campagne. Enfin, la popularité d'un roi ne provient pas toujours seulement de son activité *politique*. Ainsi, Agésilas s'efforçait de gagner « le plus d'amitiés » possible par des générosités, par des appuis en justice et par toutes sortes de services. Si l'on en croit Plutarque, un collège d'éphores audacieux lui aurait infligé une amende pour avoir voulu transformer le *dèmos* en une hétairie personnelle [*Agésilas* V, 4]. Certes, dans son inspiration, la serviabilité intéressée d'Agésilas ne diffère guère de l'électoralisme qu'on retrouve un peu partout dès que l'appui populaire est source de pouvoir. Néanmoins,

23. Les réunions de l'Assemblée spartiate sont probablement mensuelles.

pour apprécier justement ses effets, il faut tenir compte de la faiblesse numérique du corps civique spartiate sous le règne d'Agésilas. S'assurer par divers services l'attachement individuel de nombreux citoyens pouvait permettre à Agésilas d'étendre et de consolider de façon appréciable sa majorité. Il faut ajouter qu'au IVe siècle les inégalités entre les citoyens s'aggravent, ce qui constitue un facteur favorable à l'apparition de clientèles. Gagner l'« amitié » d'un citoyen riche, c'est peut-être, dans certains cas, gagner *plusieurs voix* à l'Assemblée. Bref, l'oliganthropie et l'inégalité croissante ont peut-être permis à certains rois de *contrôler* l'*Ecclèsia*, au lieu d'être contrôlés par elle.

Les fragments des *Helléniques d'Oxyrhynchos* relatifs aux préparatifs de la guerre de Corinthe [24] montrent qu'à Thèbes ou à Corinthe, comme à Athènes ou à Sparte, des individus et des groupes s'affrontaient à la fois pour faire adopter une ligne politique et pour faire prévaloir leur influence. De telles indications sont trop rares pour que nous puissions préciser comment se déroulait la vie politique de la plupart des cités grecques, du moins lorsque les règles constitutionnelles étaient à peu près respectées.

La stasis

Les textes n'évoquent avec quelque détail que les périodes au cours desquelles les conflits politiques prennent la forme d'un affrontement violent – la *stasis*. L'historien allemand H.J. Gehrke a relevé dans nos sources littéraires et épigraphiques 139 exemples de guerre civile au IVe siècle. La *stasis* est un phénomène complexe dont les causes sont très diverses.

Nous avons déjà noté que l'opposition entre riches et pauvres, l'endettement de nombreux citoyens et les problèmes agraires (en particulier le fait que beaucoup de petits propriétaires se trouvent dépossédés de leurs terres ou menacés de l'être) constituaient, dans bien des cités, des conditions très favorables à une révolution [25].

24. Pour plus de détails, voir ci-dessus, p. 28-29.
25. Voir ci-dessus, p. 228-230.

Selon Aristote, la cause fondamentale de tout mouvement révolutionnaire serait le sentiment d'injustice[26].

> La cause universelle et la plus importante qui crée chez les citoyens une disposition en quelque manière favorable au changement, doit maintenant être établie [...] D'une part, ceux qui aspirent à l'égalité suscitent des révoltes s'ils estiment être défavorisés, alors qu'ils sont les égaux de ceux qui possèdent des avantages excessifs, et, d'autre part, ceux qui désirent l'inégalité et la supériorité se révoltent aussi, s'ils supposent qu'en dépit de leur inégalité ils n'ont pas une part plus forte que les autres, mais une part égale ou même moindre (et ces prétentions des deux côtés peuvent être justifiées comme elles peuvent aussi être injustifiées) : dans les deux cas, en effet, les hommes s'insurgent : s'ils sont inférieurs, c'est pour obtenir l'égalité, et s'ils sont égaux, pour obtenir la supériorité [...] Quant aux objets que se proposent les séditions, ce sont l'appât du gain et le désir des honneurs [*Pol.* V, 2, 1302 a 22-27 ; trad. J. Tricot légèrement modifiée].

Un régime démocratique est en butte aux gens qui se croient d'un mérite supérieur et qui s'indignent d'être mis sur le même plan que les gens du peuple. Un régime oligarchique est contesté et attaqué par les hommes libres qui, égaux en tant qu'hommes libres, jugent scandaleux d'être exclus des honneurs et d'être traités en inférieurs. Une oligarchie, cependant, n'est pas seulement menacée par les démocrates qui contestent le principe même du régime, mais aussi par les partisans d'une oligarchie plus étroite et par tous les groupes oligarchiques qui veulent évincer les gens au pouvoir pour prendre leur place ; la démocratie est, selon Aristote, plus stable parce qu'elle n'est menacée que par les adversaires du régime et parce que ses soutiens – les hommes du peuple – sont plus nombreux.

Il arrive que des guerres civiles naissent de différends entre particuliers – à propos d'héritages ou de mariages par exemple : la partie qui s'estime lésée obtient l'appui de ses « compagnons » et « amis », et, de proche en proche, la

26. Il semble que, pour Aristote, l'aspiration à la justice soit commune à tous les adversaires qui s'affrontent, mais l'idée que chacun se fait de la justice varie.

cité entière se trouve impliquée dans la querelle. Cependant, Aristote souligne que, si le point de départ d'une *stasis* est quelquefois minime, l'enjeu est toujours fondamental [*Pol.* V, 4, 1303 b 19] : il s'agit de la justice et plus particulièrement d'une juste répartition des pouvoirs.

Aristote ne traite en détail que des causes internes des guerres civiles, mais signale que le facteur décisif de la chute d'un régime peut être une intervention extérieure [*Pol.* V, 7, 1307 b 19-25]. Les historiens anciens, au contraire, insistent sur les causes externes des guerres civiles : ils évoquent les *staseis* à l'occasion de guerres ou de négociations. Les belligérants tentent de susciter des révolutions chez leurs adversaires principaux, chez les alliés de ces adversaires et chez les neutres. Guerres civiles et révolutions, à leur tour, influent sur le cours des hostilités. L'influence de la situation internationale est parfois indirecte ; une faction peut tenter un coup d'État en espérant bénéficier après coup d'un soutien extérieur ; le pari peut se révéler juste ou non. Anticipations et calculs tortueux ne sont pas rares : une faction qui a l'impression que les appuis extérieurs de ses adversaires internes sont en train de se renforcer peut chercher à créer un fait accompli en sa faveur avant qu'il ne soit trop tard [27].

Le déclin – réel ou apparent – d'une puissance hégémonique est un facteur de *stasis*, comme l'ascension d'une nouvelle puissance. Même si des révolutions démocratiques sont attestées dans le Péloponnèse avant 371 – malgré l'appui systématique de Sparte aux oligarchies –, il est évident que la défaite de Leuctres provoque une vague de bouleversements politiques sans précédent dans la région.

H.J. Gehrke a noté que les *staseis* étaient particulièrement nombreuses dans les cités moyennes – Corinthe, Argos, Chios, Byzance, Rhodes par exemple. Les cités très petites constituent des enjeux stratégiques moins importants, et il est moins utile pour les grandes puissances d'y encourager systématiquement des révolutions (ce qui ne veut pas dire que ces petites cités soient totalement à l'abri de la *stasis*). Les grandes cités hégémoniques, quant à elles, sont à peu près totalement épargnées par la guerre civile. Le fait est net pour Athènes et pour Sparte (malgré les troubles lacédémoniens

27. Pour des exemples en 370-369, voir ci-dessus, p. 60.

de 369-368), et le cas de Thèbes est particulièrement clair. En 382, lors de la prise de la Cadmée par Phoibidas, Thèbes subit un coup d'État qui installe une oligarchie étroite dominée par la clique laconisante de Léontiadès [28] ; à partir de 378, Thèbes, libérée, victorieuse et bientôt dominatrice, échappe à toute *stasis* jusqu'à la défaite de Chéronée.

Que la *stasis* aboutisse ou non à un changement de régime, elle se traduit presque toujours par des exils et des confiscations. Les exilés cherchent par tous les moyens – y compris l'intervention extérieure – à rentrer dans leur patrie et à recouvrer leurs biens. Une guerre civile crée ainsi des conditions favorables à une nouvelle guerre civile. Il n'est pas surprenant que la *stasis* soit souvent un phénomène répétitif.

Il est incontestable que la *stasis* constitue un aspect important de la vie politique des cités grecques au IVe siècle. Expliquer le phénomène par la « crise de la cité » n'est guère satisfaisant pour autant.

Tout d'abord, la *stasis* n'est pas un phénomène nouveau au IVe siècle : H.J. Gehrke en a relevé 123 exemples au Ve siècle, dont 87 de 432 à 404. Par rapport à la période de la guerre du Péloponnèse, il semblerait même que le IVe siècle soit marqué par un relatif ralentissement des discordes civiles.

En second lieu, la *stasis* n'est ni générale ni permanente. Certaines *poleis* comme les cités eubéennes, Rhodes ou Byzance, connaissent de brèves flambées révolutionnaires séparées par de longues périodes de calme. Bien plus, quand le rapport de forces international est incertain, on a parfois l'impression que certaines cités se contentent de révolutions minimales pour accompagner les vicissitudes de la situation militaire ; les amis de la puissance dominante du moment prennent tour à tour le pouvoir, mais, sachant l'avenir imprévisible, se gardent de toute mesure extrême vis-à-vis de leurs concitoyens et de tout engagement trop compromettant à l'égard de leurs protecteurs ; telle semble avoir été l'attitude de beaucoup de cités d'Ionie entre 337 et 332.

De plus, beaucoup de Grecs du IVe siècle se sont attachés à surmonter la *stasis*. Nous connaissons un certain nombre de conventions de réconciliation au IVe siècle, et l'on observe

28. Pour plus de détails, voir ci-dessus, p. 39.

qu'une grande puissance victorieuse, après avoir encouragé la discorde chez l'adversaire, cherche souvent à y mettre fin lors de la conclusion de la paix : les Spartiates ont favorisé l'accord de 403 entre les démocrates et les oligarques athéniens, et Alexandre, par son rescrit de 324, a tenté d'imposer à toutes les cités le retour des bannis.

Enfin, il convient de souligner que l'une des grandes préoccupations des théoriciens politiques – de Platon et d'Aristote notamment – est de prévenir la *stasis*.

6 *La réflexion politique du IVe siècle. Discussions sur la royauté*

La pensée politique grecque du IVe siècle est d'une très grande richesse, et il serait vain de prétendre la résumer en quelques pages. Je me limiterai ici à l'examen d'un thème, celui de la royauté. Peut-on vraiment déceler au IVe siècle un progrès de l'idéologie monarchique ? Faut-il y voir un aspect de la « crise de la cité » ?

Les textes du IVe siècle relatifs à la royauté sont assez nombreux. On trouvera ci-dessous une liste des plus importants d'entre eux, qui est loin d'être exhaustive. On rencontre des analyses de la royauté là où on les attendrait le moins (dans l'*Éloge d'Hélène* d'Isocrate, par exemple). En outre, j'ai délibérément laissé de côté les fragments sur la royauté attribués à Antisthène, aux Cyniques, aux Pythagoriciens, etc., dont l'authenticité est parfois discutée et qui posent des problèmes d'interprétation particulièrement difficiles.

Isocrate :
- *Trapézitique* (sur les rois du Bosphore)
- *Éloge d'Hélène* 32-34
- *Panégyrique* 126 ; 151
- Discours chypriotes : *A Démonicos* ; *A Nicoclès* (les devoirs d'un roi) ; *Nicoclès* (éloge de la monarchie par un roi) ; *Évagoras* (éloge funèbre d'un roi)
- *Philippe*
- *Panathénaïque* 72-88 (éloge d'Agamemnon)

Xénophon :
- *Anabase* 1, 9 (éloge de Cyrus le Jeune)
- *Mémorables*, notamment III, 9 ; IV, 2 ; IV, 6

Helléniques, notamment VI, 1 et VI, 4, 27-32 (sur Jason de Phères)
Hiéron (dialogue sur la tyrannie)
Cyropédie

Platon :
Gorgias 481 a-527 b
République, notamment 412 a-414 b, 445 c-d, 473 d, 503 a-b, 520 d, 543 a, 590 d
Politique
Lois (surtout livre III et VIII 832 c)
Lettres VII et VIII

Aristote :
Éthique à Eudème VII, 9
Éthique à Nicomaque V, 10 ; VIII, 12-13
Rhétorique I, 8
Politique, notamment I, 1 ; I, 6-7 ; I, 12 ; III, 6-8 ; III, 12-17 ; IV, 10 ; V, 10-12 ; VII, 14.

Ces textes sur la royauté sont d'une extrême variété dans leurs genres littéraires et leurs niveaux d'analyse (Platon et Aristote s'intéressent à la royauté en général, Isocrate adresse des exhortations à des rois contemporains, Xénophon dans *La Cyropédie* brosse le portrait – en grande partie imaginaire – d'un roi conquérant). Plus encore, ces textes sont d'une grande diversité dans leurs prises de position. Sur chaque point fondamental, on relève des opinions contradictoires. La littérature politique du IVe siècle a un caractère nettement polémique. Ajoutons que la pensée d'un même auteur change assez souvent d'une œuvre à l'autre et qu'entre plusieurs passages de la même œuvre il y a parfois d'importantes nuances.

Il serait hasardeux de vouloir reconstruire directement les mentalités politiques grecques du IVe siècle à partir des arguments de ces quelques théoriciens. L'opinion publique grecque du IVe siècle est plus difficile à cerner que l'opinion publique athénienne du Ve siècle. Les thèmes politiques abordés par les auteurs dramatiques étaient les thèmes familiers à leur public – ou le devenaient après la représentation. Au contraire, les quatre grands théoriciens politiques du IVe siècle, Isocrate, Xénophon, Platon et Aristote, n'ont pas pu ou pas voulu participer directement à la vie politique de leur cité. Surtout, le public auquel étaient destinées leurs œuvres semble avoir été assez restreint : *La Politique* d'Aristote est un cas extrême, puisqu'il s'agit d'un ouvrage ésotérique, destiné uniquement à l'enseignement à l'intérieur du Lycée ; les autres textes étaient publiés, mais il paraît peu probable que leur diffusion ait dépassé quelques cercles cultivés. On ne saurait exclure *a priori* un important décalage entre les discussions des « milieux intellectuels », dont nos textes seraient les témoins, et les conceptions de la majorité des citoyens dans la majorité des cités.

L'opposition entre royauté et tyrannie est un lieu commun au IVᵉ siècle : la royauté est la forme correcte de la monarchie, la tyrannie la forme dégénérée. Selon les auteurs et selon les textes, les critères permettant de distinguer les deux régimes varient considérablement. Des critères sociaux interviennent parfois, mais assez rarement, et jamais seuls, notamment l'origine sociale du monarque (le roi est noble ou riche, le tyran de basse extraction) ou son attitude dans les luttes sociales (le roi maintient l'ordre traditionnel et protège les riches, le tyran favorise les pauvres par des mesures révolutionnaires – Aristote, *Pol.* V, 10, 1310 b 8-19). Des critères proprement institutionnels apparaissent assez souvent et se voient accorder un certain poids : d'assez nombreux textes opposent la royauté monarchique, soumise aux lois, à la tyrannie arbitraire [Xénophon, *Mém.* IV, 6, 12 par exemple], ou la royauté, monarchie aux attributions déterminées et limitées, à la tyrannie sans limites, *aoristos* [Aristote, *Rhét.* I, 8, 1366 a]. Les deux critères le plus souvent mentionnés, ceux dont l'importance est le plus nettement soulignée, sont d'ordre psychologique. Il s'agit d'abord de l'accord ou du désaccord des gouvernés [Platon, *Pol.* 276 e ; Xénophon, *Mém.* IV, 6, 12 ; Aristote, *Pol.* III, 14, 1285 a] : les sujets d'un roi lui obéissent de plein gré, les sujets d'un tyran subissent son pouvoir contre leur gré. Un signe extérieur de l'attitude des gouvernés, et donc de la nature du régime, est fourni par la composition de la garde du monarque : un roi s'entoure de sujets, un tyran de mercenaires étrangers [Aristote, *Pol.* V, 10, 1311 a 5-8]. Il s'agit ensuite de l'attitude même du monarque : s'il recherche l'intérêt de ses sujets, c'est un roi ; s'il recherche son intérêt personnel, c'est un tyran [Platon, *Lois* 832 b-c ; Aristote, *Éthique à Nicomaque* VIII, 12, 1160 b 1-10]. Chacun de ces critères souligne une différence importante, mais leur multiplicité même crée un certain flou : ainsi la monarchie perse est tantôt considérée comme une royauté (à cause de l'origine du monarque, et parce qu'elle a une garde de sujets), tantôt comme une tyrannie (à cause de ses pouvoirs illimités). Si l'on veut concilier à la fois rigueur et nuance, il ne faut garder qu'un seul critère pour la distinction spécifique entre royauté et tyrannie, et utiliser les autres soit à des distinctions plus fondamentales encore entre types de régime (c'est ce que fait Platon dans *Le Politique*), soit à des distinctions entre royautés diverses (c'est ce que fait Aristote, dans *La Politique* III, 14 et 15).

Dans *Le Politique* [275 c], Platon s'attache à montrer que l'image traditionnelle du roi-pasteur est inadéquate pour un roi humain. Aucun roi humain, pas même le philosophe-roi, ne saurait nourrir ses sujets : il ne peut que les soigner. Les hommes n'ont à leur tête un pasteur que quand la divinité règne directement sur eux. D'après le mythe du *Politique* [269 b-274 e], la divinité alternativement dirige le mouvement du monde et se détourne de lui ; c'est dans cette deuxième phase qu'apparaissent le travail, la guerre et la nécessité d'un gouvernement humain.

Le philosophe-roi n'est qu'un homme, mais il se définit par la possession de la Science (*épistèmè*). Il peut arriver qu'il y ait plusieurs philosophes-rois, mais, comme la Science n'est accessible qu'à peu d'hommes, ils ne sont jamais nombreux [292 d]. Seul de tous les gouvernants à connaître le Bien, le philosophe est aussi le seul à pouvoir réaliser la justice, le seul à gouverner dans l'intérêt de la cité tout entière. Connaissant mieux que les gouvernés ce qui fera leur bonheur, il n'a aucun besoin ni de lois imparfaites, ni même de l'accord des gouvernés. Le seul critère qui sépare – de façon radicale – la royauté philosophique de tous les autres régimes, c'est la réalisation de l'intérêt commun, grâce à la Science [292 d-297 b].

Tous les autres régimes sont dirigés par des ignorants : l'homme ou le groupe au pouvoir recherchent leur propre intérêt, non celui de la communauté tout entière. C'est pourquoi Platon n'hésite pas à qualifier tous ces gouvernants de « factieux » [*stasiastikoi*, 303 c]. Néanmoins, parmi ces régimes imparfaits, Platon introduit un « principe de dichotomie », le respect de la loi, qui lui permet de distinguer royauté et tyrannie, aristocratie et oligarchie, démocratie légale et démocratie arbitraire [302 e]. On voit ainsi qu'un principe dont Platon avait refusé de faire le critère du vrai « roi » et du vrai « politique » devient le critère fondamental dans le classement des constitutions imparfaites. A une hiérarchie des régimes correspond une hiérarchie des critères. Dans le classement des régimes imparfaits, établi par Platon, la monarchie se trouve aux deux extrémités : la royauté est le meilleur des régimes légaux et la tyrannie est le pire des régimes arbitraires [300 c-303 d] [29]. L'ordre de mérite des six régimes n'est pas propre au *Politique* de Platon : on le retrouve notamment dans l'*Éthique à Nicomaque* [VIII, 12, 1159 b 30-1160 b 23].

Dans sa classification des royautés au livre III de *La Politique* [14, 1284 b 35-1286 a 7], Aristote suit une tout autre démarche : il ne part pas de la divinité, mais de l'expérience historique. Son dénombrement des types de royauté ne suit aucune classification préétablie, mais un ordre d'enquête assez simple, du plus proche au plus éloigné : il commence par la royauté laconienne, proche à la fois dans le temps et dans l'espace, passe à la royauté barbare, contemporaine mais plus lointaine, puis, remontant dans le temps, évoque les aisymnètes de l'époque archaïque avant de terminer par les royautés des « temps héroïques ». A propos de chacune d'elles, Aristote examine quatre points : la royauté est-elle héréditaire ou élective ? quelle est l'étendue des pouvoirs

29. On peut résumer la classification des régimes dans *Le Politique* par le schéma suivant :
Le dieu-pasteur (de l'âge d'or)
Le philosophe-roi
Les imitations imparfaites, « factieuses » (les numéros correspondent à un ordre de perversion croissante)

	Régimes légaux	Déviations arbitraires (*parekbaseis*)
Un gouvernant	Royauté (1)	Tyrannie (6)
Un petit nombre de gouvernants	Aristocratie (2)	Oligarchie (5)
Un grand nombre de gouvernants	Démocratie légale (3)	Démocratie arbitraire (4)

royaux ? les sujets sont-ils consentants ? les rois règnent-ils *kata nomon*, conformément à la loi ou à la coutume ? Après cet inventaire des formes historiquement attestées, Aristote mentionne un cinquième type de royauté, la *pambasileia* ou royauté absolue, dont il donne la définition suivante :

> Quand un seul homme est souverain en tout [*ou* souverain sur tous] de la même manière que chaque peuple et chaque cité exerce la souveraineté sur les affaires communes. Elle est organisée sur le modèle du pouvoir domestique ; de même que le pouvoir domestique est une sorte de royauté sur une maison, cette royauté est un pouvoir domestique sur une cité, sur un peuple ou sur plusieurs [III, 14, 1285 b 29-33].

Aristote constate alors que les deux types extrêmes de royauté sont la royauté laconienne et la *pambasileia* ; il note ensuite que la royauté spartiate n'est qu'une « stratégie à vie », une magistrature parmi d'autres, et que ce n'est donc pas une « constitution » au sens propre du terme. Il ne reste plus, dès lors, qu'un seul type (*eidos*) de constitution royale, dont les formes historiques se rapprochent plus ou moins : c'est la *pambasileia*. Dans la suite du livre III, Aristote n'envisagera plus que la *pambasileia*. Il examinera si le gouvernement *absolu* d'un roi est préférable à la loi, si le gouvernement *absolu* d'un roi est compatible avec la justice politique.

Qu'un roi absolu se substitue à la loi écrite, qu'il soit lui-même la loi est une évidence pour tous les auteurs grecs du IVe siècle. C'est peut-être Archytas de Tarente qui donne à cette idée l'expression la plus frappante en distinguant deux sortes de lois, la Loi vivante (le *Nomos Empsuchos*), c'est-à-dire le Roi, et la Loi écrite. L'une et l'autre doivent se conformer à la Loi divine transcendante [30] [Stobée, 43, 132]. Aucune hiérarchie n'est cependant établie entre les deux types de lois. Une ébauche d'argument en faveur du roi apparaît dans *La Cyropédie*, où Xénophon qualifie le roi de « loi qui voit » et qui « veille » [*Blépôn nomos*, VIII, 1, 22]. C'est cependant à Platon, dans *Le Politique*, qu'il revient

30. On discute cependant de l'authenticité de ces formules, qui pourraient avoir été attribuées à Archytas par des Pythagoriciens de l'époque hellénistique.

d'avoir affirmé avec le plus d'éclat la supériorité du roi-philosophe sur la loi.

La loi, générale et rigide, est inadaptée à l'extrême mobilité des situations humaines. Seul le roi doué tout à la fois de la connaissance du Bien et d'un diagnostic sûr pourra, en fonction des circonstances, prendre les décisions qui réaliseront la justice dans la cité et assureront le bonheur des gouvernés. C'est ici qu'intervient la célèbre comparaison avec la médecine : un médecin obligé de partir en voyage peut laisser à ses patients des prescriptions écrites ; lorsqu'il rentre de voyage, cependant, personne ne serait assez stupide pour s'entêter à suivre les vieilles ordonnances, sous prétexte qu'elles sont écrites, et refuser d'obéir aux nouvelles prescriptions, appropriées à l'évolution de la maladie. Si le roi-médecin est supérieur à ses propres ordonnances, il l'emporte à plus forte raison sur les codes établis par des ignorants. Le seul point que Platon concède à la loi, c'est qu'il vaut mieux que des ignorants gouvernent selon des lois, si mauvaises soient-elles, que de se laisser guider par leur humeur capricieuse.

L'homme vraiment royal est supérieur à la loi, mais un tel homme existe-t-il ? Dans *Le Politique*, Platon souligne déjà que la science royale est fort rare [292 d]. Dans *Les Lois*, il paraît la considérer comme inaccessible. A deux reprises [IV, 713 c et IX, 875 c] il reprend la vieille idée, déjà exprimée par Hérodote dans son débat sur les constitutions [III, 80], selon laquelle une monarchie aux pouvoirs illimités tombe nécessairement dans la démesure, l'*hubris*. En d'autres termes, la royauté absolue dégénère toujours en tyrannie ou, pour parler comme Montesquieu, « le pouvoir absolu corrompt absolument ». Il n'y a certes pas de palinodie de Platon (le philosophe continue à considérer que la royauté philosophique, si elle était possible, serait le meilleur régime), mais il y a un changement d'accent très net : tout le système politique des *Lois* s'inspire des notions de légalité et d'équilibre.

Aristote va plus loin dans la réhabilitation de la loi et la critique de la royauté absolue. Dans *La Politique* [III, 15-16], il s'en prend directement à l'argumentation développée par Platon dans *Le Politique*. Pour Aristote, un régime légal est supérieur au gouvernement absolu d'un seul parce que les lois sont inaccessibles à la passion : « Demander le règne de la loi, c'est demander que la divinité et la raison règnent seuls. Demander le règne d'un homme, c'est demander aussi celui d'une bête féroce (*thérion*). » Suit la célèbre définition de la loi comme « raison libérée du désir ». L'analogie platonicienne du roi et du médecin est, selon Aristote, fondamentalement fausse : le médecin est, dans l'exercice de son art, dépourvu de passion. Si un malade le soupçonne d'être de connivence avec ses ennemis, il préférera se fier aux prescriptions d'un livre. Qui plus est, un médecin est incapable de se soigner lui-même, parce qu'il manque alors d'un jugement impartial. Le règne des lois est préférable à celui d'un roi parce qu'elles protègent durablement de l'arbitraire et parce qu'elles introduisent dans la cité un ordre rationnel.

Évidemment, reconnaît Aristote, les lois qui, par définition, sont générales, ne sauraient régler tous les cas particuliers. Quel que soit le régime, les cas particuliers sont par nature et de toute façon soumis à délibération. Le problème rebondit alors : vaut-il mieux que la délibération soit le fait d'un seul homme ou de beaucoup d'hommes ? Aristote note d'abord que les monarques s'entourent de conseillers ; ils reconnaissent ainsi, implicitement, la supériorité des régimes non monarchiques. En outre, un grand nombre d'hommes est moins facile à corrompre qu'un seul (le thème est traditionnel), et moins sujet aux entraînements passionnels. Le principal argument, cependant, concerne la valeur même des décisions prises : la confrontation des avis corrige ce que chacun d'eux peut avoir d'excessif. C'est pourquoi des individus médiocres, en s'associant en grand nombre, ont de fortes chances de formuler un meilleur jugement qu'un seul individu, même très intelligent [*Pol.* III, 15, 1286 a-b]. On retrouve l'idée de « moyenne » chère à Aristote, qui sert ici à justifier théoriquement un régime de tendance démocratique. Non seulement, pour Aristote, la loi est supérieure au monarque absolu, mais la décision d'une assemblée a toutes chances d'être meilleure que celle d'un roi.

Si la royauté absolue substitue à la loi la volonté d'un seul, elle a aussi pour conséquence de priver de tout pouvoir l'ensemble des citoyens à l'exception d'un seul : à cet égard elle est en contradiction avec l'idéal traditionnel d'*isonomie* qui n'est pas seulement l'égalité devant la loi, mais une répartition égale des pouvoirs et des honneurs.

On sait que certains Sophistes – Thrasymaque, Critias, tous ceux qui ont servi de modèles au Calliclès du *Gorgias* – ont contesté radicalement l'*isonomie* au nom de l'inégalité naturelle des hommes. L'égalité artificielle imposée par la loi entre citoyens serait contraire à la nature. Les hommes forts n'ont pas plus de raison d'accepter les règles fixées par les faibles que les loups de se soumettre aux agneaux. La conclusion de ce raisonnement, c'est qu'un individu brillant et énergique ne doit pas hésiter à s'emparer de la tyrannie.

Ce point de vue fut énergiquement combattu par Platon. Celui-ci s'amuse à mettre les partisans du droit du plus fort en contradiction avec eux-mêmes : la masse des faibles est en générale plus forte que l'individu ou le groupe qui se disent forts [*Gorgias* 488 c-d par exemple]. Sa critique est cependant surtout morale et vise à montrer que le tyran est le plus malheureux des hommes. Platon reproche à ses adversaires une conception perverse du pouvoir, il ne leur reproche pas de priver de tout pouvoir la masse des citoyens, et pour cause : son philosophe-roi fait de même. Le pouvoir est pour l'« homme royal » une corvée, mais, dans l'intérêt même des gouvernés, il ne saurait le partager. S'il existe un homme doué d'une science royale, le pouvoir absolu lui revient sans contestation possible. L'idée même que la participation politique puisse être un droit est étrangère à Platon.

C'est à Aristote que revient le mérite d'avoir posé dans toute son ampleur le problème politique fondamental : dans quelles conditions la royauté absolue, c'est-à-dire l'accaparement par un seul de tous les pouvoirs et de tous les honneurs (le terme de *timai* implique les deux notions), peut-elle être juste ?

Pour Aristote, la royauté absolue est radicalement incompatible avec la nature même de la cité, qui est une *communauté d'égaux* (entendons : une communauté de gens *comparables*, qui ont tous un certain mérite [*arétè*] et qui doivent tous recevoir une certaine part d'honneurs et de pouvoir, ce qui n'exclut pas que certains aient plus de mérite et que par conséquent ils reçoivent plus d'honneurs).

Dès le chapitre 1 du livre I de *La Politique*, Aristote établit une distinction radicale entre pouvoir politique et pouvoir royal (nous sommes à cet égard aux antipodes du *Politique* de Platon, qui les identifiait). Aristote reprend à son compte, en lui donnant une force nouvelle, l'assimilation traditionnelle de l'autorité royale et de l'autorité paternelle. Le roi est fondamentalement le père de ses sujets. La royauté des communautés grecques archaïques s'explique par le fait qu'elles ne sont encore que des agrégats de familles et de villages [I, 2]. Quelles que soient les vertus de ce règne patriarcal, il repose sur une profonde inégalité naturelle : comme un père sur ses enfants mineurs, le roi des temps anciens exerçait son autorité sur des sujets incapables de se gouverner eux-mêmes. A cet égard, le pouvoir royal est, au sens strict du terme, un mode de gouvernement *prépolitique*, qui ne convient qu'aux familles, aux communautés des temps anciens et aux *ethnè* politiquement sous-développés. Aristote souligne nettement que, de son temps, on ne crée plus de royautés dans les cités. Dès lors en effet qu'il existe à l'intérieur des cités une certaine égalité, le pouvoir d'un seul devient une injustice, imposée par la force contre le gré des citoyens : ce ne peut être qu'une tyrannie [V, 10, 1313 a 1-10].

La grande règle de la justice dans une cité, c'est l'égalité proportionnelle. Aristote reprend dans cette perspective l'analyse du cas de l'homme supérieur cher aux Sophistes. Il examine longuement à deux reprises [III, 13 et III, 17] les moyens de concilier la justice proportionnelle et le mérite exceptionnel d'un individu. Son argumentation est de caractère mathématique. Aristote distingue deux cas. L'individu éminent peut avoir un mérite très supérieur à celui de n'importe quel citoyen, mais inférieur à celui de l'ensemble des citoyens. Dans ce cas, si l'on veut sauvegarder l'égalité proportionnelle, la solution de stricte justice consiste à créer un honneur nouveau et exceptionnel correspondant aux qualités exceptionnelles de l'homme supérieur. Si c'est impossible, la solution de moindre injustice consiste à l'ostraciser, suivant la pratique de certaines cités. L'individu exceptionnel est ainsi lésé, mais les citoyens dans leur ensemble subiraient un traitement plus injuste encore s'ils étaient soumis à l'autorité absolue d'un seul.

Dans la seconde hypothèse envisagée, l'individu exceptionnel a un mérite supérieur à celui de *tous les autres citoyens réunis*. Un tel homme, dit Aristote, serait « comme un dieu parmi les hommes » [III, 13, 1284 a 10-11]. Il serait injuste de vouloir le plier à la loi commune : « autant vouloir commander à Zeus ». Il faudrait donc lui remettre le pouvoir absolu [III, 13, 1284 b 30-35]. Si une supériorité aussi éminente est héréditaire, la royauté absolue d'une dynastie est à son tour justifiée [III, 17, 1288 a 15-19].

Si l'on prend au pied de la lettre le raisonnement mathématique d'Aristote, l'octroi du pouvoir absolu au citoyen supérieur à tous les autres réunis n'est qu'une solution de moindre injustice symétrique de l'ostracisme (tous les autres citoyens sont privés d'honneurs et deviennent *atimoi*). Si Aristote ne prend pas la peine d'indiquer la solution de stricte justice qui pourrait *a priori* être envisagée – des honneurs très grands pour l'un, des honneurs minimes pour tous les autres –, c'est que l'apparition d'un homme non seulement aussi supérieur, mais aussi différent des autres qu'« un dieu parmi les hommes », rend impossible l'application de la règle d'égalité proportionnelle. L'existence même de la cité en tant que communauté d'égaux se trouve compromise ; un autre type de communauté apparaît, *au-delà de la cité*, qui se caractérise par une inégalité radicale entre un individu et tous les autres.

On pourrait être tenté de voir dans la dernière hypothèse d'Aristote une sorte de raisonnement par l'absurde. Pour que la royauté absolue soit justifiée, il faudrait que le roi dépasse en mérite l'ensemble des citoyens. Or c'est une condition irréalisable. Donc, dans une cité, l'instauration d'une royauté absolue ne saurait être juste ; toute monarchie y est nécessairement une tyrannie. Un tel raisonnement serait tout à fait conforme aux habitudes d'Aristote, qui englobe volontiers dans ses dénombrements des hypothèses absurdes, qu'il abandonne ensuite. En outre, la conclusion qui se dégagerait alors du texte viendrait renforcer l'idée, fréquemment exprimée, que la *polis* est la communauté la plus accomplie et que l'égalité proportionnelle est la forme de justice la plus parfaite.

Cette interprétation, si séduisante soit-elle, fait problème. Tout d'abord, on s'expliquerait mal l'insistance avec laquelle Aristote traite, à deux reprises, du cas de l'homme exceptionnel, s'il s'agissait d'un simple raisonnement par l'absurde. En outre, le thème de l'homme « semblable à un dieu » revient à plusieurs reprises chez Aristote. Dans l'*Éthique à Nicomaque* [VII, 1, 1145 a 15-35], Aristote établit une symétrie entre la bestialité, disposition monstrueuse qui ravale l'homme au rang des animaux, et une vertu « héroïque et divine », également exceptionnelle, qui rapproche l'homme des dieux. Dans le livre VIII de la même *Éthique*, il analyse l'amitié qui, comme la cité, exige une certaine égalité ; il déclare (ch. 9) qu'elle est difficile entre les rois et les hommes de situation ordinaire, qu'elle est impossible entre les hommes et les dieux, et il ajoute : « souhaiter à un ami de devenir un dieu, c'est accepter de renoncer à son amitié ». Il semble donc que, dans *La Politique,* Aristote présente la royauté de l'homme divin comme un cas limite, dont il se refuse à exclure la possibilité[31].

Platon et Aristote, dont les analyses politiques sont opposées sur bien des points, sont l'un et l'autre sensibles à l'efficacité du pouvoir monarchique. Selon Platon, la contrainte est nécessaire à qui veut remplacer un régime corrompu par une bonne constitution : encore dans les *Lois*, le philosophe souligne que la situation la plus favorable pour imposer une telle transformation est la coopération d'un « jeune tyran » et d'un philosophe [IV, 710 a]. C'est l'espoir de convertir les tyrans de Syracuse à la philosophie qui inspira les voyages de Platon en Sicile[32]. Aristote, de son côté, vécut quelques années dans l'entourage du tyran Hermias d'Atarnée, auquel il suggérait des réformes d'inspiration philosophique. Les

31. A l'opposé, beaucoup de commentateurs ont supposé que la notion de *pambasileia* visait à rendre compte de la monarchie d'Alexandre. Il est certain qu'Aristote a suivi avec attention l'expédition d'Alexandre et qu'il est resté en correspondance avec son ancien élève, mais ses lettres sont perdues et les œuvres exotériques, dans lesquelles il évoquait *peut-être* la conquête de l'Asie, n'ont pas été conservées. Le silence total des traités ésotériques – et notamment de *La Politique* – sur Alexandre suggère cependant que l'interprétation du pouvoir du conquérant n'avait rien d'évident pour Aristote. Il n'est pas exclu que le philosophe ait parfois eu tendance à voir en Alexandre un dieu parmi les hommes, dont la supériorité justifiait l'absolutisme, mais il est probable que, lorsqu'il apprenait la condamnation de Philotas, le meurtre de Cleitos ou la mise en cage de son neveu Callisthène, il était plutôt tenté de le considérer comme un tyran semblable à une bête féroce. Le concept de *pambasileia* a peut-être servi quelquefois à juger Alexandre, mais il n'a pas été conçu uniquement pour cela.

32. Voir ci-dessus, p. 190-193.

relations du philosophe et du tyran furent cette fois harmonieuses ; Aristote épousa la nièce d'Hermias et célébra la mémoire de son ami [33]. Le rôle du tyran-philosophe est cependant conçu comme provisoire : une fois qu'il a imposé une bonne constitution, cette constitution même limite son pouvoir. En outre, selon les deux philosophes, la monarchie absolue peut dans certains cas se justifier de manière durable : *Le Politique* de Platon célèbre l'autorité supérieure à la loi du roi-philosophe, et Aristote lui-même admet qu'il faudrait reconnaître un pouvoir absolu à l'homme semblable aux dieux.

Il convient cependant de souligner que le Platon des *Lois* et Aristote manifestent une nette préférence pour des solutions politiques à l'opposé de la monarchie absolue. Le Platon des *Lois* insiste sur les vertus du mélange. La « constitution mixte » associe le principe monarchique d'autorité (sans tomber dans le despotisme perse) et le principe démocratique de liberté (sans tomber dans l'anarchie athénienne) ; en outre, la constitution mixte assure une représentation équitable des différentes classes sociales [*Lois* VI, 756 b]. Le régime préféré d'Aristote, la constitution moyenne – qui mérite le nom de constitution par excellence, *politeia* –, est un juste milieu entre la démocratie et l'oligarchie. Une classe moyenne nombreuse y joue le rôle d'arbitre entre les riches et les pauvres [*Pol.* IV, 11, 1295 a-1296 a]. Les riches considèrent le régime comme plutôt oligarchique, et les pauvres comme plutôt démocratique, si bien que tous lui sont attachés et qu'il jouit d'une stabilité exceptionnelle [IV, 9, 1294 b 35-41 notamment].

On voit combien il est exagéré de qualifier de « monarchiste » l'ensemble de la pensée politique grecque du IVe siècle.

Le fait monarchique au IVe siècle

On a souvent souligné, à juste titre, qu'au moment où les théoriciens s'intéressaient à la monarchie les régimes monarchiques jouaient un rôle de plus en plus important dans l'his-

33. Hermias fut exécuté en 341 sur ordre du Grand Roi, parce qu'il s'était trop rapproché de Philippe de Macédoine.

toire grecque. Faut-il y voir deux aspects d'un même phénomène lui-même lié à la crise de la *polis* ?

Il est incontestable que la tyrannie, qui avait à peu près totalement disparu du monde grec aux environs de 440, réapparaît au premier plan au IVe siècle. H. Berve a dressé une liste de 95 tyrans au IVe siècle, en se fondant soit sur l'emploi du mot « tyran », soit sur la situation des personnages telle que la décrivent nos sources : un chef militaire doté de pleins pouvoirs (*stratègos autokratôr*), sans limitation de durée, qui s'appuie sur des mercenaires, peut être considéré comme un tyran. Deux facteurs généraux ont de toute évidence favorisé la résurgence de la tyrannie : la fréquence des luttes civiles et la croissance du nombre des mercenaires, prêts à soutenir quiconque peut les payer. Malgré ces conditions générales plus favorables, il convient de noter que les tyrannies sont relativement rares dans les vieilles cités de Grèce propre ; les expériences tyranniques y sont le plus souvent brèves et très impopulaires. Le tyran Euphron de Sicyone, qui reçut après sa mort des funérailles solennelles et un culte héroïque, demeure une exception ; les lois contre la tyrannie, comme celle d'Eucratès à Athènes en 337, reflètent beaucoup plus fidèlement l'opinion dominante sur ce régime.

Le phénomène de la tyrannie joue en revanche un rôle majeur dans certaines parties du monde grec colonial – en Sicile bien sûr, mais aussi dans la région du Pont, notamment à Héraclée, où Cléarque parvient à fonder une dynastie durable.

En Thessalie, l'ascension des tyrans de Phères s'explique en partie par le fait qu'ils se sont emparés de la royauté militaire traditionnelle du *tagos* fédéral. Dans le royaume du Bosphore cimmérien, les Spartokides, que les Athéniens qualifient diplomatiquement d'« archontes » (comme Denys de Syracuse), sont à la fois les tyrans de cités grecques et les rois de peuples scythes voisins. Quant aux « tyrans » de Chypre, grecs ou phéniciens, ils sont les héritiers de très anciennes dynasties royales. Autant qu'à une expansion de la tyrannie, on assiste au IVe siècle à la montée en puissance de régimes monarchiques traditionnels : les marges du monde grec, plus ou moins hellénisées, exercent une influence croissante sur les affaires grecques.

A l'intérieur des cités, il est relativement rare que la

monarchie se substitue durablement à des constitutions démocratiques ou oligarchiques. Le fait majeur, mais non totalement nouveau (que l'on songe à la domination perse sur l'Ionie de 550 à 480), c'est que des puissances monarchiques extérieures aux cités soient de plus en plus en mesure de leur imposer leur volonté. L'hégémonie macédonienne en Grèce ne met pas fin au régime de la cité, comme on l'a maintes fois répété : elle conduit seulement à l'instauration d'un nouvel échelon de décision supérieur à la cité. Que l'indépendance de beaucoup de *poleis* se trouve du même coup réduite est évident, mais, même sur ce point, il ne faut pas exagérer la nouveauté du phénomène. Athènes, Sparte, Thèbes et toutes les cités hégémoniques limitaient aussi l'indépendance des « alliés » qui leur étaient subordonnés.

L'influence croissante des chefs militaires et des monarques au IVe siècle conduisit beaucoup d'individus à célébrer leurs mérites et certaines cités à leur accorder des honneurs de plus en plus exceptionnels : quelques-unes allèrent même jusqu'à instituer un culte (Samos en l'honneur de Lysandre par exemple). Il n'est pas facile de faire la part de la flagornerie – ou du pragmatisme – et de l'admiration fervente, mais on peut noter que la plupart des honneurs divins accordés à des hommes au IVe siècle ont suscité sarcasmes et indignation. Même Alexandre se heurta à des résistances en 324 quand il voulut se faire honorer par tous les Grecs comme dieu invaincu et invincible (le mot grec *anikètos* a les deux sens)[34].

A côté et au-dessus des cités

Il est incontestable que la division des Grecs en de multiples cités et les rivalités entre ces cités ont facilité l'expansion macédonienne. Il serait pourtant très exagéré de prétendre que les Grecs du IVe siècle n'ont rien fait pour surmonter leurs divisions. L'histoire politique du IVe siècle révèle de multiples formes de regroupement et d'association. En outre, la réflexion politique grecque s'est intéressée aussi à des types d'État différents de la *polis*.

D'assez nombreux *synœcismes* sont attestés au IVe siècle.

34. Voir ci-dessus, p. 163-164.

M. Moggi en a relevé 22 exemples de 411 à 338. Il s'agit tantôt d'un regroupement de villages en une cité, avec fondation d'une ville et transfert d'une partie de la population vers ce centre urbain (l'exemple le plus célèbre est la fondation de Mégalopolis en 370-369), tantôt d'une fusion de cités préexistantes (comme à Rhodes peu après 411, à Cos vers 366, à Céos de 367 à 357). Les synœcismes ne constituent pas un phénomène nouveau au IVe siècle, mais les indications relativement détaillées dont nous disposons dans quelques cas nous permettent de préciser les raisons qui les ont inspirés. L'initiative vient tantôt d'un monarque (Denys de Syracuse ou Mausole), tantôt d'un groupe oligarchique (comme à Rhodes), tantôt de démocrates (comme à Mégalopolis), mais, dans tous les cas, le but du synœcisme est de renforcer la puissance militaire et la cohésion politique des communautés rassemblées, face à un ennemi commun.

Les alliances ou *symmachies* sont elles aussi traditionnelles en Grèce. La seconde Confédération athénienne de 378 se distingue des symmachies antérieures par le rôle central attribué au Conseil commun, le *synédrion*, dans lequel chaque allié est représenté. Le but que s'étaient fixé les Athéniens – et qu'ils n'atteindront que très partiellement – était d'assurer la cohésion de la symmachie par la participation de tous aux décisions. Les fréquents congrès en vue d'une paix commune, malgré les violations et contestations répétées des accords conclus, témoignent eux aussi, d'une autre manière, de la volonté d'organiser de façon stable les relations entre cités grecques. La ligue de Corinthe créée par Philippe pendant l'hiver 338/337 est une association de tous les Grecs (sauf les Spartiates) en vue de la paix commune, qui devient rapidement une symmachie contre le Grand Roi [35].

Aristote souligne très nettement que les symmachies ne sont que des coalitions d'entités distinctes qui additionnent leurs forces, et ne constituent en aucune manière de véritables communautés politiques [*Pol.* II, 2, 1261 a 24 ; III, 9, 1280 b 34 notamment] [36]. Il en va tout autrement des États

35. Voir ci-dessus, p. 130-131.

36. L'emploi de l'adjectif « fédéral » à propos des institutions de ces symmachies est trompeur. Les historiens de langue allemande disent volontiers qu'une symmachie est un *Staatenbund*, tandis qu'un État fédéral est un *Bundesstaat*.

fédéraux proprement dits, dont l'*acmè* se situe à l'époque hellénistique, mais dont le développement est déjà très net au IVe siècle.

Thucydide, à plusieurs reprises, distingue parmi les Grecs ceux qui vivent en cités et ceux qui comme les Étoliens vivent dispersés en villages, *kata kômas*. Les villages – et les groupes transhumants – des régions qui n'ont pas de *polis* ne vivent pas dans un total isolement : ils forment des « peuples » ou *ethnè*, dont l'organisation, quelquefois assez lâche, comporte au moins des dispositions en vue de la défense commune et, en général, des cultes communs.

A l'époque du haut archaïsme, un grand nombre de Grecs étaient organisés en *ethnè*. Le développement de cités a parfois conduit à l'affaiblissement, voire à la disparition du lien ethnique antérieur, mais ce n'est pas toujours le cas. A l'époque classique, le territoire de la Béotie est entièrement divisé en cités, et pourtant l'*ethnos* béotien subsiste (en partie, à vrai dire, sous l'effet de la volonté hégémonique thébaine). Dans d'autres régions comme la Thessalie, l'Acarnanie ou l'Arcadie, coexistent dans le même *ethnos* des *poleis* et des populations vivant en villages non regroupés. Ailleurs enfin, comme dans le *koinon* des Molosses en Épire, on a une organisation pyramidale de grands *ethnè* regroupant de petits *ethnè* qui sont eux-mêmes des regroupements. Dans les trois cas de figure, là où l'*ethnos* a survécu, il joue un rôle croissant au IVe siècle ; le phénomène est très net en Arcadie et en Achaïe, aussi bien qu'en Grèce centrale, en Thessalie et en Épire.

Les institutions des *ethnè* ressemblent à celles des *poleis* : une assemblée directe, un conseil (*synédrion* ou *boulè*), des magistrats (et, dans le cas particulier des Molosses, la dynastie royale des Éacides). Si un *ethnos* se caractérise toujours par la superposition des communautés, il semble qu'on puisse parler d'un véritable État fédéral [37] quand les groupes subordonnés deviennent les composantes de l'*ethnos* et que cette articulation se traduit dans l'organisation des pouvoirs. Cette répétition délibérée des fonctions apparaît nettement dans le

37. Le grec n'a pas de mot courant pour désigner un État fédéral. *Sympoliteia*, « fédération » est rare. *Koinon*, le terme le plus souvent utilisé, a un sens beaucoup plus large : il signifie à peu près « État ».

koinon des Molosses entre 370 et 330 ; grâce à une étude détaillée des inscriptions, P. Cabanes a montré qu'« il existe une sorte de tour qui permet à chaque tribu membre du *koinon* des Molosses de fournir pour une année les principaux magistrats de l'État en dehors du roi » – c'est-à-dire le prostate, le secrétaire et le président du principal collège de la Confédération ; dans ce collège, les différents groupes qui composent le *koinon* – que l'on qualifiera faute de mieux de « tribaux » – sont représentés.

Le développement de fédérations déborde le cadre des *ethnè* traditionnels : on voit ainsi apparaître à la fin du ve siècle un *koinon* des Chalcidiens de Thrace, qui comprend à certains moments de son histoire des cités qui ne sont pas chalcidiennes comme la colonie corinthienne de Potidée. De même, la cité non achéenne de Calydon, située au nord du golfe de Corinthe, fut admise dès avant 389 dans la Confédération achéenne ; Xénophon [*Helléniques* IV, 6, 1] précise que les citoyens de Calydon reçurent la citoyenneté achéenne. Cette double citoyenneté – locale et fédérale – est un trait essentiel des États fédéraux.

Même si Aristote parle peu des fédérations dans *La Politique*, on sait qu'il s'est intéressé à ce type d'État, puisque l'école aristotélicienne a consacré au moins dix de ses 158 constitutions à des *ethnè* ou à des États fédéraux et qu'une « constitution commune des Arcadiens » (*koinè politeia*) et une « constitution commune des Thessaliens » figurent parmi les titres que nous a transmis la tradition. Dans un célèbre passage du livre VII de *La Politique*, Aristote évoque l'idée d'une sorte de constitution panhellénique. Le philosophe vient d'expliquer que la race (*genos*) des Hellènes tient le juste milieu entre les Barbares d'Europe, vaillants mais peu intelligents, et les Barbares d'Asie, intelligents mais peu courageux :

> Elle est en effet courageuse et intelligente ; c'est pourquoi elle demeure libre, dotée des meilleures constitutions et capable de commander au monde si elle atteignait une constitution unique [VII, 7, 1327 b 29-32].

Dans le contexte, il est clair qu'Aristote cherche à expliquer pourquoi les Grecs, quoique supérieurs aux autres peuples, ne dominent pas le monde : c'est à cause de leur division. Reste à savoir si une constitution commune à toute la Grèce pourrait encore être une bonne constitution. La réponse est donnée dans un autre passage du livre VII :

> Il est difficile, et peut-être impossible, pour une cité dont la population est trop nombreuse, d'être régie par de bonnes lois [VII, 4, 1326 a 25-26].

La croissance de la taille d'une cité est compatible avec une bonne constitution tant que les citoyens peuvent se connaître mutuellement [1326 b 15]. Au-delà de cette limite, un État ne peut plus être excellemment gouverné.

Dans ce passage sur la « constitution unique », Aristote ne reprend pas à son compte le programme panhellénique d'Isocrate (union des Grecs et conquête de l'Asie). Le philosophe souligne que les Grecs ont les meilleures constitutions, et qu'ils ont aussi les qualités nécessaires pour dominer le monde ; pour parvenir à ce dernier résultat, il leur faudrait cependant renoncer à l'excellence de leurs constitutions.

De Ctésias à Platon, de nombreux auteurs du IVe siècle se sont intéressés à l'Orient achéménide, non seulement par goût du pittoresque, mais pour dégager les principes d'organisation d'un grand empire territorial. C'est dans *La Cyropédie* de Xénophon que cette analyse est la plus précise. Cyrus l'Ancien tel que le décrit Xénophon n'est guère plus, au début de son expédition, que le chef des auxiliaires perses de son oncle, le puissant roi des Mèdes Cyaxare. Grâce à ses talents militaires, mais plus encore à son habileté psychologique, Cyrus parvient non seulement à vaincre ses ennemis, mais aussi à évincer Cyaxare du commandement des opérations. Une fois maître de Babylone, il devient un monarque absolu, entouré d'une cour à l'étiquette stricte, et s'appuyant sur une administration hiérarchisée et centralisée qui lui permet notamment de contrôler tous ses sujets et de prévenir toute tentative d'insubordination. L'œuvre se termine par une vigoureuse dénonciation de la décadence – morale, politique et militaire – des Perses après la mort de Cyrus [VIII, 8].

Xénophon reconstruit l'histoire de Cyrus à sa façon, mais se garde de tout jugement explicite et laisse à ses lecteurs le soin de conclure. Il semble néanmoins que son récit comporte une démonstration sous-jacente d'une extrême rigueur. Les phases successives de son argumentation se présentent ainsi :

1) Cyrus fut un grand conquérant grâce à ses qualités personnelles, mais aussi grâce à l'excellence de son éducation (*paideia*, mot qui figure dans le titre de l'ouvrage, *Paideia de Cyrus*). Cette éducation est solidaire d'une constitution régie par des lois, où le roi est un *primus inter pares*.

2) La réussite de la conquête entraîne sur l'ensemble de l'empire l'instauration d'une administration centralisée et d'une monarchie absolue.

3) La monarchie absolue rend impossible le maintien de l'éducation traditionnelle.

4) L'abandon de cette *paideia* entraîne la décadence de l'empire.

La boucle est fermée : la monarchie impériale détruit le principal fondement de l'empire.

La Cyropédie comporte deux raisonnements *a fortiori* de sens contraire :

– le premier, c'est que, même avec de faibles moyens initiaux, un chef habile ayant reçu une bonne éducation (un condottiere spartiate par exemple) peut conquérir un empire ;

– le second, c'est que même le meilleur des conquérants ne saurait préserver son empire d'une décadence rapide.

Xénophon est resté toute sa vie fasciné par l'idée d'une conquête grecque de l'Asie, mais la réflexion développée dans *La Cyropédie* manifeste autant d'inquiétude que d'enthousiasme.

S'il est douteux qu'Alexandre lui-même ait eu l'intention de réunir tous les hommes dans une communauté unique, il est en revanche certain que Zénon de Kition, le fondateur du stoïcisme, a conçu dès la fin du IVe siècle l'idée d'une cité universelle (*cosmopolis*).

Cet aperçu rapide permet d'entrevoir la richesse et la variété des expériences et des réflexions politiques grecques au IVe siècle. Les Grecs du IVe siècle, malgré leur attachement profond et argumenté à la *polis* traditionnelle, ont créé ou conçu bien d'autres formes d'organisation politique.

Conclusion

A propos de la culture grecque au IVe siècle

La vie politique des cités grecques a une dimension religieuse ; œuvres d'art et textes littéraires ont souvent une portée politique. Il est impossible de séparer l'histoire politique du monde grec au IVe siècle de l'histoire religieuse et de l'histoire culturelle, si bien que nous avons eu souvent l'occasion d'évoquer des oracles, des temples et des tombeaux, des discours et des théories philosophiques. Nous voudrions simplement présenter ici, en guise de conclusion, quelques observations plus spécifiques sur la religion et la culture grecques au IVe siècle [1].

Les historiens qui interprètent le IVe siècle comme une période de déclin ont souvent considéré que la « crise du IVe siècle » avait un volet religieux (désaffection à l'égard de la religion civique, progrès de la magie et du mysticisme) et un volet culturel (individualisme, maniérisme, abus du pathétique).

Nous avons vu que si beaucoup de cités ont connu à certains moments des difficultés économiques, des conflits sociaux et des guerres civiles, il était tout à fait excessif de parler d'une crise générale des sociétés et des systèmes politiques du monde grec au IVe siècle. En outre, si la culture d'une époque est intimement liée à son histoire politique et sociale, il faut se méfier de certains déterminismes simplistes qui réduisent les phénomènes culturels à n'être que les reflets des contradictions sociales. La religion, les arts et les divers genres littéraires ne connaissent pas toujours une évolution stricte-

1. Il ne pouvait être question, dans le cadre de ce volume, de présenter une histoire détaillée de la religion, de l'art ou de la philosophie au IVe siècle. Pour plus d'informations, on se reportera aux ouvrages mentionnés dans la Bibliographie ci-dessous.

ment parallèle à l'histoire sociale et politique. Les traditions ancestrales – en d'autres termes la longue durée – jouent un rôle particulièrement important dans les cultes et les représentations religieuses, tandis que les modes et les goûts se succèdent quelquefois à un rythme très rapide. La culture est aussi le domaine de l'extrême diversité : au même moment, les goûts et les croyances varient d'une région à l'autre, d'un milieu à l'autre, d'un individu à l'autre.

L'archéologie et l'épigraphie nous fournissent une documentation abondante sur les cultes civiques pendant toute l'époque classique. La première évidence qui s'impose à l'examen de ces données, c'est qu'il n'y a aucune rupture entre le Ve et le IVe siècle (ni d'ailleurs entre le IVe siècle et le début de l'époque hellénistique) : on célèbre les mêmes sacrifices en l'honneur des mêmes divinités à l'occasion des mêmes fêtes, et les fidèles continuent à consacrer des ex-voto dans les mêmes sanctuaires. Bien plus, lorsqu'une cité nouvelle est fondée, les cultes qui y sont institués ont un caractère tout à fait traditionnel : comme l'a montré M. Jost, la cité arcadienne de Mégalopolis, fondée en 370/369, consacre les sanctuaires installés près de son agora soit à des dieux arcadiens traditionnels (Zeus Lykaios ou Hermès Akakésios par exemple) soit aux divinités dont le rôle, un peu partout en Grèce, est de protéger la cité (Athéna Polias par exemple).

La religion civique n'est pas pour autant d'un conservatisme figé. De nouvelles divinités peuvent être officiellement introduites dans le panthéon local, et de nouveaux sacrifices institués. Le cas le plus net est celui d'Asclépios qui est solennellement introduit à Athènes en 420 ; un culte en l'honneur du dieu guérisseur apparaît dans de très nombreuses cités dans le courant du IVe siècle. Les calendriers religieux suscitent des débats passionnés : dans le *Contre Nichomachos* [18-21], Lysias reproche au rédacteur du nouveau code des lois sacrées d'avoir fait la part trop belle à des sacrifices nouveaux aux dépens de sacrifices traditionnels. Isocrate, dans l'*Aréopagitique* [29], adresse un reproche analogue à l'ensemble des Athéniens. Partisans des traditions ancestrales et partisans des innovations manifestent les uns les autres un profond attachement à la religion civique. Les jurés athéniens du IVe siècle restent persuadés que le salut de la cité dépend en partie du bon accomplissement des rites : Apollodore, dans le *Contre Néaira* [73-79], ne manque pas d'insister sur les sacrilèges commis par Phano, étrangère adultère qui a osé célébrer les rites des Anthestéries en tant qu'épouse du *basileus* [2].

Il est exagéré d'opposer religion civique et religion à mystères, car de nombreuses cités ont dans leur calendrier officiel des cérémonies d'initiation : le cas le plus célèbre est celui des mystères d'Éleusis, dont la cité athénienne organise le déroulement. Ces mystères sont bien antérieurs au IVe siècle ; il est possible que ces initiations connaissent un succès accru au IVe siècle, mais nous manquons de preuve décisive sur ce point.

Il est certain également que les aspects extatiques du culte de Dionysos inspirent quelquefois les poètes dramatiques (comme Euripide dans ses *Bacchantes*, de 406) ou les artistes (on pense notamment au cratère de Derveni), mais la religion dionysiaque sous ses diverses formes est bien antérieure à la fin du Ve siècle, et il serait très exagéré de parler d'un déferlement du dionysisme à cette période [3].

Que certains Grecs soient aussi attirés par d'autres formes d'initiation, proposées par des sectes en marge de la cité, est indéniable. Si l'on en croit Démosthène [*Sur la couronne* 259-260], Eschine, dans sa jeunesse, participait aux cérémonies organisées par sa mère :

> [...] toute la nuit, tu présentais la peau de faon et le cratère, tu purifiais les initiés, tu les barbouillais de boue et de son, tu les faisais lever après l'initiation, tu leur faisais dire : « J'ai échappé au mal, j'ai trouvé le bien », tout fier que personne n'eût jamais poussé de tels hurlements [...] ; pendant le jour, tu conduisais par les rues ces beaux thiases couronnés de

2. Le « roi » tiré au sort, qualifié à tort d'archonte-roi.
3. Il serait plus excessif encore de dater du IVe siècle l'essor des cultes orientaux en Grèce. Le document qu'on invoque quelquefois pour étayer cette hypothèse n'autorise pas de telles extrapolations : un décret de 333/332, proposé par le très traditionnel Lycurgue, autorise les marchands de Kition à acquérir un terrain pour y établir un sanctuaire d'Aphrodite, et se réfère à un précédent autorisant les Égyptiens à fonder un sanctuaire d'Isis [IG II ^{2}, 337]. Il s'agit de simples mesures administratives destinées à permettre la création d'un culte étranger pour étrangers. – Sur cette autre innovation religieuse, incontestable, mais exceptionnelle avant Alexandre, que constitue le culte des souverains, voir ci-dessus p. 268.

> fenouil et de peuplier blanc, tu maniais les serpents joufflus et les élevais au-dessus de ta tête, tu criais : « Évohé ! Sabohé ! », tu dansais sur l'air « Hyès ! Attès ! Attès ! Hyès ! ».

Il faut éviter de faire l'amalgame entre les diverses « sectes à mystères ». Tandis que l'orphisme, sous ses formes les plus hautes, cherche à préparer l'âme à se détacher du corps par l'ascèse, certaines sectes étaient accusées, à tort ou à raison, d'organiser des orgies et de pratiquer la magie.

Sous leurs diverses formes, ces sectes suscitaient souvent la méfiance des hommes politiques et des autorités de la cité. Démosthène se vante d'avoir obtenu la condamnation à mort des deux « prêtresses » Ninos et Théoris de Lemnos, accusées d'impiété, de pratiques magiques et d'empoisonnement [*Ambassade* 281 ; *Contre Aristogiton* I, 79]. La célèbre Phryné elle-même fut accusée d'avoir voulu introduire le culte du dieu étranger Isodaitès, et ne dut son salut qu'à l'éloquence d'Hypéride et au dévoilement de sa beauté devant les juges. Quant à Platon, il interdit totalement tout culte privé dans *Les Lois* [X, 909 d-910 c], afin que personne ne commette d'impiété ou ne croie racheter ses fautes en gagnant la faveur des dieux. Cette mesure va bien au-delà des usages des cités, qui encouragent au contraire les cultes domestiques, ceux des phratries et ceux des tribus, et qui reconnaissent officiellement certaines associations.

A. Bernand a justement souligné, dans son livre sur *Les Sorciers grecs*, la part de l'irrationnel et du secret dans la civilisation grecque. Il est certain que les sectes à mystères et les pratiques magiques sont bien antérieures au IVe siècle ; si nous les entrevoyons un peu moins mal au IVe siècle, ce n'est pas nécessairement parce qu'elles connaissent alors un grand développement, mais simplement parce que notre documentation s'accroît.

La religion grecque, au IVe siècle comme plus tôt et plus tard, laisse aux individus une assez grande marge de liberté. Chacun peut choisir de vénérer particulièrement telle ou telle divinité, de consulter tel ou tel oracle, de faire des offrandes à tel ou tel sanctuaire, et d'accorder sa préférence à telle version d'un mythe plutôt qu'à telle autre. Des conceptions diverses de la piété coexistent également. L'*Euthyphron* de Platon illustre bien ces divergences. A Euthyphron qui déclare qu'être pieux, c'est « donner aux dieux » selon les rites, Socrate objecte que chercher à obtenir la faveur des dieux par des cadeaux relève d'une méprisable technique commerciale et que le désir d'acheter les dieux est impie ; il oppose à cette conception courante l'idée que c'est la prière de l'homme juste qui plaît aux dieux.

La liberté religieuse dans les cités grecques a cependant des limites. A Athènes, l'individu qui affirme que les dieux n'existent pas peut se voir intenter une accusation publique d'impiété et se voir condamner à mort.

Dans le livre X des *Lois*, Platon dénonce trois propositions impies :

– nier l'existence des dieux (c'est, dit-il, l'attitude à la mode à Athènes, où beaucoup de jeunes gens aiment à jouer aux esprits forts) ;

– affirmer que les dieux ne s'occupent pas des affaires humaines (de telles théories annoncent ce que sera la doctrine épicurienne relative aux dieux) ;

– déclarer que les dieux peuvent être achetés par des cadeaux.

Dans la cité des *Lois*, quiconque proférera de telles impiétés sera envoyé en camp de rééducation et condamné à mort s'il persiste dans l'erreur.

Contrairement aux cités réelles, la cité imaginée par Platon a des dogmes qui s'imposent à tous. La religion des philosophes au IVe siècle, qui témoigne d'une profonde réflexion théologique, est aussi, dans bien des cas, moins ouverte et moins tolérante que la religion des cités.

On observe le même respect des traditions dans l'architecture religieuse. Les temples du IVe siècle sont très voisins de ceux du Ve siècle par leur plan et leur disposition générale (mais leur décoration est parfois différente). Si l'on construit moins de temples au IVe siècle, ce n'est pas parce que la piété des cités a baissé, c'est quelquefois parce que leurs moyens financiers ont diminué (tel paraît notamment le cas d'Athènes), mais c'est surtout parce que les emplacements sacrés les plus prestigieux sont déjà occupés par des monuments édifiés antérieurement. Les temples qui ont été accidentellement détruits font l'objet de brillantes reconstructions – en particulier le temple d'Apollon à Delphes, l'Artémision d'Éphèse et le beau temple d'Athéna Aléa à Tégée, dont les frontons ont été sculptés par Scopas. Parmi les constructions nouvelles, il convient de mentionner le temple d'Asclépios à Épidaure, œuvre de l'architecte Théodoros aux environs de 375. Un autre type d'édifice sacré, la *tholos* circulaire, connaît une grande vogue au IVᵉ siècle : parmi les exemples les plus célèbres figurent la *tholos* de Marmaria à Delphes, la très élégante *tholos* d'Épidaure, ainsi que le *Philippeion* d'Olympie.

Certains historiens, se fondant sur quelques remarques nostalgiques d'Isocrate ou de Démosthène, opposent au Vᵉ siècle, grande période de l'architecture publique, un IVᵉ siècle caractérisé surtout par le développement d'un habitat privé luxueux. Si les maisons relativement spacieuses, dotées d'une cour intérieure et d'un portique, et quelquefois décorées de mosaïque, qui ont été dégagées à Olynthe, à Érétrie ou à Pella, témoignent effectivement d'un raffinement croissant – au moins parmi les plus riches –, il serait très exagéré d'affirmer que l'architecture publique est négligée au IVᵉ siècle. Des cités nouvelles comme Mégalopolis sont dotées de tous les édifices nécessaires à la vie politique (on construit notamment dans la grande cité arcadienne un bâtiment particulier destiné aux réunions de l'Assemblée, l'Ecclésiastérion) ; la période est également caractérisée par la construction de théâtres (à Mégalopolis, à Delphes, à Épidaure, à Athènes après 335, sous l'impulsion de Lycurgue). Dans les villes reconstruites (Priène) ou nouvellement fondées (Mégalopolis, Cassopè, et les nombreuses Alexandries), édifices publics et maisons privées s'intègrent dans une structure générale cohérente fixée à l'avance. Si le plan en damier n'est pas nouveau, le IVᵉ siècle se caractérise par une réflexion approfondie sur l'urbanisme, qui apparaît dans *Les Lois* de Platon et au livre VII de *La Politique* d'Aristote.

L'un des traits les plus remarquables du IVᵉ siècle est le développement des monuments funéraires. Les tombeaux du Céramique à Athènes sont souvent d'une magnificence ostentatoire, jusqu'à ce que Démétrios de Phalère réglemente strictement les dépenses funéraires. Le monument le plus célèbre du IVᵉ siècle, classé parmi les Sept Merveilles du monde, est le Mausolée d'Halicarnasse dont la description nous est donnée par Pline l'Ancien : un temple ionique à 36 colonnes reposant sur un haut soubassement et surmonté d'une pyramide rectangulaire à 24 degrés, dont le sommet était occupé par un quadrige. Pour la décoration de ce tombeau monumental unique en son genre, le dynaste de Carie Mausole et sa veuve Artémise ont fait appel aux plus grands sculpteurs grecs de leur temps : Scopas, Timothéos, Bryaxis, Léocharès.

La sculpture du IVe siècle est caractérisée par de nombreuses innovations (apparition du nu féminin, expression du mouvement et de la passion, souci d'exactitude dans les portraits, représentation fréquente d'allégories comme la Démocratie ou la Paix), mais aussi par la grande activité et le prestige considérable de plusieurs écoles – à Athènes, à Sicyone et en Ionie notamment. Les chefs-d'œuvre des grands maîtres du IVe siècle, le *Méléagre* et la *Ménade* de Scopas, l'*Aphrodite de Cnide*, le *Satyre au repos* et l'*Hermès dionysophore* de Praxitèle, l'*Athlète au strigile* et l'*Alexandre à la lance* de Lysippe, seront des modèles mille fois copiés aux époques hellénistique et romaine. Parler d'une crise de la sculpture grecque au IVe siècle serait évidemment absurde.

La grande peinture est également florissante au IVe siècle. Nous en avons malheureusement peu de témoignages directs (en dehors des tombes de Vergina), mais les copies romaines (celles de Pompéi notamment), les descriptions d'un Pline ou d'un Pausanias… et les critiques platoniciennes qui dénoncent un art de l'illusion de plus en plus parfait et de plus en plus trompeur, attestent la virtuosité et le prestige de cette grande peinture. Parmi les œuvres qui ont eu le plus de succès, on peut citer *Le Sacrifice d'Iphigénie* de Timothéos de Cythnos, l'*Aphrodite sortant de l'écume* d'Apelle – un thème promis à un bel avenir –, l'*Alexandre sur son char de triomphe* du même grand peintre et *Le Combat d'Alexandre et de Darios* à Issos, de Philoxénos d'Érétrie, reproduit sur la fameuse mosaïque de Pompéi. L'inspiration était aussi très variée : Pausias de Sicyone, amoureux d'une jolie bouquetière, Glycère, est l'auteur de tableaux célèbres représentant sa bien-aimée au milieu des fleurs.

Il est incontestable qu'à la fin du Ve siècle la qualité de la céramique peinte d'Athènes baisse nettement, tant en ce qui concerne le travail du potier que celui du peintre ; des raisons mutiples paraissent expliquer ce déclin (perturbation des relations entre les ateliers athéniens et leurs clients traditionnels à la fin de la guerre du Péloponnèse, préférence de plus en plus marquée pour les vases de métal, évolution du goût). Il ne faut pas, d'ailleurs, exagérer cette décadence : la céramique attique connaît une relative renaissance aux environs de 370 avec le style polychrome de Kertch (du nom du site d'Ukraine méridionale où l'on a trouvé beaucoup de ces vases). Le IVe siècle voit aussi le développement des ateliers d'Italie du Sud ; la céramique apulienne, en particulier, se distingue par la représentation de scènes de théâtre ou de scènes dionysiaques et par sa prédilection pour les décors architecturaux.

Le théâtre connaît beaucoup de succès au IVe siècle, comme le prouve la construction de nombreux édifices destinés aux représentations dramatiques. Chaque année, à Athènes, des poètes tragiques continuent à présenter de nouvelles pièces aux concours de tragédie. Le public a cependant l'impression que les tragédies nouvelles n'ont ni la force ni la beauté des grandes œuvres d'Eschyle, de Sophocle ou d'Euripide, et l'on décide dans le courant du IVe siècle de consacrer plusieurs journées à la reprise des tragédies du Ve siècle. Cette décadence de la tragédie athénienne a incontestablement une dimension religieuse et politique, mais il vaut mieux se garder d'invoquer une fois encore la « crise de la cité », car les grandes périodes de création dramatique ont toujours été très courtes, aussi bien dans l'Angleterre élisabéthaine ou la France du XVIIe siècle que dans l'Athènes du Ve siècle.

Le genre de la comédie échappe au déclin qui frappe la tragédie, mais connaît au cours du IVe siècle une profonde évolution : nous en connaissons le point de départ, la *comédie ancienne* avec ses puissantes satires dans lesquelles des poètes comme Aristophane prennent violemment à partie des hommes politiques influents, et le point d'arrivée, les subtiles intrigues de la *comédie nouvelle*, pleines d'observations psychologiques délicates, qui se déroulent dans un cadre purement familial (*La Samienne* et *Le Dyscolos* de Ménandre par exemple). Les étapes intermédiaires de la *comédie moyenne* nous échappent dans une large mesure. Des pièces comme *L'Assemblée des femmes* ou *Le Ploutos*, que les critiques antiques classaient dans la comédie moyenne, ont une signification politique, et de nombreuses citations des poètes comiques du IVe siècle comportent des allusions politiques.

C'est peut-être seulement avec Ménandre, dont les premières pièces sont représentées sous la tyrannie de Démétrios de Phalère, que la comédie se détache totalement de la politique.

Définir l'univers culturel des Grecs du IVe siècle est impossible, tant on observe de différences d'une région à l'autre, d'un milieu à l'autre. Nous nous contenterons donc de quelques observations très générales.

1) Tout d'abord, sans entrer dans le détail des discussions en cours sur l'importance respective de l'écrit et de l'oral, on notera qu'un illettré grec peut être très cultivé : il peut savoir par cœur *L'Iliade* et *L'Odyssée*, connaître en détail les cultes de sa cité, leur iconographie et leurs explications étiologiques ; l'habitude des débats à l'Assemblée et au tribunal peut lui avoir donné une vue claire des problèmes politiques et juridiques.

2) Il semble que la connaissance de l'écriture et l'usage de l'écrit progressent au IVe siècle : c'est ce que suggère en tout cas la croissance sensible du nombre des inscriptions. A Athènes, il est vraisemblable qu'une forte majorité de citoyens savait lire et écrire.

3) Les enfants grecs qui vont à l'école, notamment les jeunes Athéniens, fréquentent en général trois maîtres : le maître de gymnastique ou pédotribe, le maître de musique ou cithariste et le grammatiste, « celui qui enseigne les lettres ». Les poèmes homériques jouent un très grand rôle dans cette éducation « primaire » traditionnelle : l'enfant apprend à lire et à écrire des vers d'Homère, et il accompagne de la cithare la récitation des poèmes homériques.

4) Depuis le milieu du Ve siècle, les Sophistes avaient proposé un enseignement destiné non plus aux enfants, mais aux jeunes gens (H.-I. Marrou n'hésite pas à saluer en eux « les premiers des professeurs ») : ils se proposaient d'enseigner l'art politique, et en particulier l'art de persuader. Les Sophistes avaient fasciné et fait scandale à la fois, et l'on ne note plus guère, au IVe siècle, de professeurs itinérants allant de ville en ville proposer leur savoir moyennant finances (encore que Gorgias vive jusqu'en 367), mais l'enseignement supérieur dont ils sont les créateurs continue à se développer. Des jeunes gens riches et ambitieux, en nombre toujours croissant, suivent l'enseignement des écoles de rhétorique et

de philosophie. Cette éducation supérieure crée un nouveau clivage – durable – entre la masse et l'élite.

Écoles de rhétorique et écoles de philosophie qui se disputent au IVe siècle l'éducation de l'élite sont les unes et les autres, à bien des égards, les héritières de la sophistique. Il faut se garder cependant de toute généralisation hâtive. Certains grands orateurs du IVe siècle restent autodidactes comme les orateurs d'avant la sophistique (Eschine ou Démade par exemple). Les écoles de philosophie, d'autre part, ont été précédées par des associations philosophiques dont les plus anciennes, comme les groupes pythagoriciens, datent de la fin du VIe siècle.

La plus célèbre école de rhétorique est celle d'Isocrate (437-338) à Athènes. Isocrate prend ses distances à l'égard de certains « sophistes » auxquels il reproche de vouloir faire triompher n'importe quelle cause par une argumentation habile. Pour lui, la rhétorique est indissociable d'une analyse des situations et d'une recherche de la politique la meilleure. Selon lui, réfléchir et composer un discours sont fondamentalement la même démarche, et il n'hésite pas à qualifier son enseignement de « philosophie » dans le discours *Sur l'échange*. Une bonne politique est d'après lui une politique efficace, « honorable » – c'est-à-dire généralement considérée comme telle – et qui suscite la bienveillance. Quoique Isocrate n'ait pas joué de rôle direct dans la vie politique athénienne, il est loin d'être un simple technicien de la rhétorique : ses discours visent à susciter un mouvement d'opinion en faveur d'une union de tous les Grecs[4]. Si l'école d'Isocrate attire des élèves de toute la Grèce, il y a aussi, dans de nombreuses cités, des écoles de rhétorique d'un niveau plus modeste (c'est-à-dire aux leçons moins onéreuses) : lorsque Eschine préfère s'éloigner d'Athènes après l'échec du procès sur la couronne, il s'installe à Rhodes et y devient maître de rhétorique.

Les figures de Platon et Aristote, si importantes soient-elles, ne doivent pas faire oublier la diversité de la philosophie du IVe siècle. Il suffit de lire Platon ou *La Métaphysique* d'Aristote pour comprendre l'importance que garde la méditation

4. Pour plus de détails sur les idées politiques d'Isocrate, voir ci-dessus, p. 116-117.

des théories des grands « Présocratiques » – Parménide, Héraclite et Empédocle notamment. Il faut aussi souligner que l'un des philosophes classés comme « présocratiques », Démocrite, a survécu près de trente ans à Socrate, puisque sa mort se situe vers 370 ; sa théorie des atomes, que reprendra Épicure, aura une grande influence bien au-delà du monde antique. En outre, de nombreuses écoles philosophiques se réclament de Socrate : parmi ces groupes qualifiés par les modernes de « petits socratiques », les plus connus sont Euclide et l'école mégarique, Aristippe et les Cyrénaïques (pour qui le Souverain Bien est le plaisir), ainsi que l'école cynique illustrée par Antisthène et par le fameux Diogène qui vivait dans un tonneau.

Jeune aristocrate athénien cousin de Critias, Platon a été particulièrement marqué, dans sa jeunesse, par les crimes des Trente, puis par la condamnation de son maître Socrate par un tribunal démocratique. En 387, alors qu'il a quarante ans, il achète le jardin de l'Académie et y fonde une école, où il enseignera jusqu'à sa mort en 347. Son œuvre conservée comporte au moins 29 dialogues authentiques, dont la rédaction s'étale sur un demi-siècle. Il serait vain de vouloir résumer une pensée aussi riche – et aussi complexe – que celle de Platon, et l'on se contentera d'évoquer quelques thèmes majeurs. Platon rejette vigoureusement l'apparence sensible et l'opinion commune : dans la célèbre allégorie développée au livre VII de *La République* [514 a-518 b], il compare la plupart des hommes à des prisonniers enchaînés dans une caverne, qui prennent pour des réalités les ombres qu'ils voient défiler sur les parois de leur prison. La philosophie exige une conversion. L'Amour, qui crée inquiétude et insatisfaction, peut être une voie d'accès à la philosophie, à la condition que l'amant dépasse le désir d'un beau corps pour aspirer au Beau et au Bien ; en ce sens, « Éros est philosophe », souligne Platon dans *Le Banquet* [201 d-204 c]. Avant de se lancer dans l'analyse des idées (la dialectique) et de pouvoir accéder à la contemplation, le futur philosophe doit s'habituer à l'étude des réalités intelligibles par de longues années de mathématiques. C'est pourquoi Platon avait fait graver sur le fronton du portail de l'Académie la fameuse devise : « Que nul n'entre ici s'il n'est géomètre. » De même que la faute procède de l'ignorance (« Nul n'est méchant volontairement »), la justice, dans l'individu et dans la cité, exige la connaissance du Bien. L'action du législateur platonicien ressemble à celle du Démiurge du *Timée* qui ordonne l'étendue informe du monde sensible en prenant modèle sur un autre monde immuable, et en faisant du temps « l'image mobile de l'éternité ».

Aristote (384-322) a été l'élève de Platon pendant près de vingt ans. Après avoir vécu dans l'entourage d'Hermias d'Atarnée puis en Macédoine, il fonde à Athènes en 336 ou 335 sa propre école de philosophie, le Lycée. Comme Platon, Aristote avait écrit de nombreux dialogues, dont Cicéron louait l'élégance, mais toute son œuvre *exotérique* (destinée au public) est aujourd'hui perdue ; seuls ont subsisté les documents rédigés par Aristote en vue de l'enseignement à l'intérieur du Lycée, en d'autres termes ses écrits *ésotériques*. Alors que tout dialogue de Platon est une discussion qui porte à la fois sur l'individu et sur la cité, sur le *cosmos* et sur l'homme, Aristote sépare nettement les divers domaines du savoir (logique, zoologie, physique, philosophie première ou métaphysique, poétique, rhétorique, éthique, politique). Aristote a établi de manière rigoureuse les règles du raisonnement juste dans sa théorie du syllogisme, mais il a souligné aussi le caractère formel de cette logique : la conclusion d'un raisonnement juste peut être fausse si les prémisses sont fausses. C'est pourquoi il est si important de mener une enquête approfondie avant de formuler des opinions servant de prémisses. Loin de rejeter d'emblée l'opinion commune, Aristote s'attache au contraire, dans tous les domaines, à recenser les opinions et à les confronter : l'opinion la meilleure est celle qui rend le mieux compte de tous les faits observés, celle qui par conséquent peut le mieux faire l'objet d'un consensus. D'une manière analogue, dans le domaine éthique, la vertu est pour Aristote un juste milieu entre deux vices (le courage, par exemple, tient le juste milieu entre la lâcheté et la témérité). Le juste milieu d'Aristote, loin d'être un compromis médiocre, est une ligne de crête, un point d'équilibre qu'il faut s'exercer à trouver.

Aristote est le philosophe le plus curieux et le plus nuancé de l'Antiquité. Sa réputation de dogmatisme vient de la scolastique, qui fera de lui « le maître » dont l'autorité tient lieu d'argument.

Alors que l'Académie et le Lycée survivent à leurs fondateurs, la fin du IVe siècle voit encore à Athènes la création de deux autres écoles de philosophie, l'épicurisme et le stoïcisme. Ce bref panorama permet d'entrevoir l'exceptionnelle richesse de la pensée grecque au IVe siècle.

Annexes

Chronologie sommaire*

432	Début de la guerre du Péloponnèse.
421	Paix de Nicias.
415-413	Expédition athénienne en Sicile.
409	Grande expédition carthaginoise en Sicile. Prise de Sélinonte et d'Himère.
408	Tentative d'Hermocrate pour prendre le pouvoir à Syracuse.
406	Prise d'Agrigente par les Carthaginois ; début de la tyrannie de Denys l'Ancien à Syracuse.
405, *été*	Prise de Géla et de Camarine par les Carthaginois ; révolte contre Denys.
405, *septembre*	Victoire du Spartiate Lysandre sur la flotte athénienne à Aigos-Potamos.

* Chaque cité grecque a un calendrier qui lui est propre. Le calendrier le moins mal connu est celui d'Athènes. Dans le calendrier civil et religieux d'Athènes, l'année comprend douze mois lunaires de vingt-neuf ou trente jours alternativement, plus un certain nombre de jours supplémentaires et parfois un mois supplémentaire, intercalés selon des règles qui nous échappent (dans le calendrier politique, la même année, de durée variable, est divisée en dix prytanies). Cette complexité et cette irrégularité du calendrier athénien – et de tous les calendriers grecs – font qu'il est presque toujours impossible de traduire les dates dans notre calendrier. Lorsque nous n'avons qu'une indication chronologique approximative, ou lorsqu'une date approximative est suffisante pour l'analyse des événements, j'indique les saisons ou les mois de notre calendrier. Lorsqu'une chronologie précise est à la fois disponible et indispensable, j'indique les dates des événements dans le calendrier athénien. L'année athénienne commence peu après le solstice d'été, en général début juillet. Voici la liste des mois athéniens :

I	*Hécatombaion* (juillet, début août)	VII	*Gamèlion*
II	*Métageitnion*	VIII	*Anthestèrion*
III	*Boèdromion*	IX	*Élaphèbolion*
IV	*Pyanepsion*	X	*Mounychion*
V	*Maimactèrion*	XI	*Thargèlion*
VI	*Poseideion*	XII	*Skirophorion*

405, *fin*	Paix entre Carthage et Denys.
404, *début*	Capitulation d'Athènes.
404, *avril-mai*	Avènement des Trente Tyrans à Athènes.
403, *août-sept.*	Réconciliation entre Athéniens et restauration de la démocratie.
401-400	Expédition des Dix-Mille en Asie.
400, *printemps (?)*	Envoi du Spartiate Thibron en Asie.
399	Mort de Socrate.
399	Mort du roi de Macédoine Archélaos.
398 (?)	Avènement d'Agésilas à Sparte.
début de 397 (?)	Conspiration de Cinadon à Sparte.
397	Début des préparatifs militaires de Pharnabaze et Conon.
397	Nouvelle guerre de Syracuse contre Carthage ; prise de Motyè.
396	Contre-offensive carthaginoise ; échec du siège de Syracuse.
396	Expédition d'Agésilas en Asie.
395	Début de la guerre de Corinthe ; défaite et mort de Lysandre à Haliarte.
394	Rappel d'Agésilas en Grèce ; victoires spartiates sur terre à Némée et à Coronée ; défaite navale de Sparte à Cnide.
393	Fondation de l'école d'Isocrate.
393	Campagne du Carthaginois Magon en Sicile.
392	Nouvelle paix entre Carthage et Denys.
392	*L'Assemblée des femmes* d'Aristophane.
390 et 389	Opérations de Thrasybule en Égée.
388	*Le Ploutos* d'Aristophane.
388	Premier voyage de Platon à Syracuse.
388	*Discours olympique* de Lysias.
388	Victoire de Denys sur la Ligue italiote près du fleuve Elléporos.
387 (?)	Fondation de l'Académie à Athènes.
386	Paix d'Antalcidas, la première des « paix communes » ou « paix du Roi ».
385	Diœcisme de Mantinée.
382-379	Expéditions répétées de Sparte contre Olynthe.
382, *été*	Prise de la Cadmée par Phoibidas.
380	*Panégyrique* d'Isocrate.
hiver 379-378	Libération de la Cadmée.
378, *printemps*	Coup de main manqué de Sphodrias contre le Pirée.
378-377	Formation de la seconde Confédération athénienne.

383 (?)-373 (?)	3e guerre entre Carthage et Syracuse.
377	Soumission de Crotone à Denys.
376	Victoire navale du stratège athénien Chabrias à Naxos.
vers 375	Temple d'Asclépios à Épidaure.
375	Renouvellement de la paix du Roi.
374	Jason de Phères *tagos* de Thessalie.
372	*Plataïque* d'Isocrate.
371	Nouvelle paix commune, à laquelle Thèbes refuse de se rallier ; expédition de Cléombrote en Béotie, victoire thébaine à Leuctres.
peu av. 370	*Tholos* de Marmaria à Delphes.
370, *été*	Assassinat de Jason de Phères.
hiver 370-369	Première expédition d'Épaminondas dans le Péloponnèse ; fondation de Mégalopolis ; libération de la Messénie.
368	4e guerre entre Carthage et Denys.
367	Mort de Denys l'Ancien ; avènement de Denys II ; deuxième voyage de Platon à Syracuse.
367-366	Échec d'un projet de paix commune favorable à Thèbes.
366	Prise de Samos par Timothée et installation d'une clérouquie athénienne.
364	Mort de Pélopidas en Thessalie.
364	Promenade militaire d'Épaminondas dans l'Égée ; Byzance abandonne la seconde Confédération athénienne.
362	Bataille de Mantinée ; mort d'Épaminondas.
362-361	Nouvelle paix commune, non garantie par le Roi.
360	Perdiccas III de Macédoine vaincu et tué par les Illyriens ; avènement de Philippe de Macédoine.
361-359 (?)	3e voyage de Platon en Sicile.
vers 360	Praxitèle, *Aphrodite de Cnide*.
359	Mort du roi de Thrace Cotys et division de son royaume ; paix entre Athènes et Philippe ; victoire de Philippe sur les Illyriens.
358	Avènement d'Artaxerxès III Ochos en Perse.
357-355	« Guerre des Alliés » contre Athènes.
357	« Pacte secret » entre Athènes et Philippe.
357, *automne*	Philippe s'empare d'Amphipolis et de Pydna, et s'allie aux Chalcidiens ; reprise de la guerre entre Athènes et Philippe.

357	Expédition de Dion contre Denys II.
356	Prise de Potidée par Philippe.
355	Ultimatum d'Artaxerxès ; Athènes reconnaît l'indépendance des alliés révoltés ; Isocrate, *Sur la paix* ; Xénophon, *Sur les revenus*.
355, *automne*	Début de la Troisième Guerre sacrée.
354 (?)	Platon, *Lettre VII*.
354	Prise de Méthone par Philippe ; loi d'Eubule sur le *théôrikon* ; Démosthène, *Sur les symmories*.
353	Philippe vaincu en Thessalie par le Phocidien Onomarchos.
352, *printemps*	Philippe vainqueur d'Onomarchos.
août	Philippe devant les Thermopyles.
automne	Philippe en Thrace, jusqu'à la Propontide.
351	Démosthène, *1re Philippique*.
vers 350	Construction et décoration du Mausolée d'Halicarnasse.
349	Agression de Philippe contre Olynthe ; Démosthène, *Olynthiennes*.
348, *printemps*	Esquisse de contre-offensive athénienne en Chalcidique ; soulèvement de l'Eubée.
début de l'été	Reconnaissance par Athènes de l'indépendance eubéenne.
fin de l'été	Capitulation d'Olynthe.
automne	Premières ouvertures de paix de Philippe aux Athéniens.
347	Mort de Platon.
hiver 347-346	Invitation des Grecs à une conférence panhellénique à Athènes.
346, *janvier*	Phalaicos renvoie le contingent athénien qui devait garder les Thermopyles.
février	Première ambassade athénienne à Philippe.
18-24 élaphèbolion	Vote de la paix de Philocrate à Athènes.
début skirophorion	Philippe prête serment à Phères.
24 skirophorion	Phalaicos livre à Philippe les Thermopyles ; capitulation phocidienne.
août-sept.	Réorganisation de l'amphictionie ; jeux Pythiques présidés par Philippe.
346	Restauration de Denys II à Syracuse ; appel à Timoléon.
344	Succès de Timoléon à Syracuse.
344	Démosthène, 2e *Philippique*.
hiver 344-343	Ambassade perse à Athènes ; ambassade de Python à Athènes, envoyée par Philippe.

343, *été*	Procès de Philocrate ; procès sur l'ambassade intenté par Démosthène à Eschine.
hiver 343-342	Philippe en Épire ; menaces sur Ambracie.
343-338	Expédition d'Archidamos III en Italie à l'appel de Tarente.
343-340	Aristote précepteur d'Alexandre.
342, *printemps*	Secours athéniens en Acarnanie. Dernières offres de Philippe aux Athéniens. Hégésippe, *Sur l'Halonnèse*.
été	Début de la grande campagne thrace de Philippe.
341, *printemps*	Heurts entre les Athéniens et les gens de Cardia. Pillages de Diopeithès ; Démosthène, *Sur les affaires de Chersonèse* et 3e *Philippique* ; alliance entre Athènes et la Confédération eubéenne ; Démosthène, 4e *Philippique*.
fin	Ambassade athénienne dans le Péloponnèse ; ambassade athénienne auprès du roi de Perse ; accord entre Athènes et Byzance.
340, *printemps*	Siège de Périnthe par Philippe ; intervention militaire de Philippe en Chersonèse ; *Lettre* de Philippe aux Athéniens.
septembre	Siège de Byzance par Philippe ; prise de la flotte marchande athénienne par Philippe ; déclaration de guerre d'Athènes à Philippe.
vers 340	*Aphrodite* de Scopas (Vénus du Capitole).
339	Victoire de Timoléon sur les Carthaginois près du fleuve Crimisos.
339, *printemps*	Philippe lève le siège de Périnthe et de Byzance.
Pylée de printemps	Affaire d'Amphissa.
été	Session amphictionique exceptionnelle, sans les Athéniens ni les Thébains ; vote de la Quatrième Guerre sacrée ; campagne de Cottyphos ; prise de Nikaia par les Thébains.
Pylée d'automne	Philippe choisi pour diriger la guerre sacrée.
novembre	Prise d'Élatée ; alliance d'Athènes et de Thèbes.
338, *printemps*	Succès de Philippe contre Charès ; prise d'Amphissa ; tentatives diplomatiques de Philippe auprès d'Athènes et de Thèbes.
été	Assassinat d'Artaxerxès Ochos.
fin de l'été	Bataille de Chéronée ; traités de Philippe avec Thèbes et avec Athènes (paix de Démade).

automne	Promenade militaire de Philippe dans le Péloponnèse.
hiver 338-337	Formation de la ligue de Corinthe ; proclamation de la guerre panhellénique contre les Perses.
337, *été*	Noces de Philippe et de Cléopâtre.
337	Abdication de Timoléon.
336, *printemps*	Parménion et Attale en Asie.
juin	Avènement de Darius III Codoman ; fin de l'anarchie dans l'empire achéménide.
juillet	Fêtes d'Aigai ; assassinat de Philippe ; avènement d'Alexandre.
été-automne	Proclamation d'Alexandre comme *hègémôn* de la ligue de Corinthe.
335, *printemps*	Échecs de Parménion face à Memnon ; campagne d'Alexandre en Thrace.
été	Révolte de Thèbes.
15 boèdromion	Chute de Thèbes annoncée à Athènes ; mesures d'urgence.
335	Fondation du Lycée à Athènes.
vers 334	Monument de Lysicratès à Athènes.
334, *janvier*	Reprise de l'Égypte par Darius.
printemps	Alexandre en Asie.
juin	Victoire d'Alexandre au Granique.
333-330	Alexandre le Molosse en Italie.
333	Contre-offensive perse en Égée.
automne	Entrevue de Siphnos entre Agis III et les Perses.
novembre	Victoire d'Alexandre à Issos.
332, *août*	Prise de Tyr par Alexandre.
hiver 332-331	Conquête de l'Égypte par Alexandre ; fondation d'Alexandrie ; consultation de l'oracle de Siwa.
331, *octobre*	Victoire d'Alexandre à Gaugamèles.
hiver 331-330	Alexandre s'empare des capitales perses.
330, *printemps*	Agis III vaincu par Antipater à Mégalopolis.
avril	Incendie de Persépolis.
été	Procès d'Eschine contre Ctésiphon ; Démosthène, *Sur la couronne*.
	Assassinat de Darius III par Bessos ; Alexandre se présente comme son successeur.
automne	« Procès » de Philotas ; assassinat de Parménion.
330-327	Alexandre en Bactriane et en Sogdiane.

peu après 330	Lysippe, *Alexandre à la lance*.
328	Affaire de la proskynèse ; complot des pages.
327	Mariage d'Alexandre avec Roxane.
327	Naples entre dans l'alliance romaine.
327-325	Alexandre en Inde.
326, *automne*	L'armée refuse de franchir l'Hyphase.
hiver 326-325	Alexandre blessé ; rumeurs sur sa mort.
325-324	Décision athénienne de fonder une colonie dans l'Adriatique.
325, *fin*	Alexandre en Carmanie ; début des condamnations de satrapes.
hiver 325-324	Ordre de dissoudre les troupes satrapiques ; fuite d'Harpale à Tarse.
324, *févr.-mars*	Rescrit de Suse sur le retour des bannis ; envoi de Nicanor en Grèce.
printemps	Noces de Suse ; sédition d'Opis.
juin-juillet	Arrivées en Grèce de Nicanor et d'Harpale ; premières discussions sur la divinisation d'Alexandre ; Harpale repoussé, puis accueilli, puis emprisonné à Athènes.
août (?)	Cratère quitte la Mésopotamie pour aller remplacer Antipater.
août-sept.	Athènes, fuite d'Harpale ; début de l'enquête de l'Aréopage.
novembre	Mort d'Héphaestion.
323, *mars*	Affaire d'Harpale, condamnation de Démosthène.
13 juin	Mort d'Alexandre à Babylone.
323-322	Guerre Lamiaque.
322	Capitulation d'Athènes ; oligarchie imposée par Antipater ; mort de Démosthène.
322	Mort d'Aristote.
317-306	Tyrannie de Démétrios de Phalère à Athènes.
début 316	Représentation du *Dyscolos* de Ménandre.

Cartes

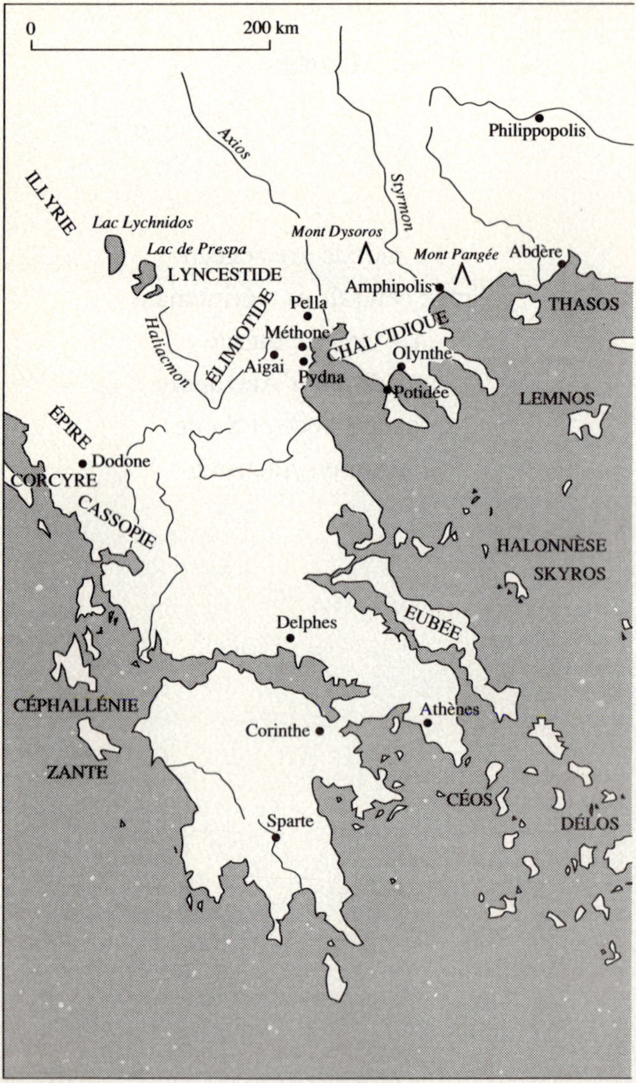
0
200 km
Philippopolis
Axios
Strymon
ILLYRIE
Lac Lychnidos
Lac de Prespa
LYNCESTIDE
Mont Dysoros
Mont Pangée
Abdère
Amphipolis
THASOS
Pella
Méthone
ÉLIMIOTIDE
CHALCIDIQUE
Haliacmon
Aigai
Pydna
Olynthe
Potidée
LEMNOS
ÉPIRE
Dodone
CORCYRE
CASSOPIE
HALONNÈSE
SKYROS
EUBÉE
Delphes
CÉPHALLÉNIE
Athènes
Corinthe
ZANTE
CÉOS
Sparte
DÉLOS

grec égéen

MER NOIRE
Bosphore
Périnthe
Héraion Teichos
Chalcédoine
Byzance
Èbre
CHERSONÈSE
La Propontide
Cardia
Hellespont
Daskyleion
Aigos-Potamos
Cyzique
Sestos
Abydos
IMBROS
LESBOS
Mytilène
Atarnée
Eresos
CHIOS
Sardes
Clazomène
Érythrées
SAMOS
Éphèse
Priène
Milet
NAXOS
CARIE
Halicarnasse
LYCIE
COS
Cnide
Xanthos
RHODES

Grèce centrale et méridionale

Batailles : (1) Platées (2) les Thermopyles (3) Leuctres

La Grèce centrale

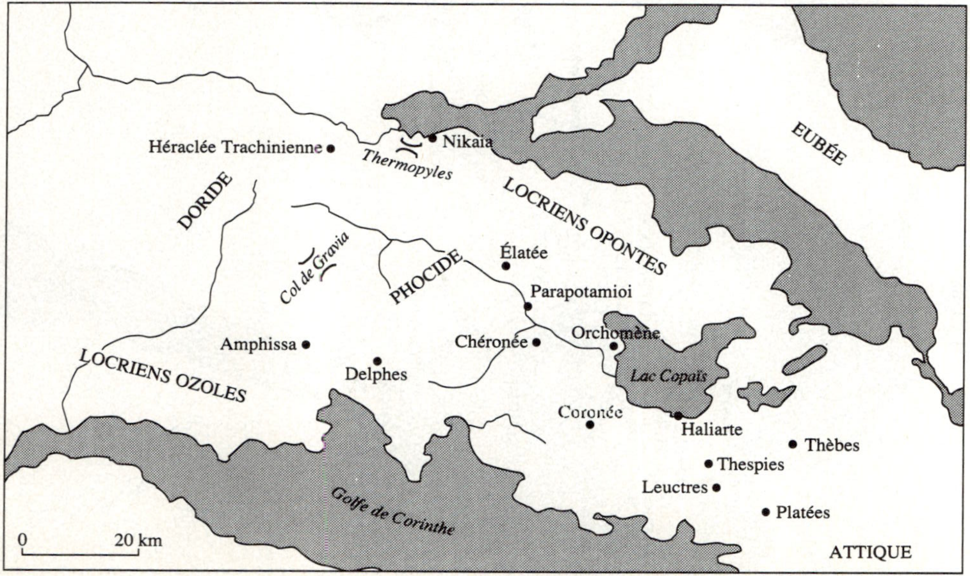

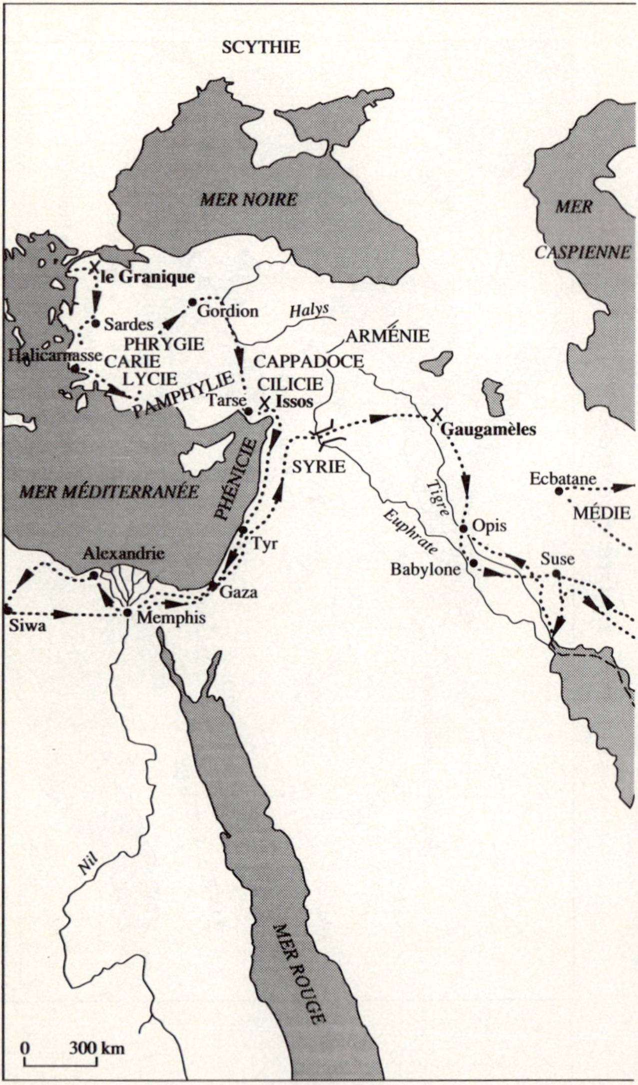
SCYTHIE
MER NOIRE
MER
CASPIENNE
le Granique
Sardes
Gordion
Halys
PHRYGIE
ARMÉNIE
Halicarnasse
CARIE
CAPPADOCE
LYCIE
PAMPHYLIE
CILICIE
Tarse
Issos
Gaugamèles
PHÉNICIE
SYRIE
MER MÉDITERRANÉE
Ecbatane
Tigre
MÉDIE
Euphrate
Opis
Tyr
Alexandrie
Suse
Babylone
Gaza
Siwa
Memphis
Nil
MER ROUGE
0
300 km

d'Alexandre

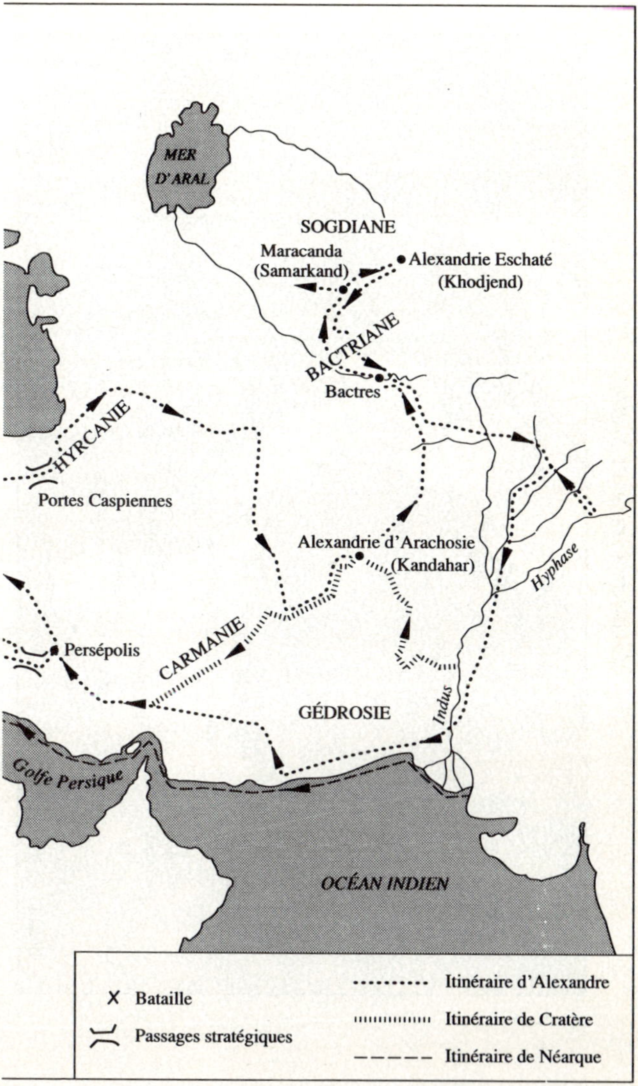
MER D'ARAL
SOGDIANE
Maracanda (Samarkand)
Alexandrie Eschaté (Khodjend)
BACTRIANE
Bactres
HYRCANIE
Portes Caspiennes
Alexandrie d'Arachosie (Kandahar)
Hyphase
CARMANIE
Persépolis
GÉDROSIE
Indus
Golfe Persique
OCÉAN INDIEN
Bataille
Passages stratégiques
Itinéraire d'Alexandre
Itinéraire de Cratère
Itinéraire de Néarque

Grande-Grèce et Sicile

L'empire syracusain

Les sources de l'histoire grecque du IVe siècle

Sources littéraires

Pour une histoire de la littérature grecque, voir :
- Romilly J. de, *Précis de la littérature grecque*, Paris, PUF, 1980.
- Trédé-Boulmer M. et Saïd S., *La Littérature grecque d'Homère à Aristote*, Paris, PUF, coll. « Que sais-je ? », 1990.

On trouvera des informations complémentaires dans des synthèses plus volumineuses :
- Lesky A., *Geschichte der griechischen Literatur*, Berne, 1971.
- *The Cambridge History of Greek Literature*, Cambridge, CUP, 1985.

Les historiens

Historiens du IVe siècle

Le seul historien du IVe siècle dont l'œuvre nous soit entièrement parvenue est XÉNOPHON (428-354 environ). Dans ses *Helléniques*, qui traitent en sept livres de l'histoire grecque de 411 à 362, Xénophon cherche à continuer *La Guerre du Péloponnèse* de Thucydide.

Les « défauts » de Xénophon sont bien connus : imprécision chronologique, longue narration d'incidents infimes, omission d'événements capitaux comme la fondation de la seconde Confédération athénienne ou l'indépendance de la Messénie. Ce n'est pas seulement négligence de sa part : comme l'a souligné Edmond Lévy (*Purposes of History*, Louvain, 1990, p. 125-157), Xénophon pratique avec brio « l'art de la déformation historique ». Sa propagande est cependant subtile : sa partialité en faveur de Sparte ne l'empêche pas de nous donner des indications cruelles sur les intrigues politiques lacédémoniennes. Malgré leurs lacunes et leurs partis pris, *Les Helléniques* constituent un document historique fondamental, dont les anecdotes détaillées nous fournissent des aperçus exceptionnels sur les sociétés et les mentalités du IVe siècle.

Le texte grec des *Helléniques* est publié dans la « Collection des Universités de France » (abrégée ci-dessous CUF) sous le patronage de l'Association Guillaume-Budé, avec une traduction de J. Hatzfeld (Paris, Les Belles Lettres, 1939, 2 vol.).

L'ensemble de l'œuvre de Xénophon est disponible en traduction française dans la collection Garnier-Flammarion (GF).

Outre *L'Anabase* (voir p. 19-20) et *Les Helléniques*, plusieurs textes de Xénophon présentent un intérêt particulier pour l'historien du IVe siècle :

- *L'Économique* : comment bien gérer sa maison (*oikos*) et, notamment, comment associer son épouse à la bonne gestion de sa maison.
- *Sur les revenus* : ce petit traité, composé vers 355, suggère aux Athéniens plusieurs moyens d'accroître leurs rentrées fiscales. Sur ce texte on consultera Gauthier Ph., *Un commentaire historique des Poroi de Xénophon*, Paris-Genève, Droz, 1976.
- *La Cyropédie* : cette histoire très romancée de Cyrus le Grand est aussi une réflexion sur la conquête d'un empire et ses conséquences. Voir en particulier Carlier P., « L'idée de monarchie impériale dans la *Cyropédie* de Xénophon », *Ktéma* 3 (1978), p. 133-163.
- *La République des Lacédémoniens* : les treize premiers chapitres (et le 15e) sont une description très idéalisée de la Sparte « de Lycurgue », mais le texte n'est pas seulement un reflet du « mirage spartiate », car le 14e chapitre présente une critique très vive de la décadence spartiate du IVe siècle.

(Malgré ce que dit P. Chambry dans sa préface de l'édition GF, *La République des Athéniens* est un pamphlet des premières années de la guerre du Péloponnèse et ne saurait être l'œuvre de Xénophon.)

L'œuvre des autres historiens du IVe siècle ne nous est parvenue que de façon très fragmentaire, mais ces fragments permettent d'affirmer que l'historiographie du IVe siècle était riche et variée. Si l'histoire politique du passé récent et du temps présent (dans la tradition thucydidéenne) reste privilégiée, le IVe siècle voit aussi, avec ÉPHORE, la naissance de l'histoire universelle tandis qu'une histoire locale se développe dans de nombreuses cités et que CTÉSIAS et DINON s'attachent à retracer l'histoire de l'Orient.

Les témoignages et les fragments des historiens ont été réunis dans l'œuvre magistrale de Jacoby F., *Die Fragmente der Griechi-*

schen Historiker, Leyde, Brill, 1923-1958, 15 vol. (abrégé *Fr. Gr. Hist.*). Les volumes de texte sont suivis de volumes de commentaires (généralement en allemand, exceptionnellement en anglais) et de volumes de notes. Même le non-helléniste a intérêt à se référer à Jacoby : les fragments (non traduits) sont souvent tirés d'œuvres qui sont, elles, traduites en français.

Les *Helléniques* d'Oxyrhynchos :

Parmi les historiens les plus importants, on notera d'abord l'auteur anonyme des *Helléniques* dont plusieurs fragments ont été retrouvés sur papyrus à Oxyrhynchos, en Égypte. Les quelques pages dont nous disposons – principalement sur les origines de la guerre de Corinthe (voir p. 28-29) – révèlent un grand historien, attentif aux institutions et au rôle des luttes des factions dans les décisions de politique extérieure.

La dernière édition est celle de M. Chambers dans la collection Teubner (Stuttgart, 1993). Voir aussi le commentaire anglais de Bruce I.A.F., *An Historical Commentary of the* Hell. Ox., Cambridge, CUP, 1967.

THÉOPOMPE DE CHIOS, *Fr. Gr. Hist.* II B n° 115 (né vers 378, mort après 330), commença lui aussi des *Helléniques* qu'il interrompit pour entreprendre des *Philippica* (c'est-à-dire l'histoire de Philippe). Le choix de ce titre montre que Théopompe attribuait très lucidement au roi de Macédoine un rôle déterminant dans les affaires grecques. Selon Polybe (VIII, 11, 1), il aurait présenté Philippe, dans l'introduction de son œuvre, comme « le plus grand homme qu'ait jamais connu l'Europe ». Cela ne l'empêche pas de blâmer les usages de la cour macédonienne, comme il blâme par ailleurs les démagogues athéniens et presque tous les Grecs. La longueur des *Philippica* (58 livres…) explique qu'on ait rapidement cessé de recopier cet ouvrage certes intelligent et acerbe, mais trop prolixe.

ÉPHORE, *Fr. Gr. Hist.* II A n° 70 (né vers 400, mort après 335), tente pour la première fois de retracer toute l'histoire grecque, du retour des Héraclides (qu'il date de 1069/68 avant J.-C.) jusqu'au siège de Périnthe (340). Les fragments conservés des livres 17 à 30 qui traitent de l'histoire du IVe siècle sont peu nombreux, mais il semble que Diodore de Sicile (voir ci-dessous) ait utilisé Éphore comme source principale.

Parmi les nombreux historiens qui s'attachent à retracer l'histoire de leur cité ou de leur région, il convient de souligner l'importance des historiens locaux d'Athènes – CLEIDÈMOS, ANDROTION, PHANODÈMOS, DÉMON et PHILOCHORE – dont les reconstructions du passé athénien reflètent souvent des arrière-pensées politiques. *La Constitution d'Athènes* d'Aristote (voir ci-dessous p. 315) doit beaucoup aux Atthidographes. L'étude majeure reste Jacoby F., *Atthis. The Local Chronicles of Ancient Athens*, Oxford, 1946.

Les deux historiens les plus importants de la Sicile grecque sont PHILISTOS, *Fr. Gr. Hist.* n° 556, et TIMÉE DE TAUROMÉNION, *Fr. Gr. Hist.* n° 566.

Né vers 430, Philistos fut un membre influent de l'entourage de Denys l'Ancien avant de se brouiller avec le tyran ; comme Thucydide, son modèle proclamé, il utilisa les loisirs que lui laissait son exil pour faire œuvre d'historien. Rentré à Syracuse après la mort de Denys l'Ancien, il joua un rôle important auprès de Denys le Jeune ; vaincu par Dion dans une bataille navale en 356, il se suicida. Les livres VIII à XI de ses *Sikelika* sont consacrés à l'histoire de Denys l'Ancien, les livres XII et XIII à Denys le Jeune. Son point de vue, assez nuancé, n'est évidemment pas celui d'un adversaire irréductible de la tyrannie.

Timée de Tauroménion (356-260), exilé de sa patrie par le tyran syracusain Agathocle et réfugié à Athènes, développe au contraire avec complaisance la « légende noire » de Denys l'Ancien, alors qu'il exalte l'œuvre de Timoléon (qui était l'ami du père de Timée, le tyran de Tauroménion Andromachos).

De nombreux contemporains d'Alexandre ont entrepris d'écrire l'histoire du conquérant. La rubrique « Alexandergeschichte » de F. Jacoby compte 37 auteurs (*Fr. Gr. Hist.* n° 117 à 153), presque tous de la fin du IVe siècle ou du début du IIIe : parmi eux, les plus importants sont CALLISTHÈNE, l'historiographe « officiel » accusé de complot en 327 (voir p. 159), PTOLÉMÉE (le premier souverain lagide), l'amiral crétois NÉARQUE, l'austère ARISTOBULE et CLITARQUE qui insista sur les épisodes les plus sensationnels de l'expédition et dont l'œuvre eut un immense succès.

Les fragments des historiens d'Alexandre ont été traduits en anglais : Pearson L., *The Lost Histories of Alexander the Great*, New York, American Philol. Ass., 1960.

Historiens plus tardifs

Si les historiens du IVe siècle ne nous sont pas parvenus, c'est, dans une large mesure, parce que leur œuvre a été exploitée par des auteurs postérieurs : pour un Grec de l'époque romaine qui disposait de la *Bibliothèque historique* de Diodore de Sicile, il paraissait inutile de faire recopier l'*Histoire universelle* d'Éphore. La tâche des historiens modernes, à l'inverse, consiste à rechercher les sources anciennes de nos sources tardives : l'exercice, désigné traditionnellement par le terme allemand de *Quellenforschung*, est tout à fait légitime mais comporte une part d'imagination.

La *Bibliothèque historique* de DIODORE DE SICILE (Ier siècle avant J.-C.) va des origines mythiques (orientales et grecques) jusqu'en 54 avant J.-C. Les livres XIV à XVII constituent la seule histoire complète du IVe siècle dont nous disposions. Il semble que Diodore s'appuie principalement sur Éphore pour l'histoire de la Grèce égéenne de 405 à 340, qu'il préfère souvent Philistos à Timée dans sa présentation de l'histoire sicilienne et que son récit de l'expédition d'Alexandre, au livre XVII, doive beaucoup à Clitarque. Quelle que soit la méthode choisie par ses sources, Diodore présente les événements année par année : comme il date les années à la fois d'après l'archonte athénien et les consuls romains, alors que l'année athénienne (qui commence peu après le solstice d'été) ne coïncide ni avec l'année romaine ni avec le rythme des saisons militaires, beaucoup de dates données par Diodore comportent une marge d'erreur d'un ou deux ans – quelquefois plus quand Diodore situe la même année des événements que sa source présente à la suite sans préciser la chronologie.

Les livres XV et XVII de la *Bibliothèque historique* sont actuellement disponibles dans la CUF. Pour les livres XIV et XVI, on consultera l'édition bilingue grec-anglais de la collection Loeb.

Les *Vies parallèles* et les *Œuvres morales* de PLUTARQUE (vers 50-125 après J.-C.) sont entièrement publiées dans la CUF. On lira aussi avec plaisir la belle traduction des *Vies* par Amyot, en français du XVIe siècle (éd. de la Pléiade). Les *Vies* qui intéressent particulièrement le IVe siècle sont *Lysandre*, *Agésilas*, *Pélopidas*, *Artaxerxès*, *Dion*, *Timoléon*, *Démosthène*, *Phocion* et *Alexandre*.

Il arrive que les notices biographiques, beaucoup plus sommaires, de l'historien latin CORNELIUS NÉPOS (Ier siècle avant J.-C.) fournissent des indications utiles (CUF).

Comme Diodore (livre XVII) et Plutarque, les autres historiens conservés d'Alexandre sont d'époque romaine : il est clair que la conquête romaine et la monarchie impériale romaine expliquent en partie leurs analyses de la politique du roi de Macédoine.

L'*Anabase* d'ARRIEN (contemporain d'Hadrien) est traduite aux Éd. de Minuit (avec une préface de P. Vidal-Naquet) ; pour le texte, on se reportera à l'excellente édition de P. Brunt dans la collection Loeb.

Les *Histoires* de QUINTE-CURCE (IIIe siècle après J.-C. ?) sont publiées dans la CUF (2 vol.).

La recherche des sources suggère qu'Arrien s'appuie surtout sur Ptolémée et Aristobule, tandis que Diodore, Plutarque et Quinte-Curce reprennent en grande partie la « vulgate » issue de Clitarque.

L'*Histoire philippique*, rédigée au Ier siècle avant J.-C. par l'historien gaulois TROGUE-POMPÉE pour faire connaître l'histoire grecque au public de langue latine, ne nous est parvenue qu'à travers l'abrégé tardif de JUSTIN. Le texte n'est accessible en français que dans la traduction d'E. Chambry et F. Thély-Chambry, Paris, coll. Garnier, 1936 (épuisée) ; pour le texte latin, voir aussi F. Ruehl, coll. Teubner, 1935.

Le *Roman d'Alexandre* a été rédigé à la fin de l'Antiquité à partir de légendes nées dans l'Alexandrie hellénistique. Ce document passionnant a fait l'objet de deux traductions récentes, par G. Bounoure, Paris, Les Belles Lettres, coll. « La Roue à livres », 1992, et par A. Tallet-Bonvalot, Paris, GF, 1994.

Autres sources littéraires

Auteurs dramatiques

Les deux dernières comédies conservées d'ARISTOPHANE, *L'Assemblée des femmes* (392) et le *Ploutos* (388), constituent un témoignage précieux sur l'Athènes du début du IVe siècle. Les deux pièces figurent dans le t. V des *Œuvres complètes* d'Aristophane dans la CUF. Les *Comédies* d'Aristophane ont été également traduites dans diverses collections de poche ; on conseillera particulièrement la savoureuse traduction de V. Debidour dans la coll. « Folio ».

Sur la société athénienne telle que la décrit Aristophane, un livre classique : Ehrenberg V., *The People of Aristophanes*, Oxford, Blackwell, 1943.

Des découvertes papyrologiques ont livré le texte presque complet de deux comédies de MÉNANDRE, le *Dyscolos* et la *Samienne* (CUF).

La production dramatique du IVe siècle ne se limite pas à ces quatre comédies. On se fera une idée de la richesse du théâtre athénien au IVe siècle en feuilletant les recueils de fragments :

- *Comicorum Atticorum Fragmenta*, éd. Kock, coll. Teubner, vol. 2 et 3 (4e éd. 1957).
- *The Fragments of Attic Comedy*, éd. J.M. Edmonds, Leyde, Brill, 1957-1961, 3 vol. (avec trad. anglaise).
- *Tragicorum Atticorum Fragmenta*, éd. A. Nauck, 2e éd. avec un supplément de B. Snell, Hildesheim, Olms, 1983.

Orateurs attiques

Les discours d'ANDOCIDE (1 vol.), de LYSIAS (2 vol.), d'ISOCRATE (4 vol.), d'ISÉE (1 vol.), d'ESCHINE (2 vol.), d'HYPÉRIDE (1 vol.), de LYCURGUE (1 vol.) et de DINARQUE (1 vol.), ainsi que la totalité du *Corpus* démosthénien, sont édités dans la CUF.

Sur les relations entre les discours prononcés et les textes que nous avons, voir :

- K.J. Dover, *Lysias and the Corpus Lysiacum*, Berkeley, 1968.
- P. Carlier, *Démosthène*, Paris, Fayard, 1990, p. 315-320.

Philosophes

Toute l'œuvre de PLATON est disponible dans l'édition bilingue de la CUF (25 vol. de texte et un lexique) et dans la collection de la Pléiade (trad. L. Robin, 2 vol.). On trouvera aussi un certain nombre de traductions nouvelles, très bien présentées, dans la collection GF (en particulier l'*Ion*, le *Phèdre*, le *Gorgias* et les *Lettres*).

Pour ARISTOTE, l'édition complète de référence reste celle d'I. Bekker (Berlin, 1831, 5 vol.).

L'ensemble de l'œuvre d'Aristote a fait l'objet d'une traduction anglaise récemment révisée sous la direction de R. Barnes (Princeton Univ. Press, 1984).

En France, la publication d'Aristote dans la CUF progresse assez lentement, mais de nombreux traités ont été traduits par J. Tricot pour les Éditions Vrin. Voici quelques indications relatives aux œuvres qui intéressent le plus directement l'historien :

- *Rhétorique*, CUF, 3 vol. et Livre de poche.
- *Poétique*, CUF, 1 vol. et Livre de poche (trad. et présentation de M. Treddé).
- *Éthique à Nicomaque*, Vrin (trad. J. Tricot), et Presses Pocket, coll. « Agora » (trad. J. Defradas).
- *Politique*, CUF, 5 vol. (trad. Aubonnet) ; Vrin, 1 vol. (trad. J. Tricot) ; GF, 1 vol. sous le titre *Les Politiques* (trad. A. Pellegrin).
- *La Constitution d'Athènes*, CUF et classiques de poche des Belles-Lettres (trad. G. Mathieu). Pour un commentaire de ce traité fondamental pour l'historien, voir Rhodes P., *A Commentary on the Aristotelian Athenaiôn Politeia*, Oxford,1981.
- La *Lettre d'Aristote à Alexandre sur la politique envers les cités* transmise par plusieurs manuscrits arabes a été traduite en français par J. Bielawski, avec un commentaire de M. Plezia (Cracovie, 1970). Il s'agit vraisemblablement d'un faux de l'époque antonine (Carlier P., « Étude sur la prétendue lettre d'Aristote à Alexandre, *Ktèma* 5, 1980, p. 277-288).

Les *Économiques* du Pseudo-Aristote ainsi que les *Caractères* de THÉOPHRASTE sont édités dans la CUF.

Sur les Cyniques, voir L. Paquet, *Les Cyniques grecs. Fragments et témoignages*, 1re éd. Ottawa, 1975 ; 2e éd. Paris, Livre de poche, 1992.

Histoires de la philosophie :

Il existe une très précieuse histoire antique de la philosophie ancienne : DIOGÈNE LAËRCE, *Vies et Maximes des philosophes*, texte grec dans la coll. Loeb, trad. fr. GF.

Guthrie W.K.C., *A History of Greek Philosophy* (vol. 4 et 5 sur Platon, vol. 6 sur Aristote), Cambridge, CUP, 1975-1981, est aujourd'hui l'ouvrage moderne de référence.

Pour une introduction, on se référera à l'*Histoire de la philosophie* d'Émile Bréhier, vol. 2 et 3, Paris, PUF, 1966, ainsi qu'aux « Que sais-je ? » de J. Brun sur *Platon* et *Aristote*.

Traités de caractère technique

Il convient d'insister sur l'importance historique de la *Poliorcétique* d'ÉNÉE LE TACTICIEN (CUF).

SOURCES ÉPIGRAPHIQUES

Pour une présentation de l'épigraphie grecque, voir la contribution de Louis Robert au volume collectif de la « Bibliothèque de la Pléiade », *L'Histoire et ses méthodes*, p. 435-497.

Pour se repérer dans les publications épigraphiques, on consultera le *Guide de l'épigraphie*, Paris, Presses de l'ENS, 2e éd. 1989.

Les nouvelles inscriptions grecques trouvées chaque année sont publiées dans le *Supplementum epigraphicum graecum* (abrégé *SEG*), éd. J.C. Gieben, Amsterdam. Elles sont commentées, par région et par thème, dans le Bulletin épigraphique de la *Revue des études grecques* (*REG*).

Recueils d'inscriptions commentées :

- Tod M.N., *Greek Historical Inscriptions*, II, Oxford, 1948.
- Heisserer A.J., *Alexander the Great and the Greeks. The Epigraphical Evidence*, Oklahoma, 1980.

Textes grecs et traductions françaises :
- Pouilloux J., *Choix d'inscriptions grecques*, Paris, Les Belles Lettres, 1960.
- Institut Fernand-Courby, *Nouveau Choix d'inscriptions grecques*, Paris, Les Belles Lettres, 1971.

Traductions françaises (sans les textes) :
- Bertrand J.-M., *Inscriptions historiques grecques*, Paris, Les Belles Lettres, coll. « La Roue à livres », 1992.
- Le Guen-Pollet B., *La Vie religieuse dans le monde grec du ve au IIIe siècle avant Jésus-Christ. Choix de textes épigraphiques traduits et commentés*, Toulouse, Presses univ. de Toulouse, 1991.

L'importance fondamentale de la documentation épigraphique pour l'histoire du IVe siècle apparaît clairement dans un certain nombre de recueils et d'études thématiques, notamment :
- Bengtson H., *Die Staatsverträge des Altertums*, Munich, Beck, 1962, vol. 2.
- Osborne M.J., *Naturalization in Athens*, Bruxelles, 1981-1983, 4 vol.
- Migeotte L., *L'Emprunt public dans les cités grecques. Recueil des documents et analyse critique*, Québec-Paris, Les Belles Lettres, 1984.

Données archéologiques

Les villes qui ont été fondées (comme Messène) ou reconstruites (comme Priène) au IVe siècle nous donnent une image très nette de l'urbanisme ; celles qui ont été détruites définitivement alors (comme Olynthe) fournissent des renseignements précieux sur l'habitat et le mode de vie. Presque tous les grands sites apportent des éléments importants à l'histoire du IVe siècle : on peut citer par exemple les *realia* de la démocratie trouvés à Athènes – plaques de bronze des dicastes, *klèrotérion* ou machine à tirer au sort, clepsydre –, le monument des Navarques à Delphes à la gloire de Lysandre ou le *Philippeion* d'Olympie.

On se référera d'abord aux grandes synthèses d'histoire de l'art grec :
- Charbonneaux J., Martin R. et Villard F., *L'Art grec*, t. III, *La Grèce classique*, Paris, Gallimard, coll. « L'Univers des formes », 1969.
- Papaioannou K. (éd.), *L'Art grec*, Paris, Mazenod, 1re éd. 1972, 2e éd. 1992.
- Martin R., *L'Urbanisme en Grèce antique*, Paris, Picard, 1976.

- Hoepfner W. et Schwander E., *Haus und Stadt im klassischen Griechenland*, Munich, Deutscher Kunst Verlag, 1986.

Pour une première présentation des sites, voir :

- *The Princeton Atlas of Classical Sites*, Princeton, 1976.

On utilisera également les guides archéologiques consacrés à certains sites (Delphes et Délos par exemple).

Si, le plus souvent, les analyses historiques relatives au IVe siècle imposent l'utilisation conjointe des textes littéraires, des inscriptions et des données archéologiques, certaines régions rurales des zones périphériques du monde grec nous sont connues presque exclusivement par l'archéologie.

Voir par exemple :

- Vokotopoulou I., *Vitsa. Les sépultures d'un village molosse*, Athènes, 1986, 3 vol. (en grec).

Pour suivre l'actualité archéologique sur le territoire de la Grèce actuelle, on se reportera à la « Chronique des fouilles » publiée chaque année dans le *Bulletin de correspondance hellénique* (*BCH*). Les *Archaeological Reports* publiés comme suppléments du *Journal of Hellenic Studies* (*JHS*) sont moins détaillés et paraissent moins rapidement, mais concernent aussi les autres régions du monde grec (Grande-Grèce, Sicile, Chypre et Asie Mineure notamment). Il se déroule souvent un temps assez long entre le début (et même la fin) d'une fouille et sa publication, mais il est fréquent que les archéologues présentent des conclusions provisoires, en particulier au cours de colloques réunissant archéologues et historiens à propos d'une région du monde grec.

Voir par exemple :

- *Atti Taranto*, Actes des *Convegni sulla Magna Grecia* réunis chaque année à Tarente et consacrés à une cité de Grande-Grèce ou à un thème concernant la région.
- *L'Épire méridionale et l'Illyrie dans l'Antiquité*, Actes des colloques réunis à Clermont-Ferrand en 1984 et 1988, éd. par P. Cabanes (Clermont-Ferrand, ADOSA).

Monnaies

Instruments de travail fondamentaux :

- Kraay C., Morckholm O. et Thompson M., *An Inventory of Greek Coin-hoards*, New York, 1973.
- Kraay C., *Archaic and Classical Greek Coins*, Londres, Methuen, 1976.

Parmi les études historiques fondées principalement sur la numismatique, on signalera :

• Le Ridder G., *Le Monnayage d'or et d'argent de Philippe II frappé en Macédoine de 359 à 294*, Paris, De Boccard, 1977.
• Picard O., *Chalcis et la Confédération eubéenne : étude numismatique et d'histoire*, Paris-Athènes, De Boccard, 1979.

Bibliographie*

Ouvrages généraux

Parmi les histoires grecques en un volume, Bengtson H., *Griechische Geschichte*, Munich, Beck, 1re éd. 1950, 5e éd. 1977, reste un ouvrage de référence, mais on lui préférera Musti D., *Storia greca*, Rome-Bari, Laterza, 1989.

Sur le ve siècle :

Will Éd., *Le Monde grec et l'Orient*. I. *Le ve Siècle*, Paris, PUF, coll. « Peuples et civilisations », 3e éd. 1989.

Lévy Ed., *La Grèce au ve siècle*, Paris, Éd. du Seuil, coll. « Nouvelle histoire de l'Antiquité », t. 2, 1995.

Sur le ive siècle :

Glotz G. et Cohen R., *Histoire grecque*. III. *La Grèce au ive siècle*, Paris, PUF, 1936.

Will Éd., Mossé Cl. et Goukowsky P., *Le Monde grec et l'Orient*. II. *Le ive Siècle et l'Époque hellénistique*, Paris, PUF, 2e éd. 1988.

Lewis D.M., Boardman J., Hornblower S. et Ostwald M., *The Fourth Century B. C., Cambridge Ancient History*, 2e éd. vol. 6, 1994.

L'étude d'ensemble la plus approfondie sur le ive siècle reste la thèse de Mossé Cl., *Aspects sociaux et politiques du déclin de la cité grecque au ive siècle. La fin de la démocratie athénienne*, Paris, PUF, 1962. L'auteur a eu l'occasion de nuancer depuis lors certaines de ses conclusions. Voir par exemple Mossé Cl., « La vie économique d'Athènes au ive siècle : crise ou renouveau ? », *Praelectiones patavinae*, Rome, L'Erma, 1972, p. 135-144.

Pour un aperçu des discussions en cours, on pourra aussi consulter Carlier P., *Le ive siècle avant J.-C. Nouvelles approches historiographiques*, Paris De Boccard 1996.

* Les sources sont présentées dans l'Annexe p. 309-319, ainsi que les études sur les sources.
A l'intérieur de chaque rubrique de la bibliographie, les études sont présentées dans l'ordre chronologique.

Sur Sparte et l'hégémonie de Sparte

Roussel P., *Sparte*, Paris, De Boccard, 1re éd. 1939, 2e éd. 1960.
Oliva P., *Sparta and her Social Problems*, Prague-Amsterdam, Hakkert, 1971.
Lewis D.M., *Sparta and Persia*, Leyde, Brill, 1977.
Hamilton C.D., *Sparta's Bitter Victories. Politics and Diplomacy in the Corinthian War*, Ithaca et Londres, Cornell Univ. Press, 1979.
Bommelaer J.-F., *Lysandre de Sparte. Histoire et traditions*, BEFAR n° 240, Paris, De Boccard, 1981.
Vattuone R., « Problemi spartani : la congiura di Cinadone », *Rivista storica dell'Antichità*, XII (1982), p. 19-52.
Carlier P., *La Royauté en Grèce avant Alexandre*, Strasbourg, AECR, 1984.
Cartledge P., *Agesilaos and the Crisis of Sparta*, Londres, Duckworth, 1987.
Ducat J., *Les Hilotes*, *BCH* suppl. XX, Paris, De Boccard, 1990.

Sur Thèbes et l'hégémonie thébaine

Carrata Thomes F., *Egemonia beotica e potenza marittima nella politica di Epaminonda*, Turin, 1952.
Larsen J., *Greek Federal States*, Oxford, Clarendon Press, 1968.
Cawkwell G.L., « Epaminondas and Thebes », *CQ* 22 (1972), p. 254-278.
Salmon P., *Étude sur la confédération béotienne (447/446-386). Son organisation et son administration*, Bruxelles, 1978.
Buck R.J., *A History of Boeotia*, Edmonton, 1979.
Buckler J., *The Theban Hegemony (371-362)*, Harvard Univ. Press, 1980.

Sur la politique extérieure d'Athènes de 404 à 355

Cloché P., *La Politique étrangère d'Athènes de 404 à 338 avant J.-C.*, Paris, 1934.
Sealey R., « Callistratos of Aphidna and his contemporaries », *Historia* 5 (1956), p. 178-203.
Seager R., « Thrasybulus, Conon and Athenian imperialism 396-386 », *JHS* 87 (1967), p. 95-115.

Cawkwell G.L., « The foundation of the second Athenian Confederacy », *CQ* 67 (1973), p. 47-60.
Accame S., *Il predominio ateniese nel IV secolo a. C.*, Rome, Elia, 1979.
Funke P., *Homonoia und Archè. Athen und die griechische Staatenwelt vom Ende des peloponnesischen Krieges bis zum Königsfrieden,* Wiesbaden, Steiner, 1980.
Cargill J.L., *The Second Athenian League. Empire or Free Alliance ?,* Berkeley Univ. Press, 1981.
Strauss B., *Athens after the Peloponnesian War (403-386)*, Londres-Sydney, Croom Helm, 1986.

Guerre et paix en Grèce au IVe siècle

Parke H.W., *Greek Mercenary Soldiers from the Earliest Times to the Battle of Ipsus*, Oxford, 1933.
Martin V., *La Vie internationale dans la Grèce des cités*, Genève-Paris, Sirey, 1940.
Ryder T.T.B., *Koinè Eirènè*, Oxford Univ. Press, 1965.
Mossé Cl., « Le rôle politique des armées dans le monde grec à l'époque classique », *in* Vernant J.-P. (éd.), *Problèmes de la guerre en Grèce ancienne*, Paris-La Haye, Mouton, 1968, p. 221-229.
Pritchett K.W., *The Greek State at War*, Berkeley, 1974 –.
Garlan Y., *Recherches de poliorcétique grecque*, Athènes-Paris, De Boccard, 1974.
Adcock F. et Mosley D.J., *Diplomacy in Ancient Greece*, Londres, Thames and Hudson, 1975.

Voir aussi l'ouvrage déjà cité de Bengtson H., *Die Staatsverträge des Altertums* (voir. ci-dessus, p. 317).

Sur l'amphictionie de Delphes :

Roux G., *L'Amphictionie. Delphes et le temple d'Apollon au IVe siècle*, Lyon-Paris, Les Belles Lettres, 1979.
Bousquet J., *Études sur les comptes de Delphes,* Paris, De Boccard, 1988.
Lefèvre F., *L'Amphictionie pyléo-delphique : histoire et institutions*, BEFAR 298, Paris De Boccard, 1998.

Le règne de Philippe

Schaeffer A., *Demosthenes und seine Zeit*, Leipzig, 1856-1858, 4 vol.
Momigliano A., *Philippe de Macédoine*, 1re éd. italienne 1934, trad. fr. 1991.
Markle M.M., *The Peace of Philocrates. A study of Athenian Foreign Relations 348-346 B.C.*, Diss. Princeton, 1967.
Perlman S. (éd.), *Philip and Athens*, Cambridge, 1973.
Ellis J.R., *Philip II and Macedonian Imperialism*, Londres, Thames and Hudson, 1976.
Cawkwell G.L., *Philip of Macedon*, Londres, Faber and Faber, 1978.
Hammond N.G.L. et Griffith G.T., *A History of Macedonia*, II, Oxford, Clarendon Press, 1979.
Carlier P., *Démosthène*, Paris, Fayard, 1990.
Borza E.N., *In the Shadow of Olympos, The Emergence of Macedon*, Princeton Univ. Press, 1993.
Sealey R., *Demosthenes and his Time*, Berkeley Univ. Press, 1993.
Hatzopoulos M.B., *Macedonian Institutions under the kings. A historical and epigraphical study*, 2 vol., Athènes, 1996.

Sur l'empire perse au IVe siècle

Olmstead A.T., *History of the Persian Empire*, Chicago, 1948.
Starr C.G., « Greeks and Persians in the 4th century B.C. », *Iranica Antiqua* XI (1975), p. 39-99, et XII (1977), p. 49-115.
Hofstetter J., *Die Griechen in Persien. Prosopographie der Griechen im persichen Reich vor Alexander*, Berlin, Deutsches arch. Institut, 1978.
Picard O., *Les Grecs devant la menace perse*, Paris, SEDES, 1980.
Hornblower S., *Mausolus*, Oxford, Clarendon Press, 1982.
Asheri D., *Fra Ellenismo e Iranismo*, Bologne, Patron, 1983.
The Cambridge History of Iran, vol. 2, 1985.
Briant P., *Histoire de l'Empire perse. De Cyrus à Alexandre*, Paris, Fayard, 1996.

Les conquêtes d'Alexandre

Pour se repérer dans l'énorme bibliographie consacrée à Alexandre, on se reportera à :

Seibert J., *Alexander der Große, Erträge der Forschung*, Darmstadt, 1972.

Goukowsky P., « Recherches récentes sur Alexandre le Grand », Bulletin thématique de la *REG* 96 (1983), p. 225-241.

Parmi les monographies récentes consacrées au conquérant, on signalera :

Briant P., *Alexandre le Grand*, Paris, PUF, coll. « Que sais-je ? », 1974.

Hammond N.G.L., *Alexander the Great, Commander and Statesman*, Londres, Chatto and Windus, 1981 [utile pour ses cartes et ses plans de bataille].

Faure P., *Alexandre le Grand*, Paris, Fayard, 1985.

La meilleure étude d'ensemble est celle de P. Goukowsky (in *Le Monde grec et l'Orient* : voir. ci-dessus p. 321), à compléter par la thèse du même auteur, *Essai sur les origines du mythe d'Alexandre*, I-II, Presses univ. de Nancy, 1978-1981.

Sur l'Occident grec

Stroheker K., *Dionysios I. Gestalt und Geschichte der Tyrannen von Syrakus*, Wiesbaden, 1958.

Berve H., *Die Tyrannis bei den Griechen*, I-II, Munich, Beck, 1967.

Finley M.I., *La Sicile grecque*, 1re éd. anglaise 1968, trad. fr. Paris, Macula, 1986.

Mossé Cl., *La Tyrannie en Grèce ancienne*, Paris, PUF, 1969.

Braccesi L., *Grecità adriatica*, Bologne, Patron, 1re éd. 1970, 2e éd. 1979.

Talbert R., *Timoleon and the Revival of Greek Sicily*, Cambridge, 1975.

Sordi M., *La Sicilia dal 368/7 al 337/6 a. C.*, Rome, G. Bretschneider, 1983.

Gabba E. et Vallet G. dir., *La Sicilia antica*, Naples, Ed. del Sole, 1984, 2 vol.

Sikanie : Storia e civilità della Sicilia greca, Milan, Garzanti, 1986.

Sanders L.J., *Dionysios of Syracuse and Greek Tyranny*, Londres, Croom Helm, 1987.

Magna Grecia, Milan, Electa, 1987-1990, 4 vol.

Storia del Mezzogiorno, 1, Naples, Ed. del Sole, 1991.

Sur l'économie et la société au IVe siècle

Pour une excellente introduction, voir :

Austin M. et Vidal-Naquet P., *Économies et Sociétés en Grèce ancienne*, Paris, Armand Colin, 1re éd. 1972, et surtout :

Finley M.I, *L'Économie antique*, trad. fr. Paris, Éd. de Minuit, 1975.

États de la question, critiques :

Will Éd., « Trois quarts de siècle de recherches sur l'économie grecque antique », *Annales ESC*, IX (1954), p. 7-22.

Andreau J. et Étienne Roland, « Vingt ans de recherches sur l'archaïsme et la modernité des sociétés antiques », *REA* 86 (1984), p. 55-83.

Le livre majeur de M. Rostovtzeff, *Histoire économique et sociale du monde hellénistique*, dont le début porte sur le IVe siècle, vient d'être traduit en français (Paris, Laffont, coll. « Bouquins », 1989, 1re éd. anglaise 1941).

Dans la très abondante bibliographie sur l'esclavage, on signalera les *Colloques sur l'esclavage antique* publiés par l'Université de Besançon (Les Belles Lettres) et surtout :

Garlan Y., *Les Esclaves en Grèce ancienne*, Paris, Maspero, 1982.

Sur les métèques, la seule synthèse reste Clerc M., *Les Métèques athéniens*, BEFAR n° 64, Paris, De Boccard, 1883, que l'on complétera par Whitehead D., *The Ideology of the Athenian Metic*, Cambridge Philological Society, 1977, ainsi que par les Actes des colloques sur *L'Étranger* publiés par l'université de Nancy-II (R. Lonis éd.).

Sur les riches à Athènes, les études majeures sont Davies J.K., *Athenian Propertied Families*, Oxford, Clarendon Press, 1971, ainsi que *Wealth and the Power of Wealth in Classical Athens*, Liverpool, Arno Press, 1981.

Parmi les études les plus stimulantes dans le domaine difficile de l'histoire économique et sociale du monde grec au IVe siècle, on signalera :

Gernet L., « L'approvisionnement d'Athènes en blé au Ve et au IVe siècle », *in* Bloch G., *Mélanges d'histoire ancienne*, Paris, 1909, p. 269-391.

Finley M.I., *Studies in Land and Credit in Ancient Athens*, New Brunswick, 1952.

Bogaert R., *Banques et Banquiers dans les cités grecques*, Leyde, Brill, 1968.
Lacey W.K., *Family in Classical Greece*, Londres, Thames and Hudson, 1968.
Problèmes de la terre en Grèce ancienne, éd. M.I. Finley, Paris-La Haye, Mouton, 1973.
Hansen M. et Isager J., *Aspects of the Athenian Society in 4th Century Athens*, Odense Univ. Press, 1975.
Hopper R.J., *Trade and Industry in Classical Greece*, Londres, Thames and Hudson, 1979.
Gauthier Ph., *Les Cités grecques et leurs bienfaiteurs*, *BCH* suppl. XII, Paris, De Boccard, 1985.
Hansen M., *Demography and Democracy. The Number of Athenian Citizens in the 4th Century B.C.*, Herning, 1986.
Millett P., *Lending and Borrowing in Ancient Athens*, Cambridge Univ. Press, 1991.

Voir aussi les ouvrages déjà cités de Gauthier Ph., *Un commentaire historique...*, de Bengston H., *Die Staatsverträge...*, et de Migeotte L., *L'Emprunt public...* (voir ci-dessus, p. 317).

La vie politique dans les cités grecques

Les études globales les plus approfondies des institutions politiques grecques demeurent celles de Busolt G. et Swoboda H., *Griechische Staatkunde*, I-II, Munich, 1920-1926, et d'Ehrenberg V., *L'État grec*, 1re éd. anglaise 1936, trad. fr. Paris, Maspero, 1976.

La démocratie athénienne vient de faire l'objet d'une remarquable synthèse : Hansen M.H., *La Démocratie athénienne à l'époque de Démosthène*, 1re éd. anglaise 1991, trad. fr. Paris, Les Belles Lettres, 1993. On trouvera dans ce livre une bibliographie détaillée, et notamment une liste des nombreux travaux antérieurs de l'auteur.

Nous nous contenterons d'attirer l'attention sur deux études institutionnelles particulièrement importantes :

Rhodes P.J., *The Athenian Boule*, Oxford, Clarendon Press, 1972.
Wallace R.W., *The Areopagos Council to 307 B.C.*, Baltimore, 1989.

Sur le droit athénien, voir :

Harrison A.R.W., *The Law of Athens*, I-II, Oxford, Clarendon Press, 1968 et 1971.
Mac Dowell P.M., *The Law in Classical Athens*, Londres, Thames and Hudson, 1978.

Sur les débats politiques et les luttes politiques, le seul ouvrage d'ensemble demeure : Beloch K.J., *Die attische Politik seit Perikles*, Leipzig, 1886.

Sur la vie politique en dehors d'Athènes, voir : Gehrke H.J., *Stasis. Untersuchungen zu den inneren Kriegen in den griechischen Staaten des 5 und 4 Jahrhunderts v. Chr.*, Munich, Beck, 1985.

Voir aussi les ouvrages déjà cités sur Sparte, sur Thèbes et sur les cités siciliennes (voir ci-dessus, p. 321-322 et 325).

Sur les synœcismes, voir :
Moggi M., *I sinecismi interstatali greci*, Pise, Dell'Orso, 1976.

Sur les États fédéraux, voir :
Cabanes P., « Recherches sur les États fédéraux en Grèce », *Cahiers d'histoire* XXI (1976), p. 391-407.

La culture grecque au IVe siècle

Éducation, religion, mentalités

Nilsson M.P., *Geschichte der griechischen Religion*, Munich, 1re éd. I-II, 1941-1950 ; 2e éd. 1955-1961.
Marrou H.-I., *Histoire de l'éducation dans l'Antiquité*, 1re éd. 1950 ; 2e éd. Paris, Éd. du Seuil, coll. « Points », 1989.
Rudhardt J., *Notions fondamentales de la pensée religieuse et Actes constitutifs du culte dans la Grèce classique*, Genève, Droz, 1re éd. 1958 ; 2e éd. 1992.
Dover K.J., *Greek Popular Morality in the Time of Plato and Aristote*, Berkeley, Univ. of California Press, 1974.
Schmitt-Pantel P. et Bruit-Zaidman L., *La Religion grecque*, Paris, Armand Colin, 1989.
Jost M., *Aspects de la vie religieuse en Grèce*, Paris, SEDES, 1992.

Sur l'art grec au IVe siècle, voir les grandes synthèses déjà citées (voir ci-dessus, p. 317), ainsi que :
Borbein A., « Die griechische Statue des 4. Jhdt. Formanalytische Untersuchungen zur Kunst der Nachklassik », *JDAI* 88 (1973), p. 43-212.
Todisco L., *Scultura greca del IV secolo*, Milan, Langanesi, 1993.

Philosophie

La plupart des analyses modernes de la philosophie grecque sont d'une lecture plus difficile que les textes de Platon et d'Aristote. Mieux vaut lire d'abord Platon et Aristote.

Parmi les études accessibles d'un grand intérêt pour l'histoire, on mentionnera :

Morrow G.R., *Plato's Cretan City. A Historical Interpretation of the Laws*, Princeton Univ. Press, 1960.

Weil R., *Aristote et l'Histoire. Essai sur la* Politique, Paris, Klincksieck, 1960.

Aubenque P., *La Notion de prudence chez Aristote*, Paris, PUF, 1963.

Piérart M., *Platon et la Cité grecque. Théorie et réalité dans la constitution des* Lois, Bruxelles, 1974.

Brisson L., *Platon, les mots et les mythes*, Paris, Maspero, 1982.

Réflexion politique

Le seul manuel reste : Sinclair T.A., *Histoire de la pensée politique grecque*, Londres, 1959, trad. fr. Paris, Payot, 1960.

Parmi les meilleures études récentes en français, on citera :

Romilly J. de, *La Loi dans la pensée grecque*, Paris, Les Belles Lettres, 1971.

–, *Problèmes de la démocratie grecque*, Paris, Hermann, 1975.

Lévy Ed., *Athènes devant la défaite de 404. Histoire d'une crise idéologique*, Paris-Athènes, BEFAR n° 25, 1976.

Romilly J. de, *La Douceur dans la pensée grecque*, Paris, Les Belles Lettres, 1979.

Bordes J., *Politeia dans la pensée grecque jusqu'à Aristote*, Paris, Les Belles Lettres, 1982.

Demont P., *La Cité grecque archaïque et classique et l'Idéal de tranquillité*, Paris, Les Belles Lettres, 1990.

Index des passages cités

Auteurs

Inscriptions

Index des noms de personnes et de divinités

Index des toponymes et ethniques

Index des *notabilia*

Table

RÉALISATION : PAO ÉDITIONS DU SEUIL
IMPRESSION : HÉRISSEY, ÉVREUX (9-2000)
DÉPÔT LÉGAL : AVRIL 1995. N° 13129-3 (87559)